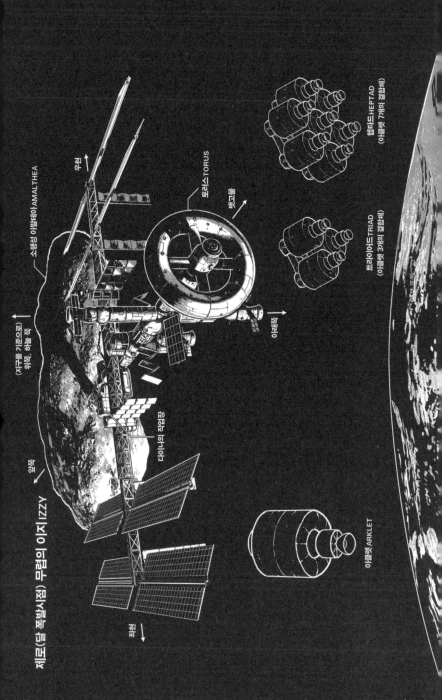

제로(달 뒷면 시점) 무럭이 이지 IZZY

(지구를 기준으로)
위쪽, 하늘 쪽

앞쪽

소행성 아말테아 AMALTHEA

우현

토러스 TORUS

다이나믹 작업장

뱃고물

아래쪽

좌현

헵타드 HEPTAD
(아클렛 7개의 결합체)

트라이어드 TRIAD
(아클렛 3개의 결합체)

아클렛 ARKLET

세븐이브스 1

세븐이브스

달 하나의 시대 1

SEVENEVES

닐 스티븐슨 성귀수 옮김

북레시피

제이미, 마리아, 마르코 그리고 제프에게

달 하나의 시대

달이 폭발했다. 이렇다 할 원인도, 전조도 없었다. 한창 차오르는 중이었고, 만월을 하루 앞둔 시점이었다. 05:03:12 UTC. 훗날 이 순간은 A+0.0.0 또는 그냥 제로(0)로 표시될 터였다.

뭔가 심상치 않은 일이 벌어지고 있음을 제일 처음 감지한 지구인은 유타 주에 사는 어느 아마추어 천문학자다. 사태발생 직전, 그는 달의 적도 가까운 라이너감마 구조 인접지에서 부옇게 일어나는 점 하나를 관측했다. 필시 유성충돌로 인한 먼지구름이려니 생각했다. 그는 재빨리 스마트폰을 꺼낸 다음, 뻣뻣한(그가 있는 산 정상의 맑은 공기는 엄청 차가웠다) 손가락을 움직여 블로깅에 착수했다. 최초발견권을 확보해두기 위함이었다. 다른 천문학자들도 이내 같은 먼지구름을 향해 각자의 망원경을 고정할 것이었다. 어쩌면, 이미 그러고 있는지도! 하지만 ― 손가락의 잽싼 움직임을 고려하면 ― 해당 현상을 최초로 지적한 장본인이 그가 될 것임은 분명했다. 이제 명성은 그의 몫. 만약 눈에 띄는 크레이터가 남을 경우, 그의 이름으로 불리게 될지도 몰랐다.

물론 지금은 흔적도 없는 이름이다. 호주머니에서 스마트폰을 꺼낼 즈음, 그의 크레이터는 더 이상 존재하지 않았으니까. 달도 마찬가지였다.

스마트폰을 호주머니에 넣고 망원경 접안렌즈에 다시 눈을 갖다 대면서 그는 자기도 모르게 욕설을 내뱉었다. 눈에 보이는 거라곤 황갈색 번짐뿐이었던 것이다. 망원경의 초점이 흔들린 게 분명했다. 초점조절기를 조금씩 돌려보았다. 소용없었다.

급기야 망원경에서 몸을 뗀 그는 달이 있을 것으로 추정되는 지점을 육안으로 바라보았다. 바로 그 순간, 그는 특권적 정보로 무장한 과학자가 더는 아니었다. 인류가 하늘에서 목격한 가장 기상천외한 광경을 기겁하며 바라보는 아메리카 대륙의 수많은 사람들 중 하나가 되어 있었다.

영화에서 행성이 폭발하면 그 자체가 하나의 불덩이로 변하고 아무것도 남지 않는다. 달에 일어난 현상은 그렇지 않았다. 에이전트(Agent, 문제의 현상을 초래한 불가사의한 힘을 훗날 사람들은 그렇게 불렀다)가 어마어마한 양의 에너지를 발생시킨 것은 틀림없으나, 달을 구성하는 전체 물질을 불로 환원할 만큼은 아니었던 것이다.

가장 보편적으로 받아들여진 이론은 유타 주의 천문학자가 관측한 먼지폭풍이 충격에 의해 발생했다는 설이었다. 다시 말해, 달의 외부로부터 온 에이전트가 표층을 뚫고 중심으로 깊숙이 파고든 다음, 에너지를 방출했다는 것이다. 아니면 반대쪽으로 관통해 나오면서, 달 전체를 폭파시키기에 충분한 에너지를 내부에 쏟아두었거나 말이다. 또 다른 가설은 태곳적 외계인들 주도로 달 속에 묻힌 어떤 장치가 에이전트였다는 건데, 일정한 조건들이 맞아떨어지는 순간 폭발하도록 설정되어 있었다는 내용이다.

어찌 됐든 결과는 다음과 같다. 첫째, 달이 일곱 개의 큰 덩어리와 그보다 작은 무수한 조각들로 부서졌다는 것. 둘째, 이들 파편들이 별개의 거칠고 큼직한 돌덩이임을 알아볼 수 있을 만큼 넓게 퍼져나가되, 각자로부터 영영 떨어져 나갈 만큼 멀어지고 있지는 않다는 사실이다. 달의 파편들은 여전히 중력으로 묶인 상태였으며, 거대한 바윗덩이들의 군집이 중력의 중심점 주위를 어지러이 맴돌고 있었다.

전에는 달의 중심이었으나 지금은 공간 속 하나의 추상에 불과한 바로 그 점(點)은 수십억 년 그래왔던 것처럼 지구 주위를 계속해서 공전했다. 그리하여 오늘날 지구인들이 달을 보아야 마땅한 지점을 향해 밤하늘을 올려다보면, 달 대신 떼 지어 천천히 굴러다니는 하얀 돌무더기들이 눈에 들어오는 것이었다.

적어도 먼지가 가라앉으면서 사람들이 보게 될 광경은 그랬다. 처음 몇 시간 동안은, 원래 달이었던 것이 달보다 약간 큰 규모의 구름으로 변하더니, 동트기 전 붉게 물들면서, 유타 주의 천문학자가 넋 놓고 바라보는 가운데 서쪽으로 기울어갔다. 아시아는 밤새도록 달빛깔의 번짐 현상만을 들여다보고 있어

11

야 했다. 그 안에 먼지입자들이 가장 가깝고 무거운 파편들 쪽으로 추락하면서부터 밝은 점들이 선명해지기 시작했다. 사태의 새로운 국면은 유럽에 이어 아메리카의 몫이 되었다. 달이 있어야 할 곳에 일곱 개의 거대한 바윗덩어리가 떠 있는 것이었다.

달을 날려버린 그 무언가를 지칭하기 위해 과학, 군사, 정치권 리더들이 '에이전트'라는 단어를 사용하기 전까지, 적어도 대중의 마음속에 그것이 가진 가장 일반적 의미는 통속소설이나 B급 영화에서 볼 수 있는 비밀첩보원 또는 FBI요원의 그것이었다. 보다 전문적인 지식을 가진 부류라면, 예컨대 세정제처럼, 일종의 화학약품을 지칭하는 데 이 단어를 썼을 것이다. 향후 영구적으로 통용될 단어 뜻에 가장 근접한 의미는 아마도 펜싱이나 무술의 용례에서 찾아야 할 것이다. 검술에서 한쪽이 공격을 하고 다른 쪽이 방어에 나설 경우, 공격자는 행위자(agent)가 되고 방어자는 피행위자(patient)가 된다. 행위자가 작용을 하면, 피행위자는 수용을 한다. 우리의 경우, 미지의 에이전트가 달에 작용한 셈이다. 달은, 지상을 살아가는 모든 인간과 더불어, 바로 그 작용의 고분고분한 수용기였다. 한참 시간이 지나고 나면 인간이 다시금 일어나 행동에 나서고, 행위자가 될 수도 있으리라. 하지만 지금은, 그리고 미래에도 오랜 시간 그들은 피행위자의 처지에서 벗어나지 못할 것이다.

일곱 자매

루퍼스 매쿼리는 알래스카 북부 브룩스 산맥의 검은 능선 너머 벌어진 그 모든 사태를 목격했다. 루퍼스는 그곳에서 광산을 하나 운영하고 있었다. 맑은 밤이면, 광부들과 함께 하루 종일 파 들어간 산으로 픽업트럭을 몰곤 하던 그다. 트럭 짐칸에서 12인치 카스그랭식 망원경을 꺼내 산 정상에 설치한 뒤, 별들을 들여다보는 것이 취미. 날이 말도 안 되게 추울 땐, 잠시 차 안으로 대피해(엔진은 돌아가는 상태로 둔다) 손가락에 감각이 돌아오기까지 손을 히터에 대고 있었다. 그렇게 몸 전체 온기가 감돌면, 유연해진 손가락을 움직여 친구와 가족, 세계의 모든 낯선 이와 메시지를 주고받았고 말이다.

그건 그렇고.

달이 폭발하고 나서 현실을 보고 있다는 걸 확신한 그는, 다양한 천체들과 인공위성의 위치를 보여주는 앱을 부리나케 켰다. 그리고 국제우주정거장(ISS)의 위치를 체크했다. 마침 그가 있는 곳에서 2,000마일 남쪽 260마일 상공을 가로지르는 중이었다.

그는 묘하게 생긴 장치를 무릎에 올려놓았다. 직접 운영하는 소규모 기계공장에서 만든 거였다. 한 150년쯤 되어 보이는 일종의 전신키였는데, 모양을 그대로 딴 플라스틱 블록에 장착되어 벨크로로 무릎에 고정하는 식이었다. 그는 달각달각 소리를 내며 도트(dot)와 대시(dash)를 두드리기 시작했다. 픽업트럭의 범퍼에 달린 회초리 모양의 안테나가 별들을 향하고 있었다.

그를 기준으로 2,000마일 남쪽 260마일 상공. ISS의 일부를 이루는 깡통 모양의 우주선 모듈 내부 도관에 타이랩으로 장착된 두 개의 저가 스피커 세트로부터 도트와 대시가 연달아 튀어나오고 있었다.

ISS의 한쪽 끝에 볼트로 고정된 것은 아말테아라 불리는 고구마 형태의 소행성이었다. 별로 가능한 일은 아니지만 그걸 얌전히 지구로 데려와 축구장에 안착시킨다고 치면, 한쪽 페널티박스에서 시작해 센터서클을 완전히 덮으면서 맞은편 페널티박스에 가 닿을 만한 크기였다. 45억 년 동안 태양 주위를 떠돌았는데, 지구와 비슷한 궤도를 움직였음에도 육안은 물론 천문학자의 망원경에조차 포착된 적이 없었다. 그건, 천문학자들의 분류체계로 판단할 때, 아르주나라는 명칭의 소행성들 중하나라는 뜻이었다. 워낙 지구 근접궤도를 돌기에, 대기권으로 들어와 사람이 거주하지 않는 지역을 강타할 가능성이 다분한 소행성. 하지만 같은 이유에서, 가까이 접근해 접수하기가 상대적으로 수월한 것도 사실이었다. 그렇게 좋고 나쁜 이유를 동시에 가졌기에, 이들 소행성은 늘 천문학자의 관심대상이었다.

아말테아는 5년 전 시애틀 기반의 아르주나 탐사회사에서 파견한 일군의 망원경 탑재위성들에 의해 발견되었다. 아르주나 탐사회사는 테크형 억만장자들이 소행성 채굴을 목적으로 출자해 만든 회사다. 향후 백 년 이내에 지구와 충돌할 가능성이 0.01퍼센트로 추정된 아말테아는 당시 위험한 행성이라는 평가를 받았다. 하여, 행성에 자루를 덮어씌워, 그즈음 ISS 궤도와 점차 엇비슷해져가던 지구중심(태양중심이 아닌)의 한 궤도상으로 끌어오기 위한 작업이 추진되었고, 이를 위해 또 다른 인공위성들이 추가로 파견되었던 것이다.

그러는 동안에도 ISS의 증축계획은 차근차근 진행되었다. 새로운 모듈들이 — 공기를 가득 채운 로켓 추진 양철통들이라고나 할까 — 우주정거장 양쪽 끝에 추가되었다. 우주정거장이 세계를 빙빙 돌며 날아다니는 새 모양의 물체라고 볼 때, 그 코 부위에 해당하는 앞쪽 끝에는 아말테아와 더불어 소행성 채굴탐사팀이 머물 둥지가 마련되었다. 그런가 하면 뒤쪽 끝에는 일종의 원환체인 토러스(torus)가 — 직경 40미터 규모의 도넛 모양 주거구 — 축조된 상태였다. 일정량의 중력시뮬레이션을 만들어내면서 회전목마처럼 돌아가도록 고안된 장치였다.

이런 증축과정의 어떤 시점에 이르자, 사람들은 그것을 우주정거장이나 ISS라 부르기를 멈추고 친숙한 계집 이름 부르듯

이지(Izzy)라 부르기 시작했다. 우연의 일치인지 아닌지, 정거장 양쪽 끝을 여자가 관리하면서부터 그 별명도 덩달아 유행을 탔다. 루퍼스의 다섯째 자식이자 유일한 딸인 다이나 매쿼리는 이지의 앞쪽 끝에서 벌어지는 상황 대부분을 책임지고 있었다. 아이비 샤오는 ISS 총괄지휘권을 행사하면서 '후미 쪽' 토러스 운영에 치중했다.

다이나는 깨어 있는 시간 대부분을 이지의 앞쪽 끝에서 보냈다. 거기 단출한 작업공간("마이 숍") 안에 틀어박혀 작은 석영 창문을 통해 아말테아("마이 걸프렌드")를 하루 종일 내다볼 수 있었다. 아말테아는 철과 니켈로 이루어져 있었다. 태초의 재앙에 의해 파열한 지 오래된 어느 고대 행성의 뜨거운 중심으로 무거운 원소들이 가라앉아 형성되었을 가능성이 컸다. 다른 소행성들은 보다 가벼운 물질들로 이루어졌다. 지구궤도와 비슷한 궤도가 아말테아를 무시무시한 위협이면서 전망 있는 채굴 후보지로 만들었듯, 그 밀도 높은 금속조직은 아말테아로 하여금 태양계 주위를 떠도는 '계집'임과 동시에 연구가치 충만한 물체로 남게 해주었다. 어떤 소행성들은 대부분 물로 이루어져 인간들이 소비를 위해 따로 저장해두든지, 로켓 연료로 쓰려고 수소와 산소로 분리해둘 수도 있었다. 그런가 하면 값진 금속의 함유량이 풍부해 지구로 가져가 팔아볼 만한 소행성들도 있었다.

아말테아처럼 니켈과 철로 이루어진 덩어리는 그 자체로 용해시켜, 주거용 우주위성을 만들기 위한 건축용 자재로 가공할 수도 있었다. 그 작업을 소형시범규모 이상으로 추진하려면 신기술 발전이 선행되어야 할 터였다. 채굴을 위한 인력동원은 아예 논외로 쳤다. 궤도까지 사람들을 올려보내 생존을 유지하는 비용이 워낙에 막대하기 때문이었다. 명백한 솔루션은 로봇이었다. 다이나가 이지로 파견된 것도, 원래는 6인 규모 스태프를 맞아들일 로봇실험실 구축을 위한 기반작업이 목적이었다. 워싱턴 정가의 예산전쟁은 그 규모를 한 명으로 축소시켰다.

다음은 현재 그녀가 이 일을 즐기게 된 사연이다. 그녀는 아버지 루퍼스와 어머니 캐서린 그리고 오빠 네 명을 따라 알래스카의 브룩스 산맥이랄지, 남아프리카의 카루 고원, 웨스턴오스트레일리아의 필바라 같은 외딴 지역의 단단한 암석 채굴광들을 떠돌아다니며 성장했다. 때문에, 말하는 악센트에서 그 모든 지역의 흔적들이 고스란히 묻어났다. 홈스쿨링을 했지만, 부모가 연이어 대주는 가정교사 중 어느 누구도 1년 이상을 가지 못했다. 캐서린은 피아노 연주라든지 냅킨 접는 법 등 조금은 더 세련된 분야의 교육을 맡았고, 루퍼스는 수학, 군대역사, 모스 부호, 삼림지역 비행술, 발파기술 등 아이 나이 열두 살 무렵에 그 모든 것을 가르쳤다. 그러다 보니, 가족 모두 그녀를 평생광산 언저리나 돌며 썩기엔 너무 똑똑하고 야무진 존재로 여기는 분위기였다. 결국 그녀는 미국 동부 해안지대에 위치한 기숙학교로 보내졌다. 그때까지 본인은 잘 모르고 있던 사실인데, 집이 제법 유복한 편이었기에 가능한 일이었다.

학교에서 유망한 여자 축구선수로 활약한 그녀는 재능을 십

분 살려, 펜실베이니아 대학 체육학과에 입학했다. 2학년 때 우측 전방십자인대 파열로 운동을 접게 되자, 그녀는 지질학 쪽으로 진지하게 방향전환을 시도했다. 바로 그 결정이, 로봇 만들기를 좋아하는 남자친구와의 3년 이어진 관계와 함께, 광산산업의 성장배경과 결합함으로써 그녀를 지금 종사하는 일의 적임자로 만들어왔던 것이다. 지구의 로봇 페인들과 — 대학에 적을 둔 연구자들, 해커/프로그래머 커뮤니티의 프리랜서들, 아르주나 탐사회사의 고용 인력들 — 긴밀하게 협력하며 작업하는 가운데, 그녀는 바퀴벌레 크기에서 코커스패니얼 크기에 이르는 온갖 로봇들을 프로그램하고, 테스트하고, 평가했다. 그 모든 로봇은 물론 아말테아의 표면을 이리저리 기어다니면서 구성물질을 분석하고 조각들을 떼어내, 이 위의 모든 설비가 그러하듯, 우주환경에서의 작업에 적합하도록 개조된 특수 용광로로 안전하게 운반하는 과업을 수행했다. 후에 거기서 빼낸 강괴(鋼塊)들은 문진(文鎭)으로 삼기에는 그다지 시원찮을 크기지만, 지구 밖에서 처음 만들어졌다는 점 하나로, 지금은 실리콘밸리의 억만장자들 책상 위 중요서류들을 지그시 눌러주고 계시는 입장이다. 물론 하나의 물건이기 이전에 대화의 진귀한 소재이자 신분을 나타내는 일종의 상징으로서 그 엄청난 가치를 십분 자랑해가며 말이다.

루퍼스. 세계 곳곳에 흩어져 서서히 그 규모가 줄어드는 옛 친구들과 아직도 모스 부호로 교신하고 있는 이 오기 넘치는 아마추어 무선전신광은 지상과 이지(Izzy) 사이의 무선송수신이 사실상 훨씬 수월(easy)하다는 점을 지적했었다. 결국 그건 가시선(可視線)의 원리(적어도 이지가 머리 위를 비행할 때)일 뿐이며, 아마추어 무선전신의 기준에서 거리란 아무 문제도 안 된다는 이유에서였다. 먹고 자고 일하는 곳이 납땜장치와 전자작업대들로 둘러싸인 로봇작업실인 만큼, 아빠가 제공해준 명세표에 따라 작은 트랜스시버(휴대용 무선송수신기) 하나 조립하는 것은 다이나에게 일도 아니었다. 격벽에 타이랩으로 고정된 채 그녀의 전용 워크스테이션 위에 매달려 있는 트랜스시버의 희미한 잡음은 우주정거장 통풍장치의 굉음에 속절없이 휩쓸려 가버렸다. 그래도 언젠가 삐ー 하는 발신음을 토해내기는 할 터.

에이전트가 달을 박살내고 난 몇 분 사이, 이지 말단구역 다이나의 작업공간 쪽을 어느 우주유영자가 바라보았다면 무엇보다 아말테아가 눈에 들어왔을 것이다. 울퉁불퉁 뒤틀린 거대한 금속덩어리. 희미한 그 중력장 속으로 영구한 세월 쏟아져 들어간 우주분진에 의해 일부는 지금도 지저분한 반면, 반들반들 닦아낸 다른 부분은 밝게 빛나고 있다. 그 표면을 바쁘게 헤집고 다니는 물체들은 네 개의 '종(種)'에 속하는 서로 다른 스무 개의 로봇이었다. 뱀처럼 생긴 부류가 있고, 게 모양으로 진로를 콕콕 찍어대는 부류가 있는가 하면, 일종의 지오데식 돔처럼 생겨 데굴데굴 굴러가는 부류, 벌레 떼처럼 보이는 부류도 있었다. 이들은 산발적인 조명효과를 동반하고 있었는데, 하나는 다이나가 로봇추적용으로 사용하는 청색과 백색의 발광다이오드이고, 다른 하나는 아말테아의 표면을 스캔하기 위한 자체 레이저빔이며, 남은 하나는 이따금 그 표면을 절개할 때 발생하는 눈부신 자줏빛 광채다. 사태발생 당시 이지의 위치는 지구의 그림자 즉, 행성의 암흑면 쪽이었다. 그래서 다이나의 워크스테이션 바로 옆 작은 석영 창문에서 새어나오는 하얀 불빛 말고는 전체가 캄캄했다. 창문은 담황색 머리를 짧게 커트한 그녀의 얼굴 전체를 담기에도 부족한 크기였다. 그녀는 특별히 외모에 신경 써본 적이 없었다. 광산에 살 때, 어쩌다 화장이나 옷에 안 하던 짓을 하고 나서면 오빠들이 단박에 놀려대곤 했다. 학교 졸업앨범에서 선머슴 같은 말괄량이로 묘사되었을 때, 그녀는 이를 일종의 경고사격으로 해석했다. 이후 어느 정도 계집애다운 단계로 진입했고, 그것이 십대 막바지와 이십대 초반의 그녀 삶을 질풍노도처럼 휩쓸었다. 그러다가 엔지니어 사회에 진지하게 받아들여질 것을 고민하기 시작하면서 모든 게 정리된 상태다. 이지에서의 삶은 곧 인터넷상에서의 삶을 의미했다. 공들여 작성한 나사(NASA. 미항공우주국) PR용 인터뷰를 시작으로 동료 우주비행사들이 올린 페이스북 스냅사진들에 이르기까지 모든 것을 인터넷 공간에서 처리하는 것이다. 무중력 상태에서 부하게 뜬 헤어스타일에 질린 그녀는, 몇 주에 걸쳐 임시방편 삼아 야구모자를 푹 눌러쓰고 지낸 다음에서야, 짧은 커트머리가 문제해결에 얼마나 유효한지를 깨닫게 되었다. 아무튼 이 헤어스타일은 달리 소일거리가 없어 보이는 남정네와 일부 여자들로 하여금 어마어마한 양의 인터넷 댓글을 쏟아내게 만들었다.

여느 때처럼 그녀는 컴퓨터 모니터에 집중하고 있었다. 로봇의 행태를 제어하는 일련의 코드들이 화면을 가득 메우고 있었다. 소프트웨어 개발자들은 보통 코드를 작성하고, 그것을 프로그램으로 변환한 다음, 의도한 대로 작동하는지 확인하기 위해 프로그램을 돌려본다. 다이나는 코드를 작성하고, 수 미터 거리에서 아말테아 표면을 바삐 돌아다니는 로봇들에게 그것을 전파로 쏜 다음, 모든 게 제대로 작동하는지 창문을 통해 내다보았다. 그러다 보니 창문에 가까운 녀석들은 아무래도 그녀의 관심을 가장 많이 받게 되어, 일종의 자연선택 원리가 발효되는 것이었다. 즉, 로봇 어머니의 차갑고 푸른 눈동자 가까이 몰려드는 녀석들일수록 똑똑해지는가 하면, 어두운 구역에서 이리저리 방황하는 녀석들은 더 똑똑해질 기회를 좀처럼 갖지 못했다.

어쨌든 그녀는 컴퓨터 화면에도 로봇들에게도 똑같이 집중했고, 오랜 시간 지속적으로 그렇게 했다. 격벽에 타이랩으로 고정된 스피커 잡음으로부터 삐− 하는 발신음이 새어나오기 전까지는 말이다. 시선의 집중이 잠깐잠깐 흔들리는가 싶더니, 어느새 그녀의 머리는 도트와 대시들을 일련의 문자와 숫자들로 부지런히 해독하고 있었다. 아버지로부터 날아든 콜사인이었다. "지금 말고, 아빠." 그렇게 툴툴대면서 그녀는 아버지가 준 전신키를 죄송스러워하는 눈길로 흘끔흘끔 바라보았다. 황동과 떡갈나무로 구성된 그 빅토리아 시대의 유물은 루퍼스가 이베이의 실내장식물 및 과학기념물 단골들을 상대로 전격적인 입찰전쟁을 치른 끝에 엄청난 값을 치르고 구입한 물건이다.

달을 보라

"나중에요, 아빠. 달 예쁜 건 알고 있어요. 지금 한참 오류수
정 중이란 말예요……."

지금 저게 달인지는 모르겠다만

"네?"

그제야 다이나는 창문에 얼굴을 갖다 대고 달을 찾아 고개를
삐딱하게 숙였다. 과연 예전엔 달이었으나 지금은 무엇인지 모
를 어떤 물체가 눈에 들어왔다. 우주가 변하고 있었다.

그의 이름은 뒤부아 제롬 그자비에 해리스 Ph. D. 프랑스식
이름은 어머니 쪽 루이지애나 조상들로부터 온 것이었다. 해리
스 가문은 캐나다 출신 흑인 집안인데, 조상이 노예시절 토론
토로 이주해왔다. 제롬과 그자비에 모두 성인명이며, 둘 다 조
심조심 살자는 뜻으로 붙인 이름이었다. 가족은 디트로이트-
윈저 지역 국경지대에 거주했다. 학교 다닐 때 친구들에게 두
브(Doob)라는 별명으로 놀림받는 것은 어쩔 수 없는 일이었다.
다들 그것이 마리화나를 가리키는 은어 두비(doobie)로부터 온
말임을 알기에는 아직 어린 나이였으니까. 현재는 압도적으로

많은 사람들이 그를 닥 뒤부아(Doc Dubois)라 불렀다. TV에 자주 얼굴을 내밀어서인데, 토크쇼 진행자나 앵커맨이 항상 그런 식으로 그를 소개했던 것이다. 그가 TV에 출연해서 하는 일은 일반대중을 상대로 과학을 설명하는 것이었다. 그러니까 자기들 세계관이나 삶의 방식과 관련하여 과학이 의미하는 모든 것을 도무지 받아들일 수 없거니와 그걸 부정할 방법을 찾는 데는 또 귀신같은 재주를 발휘하는 사람들을 위한 인간피뢰침 노릇이라고나 할까.

천문학회의 기조연설을 한다든지 논문을 작성할 때처럼 아카데믹한 환경에서 그는 당연히 닥터 해리스(Dr. Harris)였다.

달이 폭발할 때 그는 칼텍 애서니움[1] 안뜰에서 진행된 기금 조성 리셉션에 참석 중이었다. 저녁이 시작될 즈음, 그것은 치노힐 위로 떠오르는 지독히 차갑고 희푸른 원반이었다. 어설픈 관찰자라면 달구경하기 좋은 밤이라고 제멋대로 생각할 만했다. 적어도 남부 캘리포니아 기준으로서는 말이다. 그러나 닥터 해리스의 전문가적인 눈은 달의 테두리를 따라 일어나는 가느다란 번짐 현상을 목격했고, 망원경을 고정시켜봤자 소용없으리라는 것을 알아챘다. 적어도 그 목적이 과학적 활동이라면 말이다. 홍보활동은 또 다른 문제였다. 닥 뒤부아의 페르조나가 나서서 작동할 때는 종종 별파티[2]를 열곤 했다. 그런 데선, 아

---

1 Caltech Athenaeum. 캘리포니아 공과대학 교수회관.
2 star party. 일종의 아마추어 천문동호회 모임으로, 관측기구들을 갖추고 모여서 별들을 관측하고 서로 정보도 교환하며 친목을 도모하는 회합.

마추어 천문가들이 이튼캐년파크에 모여 준비해온 망원경들을 설치하고 달이라든가 토성의 고리들, 목성의 달들같이 대중이 즐거워할 만한 목표물에 초점을 맞추는 것이 다반사였다. 이 밤 역시 그런 이벤트를 벌이기엔 안성맞춤이었다.

하지만 지금은 그런 걸 하고 있을 때가 아니었다. 대부분 첨단과학산업에 종사하는 부자들과 고급와인을 마시면서, 텔레비전 매체와 4백만 트위터리언을 거느린 과학전도사 닥 뒤부아의 사교성을 십분 발휘해야 하는 것이다. 닥 뒤부아는 자신을 바라보는 청중의 면면을 한눈에 파악할 줄 알았다. 자수성가한 테크형 억만장자들은 논쟁을 좋아하고, 패서디나 지역의 귀족층은 그렇지 않으며, 사교계 마나님들은 짧고 재미난 강의라면 언제든 환영이라는 걸 그는 잘 알고 있었다. 아울러 지금 자기 일이 이 사람들을 확 구워삶는 것 이상도 이하도 아님을, 그리고는 잠시 후 전문적인 기금조성인들 소관으로 넘겨버리는 것임을 너무나도 잘 알고 있었다.

그렇게 완벽한 닥 뒤부아의 페르소나가 피노누아르를 한 잔 더 주문하기 위해 바로 향하던 중. 사람들 어깨를 툭툭 쳐가며 주먹을 부딪치고 미소를 교환하는 그의 앞에서 별안간 어떤 사내가 기겁을 했다. 모든 시선이 그쪽으로 쏠리는 건 당연했다. 두브는 그 딱한 친구가 혹시 유탄 같은 것에 맞은 건 아닐까 가슴이 철렁했다. 사내는 짝다리 짚은 자세 그대로 얼어붙은 사람처럼 허공만 뚫어져라 바라보고 있었다. 한 여자가 그 시선을 따라 하늘을 쳐다보더니 비명을 내질렀다.

이제 두브는 지구행성의 어두운 반쪽을 통틀어 아마도 하늘에서 눈을 떼지 못하고 있을 수백만에 달하는 인간들 중 하나가 되어 있었다. 필시 그들은 어마어마한 충격 속에서, 이를테면 말하기와 같은 고급기능 담당 뇌구역이 모조리 폐쇄된 상태일 터였다. 이곳이 대(大) 로스앤젤레스라 불리는 지역인 만큼, 제일 처음 그의 뇌리를 스친 것은 인근 사유지 너머 공중에 몰래 설치한 대형 검정 프로젝션 스크린을 보고 있을지도 모른다는 생각이었다. 어딘가 감춰둔 프로젝터에서 그곳에 쏘아대는 헐리웃 특수효과를 감상하는 중이라고 말이다. 기발한 이벤트가 진행 중이라고 귀띔해준 사람은 없었지만, 이건 그야말로 기상천외한 기금조성파티의 신호탄이거나 영화제작발표회의 일부 행사가 아닐까 싶을 정도였다.

겨우 정신을 차리자, 일제히 울어대는 수많은 휴대폰들의 전자 착신음부터 귀에 들어왔다. 거기엔 그의 휴대폰도 포함되어 있었다. 새로운 시대의 첫울음 소리였다.

아이비 샤오는 이지의 총괄지휘권을 맡아 대부분의 시간을 토러스에서 보내고 있었다. 일단 집무실이 그곳에 위치하기 때문이고, 그녀의 우주구토증이 인정해도 괜찮을 수준을 넘어서기 때문이기도 했다. 아이비는 후방 토러스에, 다이나는 전방 끄트머리 아말테아 가까이에 위치해 있다는 사실. 그 물리적 간격은 많은 사람들이 보기에, 실제로는 존재하지도 않는 두 사람의 차이점을 상징하는 것처럼 비쳤다. 여타 대조적인 면이 있음은 분명한데, 우선 신체적인 면부터 살펴보면 다음과 같다. 아이비는 4인치 더 큰 신장에 길고 검은 머리를 가졌는데, 보통 그것을 땋아서 입고 있는 점프슈트 칼라 속으로 밀어 넣어 관리하는 스타일이었다. 체격은 배구선수와도 같았다. 열성적인 부모의 외동딸로 로스앤젤레스에서 성장한 그녀는 대학입학자격시험 통과는 물론 전국과학경진대회 수상자로서, 해군사관학교를 거쳐 프린스턴에서 응용물리학 박사학위를 취득했다. 그제야 비로소 해군당국은 그녀가 치러야 할 의무군복무를 요청했다. 일단 헬리콥터 조종술을 배운 다음 그녀는 대부분의 복무기간을 우주비행사 프로그램 이수에 바쳤고, 그 과정에서 제법 빠른 진급코스를 거쳤다. 발사체가 궤도에 진입한 뒤부터 특수임무를 수행하는 과학자나 기술자 등 임무전문가[3]라 불리는 대부분의 우주비행사들과는 달리, 아이비는 조종사 훈련을 받은 만큼 비행전문가이기도 했고 이는 곧 로켓 조종을 할 줄 안다는 뜻이었다. 우주비행왕복선 시대가 끝난 지 이미 오래. 더는 날개 달린 선체의 조종간을 붙잡고 활주로로 되돌아올 필요가 없었다. 대신 궤도상을 비행하는 우주선의 도킹이랄지 방향조작은 헬리콥터 조종사 수준의 엔진제어 능력과 수학적 두뇌를 갖춘 물리학자라면 충분히 도전해볼 만한 일이었다.

그런 정도에 기죽을 사람에게라면 상당히 위협적이고 심지어 불쾌감까지 줄 수 있는 경력이었다. 하지만 다이나는 그런

---

3 미션스페셜리스트(Mission Specialist). 운용기술자라고도 한다. 우주선 개별시스템의 운용을 책임진다. 우주유영(EVA)이라 불리는 선체보수작업도 이들의 몫이다.

타입이 아니었고, 상대의 경력 따위는 별로 개의치 않았다. 아이비를 대하는 그녀의 비공식적인 태도가 일부 관찰자들 눈에 다소 무례하게 보였을 뿐이다. 서로 아주 다른 두 여자의 대조적인 면이 실제 사정보다 훨씬 드라마틱한 스토리를 조장한 셈이었다. 사실상 있지도 않은 둘 사이의 불화를 봉합한답시고 이지의 승무원들과 지상의 관제사들이 온갖 호들갑을 떨 때마다 당사자들은 그저 곤혹스러웠다. 다만, 복잡한 정치적 계산으로 불화를 부추기는 경우에는 문제가 그리 간단치 않았다.

달이 폭발하고 네 시간이 지난 시점, 다이나와 아이비 그리고 국제우주정거장의 크루 나머지 인원 열 명은 바나나에서 회의를 열고 있었다. 바나나란 회전하는 토러스 내부에서 통으로 연결된 가장 긴 구역의 명칭이었다. 토러스의 내부공간 대부분은 아주 짧은 간격으로 구역이 나뉘어, 바닥이 평평하고 중력 또한 동일한 지점으로 모아진다는 착각에 사로잡히기 쉬웠다. 하지만 바나나에서만큼은 워낙에 공간이 길게 뚫려 있어, 50도 각도로 휘어진 아치형 바닥을 명확하게 인지할 수 있었다. 그 한쪽 끝에서의 중력은 다른 쪽 끝에서의 그것과 다른 방향으로 작용했다. 따라서 해당 공간을 따라 길게 펼쳐진 회의용 탁자 역시 휘어진 형태였다. 한쪽 끝에서 입장하는 사람은 반대쪽 끝을 마치 언덕 위를 쳐다보듯 올려다보아야 하지만, 막상 그쪽으로 건너갈 땐 걸어 올라간다는 느낌이 전혀 없었다. 신입 크루인 경우, 탁자 위 다른 어디에 물건이 놓여도 무조건 자기 쪽으로 굴러떨어질 거라 여길 만했다.

벽은 온통 연노랑이었다. 통상적인 수준으로 갖춰진 시청각 기기들의 상태가 영 시원찮았다. 원칙적으로는 휴스턴이랄지 바이코누르 또는 워싱턴을 서로 연결하는 원격회의가 가능하도록 지상의 인간들을 실시간 영상으로 계속해서 보여주게끔 되어 있었다.

A+0.0.4(에이전트가 달에 작용한 지 0년 0일 4시간이 경과한 시점)에 회의를 시작할 때, 제대로 작동하는 것은 아무것도 없었다. 그래서 이지의 거주자들끼리 잠시 얘기를 나누는 동안 프랭크 캐스퍼와 지브란 하룬이 커넥터들을 흔들어보고, 컴퓨터에 명령어들을 입력하고, 모든 것을 리부팅했다. 비교적 이지의 신입에 해당하는 프랭크와 지브란은 이런 작업에 자기들이 일가견 있음을 내색하는 실수를 범했고, 때문에 그 일을 도맡는 입장이 되고 만 것이었다. 하긴 두 사람 다 잡담하는 것보다는 이런 작업이 더 마음 편하긴 했다.

"원시(原始) 특이점"이, 그곳으로 미끄러지듯 입장하면서 다이나가 들은 소리였다. 이곳 중력은 지구의 그것에 비해 10분의 1밖에 되지 않았고, 사람들이 돌아다니는 것에 '걷다'라는 단어는 딱히 어울리는 표현이 아니었다. 그것은 차라리 걷는 것과 날아다니는 것의 중간이랄까, 길게 통통 튀는 동작 비슷한 것이었다.

다이나의 귓전을 건드린 그 말은 독일인 천문학자 콘라드 바아트의 입에서 나온 것이었다. 그곳에 모인 사람들의 반응으로 볼 때, 방금 나온 얘기에 조금이라도 관심을 가진 사람은 다이나 말고는 독일인 천문학자 바로 맞은편에 앉은 아이비가 유일했다.

"그게 무슨 말이죠?" 다이나가 물었다. 언제부터인가 반문하는 일은 다이나 전담이 되어 있었다. 다른 사람들은 아이비를 존중해서인지, 그냥 무지를 드러내기 싫어서인지, 되묻는 일이 전혀 없었다.

"작은 블랙홀이라는 얘기죠."

"왜 '원시'인데요?"

"대다수 블랙홀은 별이 붕괴할 때 형성되었거든," 이번에는 아이비가 대신 대답했다. "그런데 어떤 블랙홀들은 빅뱅이 일어나자마자 곧바로 생겨났다는 이론이 있지. 우주는 울퉁불퉁 혹투성이었어. 그 혹들 중 일부는 중력붕괴를 일으킬 만큼 밀도가 높았을 것이고, 바로 그것들이 블랙홀들을 형성했을 수 있다는 건데, 별의 무게만큼 무거워지는 대신 크기가 훨씬 작은 블랙홀들이 되었을 거란 얘기지."

"얼마나 작은데?"

"딱히 한계가 있을 걸로는 생각하지 않아. 다만 중요한 것은 그것들 중 하나가 눈에 보이지 않게 우주공간을 가르고 지나가다가 어떤 행성을 그대로 관통해 반대편으로 뚫고 나갈 수 있다는 점이야. 이른바 퉁구스카 사건이 바로 그런 블랙홀 하나로 인해 발생했다는 가설이 있었지만, 수용되진 않았지."

다이나도 알고 있는 내용이었다. 아버지가 툭하면 그 이야기를 즐겨 하셨기 때문이다. 백여 년 전, 인적 드문 시베리아 벌판에서 수백만 그루의 나무들을 순식간에 파괴해버린 대폭발 사건 말이다.

"그건 분명 엄청난 폭발이었지만 달을 날려버릴 정도는 아니잖아."

다이나의 말에 아이비가 대꾸했다.

"달을 날려버리려면 그보다 훨씬 크고 빠른 놈이 필요하겠지. 아무튼 가설일 뿐이야."

"하지만 지금 그렇게 됐잖아?"

"확실히 그렇게 됐지. 총알이 사과를 꿰뚫고 지나간 것처럼 말이야."

이런 사태를 이처럼 사무적으로 이야기하고 있다는 사실이 다이나에겐 괴이하게 느껴졌다. 그렇다고 달리 이야기할 방도가 있는 것도 아니었다. 이런 문제를 포용할 만큼 현재 감정상태들이 넉넉지 못했다. 더욱이 지금으로선 마치 볼륨을 꺼놓고 보는 스크린상의 어떤 장면처럼, 그것 자체가 시각효과에 지나지 않았다.

"조류에 영향을 미칠까요?" 리나 퍼레이라의 질문이었다. 해양생물학자인 그녀가 조류에 어느 정도 관심을 갖는 것은 당연한 일이었다. "달의 중력으로 초래되는 현상이니까요."

"그건 태양의 중력도 마찬가지죠." 아이비는 살짝 미소 띤 얼굴로 고개를 끄덕하며 덧붙였다. 그녀가 이지의 책임자인 반면, 다이나가 그렇지 못한 이유가 바로 그런 데 있었다. 방을 가득 채운 사람들을 앞에 두고 해양생물학 박사의 발언에 토를 달 만한 강단의 소유자이면서, 그 또한 딱히 모나지 않은 방법으로 해치울 줄 아니 말이다. "굳이 대답하자면, 의외로 미미할 거란 사실입니다. 달의 질량이 아직 그 지점에 머물러 있으니까요. 전에 있던 장소 가까이 말입니다. 단지 조금 넓게 퍼졌을 뿐이죠. 파편들이 여전히 동일한 중력의 중심점을 공유하고 있어요. 이전 달의 궤도도 그대로 살아 있고 말입니다. 갖고 계신 조수 관련 데이터는 계속 유효할 겁니다."

얼굴 표정은 그저 덤덤했지만, 다이나는 지금 과학과 관련한 아이비의 말솜씨를 즐기고 있었다. 꽤 골치 아픈 문제를 두고도 일종의 고지식한 소녀다운 경이감을 드러내며 참 잘도 지껄여댄다. 항상 아이비가 언론인터뷰에 응하고, 그사이 다이나는 자신의 로봇작업실로부터 끌려나와 끊임없이 미소만 짓고서 있어야 하는 이유가 바로 거기에 있었다. 목소리 톤은 보너스였다. 어떤 지시를 내리거나 파워포인트 슬라이드를 읽을 때, 아이비의 목소리는 군대식이었고 짧게 끊어 치는 스타일이었다. 반면 과학 얘기를 할 땐 얼굴까지 환해지면서, 중국인형 머리 끄덕이듯 단조롭고 경쾌한 가락으로 화하는 것이었다.

"이런 거 다 어디서 나는 거야?" 다이나가 묻자, 보스 앞에서 지나치게 버릇없이 구는 태도를 우려하는 사람들의 따가운 눈초리가 일제히 그녀를 향했다. "이제 겨우 네 시간 정도 지난 일이잖아?"

"짐작하겠지만, 가뜩이나 잡다한 설들이 들끓는 데다 일부 알찬 내용만 답지하는 특별 이메일 명단이 따로 있거든." 아이비의 설명이었다.

긴 탁자의 한쪽 끝 위에 펼쳐진 초경량 모니터에 블루 스크린이 뜨는가 싶더니, 곧장 나사(NASA) 로고로 바뀌었다. "오케이, 이제 됐어!" 옆으로 훌쩍 뛰어 의자에 착석한 지브란이 중얼거렸다.

이제 모두의 시선이 휴스턴의 존슨 스페이스 센터에 위치한 ISS 관제실의 낯익은 광경으로 향했다. 임무운용 본부장이 카메라 앞에 앉아 자신의 아이패드를 만지작대고 있었다. 카메라가 작동 중임을 알지 못하는 듯 보였다. 잠시 후, 카메라 밖에서 문 여는 소리가 들렸다. 전직 군출신 본부장이 평소와는 다르게 벌떡 일어섰다. 그는 방금 오른쪽에서 문을 열고 들어선 어떤 여자에게 다가가 악수를 했다. 나사 부국장으로서 전체 조직의 2인자가 납신 것인데, 진정 보기 드문 회동이었다. 은퇴한 우주비행사인 그녀 이름은 오릴리아 매키. 수도에서 대부분의 시간을 지내는 만큼 깔끔한 정장차림이었다.

"카메라 작동 중인가요?" 그녀가 카메라 밖에 있는 누군가에게 물었다.

"네." 바나나의 몇몇 사람들이 대신 대답했다.

그러자 오릴리아가 약간 놀란 듯했다. 그녀와 본부장 모두 당장 무슨 말부터 꺼내야 할지 막막한 모양인데, 당연한 일이었다.

"오늘 컨디션 모두 어때요?" 오릴리아가 지극히 기계적이고 사무적인 음성으로 물었다. 마치 아무 일도 일어나지 않은 투였다. 머리가 사태를 따라잡는 동안 자동조종장치를 가동시킨 꼴이었다.

"좋습니다." 약간의 헛기침들 속에 섞여, 바나나의 몇몇 사람들이 대답했다.

"다들 이번 사태를 인지하고 있을 것으로 생각합니다."

"여기서는 아주 잘 보이거든요." 다이나의 말에, 곧장 아이비가 경고의 눈빛을 쏘아보냈다.

"물론 그렇겠죠." 오릴리아는 얘기를 이어갔다. "여러분이 목격한 것과 현재 경험하고 있는 것에 관해 보다 긴 대화를 갖고 싶습니다. 하지만 지금은 간략하게 줄여야 할 것 같군요. 로버트?"

본부장은 아이패드에서 눈을 떼고 얼른 자세를 고쳐 앉았다. "현재 저 위에 부유하는 바윗덩이들 수가 증가할 것으로 예상하고 있네." 달에서 떨어져 나온 파편들 얘기였다. "대부분 중력으로 묶여 있어서 규모가 크지는 않겠지만, 그중 일부는 거기서 이탈해 나왔을 수도 있어. 그러니 대책을 세우는 동안 다른 모든 임무는 중단한다. 충격에 대비해 만반의 태세를 갖추도록."

바나나에 있는 사람들 모두가 말없이 경청하면서 그 의미를 곱씹었다. 경계태세를 단단히 하고, 이지를 격실별로 나누어 한곳이 타격을 입어도 그곳으로 전체의 공기가 빨려나가지 않게끔 조처할 터였다. 절차의 면밀한 검토가 따르겠지만, 일단 리나의 생물학 실험은 호황을 누리되, 다이나의 로봇들은 모처럼 휴가를 즐기게 될 것이다.

　마침내 오릴리아가 카메라를 향해 말했다. "일체의 우주비행 작전은 별도의 통지가 있을 때까지 중단합니다. 올라가는 인원도 내려오는 인원도 없을 겁니다."

　모두가 아이비만 바라보고 있었다.

　아이비의 집무실로 들어서자마자 둘은 누가 먼저랄 것 없이 Q코드로 돌입했다. 그 작은 방은 아이비가 평소 마음껏 울어도 좋다고 생각하는 장소였다.

　Q코드란 아마추어 무선전신용 은어였다. 다이나는 그것을 루퍼스에게서 배웠는데, Q로 시작하는 3문자 조합의 문자체계였다. 모스 부호 통신에서 빈번히 쓰이는 문장들을 시간절약을 위해 그걸로 대체했는데, 이를테면 "다른 주파수로 바꿔도 되겠습니까?" 같은 문장이 그랬다. 다이나와 아이비의 Q코드는 사실 Q로 시작하지는 않았다. 하지만 그 일부가 3문자 조합인 건 마찬가지였다.

　'어퍼티 리틀 쉿키커(Uppity Little Shitkicker)'[4]는 사립학교에 온 다이나가 축구를 하던 중 뉴욕출신 여자애에게 가야 할 패스를 가로챘을 당시부터 늘 붙어 다닌 별명이다.

　그런가 하면 '스트레이트 애로우 비치(Straight Arrow Bitch)'[5]

---

4 왕재수 시골뜨기.
5 대쪽 까칠녀.

는 해군사관학교 다닐 때 테일게이트 파티 중 술마시기 게임을 거부하면서부터 아이비에게 부여된 별명이다.

ULS/SAB 역학구도를 다이나와 아이비는 미팅 때마다 활용했다. 두 사람은 그 구체적인 방법을 짜두기 위해 사전미팅까지 해오고 있었다.

'굿 룩스 웨이스티드(Good Looks Wasted)'[6]는 다이나가 새로운 헤어스타일로 변신한 다음, 어렵사리 채택된 말이었다. 터무니없는 '전체회신'의 재앙을 치른 대가라고나 할까. 잔뜩 흥분해서 숨이 턱에까지 찬 다이나가 아이비에게 그걸 들려주었고, 둘은 곧장 개인 코드북에 'GLW'를 기입했다.

"깜빡했다(I/You forgot)"를 철없는 계집애 식식대는 목소리로 발음하면 "메이크업을 깜박했다"라는 뜻인데, 이건 나사의 홍보담당자 말에서 그대로 따온 것이었다.

'SAR'은 나사 국장과 아이비가 약간의 설전을 벌이는 가운데 얻은 수확이었다. 당시 아이비가 제출한 보고서를 읽던 국장이 "말을 불필요하게 줄여 쓰는 걸 병적일 만큼 좋아한다"며 핀잔을 주었는데, 그게 아이비한테는 어이없게 들렸다. 정작 그러는 나사에서는 툭하면 문장을 약자로 줄여 쓰지 않는가! 아이비가 이 점을 지적하자, 국장 왈 "당신이 사용하는 줄임말들은 '여학생 티가 나고 난해해요(Schoolgirlish And Recondite)'"라고 했다는 것이다.

---

6 잘나봐야 헛일.

아이비와 다이나가 서로 시기는 달라도 같은 십대 때 경험한 스페이스 캠프(Space Camp)는 단지 이지만이 아니라, 나사 유인 우주비행의 하위문화 전체를 지칭할 때 쓰는 말이었다.

"모계유기체(Maternal Organism)[7]에겐 뭐라고 할 거야?"

아이비가 저장박스 뒤쪽에서 테킬라 병을 찾는 동안 다이나가 물었다.

아이비는 잠시 멈칫하더니, 술병을 꺼내 마치 곤봉이라도 되듯 다이나의 머리를 향해 던졌다. 다이나는 조금도 움츠리지 않은 채, 활공하듯 미끄러져오는 술병이 머리 위에서 멈출 때까지 빤히 바라보았다.

"뭐라고? 네 머릿속에 무엇보다 그게 먼저 궁금할 정도로 모오그가 내 결혼보다 중요했다니, 이거 참 놀랄 노자인걸!"

다이나의 얼굴이 살짝 초췌하다. 아이비가 덧붙였다.

"걱정 마. 너 (화장) '까먹었구나.'"

"미안, 그냥 생각해본 거야……. 아무튼 너하고 칼은 무슨 일이 있어도 결혼해서 멋진 삶을 살아야 해."

"하긴 모오그가 충격은 좀 받겠지." 아이비는 작은 플라스틱 컵 두 개에 테킬라를 부으며 말했다. "스케줄을 다시 다 짜야 하니까."

"왠지 그쯤이야 이골 났다는 투로 들리는걸. 하찮다는 게 아니라."

---

7 어머니를 의미함.

"말해 뭐해."

"모오그를 위하여."

"모오그를 위하여."

다이나와 아이비는 플라스틱 컵을 부딪치고 나서 테킬라를 한 모금 홀짝였다. 토러스에서 기대할 수 있는 이점 중 하나는 관을 꽂고 빨지 않아도 얼마든지 정상적으로 마실 수 있다는 점이었다. 약한 중력에 익숙해지는 게 결코 쉽지 않은데, 두 사람은 이미 노련하게 적응한 터였다.

"너희 가족은 어때? 아빠한테서 소식은 좀 있어?" 아이비가 물었다.

"아빠는 인터넷에서 접한 콘라드의 '광역적외선 관측플랫폼'으로부터 원(原)데이터 파일을 얻고 싶어해. 그래야 달에 가해진 타격에 관한 개인적 호기심이 풀릴 수 있다나."

"그걸 모스 부호로 알려주려고?"

"아빠 인터넷 잘해. 벌써 드롭박스 폴더까지 설치했는걸. 내가 파일만 제공하면 그 즉시 예전 모습으로 돌아가, 세금이 너무 과하다는 둥, 중앙정부는 규모를 팍 줄여 쇠징 박은 구둣발로 짓밟을 수 있을 만큼 작아져야 한다는 둥, 툴툴대기 시작할걸."

◆ ◆ ◆

천문학자들이 미처 몰랐던 어떤 것이 알고 있는 것보다 어마어마하게 중요해진 상황. 하늘에 괴이한 현상이 벌어질 때마다,

위키피디아를 포함해 어느 정도 정돈된 지식체계에 익숙한 사람들이라면 천문학 종사자들이 뭔가 능력부족이거나 적어도 능력발휘에 실패하고 있다는 느낌을 강하게 받기 마련이다.

현재 연일 벌어지는 상황이 그랬다. 그럼에도 천문학자의 도움으로만 파악될 수 있는 현상이 대다수라, 소위 업무비밀이라는 명목만큼은 유지할 수 있었다. 유성충돌 같은 명명백백한 사건들은 어김없이 닥 뒤부아의 휴대전화 벨을 울게 했다. 그 벨소리는 조만간 토크쇼에 뻔질나게 출연하여, 무엇보다 천문학자라는 사람들이 왜 미리 충돌을 예견하지 못했는가를 해명해야 된다는 뜻이었다. 왜 유성이 날아오는 것을 보지 못했는가? 이거야말로 천문학자라는 자들이 컴퓨터에만 매달리는 무용한 집단이라는 뜻 아니겠는가?

약간의 겸손함이 효과가 있어 보였다. 전문가들이 너무 일찍 잘라내지만 않는다면, 그는 정부의 더 많은 과학지원을 청원하는 일에 종사할 기회를 자주 가질 수 있을 터다. 일반대중들이야 다섯 쌍둥이 성단 안에 있는 볼프-레이에 별들 따위엔 전혀 관심이 없는 반면, 자기들 머리 위에 뜨거운 바윗덩이가 쏟아져 내리는 것이 반드시 피할 일이라는 점만큼은 확실히 알고 있으니까 말이다.

그는 항상 이번 사태를 달의 붕괴라 불렀다. 폭발이 아니고 말이다. 용어는 곧장 트위터상에서 인기몰이를 시작했다. 사람들이 그걸 무어라 부르든, 유성 하나가 날아와 부닥치는 것과는 비교가 되지 않을 엄청난 사건임은 분명했다. 그래서 좀 더 많은 설명이 필요한 사안으로 보였다. 하지만, 딱히 설명할 방도가 아직은 없었다. 유성은 쉬운 해명이었다. 우주는 원래 망원경으로 잘 보이지 않는 작고 어두운 바윗덩이들로 가득한데, 그런 돌들 중 일부가 대기에 휘말려 땅으로 추락했다는 식의 해명 말이다. 하지만 달의 붕괴는 그 어떤 평범한 천문학적 현상으로도 초래될 수 없는 것이었다. 그러니, 사태발생에 뒤이은 한 주 내내 카메라 앞에서 보낸 닥 뒤부아가 틈만 나면 그 문제로부터 벗어나려 애쓰는 건 당연했다. 이런 현상의 원인에 대해 자기는 물론 어떤 천문학자도 아는 것이 없다는 멘트를 솔직하게 앞세우면서 말이다. 말하자면 그것은 정중앙을 파고드는 직구였다. 그런 다음에 변화구를 가미했다. "정말 환상적이지 않습니까, 여러분! 솔직히 인류 역사상 가장 매혹적인 과학적 이변이 일어나고 있는 겁니다. 일견 당혹스럽고 무섭게 느껴지기도 합니다만, 이 일로 사망한 사람이 전혀 없다는 것이 팩트이지요. 목을 길게 빼고 구경하다가 도로에서 이탈하거나, 앞차 꽁무니를 들이받은 일부 운전자들을 제외하면 다친 사람도 없어요······."

A+0.4.16(달의 붕괴가 일어난 뒤 나흘하고 16시간이 지난 시점). 그는 "사망한 사람이 전혀 없다"는 자신의 말을 수정해야만 했다. 필시 달에서 떨어져 나온 바윗덩이가 분명했을 운석이 페루 상공 대기권으로 진입하더니, 20마일에 걸친 전 지역의 유리창문을 박살내고 급기야 어느 농장을 강타해 소가족 하나를 완전히 몰살시켜버린 것이다.

그러나 메시지는 여전히 똑같았다. 이를 하나의 과학적 현상으로 바라보고 우리가 아는 것에서 시작하자는 것. 현재 그가 친구로 삼은 것은 24시간 잡석구름 영상을 고해상도로 제공하고 있는 일종의 비디오 스트리밍 사이트로, 이름하여 '이전까지달로알려진일군의천체 닷컴'이었다. 인터뷰 중이라도 가능한 한 빨리 그 영상을 스크린에 띄워 구름 관측에 나서겠다는 것이 닥 뒤부아의 입장이었다. 왜냐하면 관측하는 것으로 일단 사람들은 안정이 되기 때문이다. 달은 일곱 개의 큰 덩어리와 셀 수 없이 많은 작은 조각들로 붕괴되었고, 그중 큰 덩어리들은 일곱 자매라는 별칭으로 알려졌다. 그리고 시간이 가면서 그 각각에 또한 이름이 부여되었다. 그 이름들 다수가 닥 뒤부아의 작품이었다. 그는 사람들에게 두려움을 주지 않을 표현력 풍부한 이름들을 생각해냈는데, 만약 네메시스[8]라든가 토르[9] 또는 그론드[10] 같은 이름이었다면 아마 모두를 공포에 떨게 했을 것이다. 그래서 실제 이름은 '포테이토헤드', '미스터스피니', '에이콘', '피치피트', '스쿠프', '빅보이', '키드니빈'이었다.[11] 닥 뒤부아는 그것들을 일일이 적시하고는 그 운동방식에 주의를 모을 참이었다. 전체적으로 그것을 지배하는 것은 뉴턴

---

8 그리스 신화의 복수의 여신.
9 북유럽 신화에서 천둥의 신.
10 반지의 제왕에 등장하는 거대한 공성용 무기.
11 순서대로 '감자대가리', '미스터 빙글빙글', '도토리', '복숭아씨', '국자', '빅보이(Big Boy)', '강낭콩'.

의 역학이었다. 달의 각 조각이 다른 조각을 그 크기와 거리에 따라 다양한 힘으로 끌어당기는 것이었다. 컴퓨터로 아주 쉽게 시뮬레이션을 만들어볼 수도 있었다. 잡석 무리 전체가 중력으로 묶여 있었다. 그걸 이탈할 만큼 빠른 파편들은 이미 중력 밖으로 탈출한 상태. 나머지가 느슨한 군집형태의 바윗덩이들로 떠도는 중이었다. 그러다가 이따금 서로 부딪치기도 하는데, 결국에는 그것들끼리 서로 뭉쳐 달이 다시금 재구성되기 시작하는 것이었다.

적어도 이론적으로는 그랬다. 사태가 벌어지고 정확히 일주일이 지난 시점인 A+0.7.0. 칼텍 캠퍼스 한복판에서 별파티를 개최하기 전까지는 말이다.

보통 별파티는 시야가 제대로 확보되는 높은 언덕 위에서 벌어지기 마련이었다. 그러나 지구 가까이 떠도는 큼직한 바윗덩어리들은 그만큼 쉽게 눈에 띄었기에, 굳이 산꼭대기까지 고생하며 올라갈 필요가 없었다. 만약 그랬다면 오히려 행사의 목적을 깎아먹는 일이 되었을 터다. 지금은 공원 같은 분위기에서 최대한 많은 대중을 불러모아, 망원경을 들여다보며 관측하게 만드는 것이 관건이었다. 베크맨 몰[12]에 노란색 스쿨버스가 줄지어 늘어선 가운데, 지방 및 전국네트워크 방송용 밴 차량들이 드문드문 눈에 띄었다. 다들 안테나를 펼쳐 시내 전역으로 생중계를 송출할 수 있는 상태였다. 다양한 모양과 크기의

12 칼텍 교정 내에 위치한 잔디광장.

망원경들이 여기저기 포진한 초록빛 공터를 배경으로 리포터들이 온몸 가득 빛을 받은 채 서 있었다. 일곱 장짜리 소형 카드세트가 배포되었는데, 각 장에 일곱 조각으로 나누어진 달의 파편이 하나씩 이름과 함께 여러 앵글로 묘사되어 있었다. 아이들에게는 망원경으로 일일이 그 바윗덩어리들을 확인하고, 그에 대한 관찰내용을 기록하라는 과제가 주어졌다. 대부분의 시계(視界)가 일곱 자매를 향하는 가운데, 혹시 유성이라도 눈에 띌까 싶어 쌍안경 또는 그냥 육안으로 하늘의 보다 어두운 구역을 들여다보는 그룹도 있었다. 일주일 만에 유성 수백여 개가 대기권으로 진입했다. 아니, 최소한 식별 가능할 만큼 큰 덩어리만 따져서 수백여 개였다. 그중 대다수는 지면을 때리기 전에 모조리 연소되었다. 그것들이 아크등 빛깔의 꼬리를 길게 늘어뜨리며 하늘을 가로지르다가, 거대한 충격음파와 함께 푸르스름하고 괴이한 광채로 지면을 밝히는 사건은 모두 합해 스무 차례 정도 되었다. 그중 여섯 건은 지면과 충돌하면서 크고 작은 피해로 이어졌다. 하지만 그로 인한 사망자수는 상어의 공격과 벼락에 의한 통계수치에도 크게 못 미치는 수준이었다.

저녁시간은 원만하게 흘러갔다. 다 키운 자식이 셋이나 있는 두브는 초등학교 선생님들이 대규모로 조직한 어떤 행사도 병참술과 군중제어의 관점에서만큼은 지극히 성공적으로 진행되기 마련이라는 것을 일찍이 파악하고 있었다. 그렇기에 긴장을 풀 수 있었고, 닥 뒤부아로서 아이들을 위한 일곱 자매 카드에 자필 서명을 해주다가도, 필요할 경우 슬그머니 닥터 해리스로 변신해 동료 천문학자들과 토론을 벌이기도 했다.

잔디광장을 이리저리 돌아다니던 그는 우연히 세 번씩이나 똑같은 초등학교 교사와 마주쳤는데, 미스 히노조사라는 그 선생에게 그만 홀딱 빠지고 말았다. 이건 정말 드문 일이었다. 지난 12년 동안 그 누구와도 사랑에 빠진 적이 없는 그였다. 이혼한 지는 9년이 되어가는 몸. 그는 이 사실을 달의 붕괴만큼이나 나름 충격적으로 받아들였다. 그래서인지 달의 붕괴를 다루는 것과 동일한 방식으로 문제를 처리하고자 했다. 현상에 대한 과학적 고찰방법 말이다. 우선 작동 가능한 가설은 달의 붕괴가 모처럼 두브라는 사내를 회춘시켰다는 거였다. 기상천외한 자연현상이 영혼의 정서적 굳은살을 벗겨내자, 반짝이는 심장의 말랑말랑한 선홍빛 속살이 그대로 드러나, 처음 어필하는 여성에게 송두리째 자신을 내어줄 날만을 고대하고 있었다는 얘기다.

윙하는 소음이 바람결처럼 광장 위를 천천히 가로질러 모든 이의 눈길을 위로 향하게 할 때, 그는 아멜리아에게 — 나중에 밝혀진 그녀의 이름이다 — 말을 걸고 있었다.

상대적으로 큰 덩어리 두 개가 — '스쿠프'와 '키드니 빈' — 서로를 향해 움직이는 중이었다. 그렇게 충돌하는 것이 처음은 아닐 터. 언제든 일어나는 일이었다. 하지만 높은 접근속도로 서로를 향해 돌진하는 두 개의 큰 암석덩어리를 직접 목격한다는 것은 흔한 일이 아니며, 대단한 볼거리가 예상되는 상황이었다. 아멜리아 때문인지, 아니면 머리 위에서 두 개의 거대한 돌덩이가 서로 충돌할 경우 정상인이라면 누구나 느낄 만한 공포심 때문인지는 몰라도, 두브는 가슴이 둥둥거리는 것을 진정시키려고 애썼다. 하나 다행인 것은, 어느새 사람들이 돌덩이들의 새로운 전개과정을 일종의 스포츠 관람하듯 즐기기 시작하고 있었다는 점이다.

'스쿠프'의 날카로운 가장자리가 '키드니 빈'의 움푹 파인 지점에 — 그곳 때문에 '키드니 빈'이라는 이름이 붙었는데 — 그대로 충돌해 전체를 두 덩어리로 쪼개버렸다. 물론 그 모든 과정은 초저속으로 진행된 것이었다.

"그럼 이제 여덟 개가 되네요!" 아멜리아가 말했다. 그녀는 본능적으로 두브에게서 비켜나 스물두 명에 달하는 자기 반 학생들을 돌아보았다. "'키드니 빈'에 방금 어떤 일이 생겼을까요?" 그녀는 어떤 학생이 손을 드는지 살피면서 선생님다운 태도로 물었다. "누구, 얘기해줄 사람?"

아이들은 모두 조용했고 어딘지 불편한 기색들이었다.

아멜리아는 쥐고 있던 '키드니 빈' 카드를 치켜들고 반으로 찢었다.

그때쯤 닥 뒤부아는 이미 닥터 해리스로 변해, 자신의 차를 향해 걷고 있었다. 전화 벨소리가 울리자 그는 기겁을 하며 스쿨버스로 잘못 들어갈 뻔했다. 도대체 왜 저러나? 머리가죽이 움찔하는가 싶더니, 머리카락이 죄다 곤두서는 느낌이다. 휴대폰 액정화면을 들여다보니 맨체스터의 동료로부터 온 전화였다. 그는 응답을 기부했다. 문득, 아멜리아와의 새로운 접속을 모색하고 있는 자신을 발견했다. 텔레비전 조명에 비치는 실루엣일 뿐이지만, 스냅으로 찍은 그녀의 얼굴과 전화번호. 그는 완료 버튼을 눌렀다.

예전에도 한번 머리가죽이 움찔거린 기억이 있다. 탄자니아에서 사파리를 즐기고 있었을 때인데, 주위를 둘러보자 한 무리의 하이에나들이 잔뜩 눈독을 들이며 그를 노려보고 있었다. 순간 엄습한 섬뜩한 느낌은 하이에나들 때문이 아니었다. 그런 야수들, 심지어 그보다 더 위험한 짐승들이 세상에는 널려 있다. 당시 가슴 덜컹한 것은, 자신이 경계를 늦추고 있었다는 바로 그 사실, 주의를 엉뚱한 데 기울이고 있는 동안 진짜 위험이 사방을 에워싸고 있음을 갑자기 눈치챘기 때문이었다.

이번에도 그는 "무엇이 달을 붕괴시켰는가?"라는 아주 감칠맛 나는 과학퍼즐을 짜 맞추면서 멀쩡한 일주일을 허비하고 있었다.

그것이 실수였다.

스카우트

"우리는 무슨 일이 벌어졌는지에 대한 논의를 즉시 중단하고, 앞으로 무슨 일이 벌어질 것인지에 대한 논의를 시작해야 합니다."

닥터 해리스는 미합중국 대통령과 그녀의 과학기술 보좌관, 합동참모본부 의장 그리고 국무위원 절반 이상을 앞에 놓고 그렇게 이야기했다.

대통령이 썩 내키지 않아한다는 것을 그는 알 수 있었다. 줄리아 블리스 플래허티는 현재 자신의 임기 첫해를 무난하게 마무리해야 할 입장인 것이다.

고개를 끄덕이는 합참의장을 플래허티 대통령은 가늘게 눈을 뜨며 째려보았다. 분명 유리창을 뚫고 들이치는 캠프데이비드[13]의 강렬한 햇살 때문만은 아니었다. 그가 뭔가를 시도하려

---

13 미국 대통령의 전용별장이 위치한 곳.

한다고 생각한 것이다. 이를테면 자신에게 쏟아질 비난을 모면하려는 시도. 뭔가 새로운 어젠다를 밀어보자는 속셈.

"계속해보세요."

그러고는 대통령으로서의 매너에 생각이 미친 듯 그녀는 얼른 덧붙였다.

"닥터 해리스."

두브는 이야기를 계속했다.

"나흘 전 저는 '키드니 빈'이 반으로 쪼개지는 광경을 직접 목격했습니다. 일곱 자매가 이제는 여덟이 된 것이죠. '미스터 스피니'도 언제 산산조각 날지 모르는 상황입니다."

"차라리 그랬으면 좋겠군요." 대통령이 말했다. "그 우스꽝스러운 이름들 더 안 들어도 되게."

"그렇게 될 겁니다." 두브가 말을 이었다. "문제는 '미스터 스피니'가 얼마나 오래 버텨줄 것이냐입니다. 그건 우리에게 무얼 의미할까요?"

그가 손안의 작은 리모컨을 누르자, 대형 스크린에 슬라이드가 떠올랐다. 사람들이 일제히 그쪽 방향으로 고개를 돌리면서, 더 이상 대통령의 시선을 신경 쓰지 않아도 된다는 안도감이 밀려왔다. 비탈을 굴러 내려오는 눈덩이, 세균배양용 접시 안에서 보풀처럼 일어나는 박테리아 군집, 버섯구름, 그밖에 서로 무관한 것처럼 보이는 현상들이 몽타주로 제시되고 있었다.

"이 모든 것의 공통점은 무엇일까요? 바로 기하급수적인 양상입니다."

그의 설명이 시작되었다.

"기하급수적이라는 단어는 무엇이든 급속하게 커지는 것을 지칭하기 위해 수많은 사람들이 아무렇게나 사용하고 있지요. 하지만 거기엔 특수한 수학적 의미가 있습니다. 어떤 일이 발생할수록 그 일이 더 많이 발생하게 된다는 의미 말입니다. 인구폭발이 그렇고 핵 연쇄반응 또한 마찬가지입니다. 비탈을 굴러 내려오는 눈덩이가 커지는 속도는 그것이 얼마나 커지는가에 달려 있지요."

그는 클릭버튼을 눌러 기하급수 곡선의 구조를 나타내는 슬라이드를 띄운 다음, 여덟 조각난 달의 이미지로 넘어갔다.

"달이 하나의 덩어리였을 때, 충돌 가능성은 제로였습니다."

그의 말에 대통령 과학기술 보좌관인 피트 스탈링이 끼어들었다.

"서로 부딪칠 무엇이 없었기 때문이지요."

대통령이 고개를 끄덕였다.

"고맙습니다, 닥터 스탈링. 그런데 두 개의 덩어리가 있다면 어떨까요? 물론 서로 충돌할 수 있겠죠. 만약 더 많은 덩어리들이 존재한다면 그중 어느 두 개가 충돌할 기회는 그만큼 더 많아질 겁니다. 한데, 그렇게 서로 충돌할 경우 무슨 일이 벌어질까요?"

그는 다시 리모컨을 눌렀고, '키드니 빈'의 붕괴를 보여주는 짧은 동영상을 띄웠다.

"항상 그렇지는 않아도, 가끔은 반으로 쪼개질 겁니다. 즉, 덩어리가 더 많아진다는 뜻이죠. 가령 일곱 덩어리가 여덟 덩어리로, 여덟 덩어리가 아홉 덩어리로 말입니다. 이와 같은 수적 증가는 곧 더 많은 충돌 가능성의 증가를 의미합니다."

"기하급수적이라는 말이군요."

합참의장의 말에 두브는 긍정하는 투로 응답했다.

"기하급수적 과정으로 볼 만한 모든 특징을 바로 나흘 전 제 눈으로 목격한 겁니다. 이제 우리는 어떤 일이 발생하고 있는지를 알고 있습니다."

플래허티 대통령이 그를 주시하다 말고 피트 스탈링 쪽으로 시선을 던졌다. 과학기술 보좌관은 하키스틱의 윤곽선처럼 보이는 기하급수 곡선을 따라 한쪽 손을 벌리며 줌인(zoom in)하는 제스처를 취하고 있었다.

두브의 설명이 뒤따랐다.

"기하급수 곡선이 하키스틱의 굴곡부에 이르면 그 결과는 폭발현상과 같을 수 있습니다. 또는 완만하고 지속적인 증가추세로 보일 수도 있지요. 모든 건 시간상수 즉, 기하급수적 현상이 발생하는 내재적 속도가 어떤가에 달린 문제입니다. 인간으로서 우리가 그것을 어떻게 지각하느냐에 달린 문제이기도 하고요."

"그럼 별것 아닐 수도 있겠군요."

합참의장의 말에 두브는 고개를 끄덕이며 대답했다.

"여덟 덩어리에서 아홉 덩어리로 가기까지 수백 년이 걸릴 수도 있는 거죠. 하지만 나흘 전 제 걱정은 지금 일어나는 과정이 폭발현상에 더 가까워 보인다는 점이었습니다. 그래서 제가 가르치는 대학원생들과 함께 상당량의 데이터를 압축 분석하면서, 시간척도를 파악하기 위해 우리가 활용할 수 있는 프로세스의 수학적 모델을 구축해왔습니다."

"그래서 내려진 결론은요, 닥터 해리스? 뭔가 성과가 있는 것 같은데요, 그렇지 않으면 이 자리에 있을 리가 없겠죠."

"좋은 소식은 지구가 조만간 토성처럼 아름다운 고리들을 갖게 될지도 모른다는 사실입니다. 나쁜 소식은 그 고리들이 엉망진창으로 얽힐 수 있다는 사실이지요."

이에 대해 피트 스탈링의 부연설명이 따랐다.

"다시 말해서, 달의 파편 덩어리들이 무한정 충돌을 계속하면서 점점 더 작은 조각들로 나뉘어, 고리들 속으로 흩어질 수 있다는 뜻입니다. 그러다가 바윗덩어리 몇 개는 지면으로 떨어져 인명피해를 초래할 수도 있고요."

그러자 대통령이 물었다.

"닥터 해리스, 그렇다면 언제, 어느 정도 기간에 걸쳐 그런 일이 일어날 것인지 얘기해줄 수 있나요?"

"현재 모델의 변수들을 조율해가면서 계속 데이터를 취합하는 중입니다," 두브가 대답했다. "제가 지금 무엇을 예상한다 해도, 두세 가지 새로운 요인만으로 얼마든지 어긋날 수 있습니다. 기하급수적인 현상이란 그만큼 까다로운 것이지요. 다만 현재 저의 판단을 말씀드리자면 이렇습니다."

그는 다시 클릭해서 새로운 그래프로 들어갔다. 파란 곡선이 느리고 완만한 시간상승을 나타내고 있었다.

"하단의 시간척도는 1년에서 3년 정도의 경과에 해당합니다. 그 시간 동안, 충돌회수와 새롭게 생성되는 파편의 개수 모두 꾸준한 증가추세를 보일 것입니다."

"BFR은 뭡니까?"

그래프의 세로축에 표기된 문자를 보고 피트 스탈링이 물었다.

"유성파편화율(Bolide Fragmentation Rate)의 약자입니다. 유성의 폭발과 함께 새로운 암석이 생성되는 비율을 뜻하지요."

"그거 공인된 용어입니까?"

피트가 궁금한 듯 되물었다. 적의라기보다는 다소 기가 꺾인 느낌의 억양이었다.

"아닙니다," 두브가 말했다. "제가 만든 말입니다. 어제, 비행기 안에서."

그러고는 '제 입장에서 새로운 용어를 만들어도 이상할 것은 없지요'라고 덧붙일까도 생각했지만, 일찌감치 회의 분위기를 까칠하게 몰고 싶지는 않았다.

잠깐이라도 피트가 입을 닫는 걸 확인한 두브는 다시 자기 페이스를 되찾기로 했다.

"앞으로 우리는 증가하는 유성충돌을 목도하게 될 겁니다. 그중 일부는 엄청난 피해를 초래할 것이고요. 하지만 전체적으로 삶이 그렇게 많이 달라지지는 않을 겁니다. 다만," 그가 다시 클릭하자, 도면 전체가 백색으로 변했다. "제가 현재 '화이트스카이(White Sky)'라 부르는 사태를 맞이할 우려가 있습니다. 이는 몇 시간 또는 수일에 걸쳐 일어날 현상인데, 지금 저 위에서 목격되는 소행성들의 체계가 자체적으로 분쇄되면서 방대한 양의 보다 작은 파편들로 변화하는 것을 말합니다. 결국 하얀 구름처럼 변해 널리 확대되기에 이르지요."

다시 한 번 클릭과 더불어 그래프는 계속 위로 치솟았고, 새로운 변역으로 진입하면서 붉은색을 띠었다.

"'화이트스카이' 사태가 터지고 나서 하루나 이틀이 지나면, 이번에는 '하드레인(Hard Rain)'이라 부르는 현상이 시작될 겁니다. 모든 암석이 저 위에 머물고 있지만은 않을 것이기 때문이죠. 그중 일부는 분명 지구 대기권으로 떨어질 겁니다."

거기서 그는 프로젝터를 껐다. 갑작스러운 행동이었는데, 덕분에 파워포인트 최면에서 사람들이 깨어나 일제히 그를 쳐다볼 수밖에 없었다. 회의실 끝에서는 보좌진이 여전히 휴대폰들을 누르고 있었지만, 분위기를 흩뜨릴 정도는 아니었다.

두브가 말했다.

"여기서 '일부'란 1조(兆) 개를 의미합니다."

회의실 안에 무거운 적막이 내려앉았다.

두브가 말을 이었다.

"태양계가 형성된 태초 이래 지구가 경험해보지 못한 유성들의 융단폭격이 일어난다고 보면 됩니다. 최근 유성들이 대기권으로 진입하면서 불타는 동안 하늘에서 우리가 목격한 화염의 꼬리들 있지요? 그 수가 워낙에 엄청나다 보니, 추락하면서 일종의 불의 돔을 형성하고 그 안에 들어오는 모든 것을 깡그리 태워버릴 겁니다. 전체 지표면이 황폐화될 것이며, 빙하는 부글 부글 끓는 상태가 될 겁니다. 이 경우, 유일한 생존방법은 대기권을 벗어나는 것이죠. 땅속으로 들어가든지, 우주로 나가는 방법밖에 없습니다."

"그게 사실이라면 정말 심각한 뉴스로군요." 대통령이 말했다.

모두 앉은 그대로 이 문제를 말없이 생각하는 시간만 5분가량 흘렀다.

마침내 대통령이 입을 열었다.

"둘 다 시도해야겠어요. 우주로도 나가고 땅속으로도 들어가고. 물론 후자가 더 수월하겠죠."

"그렇습니다."

"지하벙커를 만드는 일부터 착수하기로 하죠. 우선……."

대통령은 뭔가 경솔한 말이 튀어나올 뻔한 것처럼 멈칫했다.

"사람들을 대피시켜야 할 테니까."

두브는 잠자코 있었다.

합동참모본부 의장이 말했다.

"닥터 해리스, 저처럼 구체적인 수치를 좋아하는 늙은이가 알아듣게 설명해주시면 좋겠습니다. 제가 물자담당이라 그런데, 우리가 지하로 숨어들려면 얼마만큼의 물자가 필요한가요? 이를테면 감자는 몇 포대, 두루마리 화장지는 몇 개 이런 식으로 말이오. 그러니까 궁금한 것은, 그 '하드레인'이 도대체 얼마나 오래 가느냐는 겁니다!"

두브가 대답했다.

"최선을 다해 예상한 결과, 향후 5천 년에서 1만 년 사이의 어느 시점까지 지속될 것으로 보입니다."

"여러분 중 어느 누구도 다시는 대지에 발을 디디지 못할 것입니다. 사랑하는 사람들을 만질 수도 없고, 여러분을 낳은 행성의 대기를 호흡할 수도 없을 겁니다."

대통령은 그렇게 말했다.

"정말이지 끔찍한 운명이지요. 하지만 지구표면에 발이 묶인 7억에 달하는 사람들에게 허락된 운명보다는 아직 낫습니다. 이제는 별다른 방도가 없는 상황입니다. 지금부터 발사용 로켓들이 궤도로 진입할 것이나, 향후 1만 년 동안 그들이 귀환할 곳은 없을 겁니다."

바나나에는 열두 명의 남녀가 아무 말 없이 앉아만 있었다. 달이 파괴된 것만큼이나 방금 그 말은 받아들이기에 너무 막막했고, 인간의 정서로 감내하기에 너무 엄청난 내용이었다. 다이나는 사소한 부분에 집중했다. 이를테면, 이런 대목에서 J.B.F.(대통령 이름 이니셜)의 말씀씨는 정말 죽이는걸······.

천문학자인 콘라드 바이트가 불쑥 나섰다.

"대통령님, 죄송하지만, 닥터 해리스를 다시 화면 속으로 불러들일 수 있을까요?"

"물론입니다."

줄리아 블리스 플래허티가 약간 머쓱해하며 옆으로 비켜서

자, 닥터 해리스가 등장할 만큼 화면이 확장되었다. 다이나는, 유명방송인이자 과학자치고는 왠지 그의 모습이 위축되고 초라해 보인다는 생각을 했다. 그렇지만 불과 몇 분 전 그가 설명한 내용이 다시 떠오르면서, 자신이 잠깐 못돼먹은 생각을 했다고 느꼈다. 지구가 파멸할 운명임을 아는 유일한 지구인으로서 그동안 과연 어떤 기분이었을까?

"말씀하세요, 콘라드." 닥터 해리스가 앞으로 나서며 말했다.

"두브, 당신의 계산에 괜한 토를 달자는 것은 아닙니다. 다만 충분한 검증을 거쳤는지가 의심되는군요. 혹시 소수점 하나를 잘못 찍었다든지, 뭔가 기본적인 실수 같은 것이 있었을 가능성은 없습니까?"

콘라드의 질문 도중에 이미 고개를 끄덕이기 시작한 해리스가 말했다.

"콘라드, 나 혼자만 그런 계산에 이른 게 아닙니다."

대통령이 대답을 거들었다.

"중국이 우리보다 하루 전에 그와 같은 전망을 파악했다는 첩보가 들어와 있습니다. 그밖에도 영국, 인도, 프랑스, 독일, 러시아, 일본의 과학자들 역시 그와 유사한 결론에 이르고 있고요."

"2년이라고 했나요?"

다이나가 툭 튀어나왔다. 잔뜩 쉬고 갈라진 목소리였다. 모두의 시선이 그쪽으로 향했다.

"'화이트스카이'까지 남은 시간 말입니다."

"사람들이 유독 그 숫자에 신경을 쓰는 것 같군요, 네 그렇습니다. 25개월에서 플러스마이너스 2개월입니다."

닥터 해리스의 대답에 대통령이 말을 받았다.

"여러분 모두에게 엄청난 충격이라는 것을 저도 잘 압니다. 하지만 ISS 승무원들이야말로 이 사실을 가장 먼저 알아야 할 사람들이라고 생각했습니다. 그만큼 저에게는 여러분이 필요 합니다. 우리, 미합중국 국민과 지구인 모두가 여러분을 필요로 하고 있습니다."

"무엇 때문에요?"

다이나가 물었다. 그녀는 어떤 의미에서든 열두 명에 이르는 이지 승무원들의 공식 대변인이 될 수 없었다. 그건 아이비가 담당할 몫이었다. 그러나 다이나가 보기에 지금 아이비는 그 어떤 말도 할 수 없는 상태였다.

대통령의 발언이 이어졌다.

"우리는 지금 다른 우주여행 가능국가 정부를 상대로 방주 (方舟)를 건조하는 일에 관해 논의를 시작하고 있습니다. 지구 의 유전적 자산 일체를 보관하는 일종의 저장고 말이죠. 우리 에게 주어진 시간은 단 2년입니다. 2년 안에 최대한 많은 인원 과 장비를 궤도로 쏘아 올려야 합니다. 방주의 핵은 이지가 될 예정이고요."

ISS를 지칭하는 승무원들의 비공식적 용어를 J.B.F.가 제멋 대로 갖다 쓴 것이 다이나는 살짝 기분 나빴다. 하지만 어떤 사 정인지는 잘 알고 있었다. 나사의 홍보담당자들을 워낙에 오래 겪어봐서 이해하기가 어렵지는 않았다. 현재 상황이 되도록 인

간적으로 전달될 필요가 있었고, 가급적 귀여운 이름들이 회자
되는 게 좋았다. 자기들이 죽을 것이라 생각하는 저 아래 겁먹
은 아이들은 '하드레인'을 뚫고 파괴된 행성의 유산을 운반하
는 이지의 희망적인 영상물을 시청할 수 있어야 하는 것이다.
아이들은 색연필을 꺼내 이지의 모습이 담긴 만화를 그릴 터.
토러스의 환한 빛과 선체 꽁무니에 달린 거대한 돌덩어리, 즈
베즈다 서비스 모듈[14]의 측면으로 살짝 보이는 인간의 웃는 얼
굴을 그림에 담을 것이다.

잠시 후 아이비가 처음으로 입을 열었다. 불과 2주 전만 해
도 결혼식을 연기한다는 사실이 크게 실망스러운 일로 느껴졌
다. 그런데 방금 약혼자가 — 미해군 중령 칼 블랭큰쉽 — 죽은
목숨이나 다름없으며, 그와 결혼을 못할 뿐 아니라, 만져보지도
못하고, 동영상을 통해서밖에는 다시 보지도 못할 거라는 얘기
를 들은 거였다. 다른 사람들은 말할 것 없이, 그녀 자신도 알고
있었다. 지금 자기가 얼마나 묘한 표정인지. 그녀의 단조로운
음성이 이렇게 말하고 있었다.

"현재 이곳에 새로 사람들을 수용할 만한 공간이 없다는 것
은 대통령님도 잘 알고 계시리라 믿습니다. 바로 그 점이 토론
의 주제가 되어야 한다고 저는 생각합니다."

"그럼요, 물론이죠," 대통령이 말했다. "여러분이 해야 할 일
은……."

---

14 2000년 7월에 러시아에서 쏘아 올린 우주정거장 핵심 모듈.

"실례합니다, 대통령님, 제가 대신 얘기할까요?"

순간 닥터 해리스가 나섰다. 다이나는 대통령의 눈빛이 살짝 흔들리는 걸 놓치지 않았다. 얼굴에 당황의 기색이 역력했다. 미합중국 대통령이 발언하고 있는데 방금 누군가 말을 자른 것이다. 어깨로 툭 치면서 들어온 셈이다. 사실 세계정상에 우뚝 선 여자로서 이런 일을 당했을 경우 예민하게 느낄 만한 신경이 미처 발달하지 못했을 수도 있다.

하지만 이번에는 달랐다. '이 남자, 내가 여자라서 말을 함부로 자른 거야?' 정도로 생각하는 게 아니었다. 그걸 훌쩍 뛰어넘어, 지금 그녀는 '이 친구, 미합중국 대통령이 이젠 별거 아니어서 말을 함부로 자른 거야?'라고 생각하고 있었다.

"리나 거기 있나요?" 닥터 해리스가 물었다. "카메라 좀 주위로 돌려봐주시겠습니까?…… 아, 거기 있군요. 리나, 카리브해 물고기들의 스웜(swarm. 무리지음) 습성에 관한 당신의 논문들을 읽어보았습니다. 대단하더군요."

"수중생물들에게까지 관심을 갖고 계신지 몰랐네요. 감사합니다."

리나 퍼레이라가 대답했다.

사람들 참 웃긴다는 생각이 언뜻 다이나의 뇌리를 스쳤다. 이런 시기에 저런 이야기를 하고 있다니.

"비디오 자료가 정말 놀라워요. 물고기들이 모두 밀집대형으로 움직이다가 포식자가 다가오자 갑자기 한복판을 비워 구멍을 내더군요. 포식자는 얼떨결에 고기 한 마리 건지지 못한 채 그 구멍을 통과해버리죠. 잠시 후 물고기들은 다시 한데 모이고 말입니다. 글쎄요, 아직 결정된 건 없습니다만……."

"방주에 스윔의 개념을 활용하겠다는 건가요?"

그때 다시 대통령이 개입했다.

"일명 '클라우드아크(Cloud Ark)'라는 기획이지요. 정확히 이해하셨습니다. 말하자면 우리의 알을 모조리 바구니 하나에 넣기보다는……."

"알이라…… 정충도 함께 넣어야지."

지브란이 고향 랭커셔 악센트로 나직이 중얼대는 걸 다이나만 알아듣는다.

"우린 분할구조를 취할 것입니다." J.B.F.는 불과 10분 전에 외운 문장을 말하는 것처럼 발음이 지나치게 조심스러웠다. "'클라우드아크'를 구성하는 각 우주선이 자율적 단위가 되는 것이죠. 우린 그걸 대량생산해서 최대한 빨리 공중으로 쏘아 올릴 것이라고 들었습니다. 그것들이 이지를 중심으로 무리를 이룰 것입니다. 그러다가 안전한 시점이 오면 팅커토이[15] 장난감처럼 서로 도킹을 시도할 겁니다. 그렇게 연결된 우주선들을 사람들은 자유로이 이동할 것이고요. 반면 암석이 다가들 경우엔, 슈욱-." 그러면서 자줏빛 매니큐어가 반짝이는 손가락들을 한꺼번에 쭉 펼치는 것이었다.

'하지만 이지는 어떡하고?' 다이나는 그게 궁금했다. 그러나

---

15 미국의 조립식 장난감 상표이름.

지금 당장 물어보려는 생각은 내려놓았다.

대통령의 발언이 이어졌다.

"이를 준비하기 위해서 여러분이 전원 맡아주어야 할 임무가 있습니다. 제가 국장을 특별히 이 자리에 부른 이유도 바로 거기에 있지요." 다름 아닌 나사 국장 스캇 스폴딩 얘기였다. "그럼 이제부터 스파키가 여러분에게 자세한 사항들을 설명해줄 겁니다. 짐작하다시피, 저는 다른 업무들이 있어 이만 작별을 고해야겠습니다."

바나나의 열두 명은 저마다 낮은 소리로 감사의 인사를 중얼거림으로써 대통령의 퇴장을 배웅했다. 이번 전송이 이루어지고 있는, 어딘지 모를 회의실 누군가가 스캇 스폴딩이 화면에 잡히기까지 카메라를 돌렸다. 보아하니 신경 써서 캐주얼한 저고리를 골라 입긴 했으나 타이는 매지 않았고, 남은 인생도 아마 그런 복장으로 지낼 터였다. 스파키는 젊은 우주비행사 시절 아폴로 미션 후보자였지만, 1970년대 초 대대적인 예산삭감 과정에서 미션 자체가 취소된 아픔을 가지고 있었다. 당시 그는 아폴로 프로그램에 계속 매달려 있었고, 유인 우주비행사 경력의 공백기 동안 박사학위를 취득했다. 그러고도 그의 불운은 계속되었는데, 우주선이 때 이르게 대기권으로 진입하는 바람에 스카이랩[16] 관련 임무가 전면 중단된 것이 대표적 사례였

---

[16] Skylab. 스카이랩은 NASA가 아폴로계획에서 사용하다 남은 로켓과 우주선을 개조해 만든 우주실험실로서 1973년부터 1974년까지 활동했고 1979년까지 지구궤도를 돌다가 7월에 대기권으로 재진입, 소멸했다.

다. 그의 끈기는 마침내 1980년대에 이르러 보상을 받았다. 당시 연속해서 진행된 우주왕복 미션은, 라이너 마리아 릴케의 시구를 여유롭게 읊으면서 망가진 태양전지를 수리할 줄 아는 왕년의 우주비행단 교관으로 그를 화려하게 부활시켰다. 그리고 20여 년 넘게 테크 스타트업[17]에 종사하며 다양한 성공을 일궈낸 그가 불과 몇 년 전, 모종의 임무에 대한 리퍼포징[18]의 일환으로 나사에 다시 초빙되어 온 것이었다. 바나나의 승무원 대부분은 그가 잘은 몰라도 괜찮은 타입이며, 위급한 상황에서 힘이 되어줄 사람이라고 느꼈다.

릴케의 시와 스파키의 사고가 현재의 위기에 정확히 어떻게 대응할지는 추측불가였다. 잠시 카메라가 회전하고 나서 주름이 축 늘어진 그의 얼굴이 잡히자, 금방이라도 혀끝에서 시 몇 구절이 튀어나올 것만 같았다. 하지만 그런 유혹을 떨쳐버리고 그는 창백한 눈빛으로 카메라 렌즈를 응시했다. 그리고 입을 열었다.

"긴 얘기는 하지 않겠습니다. 대신 본론만 요약하죠. 아이비, 당신은 계속 그 자리를 지킬 것입니다. 더 나은 사람이 없어요. 그곳이 지금처럼 정상작동 하도록 유지하고, 이 아래 우리와 교신하면서, 요구사항들을 알려주는 것이 당신의 일입니다. 그걸 다하고도 시간이 남으면 알려주세요, 내가 좋은 취미생활

---

17 tech startup. 하이테크 벤처기업을 지칭하는 용어.

18 repurposing. 기존의 정보를 새로운 기능이나 목적에 맞게 다시 정렬, 가공하여 전혀 다른 정보를 만들어내는 것으로 '재목적화(再目的化)'라고도 한다.

하나 권해드릴 테니까."

그러면서 윙크를 했다.

그때부터 그는 명단을 읽어내려가기 시작했다.

캐나다인 전기기술자 프랭크 캐스퍼와 정보기관에서 모종의 업무를 맡아 처리해온 미국인 통신전문가 스펜서 그린스태프는 '클라우드아크'의 활동을 지원할 네트워크 인프라 구축에 투입될 것이다. 기계설치 전문가로 해당 문제가 발생할 때마다 항시 대기해온 지브란이 그들과 함께 작업하기로 되어 있었다.

반백의 우주유영 전문가 표도르 판텔레이몬과 동안(童顔)의 미국인 공군조종사로서 장시간 우주유영 경험을 갖춘 지크 페터슨은 새로운 모듈들의 도착을 대비한 준비작업에 나설 것이다. 그것들은 과연 나사다운 신속함으로 디자인되고 조립되었으며, 한 달 안에 이지에 당도할 예정이다. 전 세계의 자원이 총동원된다는 점을 머릿속에 떠올리기 전까지 다이나는 그 한 달이라는 시간이야말로 터무니없이 낙관적인 예상이라 보았다.

콘라드 바아트는 미팅이 끝난 뒤에도 두브와 할 이야기가 있으니 남아달라는 요청을 받았다. 접근하는 암석들에 대한 대처 목적에 부합하도록 우주정거장의 모든 천문학 장치를 재조정하는 문제 때문임이 뻔했다. 그것이야말로 누구도 방치하길 원치 않는 사안이었다. 어떤 크기의 암석이든 이지와 충돌하는 순간, 게임은 끝난 거나 다름없었다. 그런 뜻에서 당장 그 문제를 논의하자 한들 이상할 것이 없었다.

생명과학자들로 말하자면 다음과 같다. 먼저 리나 퍼레이라가 있고, 우주비행이 인체에 미치는 영향을 연구 중인 오스트레일리아 학자 마가렛 코글런이 있다. 준 우에다는 우주선(線)이 생체조직에 미치는 영향에 관한 실험실 연구를 맡은 생물물리학자다. 그런가 하면 동료 우주인들의 목숨을 부지해줄 생명보조 장치의 가동이라는 보다 현실적 문제에 치중한 이탈리아 기술자 마르코 알데브란디도 같은 범주에 속했다. 이들 네 명 중에서 리나의 위상은 이미 특별한데, 실제로 스윔에 관한 연구를 거쳤다는 점에서 그랬다. 지금껏 우주정거장에서 해온 업무는 딱히 그와 밀접한 관련이 있다고 볼 수는 없었으나, 이제는 비로소 자기 전공을 끄집어내 평생의 과업으로 삼을 터였다. 그녀는 조용한 곳에 처박혀 단시간에 현안 관련 서류들을 모조리 섭렵함으로써 모든 정보를 사전에 꿰뚫고 있게끔 스파키로부터 백지위임을 받았다. 매기와 준은 지금까지의 보다 추상적인 연구작업을 에어로크 바깥으로 끌어내고, 마르코의 지휘 아래 큰 폭의 인구증가를 고려한 이지의 준비작업에 임하도록 명받았다.

이로써 열둘 중 열한 명이 호명되었는데, 그때까지도 스파키는 다이나에게 단 한 마디 건네지 않았다.

미팅이 그녀의 강점이었던 적은 없었다. 회의실에 앉아 있으면 항상 원정게임을 하는 느낌이었다. 그러다 보면 오히려 그런 자각이 장애가 되어, 저절로 상황이 그렇게 흘러가곤 했다. 세상이 종말로 치닫고 있다는 사실조차도 그것을 바꾸지 못했다. 스파키가 명단을 계속 체크해나가면서 임무를 지정해주

는 동안, 그녀는 자신이 아직 지목받지 않은 만큼 지목의 순간
이 다가오고 있다는 느낌에 점점 더 시달렸다. 마침내 명단 끄
트머리가 자기 자리임이 분명해지자, 마가렛과 준, 마르코를 상
대로 스파키가 한참 이야기하는 내내, 그 끄트머리 자리가 무
엇을 의미하는지를 또 곰곰이 씹어보는 다이나. 아니나 다를까
그녀의 첫 번째 가정은, 워낙 중요한 인재이니만큼 아껴뒀다가
맨 마지막에 호명되리라는 거였다. 그러나 막상 스파키가 이름
을 부를 즈음에는, 목전의 상황에 대해 조금은 다른 추측이 고
개를 들었다. 가슴이 쿵쾅거리는가 하면, 거무스름 매력적인 피
부가 따끔거리고, 혀가 입안에서 뻣뻣하게 굳어갔다.

"다이나," 스파키가 말했다. "당신은 그야말로 없어서는 안
될 인물이오."

대개 미팅에서 그런 식의 얘기가 무엇을 의미하는지 그녀는
정확히 알고 있었다. 할 수만 있으면 그녀를 에어로크 바깥으
로 내보내겠다는 거였다.

"당신은 매우 폭넓은 능력을 가지고 있어요. 정신자세 또한
모두의 귀감이 되기에 충분합니다."

스파키가 다른 누구의 정신자세까지 거론한 적은 없었다.

"분명히 말해 당신의 경력 대부분을 쏟아부어 일한 소행성
채굴작업은 장기적 결과를 목표로 하는 프로젝트죠. 그런데 지
금은 단기적 모드가 필요한 국면입니다."

"알고 있습니다."

"나는 당신이 아이비를 보좌하도록 지명할 생각이오. 당신이

가진 놀라운 기술이 다른 사람들의 활동을 지원하는 데 쓰일 수 있도록 적절한 방안을 마련해보세요. 표도르와 지크는 우주 유영만 할 수 있을 뿐입니다. 아마 그들이 할 수 없는 작업들에 당신의 로봇들이 투입될 수도 있을 겁니다."

"철을 잘라내는 일이라면 끝내주죠." 다이나의 대답이었다.

"맘에 드는군요."

스파키는 상대의 말에 담긴 자조의 뜻을 완전히 놓치고 있었다. 그는 내심 이미 대화를 끝낸 상태였고, 두브 그리고 콘라드와 함께 계속 이어갈 애프터 미팅 이전에 약간의 잡담시간을 허용하는 것뿐이었다.

다이나는 자신을 이보다는 나은 사람으로 생각하고 있었다. 하필 이런 시기에 어떻게 이런 기분이 들도록 스스로를 방치할 수 있단 말인가.

지금 느끼는 기분에는 그럴 만한 충분한 이유가 있을 터.

스파키에게 작별인사를 거의 고할 뻔하다 말고 그녀는 방향을 급선회했다.

"잠깐만요. 단기적 모드에 관해 아까 하신 말씀은 충분히 존중하고 이해하겠습니다. 다만, '클라우드아크'가 성공하면, 그 다음엔 어떻게 되는 거죠?"

스파키는 비교적 덤덤해 보였다. 그녀의 돌발질문에 기분 상하기보다는 살짝 어리둥절한 것 같았다.

"그다음이라니?"

"사람들에겐 거주할 공간이 필요합니다. 지구 표면이 싹 불타버리면 이곳에 되는대로 그들의 주거구를 만들어야겠죠. 소행성들로 말입니다. 에이전트 덕분에 지금은 훨씬 더 많아졌습니다만."

스파키는 두 손으로 얼굴을 감싸더니 길게 숨을 내쉬고는, 앉은 채로 1분가량 꼼짝하지 않았다. 마침내 손을 내렸을 때, 그가 울고 있었음을 그녀는 직감했다.

"나는 이 미팅을 앞두고 내 오랜 친구들과 가족에게 작별편지를 대여섯 통 썼소. 미팅이 끝나면 계속해서 사람들에게 편지를 쓸 겁니다. 아마 그걸 받아볼 사람들이 '하드레인'으로 죄다 사망하기 전에, 절반 정도는 써 보낼 수 있지 않을까 싶군요. 문제는 나 자신 스스로를 오늘내일 죽을 사형수처럼 생각하고 있다는 사실입니다. 잘못하는 거죠. 당신들이 하는 생각을 나도 하고 있어야 하는데 말입니다. 이 모든 작업이 성공할 경우 당신들이 기대할 수 있는 그런 미래 말이오."

"정말 우리가 미래를 기대한다고 생각하시나요?"

스파키는 순간 움찔했다.

"뭐 대단한 기대를 한다는 뜻은 아니고 최소한 미래를 생각하고 있다는 뜻이오. 나도 당신과 같은 마음입니다. 지금 내가 어떻게 하길 바랍니까?"

"저를 밀어주십시오," 다이나의 말이었다. "이들이 아말테아를 내버리게 놔둬선 안 됩니다. 로봇들을 폐기처분하지 못하게 해주세요. 저더러 한동안 다른 일에 매달리라고 하시는 건 좋습니다. 하지만 하늘이 하얗게 변하고 '하드레인'이 쏟아지기 시작하면, 클라우드아크로서도 소행성들로부터 뭔가를 얻어낼 그럴듯한 프로그램이 필요할 겁니다. 그러지 않고서는 이 위에서 사람들이 수천 년을 살아가는 건 불가능합니다."

"당신을 지원해주겠소, 다이나, 그럴 가치가 있는 일이라면 얼마든지."

그렇게 말하면서 스파키의 시선은 이미 대통령이 퇴장한 문 쪽을 헤매고 있었다.

A+0, 국제우주정거장의 12인 승무원 가운데 러시아인은 단한 명뿐이었다. 공군중령 표도르 안토노비치 판텔레이몬. 총16회 미션(우주비행)과 18회 우주유영 경력에 빛나는 쉰다섯 살의 베테랑이자 우주비행단의 숨은 실력자다. 이건 별난 상황이었다. 초기 몇 년 동안은 통상적으로 ISS 6인 승무원 가운데 최소 두 명은 우주비행사인 것이 정상이었다. 아말테아 프로젝트와 토러스의 증축으로 정거장 최대 수용능력이 열네 명 규모로확장되면서 러시아인 승무원은 대략 둘에서 다섯 사이를 오갔던 것이다.

달이 붕괴된 시점은 아이비와 콘라드, 리나가 집으로 돌아가면서 러시아인 두 명, 영국인 기술자 한 명과 교체되기로 한 불과 2주 전.

어쨌든 로켓과 승무원 모두 발사준비를 갖춘 상태였기에, 로스코스모스는 ─ 러시아 우주국 ─ 계획을 그대로 밀어붙여 A+0.17 바이코누르 우주기지에서 로켓을 쏘아 올렸다.

소유스 우주선은 이지의 허브(Hub)모듈에 사고 없이 도킹했다. 수동조작으로 비행하는 것을 좋아하는 미국인과는 달리, 러시아인들은 이미 오래전에 자동화된 도킹시스템을 마련했다.

수십 년간 내구력 강한 유인우주발사체로서 성능을 인정받아온 소유스호(號)는 세 개의 모듈로 구성되어 있었다. 선미 끄트머리에는 기계모듈이 자리하는데, 엔진과 추진탱크, 광전판들을 비롯해 대기가 필요 없는 기타 장비들을 싣고 있었다. 앞쪽 구역은 호흡 가능한 공기가 가압상태로 들어찬 구형의 기체(機體)로서, 우주인들이 돌아다니며 일하고 살아갈 수 있을 만큼의 넉넉한 공간을 제공했다. 중간구역은 조금 더 작은 벨(bell) 형태인데 세 개의 카우치에 착석한 우주인들을 우주공간으로 실어 날랐다가, 불붙는 혜성 꼬리에 휩싸이면서 지구로 귀환시키는 역할을 하는 곳이었다. 그 구역의 시설들은 지극히 협소하나, 어차피 발사와 재진입 시에만 잠깐 사용하는 거라 문제될 것은 없었다. 앞쪽에 위치한 보다 큼직한 구체인 궤도모듈은 우주인들이 대부분의 시간을 보내는 곳이었다. 그 코끝에는 정거장과 도킹하거나 다른 장착 가능한 사물을 연결할 수 있는 교접장치가 위치하고 있었다.

2-3년 전까지만 해도 보통 소유스호의 캡슐들이 즈베즈다모듈 즉, ISS의 '꼬리'에 해당하는 선미 끝에 도킹했다. 보다 최근에는 허브라고 칭하는 새로운 모듈이 즈베즈다에 접합되어, 정거장의 중심축을 후방으로 연장함과 동시에 토러스가 감아도는 차축이 되어주고 있다. 오랜 운용으로 성능이 증명된 유

비퀴터스 소유스와의 호환성을 유지하기 위해, 허브에는 적절한 창구(窓口)와 해치가 갖춰져 있었다.

스파키가 부과한 숙제로 다른 열한 명이 분주한 동안, 다이나는 이지 전체를 관통하면서 선미 쪽으로 둥둥 떠갔다. 그녀의 일터는 선수 끄트머리에 위치해 있으니 말이다. 새로 도착한 손님들을 맞이하기 위해 그녀는 도킹 해치를 열었다. 몇몇 사람들이 방금 당도한 소유스의 궤도모듈 안에서 자유롭게 떠다니고 있을 거라 예상했으나, 정작 맞닥뜨린 건 단 한 명 우주비행사의 머리와 팔이었다. 어렴풋하게나마 막심 코셸레프의 얼굴을 알아볼 수 있었다. 그는 꽉 들어찬 '바이타민(vitamin)' 더미 속에 거의 끼어 있다시피 했다.

'바이타민'이란 특별한 가치를 가진 작고, 가벼운 물건을 지칭할 때 사용하는 우주비행광들의 은어였다. 예컨대 마이크로칩, 약(藥), 예비부품, 우쿨렐레, 생물학 샘플들, 비누 그리고 각종 음식물이 '바이타민'이라는 이름 속으로 모조리 들어왔다. 물론 사람이야말로 무엇보다 중요한 '바이타민'이었다. 우주탐사가 무조건 로봇이 나서서 수행하는 일이라고 믿는 사람만 아니라면 말이다. 고가의 로켓들은 오로지 '바이타민' 운송에만 사용되어야 한다는 것이 소행성 채굴업계의 적극적인 주장임을 다이나는 수많은 컨퍼런스 참석 경험을 통해 숙지하고 있었다. 물이나 금속 같은 대량자재가 지상에서 발사되어서는 안 된다는 얘기였다. 그런 것들은 우주공간을 떠도는 수십억 개의 바윗덩어리들로부터 얻어내야 하는 것이다.

밀봉된 피하주사기 박스가 데굴데굴 회전하며 나와 그녀의 이마를 툭 쳤다. 이어서 리튬 수산화물 진공팩과 모르핀 약병, 표면실장 축전기 그리고 고무줄로 묶은 2호 연필 다발이 연달아 굴러나왔다. 그것들을 쳐내고 나서야 다이나는 상황을 보다 명확히 파악할 수 있었다. 더 이상 감당할 수 없을 만큼 소유스에 가득 실은 각종 '바이타민' 더미가 사람 크기의 비좁은 통로에 빼곡히 들어차 있고 그 가운데 막심이 끼어 있는 상태였다.

저 아래 티우라탐[19]의 누군가 선견지명을 발휘하여 몇 겹으로 접힌 쓰레기봉지를 잔뜩 실어두었다. 다이나는 그중 하나를 벗겨내 활짝 열고는, 어느새 밖으로 빠져나와 당장이라도 이지 전체를 휘젓고 다닐지 모를 잡동사니들을 모조리 쓸어 담았다. 많은 물건들이 밖으로 나왔지만, 그 대부분이 쓰레기봉지 속으로 수거되었다. 막심은 그제야 몸을 뻗어 허브모듈 쪽으로 빠져나왔다. 여섯 시간을 그런 상태로 처박혀 있었던 거다. 몸집이 더 작은 다이나는 남자가 빠져나온 빈 공간으로 들어가 '바이타민'들을 밖으로 던졌고, 남자는 쓰레기봉지를 열어 날아오는 물건들을 넙죽넙죽 받아냈다.

1분 후 그녀는 푸른색 점프슈트를 입은 사람의 넓적다리를 발견했고, 그다음으로 한쪽 어깨 그리고 팔을 찾아냈다. 그 팔이 이리저리 움직이면서 더 많은 '바이타민'들을 다이나 쪽으로 밀어내는 가운데, 불과 30분 전 위키피디아 검색창을 두드

---

19 바이코누르 우주기지의 다른 이름.

리다가 알아낸 얼굴이 불쑥 나타났다. 다름 아닌 볼로르에르덴. 몸에 맞는 우주복 사이즈가 없을 정도로 왜소한 체구 때문에 우주비행 프로그램에서 한 번 탈락한 적이 있는 여자다. 그런 사유로 특별히 추가 설치한 카우치에서 비행했던 것이 분명하다. 궤도모듈 한쪽에 화물적재용 웨빙으로 단단히 묶여 있는 '디방'이란 이름의 카우치인데, 거기에는 카자흐스탄의 도로에서 묻은 흙먼지가 그대로 눌어붙어 있었다. 다이나는 그것이 마지막으로 보게 될 흙먼지일 수도 있겠다는 생각을 하다 말고 얼른 그 생각을 지웠다.

어쨌든 볼로르에르덴과 막심 모두 궤도모듈을 타고 왔고, 이는 전례가 없는 일이었다. 무릇 사람은 궤도모듈 선미에 자리한 재진입 모듈에만 탑승하도록 되어 있었던 것이다.

그렇다고 그 점을 지적하는 것은 분별없는 행동이 될 터였다. 두 사람이 앞쪽 모듈에 탑승한 걸 보면, 조금이라도 일이 틀어질 경우 자살임무가 될지도 모를 편도여행길에 서명한 것이 분명하니 말이다. 재진입 모듈에 탑승한 승객만이 이론적으로나마 살아서 귀환할 수 있었다.

봉지 속에 '바이타민' 챙겨 넣기 작업은 해치를 통해 재진입 모듈 안에서 진행되었고 서로 얼굴과 팔이 자유로워지자 순식간에 마무리되었다. 사람이 착석하게 되어 있는 세 개의 카우치에는 두 명의 지정 우주비행사 유리와 비야체슬라브 그리고 리스라는 이름의 영국인이 앉아 있었다.

볼로르에르덴과 유리, 비야체슬라브는 기회가 오자 곧바로 안전띠를 풀고 궤도모듈을 지나 허브로 올라갔다. 리스는 잠시 시간을 달라고 요청했다.

다이나는 리스를 제외한 나머지 네 명에게 인사를 하려고 허브로 건너갔다. 평상시 같았으면 이런 경우, 새로 도착한 사람들이 해치를 빠져나올 때 이미 사진도 찍고, 허그를 한다든가 하이파이브를 통해 최소한의 예를 갖춘 인사를 나누는 법이다. 하지만 지구의 모든 사람이 죽음을 목전에 두고 있는 지금 같은 상황에서는 그것마저 여의치가 않았다. 그럼에도 다이나는 이들과 몇 마디 말이라도 나누어야겠다는 생각이었다.

볼로르에르덴은 다이나에게 굳이 자기를 보(Bo)라 불러달라고 했다. 그녀는 언뜻 보기에 극동지역 출신이 맞는데, 그럼에도 눈과 광대뼈에서만큼은 중국인과 일치하지 않는 어떤 특징이 읽혔다. 다이나가 구글링을 통해 얻은 사전지식은 보가 몽골리언임을 말하고 있지만 말이다.

유리와 막심은 각기 ISS에 세 번째와 네 번째 와보는 입장이었다. 그런가 하면 비아체슬라브는, 난생처음 ISS행에 오르는 젊은 우주비행사의 대타로 막판에 교체된 인원인 듯했다. 비아체슬라브에게는 이미 두 건의 사전 비행경험이 있었다. 그러니까, 보를 제외한 러시아인 모두는 이 비행에 유경험자인 셈이었다. 그들은 다이나와 간단한 인사를 나눈 뒤, 허브의 중앙을 미끄러져 통과하면서 호기심 어린 눈빛으로 주위를 둘러보았다. 전에 이곳을 본 적이 없었던 것이다. 그러고는 해치를 통과해, 자기들에게는 마치 고향과도 같은 즈베즈다 모듈로 들어갔다. 그들은 러시아어로 짤막짤막 줄인 대화를 나누었는데, 그중 50%는 다이나도 이해했다. 이지에서 일하는 사람은 누구나 최소한의 실용 러시아어 지식을 가지고 있었다.

리스 에잇켄은 원래 부유한 고객들을 위한 묘하고도 참신한 구조물을 만드는 걸로 일가를 이룬 엔지니어였다. 17일 전까지만 해도 그의 임무는, 기존 허브 후미에 위치한 신형 허브를 중심으로 우주관광객을 위한 대형 추가 토러스의 기초공사를 책임지는 것이었다. 이는 나사를 상대로 리스의 고용주, 다시 말해 우주관광산업의 초기 발의자 중 한 명인 어느 영국인 억만장자가 맺은 민관합작투자사업의 일환으로 기획된 것이었다. 지금 리스에게 주어진 임무는 전혀 새로운 것이지만, 여전히 그는 더할 나위 없이 유능한 엔지니어였다.

다이나는 궤도모듈을 따라 되돌아가, 자기 카우치에 꼼짝 않고 누워 있는 그를 해치 너머 들여다보았다.

"우주는 처음이죠?"

대답을 이미 알면서도, 다이나는 그렇게 물었다.

"이곳에선 구글이 안 되나 봐요?" 그의 대답이었다.

미국인의 발언이었다면 말 그대로 불쾌한 반응일 수 있었다. 하지만 영국인들과 오랜 시간 어울려본 다이나는 정말 몰라서 묻는 것임을 충분히 느낄 수 있었다.

"새집을 탐사하고픈 마음은 별로 없는 것 같군요."

"천천히 하는 중입니다. 살펴나가는 과정이지요. 게다가 머리를 움직이지 말라고들 조언하더군요."

"구토증을 피하기 위해서죠. 쓸모 있는 조언입니다." 다이나는 또 이렇게 덧붙였다. "그래도 언젠가는 이걸 치워야 할 걸요." 곁에 러시아어가 인쇄된 오이씨 꾸러미 하나가 머리 너머로 둥둥 떠다녔다. 그녀는 공중에서 그것을 조심스럽게 잡아챘다. 손 닿을 정도로 거리가 좁혀지자, 그녀는 "다이나라고 해요"라며 악수를 청했다.

"리스입니다."

남자는 조언받은 대로 전방만 꿋꿋이 응시한 채 손을 내밀었다. 그러면서도 수컷 대부분의 유서 깊은 매너가 작동했는지 눈알을 굴려 여자를 슬쩍 한번 보고는, 좀 더 잘 볼 수 있도록 아예 고개를 돌렸다.

"그러다가 후회할 텐데요."

여자의 말에 남자가 외쳤다.

"오, 맙소사!"

"실제로 증상이 나타나기까지는 시간 여유가 있어요. 이리 나오세요, 봉지를 하나 드릴 테니."

다이나는 최근 뜬눈으로 지새운 어느 밤 문득 자신이 트랜지스터 걱정을 하고 있음을 깨달았다. 오늘날 반도체 기술은 트랜지스터 초소형화의 길을 이미 열어놓은 상태다. 트랜지스터가 얼마나 작아졌는지 우주선(線)을 한 번만 쪼여도 파괴될 수 있었다. 지상에서는 별로 문제가 되지 않았다. 우주선의 대부분이 대기권에서 막혀버리기 때문이다. 하지만 전자공학이 우주에서 작동해야 한다면 그건 전혀 다른 문제였다. 세계적인 군산복합체들은 우주선으로 인한 타격에 보다 저항력 있는 '내방사선화(rad-hard)' 전자기술 개발에 많은 돈과 두뇌를 앞다퉈 쏟아부었다. 그 결과 생산된 칩과 회로판들은 지구에 발붙이고 사는 소비자들에게나 어울릴 번드르르한 전자장치보다는 전반적으로 더 육중했고 가격도 훨씬 비쌌다. 그런고로 다이나는 그것들을 자기 로봇에 적용해 쓰기를 어떻게든 피해왔다. 매주 자신의 로봇이 상당수 죽어나갈 것으로 보았기에 저가의 소형 전자장치 재고품을 사용해왔던 것이다. 정비로봇 한 대가 사망한 로봇 한 대를 다이나의 작업실과 아말테아의 채굴지점 사이에 설치된 감압통로까지 데리고 돌아올 수 있었다. 그러면 다이나는 그것의 타버린 회로판을 새것으로 교체해주었다. 가끔은 새것조차 이미 사망한 경우도 있는데, 창고에 묵혀 있는 동안 우주선에 노출된 것이었다. 그러나 ISS 보급목적으로 선적된 '바이타민'들로 물량은 항상 풍족한 편이었다.

　오로지 우주선을 차단하는 것만 문제였다. 지구에서처럼 두터운 대기층이랄지 그보다 훨씬 얇지만 단단한 재질의 방벽이라도 있다면 해결될 텐데 말이다. 물론 다이나에게는 아말테아 그 자체가 방벽이나 마찬가지이기도 했다. 아말테아의 표면에 바짝 붙기만 하면 그 어떤 물체도 우주의 반을 가로질러 날아오는 우주선의 공격을 피할 수 있기 때문이다. 그런가 하면 같은 이유에서 ISS는 지구 너머로부터 날아드는 우주선 또한 지구 자체가 방패역할을 해주는 덕에 피할 수 있었다. 그렇기에 아말테아의 돌출부 아래에서 지구 쪽을 바라보는 다이나의 작업공간은 그야말로 명당인 셈이었다. 비교적 좁은 틈새로밖에는 그곳에 우주선이 틈입할 여지가 없었다. 다이나는 예비용 칩들과 회로판들의 성능을 조금이라도 나아지게 만들려고 죄다 그런 장소에 저장해두었다. 그리고 심(深)우주를 바라보며 아말테아 주변을 움직이는 로봇들의 작동시간을 제한했다.

그녀의 작업실 창문으로 빤히 내다보이는 곳에 아말테아의 움푹 들어간 옆구리가 한눈에 들어왔다. 아마 옛날 어떤 충돌로 형성된 분화구인 듯한데, 수박 크기만 했다.

9일, 그러니까 닥 뒤부아가 바나나 승무원들을 대상으로 '하드레인'에 관해 이야기하고 대통령이 그들의 지구귀환이 불가능함을 시인한 바로 그 회의가 열리기 닷새 전, 그녀는 몇 개의 로봇을 프로그래밍하고 있었다. 문제의 움푹한 부위를 보다 깊이 파 들어가기 위해 절단헤드의 효율성을 극대화한 로봇들이었다. 어쩌면 향후 일어날 사태에 관한 예감 같은 것이 있었던 모양이다. 아니면 그저 자기 일을 열심히 한 것인지도. 채굴용 로봇은 어차피 바위 속으로 터널을 파 들어가는 등의 프로그래밍된 활동능력을 갖출 필요가 있었다. 공교롭게도 딱 그 시점, 그와 같은 작업을 통한 실험에 착수하고 있었던 셈이다.

바나나에서의 회의가 끝난 뒤, 그녀는 비좁은 작업실로 돌아와 처박혔다. 그리고 밤새도록 울거나 아니면 에어로크 바깥으로 머리를 내미는 대신, 로봇들이 수행하는 프로그램 일체를 바꾸어 터널을 휘게 하면서 소행성을 구석구석 탐사하게 만들었다. 그전까지 로봇들은 직선으로 움직였고, 그녀는 작은 석영 창문을 통해 수박 크기의 분화구와 로봇들이 파 들어가는 터널 안쪽을 훤히 들여다볼 수 있었다. 물론 그때는 창문을 용접용 보안경으로 덮어야 했는데, 그래야만 절단과정의 플라스마에서 뿜어져 나오는 자줏빛 광선에 눈이 상하는 걸 방비할 수 있었다. 하지만 신입 다섯 명이 이지에 당도한 A+0.17에 즈음해서는 그렇게 만들어놓은 굴곡부에서 로봇들의 모습이 사라진 상태였다. 우주가 그들을 더 이상 볼 수 없었다. 빛과 마찬가지로 직진하는 우주선(線)은 그런 굴곡을 돌파해나갈 수 없었던 것이다.

다이나는 로봇들을 조종해 터널 측면에 작은 굴을 파 들어가게 했다. 일종의 저장 공간인 셈이었다. 그리고 가지고 있는 모든 스페어 칩들과 PC보드들을 한 묶음으로 꾸렸다. 워낙에 소형이면서 강력한 성능을 갖춘 신형 칩들이라, 한 손에 들어갈 만큼 작은 입방체가 되었다. 보통이라면 별로 좋은 생각은 아니었다. 단 한 줄기 우주선이 틈입해도 기억장치 전체가 타격을 입고 보드들이 일거에 파괴될 수 있었다. 그녀는 다리가 여덟 개 달린 로봇에 꾸러미를 실어 에어로크를 통해 내보낸 다음 곧장 터널로 진입시켰다. 로봇에 장착된 비디오카메라의 원격조종 렌즈를 통해 전방을 살피면서 갈고리 팔에 연결된 데이터글러브를 작동시키는 가운데, 그녀는 로봇 동체를 저장 공간 내부로 유도했다. 그러고는 팔들을 활짝 벌리게 해서 밖으로 빠져나오지 않게끔 단단히 고정시켰다. 이제 그녀의 트랜지스터는 안전하다.

그녀가 작업하는 모습을 리스는 물끄러미 바라보고 있었다. 그가 이지에 탑승한 지는 이제 다섯 시간. 가만히 누워 있는 것 말고 아무것도 못 할 만큼 속이 불편했다. 타이랩을 비롯한 온 갖 장비들로 가득한 작업실에서 다이나는 두 개의 파이프 사이 에 그가 머리를 대고 눕게 한 뒤, 베개처럼 스펀지를 덧대서 조 금이나마 더 편안하도록 조치해둔 상태였다. 그녀는 구토용 봉 지함을 옆에 놓아준 다음 자기 일을 하고 있었다.

"저놈은 뭐라고 부르죠?" 남자가 묻자 그녀가 대답했다. "그 랩(Grabb)이라고 해요. 그래비 크랩(Grabby Crab. 욕심쟁이 게)의 준말이죠."

"좋은 이름이군요."

"암석 위에서 자기 진로를 탐색해 돌아다니기에 최적의 동체 를 가지고 있죠. 각 다리 끝에는 전기자석이 장착되어, 대부분 철로 이루어진 아말테아에 잘 달라붙을 수 있지요. 한번 디딘 다리를 떼고 싶을 땐 해당 부위의 자석 스위치를 끄기만 하면 되고요."

"분명 당신도 이 생각은 했으리라고 보는데," 리스가 조심스 레 말했다. "소행성 전체를 파 들어가 하나의 굴을 만드는 겁니 다. 일종의 차폐환경을 조성하는 거죠. 어쩌면 그 안에 공기를 가득 채워 넣을 수도 있게 말입니다."

다이나는 고개를 끄덕였다. 지금 그녀는 그랩의 다리 여덟 개를 차례차례 착지시키면서 그 하나하나가 굴의 벽면에 잘 들러붙게 하느라 무척 바빴다. 하긴 그녀의 바이타민들이 모조리 흘러나와 분실되면 큰일이었다.

"우리도 그 문제를 토의하긴 했어요. 저하고, 말하자면, 지상에서 이 문제에 골몰하는 8천 명의 기술자들 말이죠."

"그러게요, 혼자 애써서 되는 일이라고는 저도 생각지 않습니다."

"문제는 가스동력이에요. 플라스마 커터의 힘이 강력하긴 하나, 지속적인 가스공급이 필요하거든요. 어떤 가스든 거의 상관이 없죠. 하지만 이곳에서 공업용 가스는 무척 귀하고 비싸답니다. 게다가 여차하면 우주공간으로 빠져 달아나는 고약한 습성이 있지요."

"그렇지만 암석 표면에서 작업하는 것과는 달리 안에서 무언가를 파내는 작업이라면……."

"맞아요." 다이나는 얼른 말을 받았다. "당신이 출구를 봉쇄하고 사용가스를 다시 수거해 재사용하면 되겠네요."

"다시 말해 저보다 한 수 위라는 얘기군요."

다이나의 얼굴 윗부분이 전압조정장치에 가려져 있었지만 그 아래로 퍼져나가는 미소만은 빤히 드러났다. 그녀가 말했다.

"우주에 관련한 일이 다 그래요. 관심을 가진 똑똑한 사람들이 워낙에 많다 보니, 정말로 새로운 아이디어를 찾기가 그만큼 힘들답니다."

대화가 잠시 중단된 사이, 그녀는 다른 로봇으로 조종장치를 바꿔 터널로 들여보내고 있었다.

"가만히 눈을 굴려보니, 당신이 관리하는 동물원에 최소한 세 가지 다른 유형이 공존하고 있군요."

"시위는 무너진 건물더미에서 생존자 탐색하던 로봇을 그대로 따온 녀석이죠. 그 로봇은 또 뱀에게서 힌트를 얻어 만들어진 녀석이고요."

"사이드와인더라는 뱀이죠, 아마."

"맞아요. 시위의 몸체에는 전자석들이 이중나선구조로 심어져 있죠. 그래서 안팎 교대로 움직이면 가장 적은 힘만 가지고도 사선진행을 할 수가 있답니다."

"저기 버키볼처럼 생긴 녀석도 비슷한 방식으로 움직이는 것 같군요."

"이름 정확히 짚으셨습니다. 실제로 우리가 지어준 이름이 버키거든요. 물론 전문용어로는……."

"텐세그리티."[20]

순간 다이나의 얼굴이 발개졌다. "맞아요. 다 아시는 모양이군요. 어쨌든 그게 덩치도 크고 약간 둥근 형태라 전자석들을 이리저리 움직이고 막대 길이가 늘어났다 줄었다 하면서 어느 방향으로든 굴러가게 되어 있지요. 쟤들 뇌는 중앙에 달린 세포핵처럼 생긴 덩어리 안에서 작동하고 있답니다."

"그럼, 시위, 버키. 저 조그만 것들은 또 뭐라고 부르죠?"

"내트. 일종의 스웜을 시도하고 있어요. 리나가 밤을 새워가

---

20 tensegrity. 긴장통합형구조. 인장력과 압축력이 효율적으로 상호작용하면서 전체적으로 강(腔)의 형태를 이루는 구조.

며 그 작업에 매달리고 있죠."

다이나는 계속해서 말을 이었다.

"아직은 실험단계이긴 한데, 필요할 땐 각자 서로서로 체결할 수 있게 하는 아이디어입니다. 마치 물을 건널 때 개미들이 서로 매달려 뭉치를 이루는 것처럼 말이죠. 다소 괴상하게 보일 거라는 거 압니다. 평범한 기술은 아니니까요."

"저도 평범한 기술자는 아닙니다. 한때 생체모방학을 연구했거든요. 지금 당신이 하고 있는 것 말이죠. 다만 저는 가만히 정지해 있는 걸 다루었죠."

"좋아요. 인정할게요."

다이나는 그랩의 눈으로 보기 위해 착용한 3D 고글을 벗으며 말했다. 보조 로봇인 시위는 터널 안쪽 그랩 뒤에서 자리를 지키고 있었다. 녀석은 코브라처럼 머리를 바짝 치켜들고 조명과 비디오 촬영을 맡고 있었다. 다이나는 평면 스크린을 주시하면서 시위를 앞뒤로 움직이게 했다. 그렇게 함으로써 그랩의 위치를 탐지하는 동시에 회로판들이 새어나가지 않는지 확인하는 것이었다.

"네, 그래야 할 겁니다."

리스는 그렇게 말한 다음 곧장 덧붙였다.

"당신 일에 간섭하려는 뜻은 아닙니다만, 소라게의 생태에 대해선 좀 아십니까?"

다이나는 잠시 기억을 더듬어보았다. 그녀는 바닷가를 딱히 즐기는 타입이 아니었다.

"다른 게들이 버린 껍데기를 안식처로 삼죠."

"게들은 아니고 연체동물들의 껍데기입니다. 아무튼, 지금이 그 단계인 겁니다."

다이나는 잠시 생각을 한 뒤, 고개를 돌려 남자를 쳐다보았다. 아까보다는 땀도 덜 흘리고 안색도 약간 나아져 있었다.

"무슨 이야기인지 알 것 같군요."

"근데 더 나은 게 있거든요. 유공충을 고려해보세요."

"그게 뭐죠?"

"세상에서 가장 큰 단세포 유기체입니다. 남극 빙하 아래 서식하죠. 녀석들은 성장하면서 주위의 모래알들을 취해 서로 엉겨 붙게 해서 그걸로 바깥의 단단한 살갗을 만듭니다."

"이를테면 벤 그림(Ben Grimm)처럼 말이죠?"

만화책 「판타스틱 4」에 나오는 '장갑(裝甲) 괴인'을 되는대로 갖다 붙여본 말에 불과했다. 다이나는 설마 그가 알아들을 거라고는 예상하지 못했다. 하지만 남자는 곧장 받아쳤다.

"우주선(線)에 시달릴 처지라는 점에선 그렇죠. 소외의식이나 자기연민은 빼주시고요."

"전 언제나 그 괴인 같은 피부를 가지면 좋겠다고 생각했어요."

"그건 신이 당신한테 선사한 피부만큼이나 적절치 않을 겁니다. 하지만 당신 로봇들이 마음껏 돌아다니는 동안 우주선을 막아주는 수단으로는 괜찮을 거예요."

"어머, 이러다 사랑에 빠지겠어요!"

여자의 말이 떨어지기 무섭게, 남자는 구토용 봉지를 얼른 입에 갖다 대고 토하기 시작했다.

◆ ◆ ◆

　세상을 향해, 머잖아 종말이 닥칠 거라고 어떻게 말해야 할까? 두브는 자신이 꼭 그럴 필요가 없어서 기뻤다. 대신 미합중국 대통령 뒤에 가만히 서 있기만 하면 되었으니까. 그가 할 일은 심각한 표정을 짓는 것뿐 — 별로 어렵지 않았다 — 세계지도자들이 반원을 그리며 모여선 뒤에 러시모어 산정의 석상들처럼 도열한 유명과학자의 일원으로서 자리를 지키는 것. 그는 J.B.F.가 텔레프롬프터를 향해 내용을 설명하는 동안 그녀의 뒤통수만 골똘히 바라보고 있었다. 그녀 양쪽으로 중국과 인도의 국가수반이 서서 중국어와 힌두어로 같은 내용을 동시에 말했고, 가장자리로 가면서 일본과 영국 수상, 프랑스 대통령 그리고 (자기나라는 물론 마치 본인이 라틴 아메리카 전체의 대리인처럼 행동하는) 에스파냐 대통령이 자리했다. 아울러 독일 수상, 나이지리아와 러시아, 이집트 대통령, 교황, 이슬람의 주요정파 대표자들, 랍비와 라마승도 함께했다. 가급적 인류 대다수가 통역을 기다리지 않고서도 동시에 뉴스를 접할 수 있게끔 성명이 발표되었다.

　만약 뒤부아 제롬 그자비에 해리스 박사에게 임무가 맡겨졌다면, 그는 이런 식으로 말했을 것이다. '자, 여러분 모두가 죽습니다.' 현재 지구상에 사는 70억 명이 앞으로 백 년 후에는 전원 사망해 있을 것이며, 그중 대다수는 그보다 훨씬 이전에 죽음을 맞게 될 것이다. 아무도 죽음을 원치 않으나, 대다수는 일이 그렇게 되리라는 것을 담담히 받아들일 것이다.

지금으로부터 2년 내에 하드레인으로 사망할 사람이라고 해서 17년 후에 자동차 사고로 사망할 사람보다 더 심각해할 것도 사실 없다.

당장 변한 거라곤 우리 모두가 각자 언제 어떻게 죽을지를 알게 되었다는 사실뿐이다.

그걸 알았으니, 이제 준비를 할 수가 있을 터다. 그중 일부는 마음의 준비가 될 것이다. 신과 화해에 나서는 따위 말이다. 다른 준비는 아마도 다음 세대에 무언가를 물려주는 방식이 될 수 있겠다.

바로 그 점에서 재미있어지는데, 전통적인 유산상속 체계가 하드레인을 극복하고 살아남기란 불가능한 일이기에 그렇다. 유언이나 유서를 꾸리는 짓은 아무런 의미가 없었다. 가지고 있는 모든 것이 당신과 함께 파괴될 것이요, 그것을 상속할 생존자 역시 하나도 남아 있지 못할 것이기 때문이다.

대신 클라우드아크의 주민들이 수백 수천 년에 걸쳐 무엇을 하든 그것이야말로 진정한 유산이 될 것이었다. 오로지 클라우드아크가 관건인 셈이다.

그들은 오리건 주 크레이터레이크에서 바로 그 일을 시작했다. 국무부는 호수를 굽어보는 분화구 가장자리 높은 지대에 건물을 구하고 주위 야영지와 주차장에 병참, 미디, 보안시설 등을 제대로 갖춘 부지를 마련했다. 그를 기점으로 하여 고속도로상에는 이미 해병대가 나서서 행락객들의 발길을 되돌리고 있었다. 공원폐쇄를 알리면서, 이유는 라디오 뉴스를 통해 자세히 알 수 있을 거라고 했다.

　날씨가 맑다는 것은 곧 춥다는 걸 의미했다. 분화구의 호수는 두브가 본 가장 깨끗한 청색이었으며, 그 위의 하늘빛은 같은 색이지만 조금 더 옅었다. 그를 비롯한 일행 모두는 성명이 발표되는 동안 바로 그 호수를 등지고 서 있었다. 대통령 보좌진 중 정치감각 뛰어난 누군가가 모든 영상효과를 면밀하게 검토한 흔적이 역력했다. 비계 위에 설치된 카메라들은 아래를 향하면서 위저드 아일랜드를 포함한 호수 전체를 파노라마로 펼쳐냈고, 그 배경막으로 눈 덮인 산자락이 고선명 화질 속에 고스란히 담겼다. 그것이 말하는 메시지가 무엇인지 읽고자 한다면 누구나 읽어낼 수 있었다. 6천 년에서 8천 년 전 사이, 상상을 초월하는 재앙이 바로 이곳에 불어닥쳤다. 거기서 살아남은 사람들은 천상의 신들과 지하세계의 신들 사이에서 벌어진 묵시록적 전쟁설화로 그 사실을 후대에 전했다. 지금 그곳은 아름다웠다. 대통령과 다른 몇몇 지도자들은 그 이야기를 자신의 성명발표 속에 슬그머니 끼워 넣고 있었다. 두브와 함께 서 있는 세계 유수의 대학들에서 온 과학자들에게는 성명내용이 잘 들리지도 않았다. 지도자들은 세계를 향해 발언하고 있었고, 입에서 튀어나온 말들은 바위와 나무를 때리며 지나가는 거센 바람이 삼키고 있었다. 대통령의 4미터쯤 뒤에 서 있는 두브는 바람에 헝클어지는 그녀의 머리카락을 바라보고 있었다. 제로 (0) 이전의 나날에는 J.B.F.의 헤어스타일을 두고 많은 코멘트가 줄을 이었다. 패션계와 정계의 해설자들에게 실제로 그런 사안이 중요하게 생각되던 시절 얘기다. 약간 거무스레한 금발인데 언뜻언뜻 은발이 섞여 있었다. 스트레이트로 어깨까지 내려오는 길이였다. 그녀 나이가 마흔둘이니, J.F.K.를 1년 앞질러, 미국 역사상 최연소 대통령인 셈이었다. 버클리 대학시절 그녀는 장난삼아 정치를 기웃거렸을 뿐, 곧장 MBA 과정에 들어갔고 고강도 비즈니스 컨설턴트 일을 파트타임으로 하다가, 창의력은 넘치지만 일이 꽤 고된 로스앤젤레스 기술회사에 첫 직장을 얻었다. 그녀의 리더십은 회사의 운명을 바꾸어놓았고, 결국 높은 가격으로 구글에 인수되는 바람에 막대한 부를 거머쥐었다. 결혼은 말리부의 한 디너파티에서 만난 남자와 했는데, 배우에서 프로듀서로 전향한 열 살 연상의 사내였다. 노골적으로 정치색을 띤 스릴러라든가 아예 정치 다큐멘터리가 전문인 그는 다양한 정치투쟁을 담은 범작들을 다수 내놓은 상태였다. 「라티노」는 카스트로 치하에서 처형당한 어느 가족의 일대기이고 「로베르토」는 정치적 카멜레온을 다루었는데, 극단주의자만 아니라면 어느 한쪽도 배척하지 않고 자유지상주의와 파퓰리즘을 하나로 엮는 내용이었다. 그 정도로도 그가 잘 버텨낸 건 핸섬한 데다 매력적인 인물이면서, 스스로 흔쾌히 인정하듯, 사안마다 꼬치꼬치 따지고 들 만큼 똑똑하지 않아서였다.

그렇게 하나의 가정을 꾸리고 충분한 논의 끝에 처녀 때 이름 줄리아 블리스 플래허티를 계속 사용하기로 결정한 그녀는 정치판으로 과감하게 시야를 넓혔다. 우선 그녀는 캘리포니아 상원의원 선거에서 고배를 마셨다. 하지만 선거 당일에 즈음하여 임신한 티가 역력했던 그녀는 곧바로 다운증후군을 앓는 아기를 출산했고, 그를 계기로 양수천자 검사와 선택적 낙태를 둘러싼 모든 종류의 불안심리를 색출해내는 인간 로르샤흐 얼룩 역할을 맡았다. 이후 토크쇼에 연달아 출연하여 그 문제들을 논하면서 그녀는 양쪽 정치진영 모두에게서 주목받는 인사가 되었다. 그리고 차기 대통령 선거캠페인 기간 동안은 양쪽 진영에서 작성한 부통령 지명 명단에 공히 이름을 올리는 기염을 토했다. 그녀는 민주당내 우파와 공화당내 좌파를 모두 아우르는 소위 중도적 입장을 견지했다. 그때까지만 해도 그녀가 백악관 대통령 집무실의 주인이 될 거라고 예상한 사람은 없었다. 그런데 취임 열 달 만에 현직 대통령을 끌어내린 대형 스캔들이 그녀를 대통령직에 올려놓았고, 그녀의 헤어스타일을 언론이 즐겨 건드리는 가십거리로 만들어놓았다. 머리카락 전반에 걸쳐 은빛이 반짝였다. 원래 그런 건가, 인공적으로 꾸민 건가? 원래 그런 거라면, 왜 제거하지 않는 건지? 방법이야 많지 않은가? 만약 인공적으로 꾸민 거라면, 뭔가 좀 노련해 보이고 진지하게 보이려는 얄팍한 속임수 아니겠는가? 어느 쪽이든 현대 사회에서 여성이 조금이나마 진지하게 받아들여지려면 꼭 나이 지긋한 중년부인처럼 보여야 한다는 원칙이라도 있는가?

적어도 오늘 J.B.F.의 성명발표가 있은 다음부터는 그와 같은 기사가 단 한 줄도 나오지 않으리라는 걸 두브는 확신했다. 아울러 하필 오늘 같은 날 어떤 식으로든 대통령의 헤어스타일에 관심을 보이고 있는 그 자신도 참 한심하다고 느꼈다.

그러나 사람 마음이라는 게 원래 그런 식으로 움직이니 어쩌겠나. 마음속에 매순간 세상의 종말만을 담아둘 수는 없는 법. 가끔은 사소한 것들로 기분전환하며 쉬어가는 것이 필요하다. 바로 그 사소한 것들을 통해 마음이 현실에 닻을 내리기 때문이다. 가장 큰 참나무가 궁극적으로는 저 대통령의 머리에 난 은발 머리카락들보다 결코 더 굵지 않은 잔뿌리들의 체계를 통해 땅속 깊숙이 뿌리박고 있듯이 말이다.

모든 성명발표가 동시에 시작됐지만 일부는 좀 더 오래 이어졌고, 이슬람 지도자와 교황은 기도까지 덧붙였다. 대통령과 나머지 속세의 지도자들은 발표를 끝낸 뒤 일이 분간 어색하게 서 있다가 슬금슬금 자리를 옮겼고, 보좌진들이 건네는 두터운 외투를 걸쳤다. 크레이터레이크 못잖게 배경막 구실을 훌륭히 소화한 두브와 다른 과학자들은 마지막 기도가 끝날 때까지 자리를 지키고 있어야 했다.

두브는 아멜리아와 함께 그곳에 와서 사태가 벌어지는 것을 낱낱이 구경하면 어땠을까 생각했다. 화이트스카이 현상은 물론 하드레인이 시작되는 장관을 관찰하기에 이보다 더 근사한 장소는 없을 텐데 말이다. 사실 성명발표 때 그는 남쪽 하늘을 가로지르는 유성 한 점을 목격했다. 망막에 서서히 잦아드는 푸른 줄무늬를 남길 만큼 충분히 밝게 빛나는 백색 불꽃이 꼬리를 끌며 지나가는 것이었다. 그러다가 문득 둘로 쪼개졌고, 다섯 조각으로 분산되면서 이내 지평선 너머로 사라져갔다. 얼굴에 열기가 느껴지기에는 너무 거리가 멀었다. 하지만 최근 벌어진 사태들을 좀 더 가까운 거리에서 체험한 사람들 얘기로는 체감할 정도의 열기가 있더라는 것이다. 또한 유성들이 초음속으로 나타났다가 사라져, 눈 깜빡할 사이에 하늘을 가로지른다고도 했다. 그러나 하드레인이 본격적으로 개시되면, 유성들이 대규모로 빠르게 다가올 것이고 불꼬리들이 종횡무진 하늘을 휘저으며 날아들어, 펄펄 끓는 열기가 지속될 거대한 반경을 형성할 터였다. 돌덩이들에 직접 맞지 않을 만큼 운이 좋으려면—그런 표현이 맞는다면 말이지만—무언가 엄폐물 밑으로 기어 들어가야 할 것이었다. 엄폐물은 열을 반사하는 금속판이면서 불이 붙지 않는 재질이어야 적절할 터였다. 그러면 시간을 벌 수 있겠지만, 머잖아 공기가 너무 가열되어 숨쉬기가 곤란해질 거라는 게 문제였다. 그 모든 상황이 이어지는 동안 과연 어느 시점에 이르러 삶이 끝날 것인지가 그는 궁금했다.

달이 붕괴하고 3주 하루가 지났을 때이자, 하드레인이 발생할 거라는 확신이 생긴 지 불과 열이틀 만이었다. 세계 지도자들이 그토록 신속하게 반응을 보이다니 그로서는 놀랄 일이었다. 하지만 워낙 빠르게 퍼져나가는 소문 때문에 그들도 어쩔 수 없이 내몰린 거였다. 세계 전역의 천문학자들은 동일한 계산을 하고 있었다. 그들은 이메일로 서로의 아이디어를 공유하면서 공개적으로 일하는 것에 익숙했다. 누구든 인터넷 연결망을 갖추고 사실을 궁금해한다면, 일주일 전에 이미 하드레인에 관한 정보를 입수할 수 있었을 거다. 대통령과 각국 정상들 입장에서는, 클라우드아크의 개발에 공개적인 여론집중을 유도하기 위해서라도 오히려 더 일찍 성명발표를 서두를 수밖에 없었을 터다.

또한 그렇게 함으로써 세계인들에게 일종의 여지를 제공하는 의미도 있었다. 상상을 통해서든 아니든, 이번 사태를 맞아 어떤 행동을 취할 여지 말이다. 물론 하드레인과 관련하여 그들이 할 수 있는 일은 아무것도 없었다. 전문적인 차원에서 클라우드아크에 의미 있는 공헌을 할 만한 사람은 극소수에 불과했다. 다만 우주유영을 한다든가 로켓엔진들을 조립하는 일이라면 이미 많은 사람들이 동원되어 있었다.

그럼에도 클라우드아크의 임무수행을 돕는 일에 보탬 될 만한 몇 가지 일들이 남아 있긴 했다. 우주를 향해 나아가는 인류유산의 일부가 될 수 있는 일들 말이다.

성명발표와 기도가 모두 끝나자, 몇 분 전까지 대통령이 발언하던 연단 중앙으로 세 사람이 나섰다. 그들은 이제 영어로 말을 할 텐데, 주최자가 섭외한 통역가능인력에 맞춰 최대한 많은 언어로 옮겨질 것이었다. 첫 번째 발언자는 매리 벌린스키. 미국 내무부장관으로서 못 말리는 하이커이자 클라이머이며, 혈기 왕성한 예순 살이다. 원래 전공은 야생 생물학이다. 다음은 셀라니 음방과. 체구가 큰 남아프리카 출신 여성으로 유명 아티스트다. 마지막은 클레런스 크라우치. 케임브리지 출신의 노벨상 수상 유전학자인데, 지팡이에 의지해 천천히 걸어 나오고 있었다. 유전학자이지만 정작 자신의 유전자는 말을 잘 듣지 않아, 그만 대장암을 앓고 있었던 거다. 그를 부축하고 있는 사람은 모이러 크루. 현재 포스트닥 과정에 있으며 한시도 스승 곁을 떠난 적이 없다. 클레런스의 아내는 10년 전 자살했고, 이제 킹스 칼리지가 그의 육체와 정신 모두를 도맡아 관리해주는 셈이었다.

이들은 수일 전 이미 무슨 일이 벌어질지 설명을 들어 알고 있었기에, 그만큼 충격에서 회복될 여유를 가질 수 있었고 이처럼 텔레비전에 나올 준비까지 된 상태였다. 두브와 함께 전 세계로부터 몰려든 과학자들은 건물 아래층 회의실에 일종의 작전실을 설치해놓고, 이제 매리와 셀라니, 클레런스가 발언할 바로 그 내용을 확정하기 위해 총력을 기울여왔다. 그것이야말로 이번 성명발표의 핵심 사안이기 때문이었다. 집단 패닉이나 대혼란을 예상하는 사람은 아무도 없었다. 물론 일부는 그런 반응일 수도 있겠으나, 지구촌 인구 수십억 명은 무엇보다 여기 모인 이들이 얼마나 쓸모 있는지를 알고 싶을 테고, 그에 대한 몇 가지 대답 정도는 제공하는 것이 마땅했다.

매리와 셀라니, 클레런스가 등을 보인 채 바람을 향해 이야기하고 있지만, 그건 아무래도 상관없었다. 이미 두브는 그들이 무슨 발언을 할 것인지 다 알고 있었고, 그 내용을 적은 서류를 수백 번은 검토한 상태였다.

매리가 발언할 부분은, 클라우드아크가 지구 생태계의 유전 형질 대부분을 어떻게 디지털 형태로 재편에서 보관할지에 대한 것이었다. 이를테면 기린을 우주로 쏘아 올리거나 우주공간에서 살아 있게 하는 것은 불가능하지만, 기린의 생체조직 샘플을 그렇게 하는 것은 가능한 일이었다. 우주란 따지고 보면 고효율 냉장고와도 같기 때문이다. 게다가 유전자 배열은 조직 샘플을 기계에 입력시켜, DNA 가닥들을 기본 쌍으로 각각 분리하고, 저장과 복제가 용이한 데이터 열들로 보관함으로써 체계적인 기록을 할 수 있었다. 이를 위한 특수 장치들이 클라우드아크에 실릴 예정인데, 그것들이 디지털 기록을 작동 가능한 DNA로 복원해 살아 있는 세포에 이식함으로써 기린과 고래, 삼나무 등을 미래 어느 시점, 예컨대 수천 년쯤 지난 다음 재구성해낼 수 있을 것이다. 그걸 보통 사람들이 도울 수 있는 길은? 주위에 되도록 평범하지 않은 생물의 샘플을 수집해 사진을 찍고, 스마트폰에서 GPS 정보를 읽어낸 다음, 그 모든 걸 우편으로 보내주는 방법이 있다.

보기에 따라서는 매리의 직무가 가장 고된 것일 수도 있었다. 그만큼 계획 자체가 얼토당토않은 것인데, 그녀 자신이 이 점을 잘 알고 있을 터였다. 우선 생물학자들이 이미 오래전 중요한 모든 샘플을 수집해놓은 상태다. 또한 호기심 가득한 아이들 손에 의해 각종 꽃들, 너구리 두개골, 새의 깃털, 대벌레, 달팽이 샘플이 우송되었어도 도착과 동시에 파괴된 모습이기 일쑤였다. 모든 유전자 배열기기가 이미 24시간 내내 전속력으로 작동중이며, 이보다 더 개선된 기기들 역시 같은 작업을 하고 있다. 그럼에도 불구하고 매리는 어떻게든 자신의 직무를 그럴듯하게 포장, 선전하고자 애썼다. 텔레프롬프터를 보고 발언하는 그녀의 어깨와 머리의 움직임으로 두브는 그 고충을 짐작했다.

셀라니가 맡은 일은, 세계인들이 문학적, 예술적, 영적 유산을 후손에게 남길 수 있다는 점을 그들 스스로 확신할 수 있게 해주는 것이었다. 그와 관련하여 세상에 나온 모든 책자와 웹사이트들이 이미 자료화 절차를 거쳐 보관되었다. 지금 시점에서 바라는 것은 사람들이 각자 자기 이야기를 글로 쓴다거나 그림으로 그리고, 사진이나 동영상으로 자신들의 모습을 남겨, 클라우드아크에 탑승할 개척자들의 먼 후손이 흥미롭게 들춰볼 수 있도록 하는 일이다. 이건 자신감 있게 설명하기가 훨씬 쉽고 간단한 일이었다. 수많은 디지털 파일을 자료화해서 우주로 쏘아 올리는 건 그냥 있는 그대로 이야기하면 되는 일이기 때문이다. 마지막으로 클레런스의 일을 설명할 차례가 되었다.

그가 발언할 내용을 두브는 거의 외울 정도였다. 다만 이야기를 풀어나가는 방식을 두고 다양한 토의를 거쳤으나, 클레런스의 관심을 끌어당긴 건 우연히 두브의 뇌리에 떠오른 고(高)교회파의 설교방법이었다.

"'위대한 결정'을 내려할 할 시간이 왔습니다." 그가 입을 열었다.

"주께선 수많은 색과 유형을 가진 인간들로 지구를 가득 채우는 것이 참 보기 좋다고 하셨습니다. 그런데 노아에게 큰 짐이 주어졌듯, 이제 우리에게도 막중한 짐이 주어졌습니다. 노아와 마찬가지로 우리는 우리 주변의 다양한 생명을 고려하여 거대한 방주를 가득 채워야만 합니다. 매리 벌린스키가 이미 여러분께 세상의 식물과 동물, 그 밖의 여러 생물체를 어떻게 유증의 형식에 담아 보존할 것인지 설명을 드렸지요. 우리는 노아가 했듯이 그것들을 암수 한 쌍으로 짝지어 방주로 직접 실어 나르는 방식은 취하지 않을 것입니다. 그럴 만한 공간도 없을뿐더러, 그렇게 해서 생명을 유지시킬 방법도 없기 때문입니다. 동식물과 관련해서 우리는 새로운 방법을 활용할 것입니다.

인간의 경우는 아주 다르지요. 우리는 방주에 인간을 있는 그대로 태워야만 합니다. 그건 자동화된 메커니즘으로 해결될 사안이 아니지요. 인간의 마음이 가진 섬세함과 적응력이 요구되는 일입니다. 우린 방주 안으로 사람들을 이주시킬 겁니다. 우선 우주비행사와 군인들, 과학자들부터 시작할 겁니다. 문제는 그 대상인원이 꽤 많은 반면, 전체 세계인 중에서는 극히 작은 비율에 불과하다는 점이지요."

과연 얼마나 많은 수를 태울 것인가? 끝없이 고민을 부르는 문제였다. 모든 로켓공장이 24시간 가동한다 치고, 2년 안에 얼마나 많은 사람을 우주공간으로 쏘아 올릴 수 있을까? 두 가지 고려할 점이 있는데, 그 판단에 따라 대상인원은 수백 명에서 수만 명까지 다다를 수 있다. 하나는 저 위에까지 실어 나르는 문제고, 다른 하나는 저 위에서 생존하게 만들어주는 문제. 지금까지 두브가 확인한 가장 설득력 있는 예상은 5백에서 1천 사이의 어떤 수에 모아졌다. 그러나 클레런스가 발언할 내용에서 특정 숫자에 관한 언급은 꼼꼼하게 삭제해두었다. 작은 힌트조차도 말이다.

저희는 모든 마을과 도시, 지역을 대상으로 '위대한 결정' 작업에 참여해주실 것을 요청드렸습니다. 클라우드아크의 승무원으로서 훈련에 임할 지원자를 소년소녀 각 한 명씩 선발해달라는 내용입니다. 저희는 선발과 관련한 어떤 절차나 룰도 부과하지 않을 생각입니다. 인류의 유전적, 문화적 다양성을 최대한 확보하는 것만이 저희의 목표이니까요. 일단 선택된 지원자들은 자신이 속했던 공동체의 특징을 가장 훌륭하게 대변해주리라는 것이 저희의 믿음입니다."

사실 발표내용 속엔 미묘한 자기모순이 담겨 있었다. 클레런스의 발언은 그 어떤 룰도 부과하지 않겠다는 것이었다. 그러나 소년소녀 각 한 명씩이어야 한다는 것 자체가 이미 강제적 룰이었다. 그 점을 어렵게 받아들일 많은 문화적 입장이 존재한다는 것을 그들은 잘 알고 있었다.

클레런스는 발표를 이어갔다.

"선발된 소년소녀는 훈련캠프에 다 함께 모여, 앞으로 맡을 임무를 위한 교육과 훈련에 들어갈 것이고 준비가 되는 대로 클라우드아크로 이동할 것입니다."

어떤 카메라 앵글의 배경에 자신이 잡힐 것을 안 두브는 가능한 한 포커페이스를 유지하려고 애썼다. 클레런스가 딱히 거짓말을 하고 있는 건 아니었다. 다만 많은 것을 언급하지 않았을 뿐이다. 가령 얼마나 많은 소년소녀가 훈련캠프를 무난히 수료할 것인지. 또한 그중 얼마나 많은 수가 실제로 쓸모 있는 역할을 할 수 있을 것인지.

실제로는 클레런스의 말만 들어서 상상하는 것보다 훨씬 적은 수가 그 대상이 될 터였다. '위대한 결정'에 의해 뽑힌 사람 중 일부만이 실제 모집 정족수가 되는 셈이다. 다소 희귀하거나 독특한 종족적 특질을 갖춘 경우에는 이에 포함될 가능성이 컸다. 일단 훈련캠프에 입소하고 나면, 전원 모두가 하드레인 이전에 우주로 날아오르지는 못하리라는 점을 직감하게 될 터였다. 이른바 경쟁이 시작되는 셈이다. 그것도 아주 치열한 경쟁이. 두브는 그 점을 생각하고 싶지 않았다.

지난 3주간 그는 사람 마음이라는 게 얼마나 우스꽝스러운지를 수천 번은 곱씹었을 거다. 훈련캠프 내부의 분위기가 험악할 거라는 점은 사실 중요한 게 아니었다. 따지고 보면 그런 건 아무것도 아니다. 그럼에도 불구하고 아직은 어린 사람들이 경쟁을 구실로 서로에게 잔인해질 거라는 점이 결국에는 그들 대부분 캠프에서 사망할 거라는 사실보다 마음을 더 불편하게 만드는 것이었다.

문득 숙소 창가 커튼이 걷혔고 두브는 아멜리아를 쳐다보았다. 지난 사흘 밤을 함께 보낸 방 창턱에 팔꿈치를 괸 채 아멜리아가 그를 내려다보고 있었다. 그녀는 TV로 모든 걸 지켜보기 위해 방에 머물러 있었다. 방송에서 어떤 논평들로 사안이 다루어졌는지도 나중에 설명해줄 겸 말이다.

때는 추수감사주간. 학교도 쉬었다. 그녀는 차를 렌트해서 그를 보기 위해 여기까지 달려온 것이었다.

앞으로 일어날 사태를 전혀 모르는 숙소 직원들은 목요일 오후에 맞춰 전통 칠면조 요리를 만들었다. 종말을 준비하기 위해 세계 각지에서 날아온 과학자와 정치가, 군인들은 축제에 걸맞은 유머감각을 찾기 위해 저마다 애쓰고 있었다. 하긴 두브의 현재 기분만큼은 아주 즐겁지 않은 것만은 아니었다. 우선 아멜리아가 여기까지 와서 함께해주는 것이 즐거웠다. 특히 누군가 곁에 있어줬으면 하는 시기에 정확히 자기 삶에 등장해준 그녀에게 무한한 고마움을 느꼈다.

아멜리아를 만나자마자 첫눈에 반해버린 바로 그날 7일, 그는 왠지 바보가 된 느낌이었다. 자신이 그런 반응을 보이다니, 도대체 머리가 어떻게 된 것 아닌가 싶기도 했다. 그런데 여자쪽에서 초등학교 교사 특유의 솔직담백한 태도로 혼자만 관심 있는 건 아님을 표해준 것이다. 그녀가 가르치는 학교는 칼텍 캠퍼스에서 1마일이 채 떨어지지 않아, 둘은 함께 간단한 저녁식사를 한 다음, 여자는 집에 가서 아이들 시험을 채점하고 남자는 연구실로 돌아와 화이트스카이의 지수적 상황에 대한 그동안의 계산결과를 점검하고 또 점검하는 일이 가능했다. 새롭게 찾아든 사랑의 감정과 앞으로 벌어질 사태에 대한 걱정 사이의 괴리감은 그가 적당히 추스르기에는 너무 컸다. 그저 매일 아침 일어나 잠깐 허용되는 맑은 의식상태를 거쳐, 이 문제 저 문제를 정신없이 오갈 뿐이었다.

원격화상회의를 통해 국제우주정거장 승무원들을 대상으로 상황설명을 하고 난 다음 캠프데이비드에서 돌아왔을 때, 그녀는 무슨 걱정거리가 있는지를 물어왔고 그제야 그가 대답을 해주었다. 그날 밤 둘은 처음으로 같이 잤다. 하지만 섹스가 가능하다는 걸 그가 깨닫기까지는 그녀와 세 번을 더 같이 자야 했다. 다가올 재앙에 대한 두려움이 방해가 되는 건 아니었다. 오히려 재앙을 상상하면 더 흥분될 수도 있었다. 사랑하던 사람의 장례식에 참석하러 가는 도중에 치렀던 섹스의 경험이 그에게는 가장 짜릿한 기억으로 남아 있을 정도다. 지금 그의 몸을 무겁게 하면서 성적 무기력까지 초래하는 것은 자신이 알고 있는 무언가를 누군가에게 털어놓아야 할 상황에서 오는 스트레스였다.

문제는 해결되었다. 이제 모든 사람이 알게 되었으니까.

클레런스는 뭔가 영감이 넘치는 그럴듯한 말로 발표를 마무리 지었다. 즉, 클라우드아크로 올라간 젊은 남녀들이 우주공간에 문명을 건설하고 그 안에서 인류의 유전적 형질을 마음껏 꽃피울 거라는 멘트 말이다. 가령 냉동정자라든가, 난자, 배아 등을 쏘아 올릴 경우, 지표면에 발이 묶여 죽을 운명인 사람들은 그나마 자기 후손이 언젠가는 우주식민위성에서 보란 듯 성장해, 디지털 문자와 사진, 동영상을 매개로 선조인 자기들과 소통하리라는 기대를 가질 수 있지 않겠는가. 두브는 이 대목이 뭔가 희망의 빛을 주기 위해 일부러 삽입된 표현처럼 느껴졌다. 하지만 그것이야말로 오늘 발표자 중 누구라도 자기 입으로 말하고 싶어했을 가장 중요한 메시지라는 걸 그는 잘 알고 있었다. 메시지의 나머지 부분은 경악을 금치 못할 만큼 우울했고, 대다수 사람들이 받아들이기엔 너무나도 충격적인 내용이었다. 이를 보도할 뉴스앵커들은 비밀엄수 서약과 더불어 바로 어제 브리핑을 받았다. 희망을 갖고 조금이나마 사태를 견딜 수 있도록, 정서적 회복을 위한 시간 여유를 주는 것이 그들의 목표였다. 사람들이 붙잡고 버틸 만한 지푸라기를 조금 남겨주자는 취지 말이다. 디지털 파일들을 통해 선조의 넋을 기리는 아이들로 가득한 낙원에 관하여 암 환자인 전직 케임브리지 대학교수가 거룩한 억양의 일장연설을 함으로써 말이다. 그는 그걸 사실로 받아들이게 만들어야만 했고, 결국 성공했다. 물론 두브와 함께 클라우드아크 프로그램을 추진 중인 과학자들은 세계 군사, 정치, 경제 대표자들과 함께 그 기조를 끝까지 따라야만 하는 입장이었다.

클레런스의 포스트닥 제자인 모이라 크루와 매리 벌리스키는 양쪽에서 클레런스의 겨드랑이를 부축한 채 계단을 내려왔다. 분화구 가장자리엔 어안이 벙벙해진 기자들이 질문을 하기 위해 모여 있었다. 그것 말고 현장은 거의 죽은 듯 조용했다. 그 흔한 뉴스 후의 떠들썩한 논평도 없었다. 대다수 방송이 곧바로 철수했다.

두브는 창문 쪽을 쳐다보았다. 아멜리아는 머리채를 귀 뒤로 넘기며 창문에서 몸을 뗐다. 그는 추위로 뻣뻣해진 다리를 이끌고 숙소로 향했다. 머릿속엔 냉동정자와 난자 생각이 맴돌고 있었다. 과연 그것들이 얼마나 오래 버텨낼까? 냉동 보관된 세포들은 대략 20여 년이 지나서도 해동하여 정상적인 개체로 부활할 수 있다는 것이 지금껏 알려진 사실이다. 여기에 우주선(線)이 작용하면 문제가 복잡해질 수 있다. 단 한 줄기 우주선이 인체를 관통하면 몇 개의 세포가 파괴될 수 있는데, 인체에는 그 말고도 많은 세포가 활동하고 있긴 하다. 다만 바로 그 우주선이 하나의 세포인 정자나 난자를 뚫고 들어갈 경우, 생명 전체가 파괴된다는 것이 문제다.

요컨대 지구의 모든 남성이 기꺼이 정액을 제공하고, 모든 여성이 난자를 내놓으며, 배아 또한 얼마든지 끄집어내 냉동시킬 수 있다 해도, 정작 건강하고 젊은 여성들이 그것을 자궁에 받아들여 아홉 달 동안 품지 못한다면 아무 소용이 없는 일이었다. 때가 되면 인구는 증가할 것이다. 다소 거칠게 말해서 기능적 자궁들이 낳을 새로운 세대는 14년에서 15년 뒤에 등장할 것이고, 두 번째 세대는 30년쯤 지나야 부상할 것이다. 하지만 그때쯤이면 지구 사람의 희망을 담은 냉동샘플들 다수가 유통기한을 넘긴 상태일 터다.

클라우드아크에 탑승할 사람 대부분이 여성이어야 할 판이다.

여기에는 단지 아기를 좀 더 많이 생산해야 한다는 것 말고 다른 이유들도 있었다. 우주비행의 장기적 영향에 관한 연구는, 여성이 남성보다 방사능 피해에 덜 민감하다는 것을 말해주고 있었다. 게다가 평균적으로 체구도 더 작아서 공간도 덜 잡아 먹고, 음식과 공기도 덜 필요하다. 장기간 좁은 공간 안에 서로 밀집해 있을 때의 업무능력 또한 여성이 남성보다 우월하다는 것이 사회학적 연구들의 결과였다. 물론 자연 그대로의 상태이 나 훈육에 의한 결과이냐를 따진다든지, 성정체성이 사회적 구 성요소이냐 유전적 프로그램이냐를 묻는다면 논란의 여지가 있을 수 있다. 그러나 남자아이가 다윈주의의 적자생존 원칙에 따라 들판을 뛰어다니며 짐승을 쫓도록 프로그램되었다는 이 론을 지지한다면, 그런 존재들을 비좁은 금속깡통 안에 몰아넣 고 평생을 무사히 지내게 만든다는 생각을 하기는 쉽지 않을 터였다.

각 지역에서 뽑힌 청소년들을 훈련과 최종선택을 위해 수용 하게 될 캠프는 남자아이들에게 바퀴벌레 집과도 같은 장소가 될 것이었다. 젊은 청춘들이 들어가긴 했으나 나오지는 못하는 곳 말이다. 물론 운 좋은 소수는 예외다.

두브는 무언가 할 일이 남아 있다는 막연한 느낌에 시달리며 한동안 숙소 쪽으로 느린 발걸음을 옮기고 있었다.

옳거니, 언론과의 대담이 있었지! 보통이라면 카메라맨들이 잔뜩 몰려들었을 터다. 그런 그들을 두브는 애써 피하고 말이 다. 그런데 오늘은 그렇지가 않았다. 오히려 그가 버티고 서서 TV를 시청하는 수억 명을 향해 닥 뒤부아의 역할을 할 준비가 되어 있었다. 하지만 아무도 그에게 다가서지 않았다. 각국에서 온 앵커들이 텔레프롬프터만을 열심히 들여다보면서 준비된

멘트를 읊조리고 있었다. 한 등급 떨어지는 언론인들, 예컨대 과학전문 블로거들이나 프리랜스 평론가들은 자기들 문서작성에 여념이 없었다. 문득 두브의 시야에 낯익은 얼굴이 잡혔는데, 저만치 주차장 한쪽 구석에 있는 태비스톡 프라우스였다. 그는 삼각대에 태블릿을 설치하고 카메라를 자신에게 향하도록 맞춰놓은 상태였다. 그리고 무선 마이크를 착용하여 일종의 실시간 영상 블로깅 작업을 하는 중 같은데, 지난 수년간 고용되어 일하는 터닝 매거진이라는 웹사이트 일인 모양이었다. 두브가 그를 알고 지낸 지는 어언 20여 년. 표정이 아주 안 좋아 보였다. 탭은 오늘 아침에 나타났는데, 신임장이나 출입증 같은 것을 소지하지 못해 이 모든 것이 생소한 뉴스였다. 간밤에 두브가 이 오랜 친구를 도와주기 위해 트위터와 페이스북으로 몇 차례 접촉을 시도하여 사전 정보를 제공하려 했었지만 아무런 응답이 없었다.

탭과 당장 즉석인터뷰까지 하기에는 좋은 타이밍이 아닌 것 같아, 두브는 슬그머니 못 본 척하고 지나갔다. 그는 숙소 입구에 서 있는 보안요원에게 신임장을 획 보였는데, 마침 예를 갖추려고 했는지, 그가 누구인지를 잘 아는 보안요원이 미리 알아서 문을 활짝 열어주는 것이었다.

그는 승강기를 지나쳐 계단을 걸어올라 방으로 향했다. 단지 팔다리 끄트머리까지 혈액을 원활히 돌게 만들고 싶었다. 아멜리아는 문을 살짝 열어두고 있었다. 그는 '방해하지 마시오'라는 팻말을 보이게 걸고 나서 등 뒤로 문을 닫아 잠근 다음, 의

자에 털썩 주저앉았다. 그녀는 여전히 단순한 모양의 널찍한 창틀에 기댄 채 창가에 서 있었다. 건물 이쪽은 태양을 직접 향하지 않는 위치이긴 하나, 하늘의 광채가 안으로 들이쳐 여자의 얼굴을 밝게 비추고 있었다. 눈 아래쪽 굴곡이 시작되는 지점에서 그녀의 입 주위까지가 선명하게 드러나 보였다. 그녀는 온두라스계 미국인 2세로 아프리카와 인디아 그리고 스페인 혈통이 복잡하게 얽혀 있었다. 큰 눈동자에 파도처럼 웨이브진 머릿결, 민첩하고 빠릿빠릿한 그녀는 초등학교 교사에게 꼭 필요한 매우 긍정적인 성격의 소유자이기도 했다. 더군다나 지금과 같은 상황에서는 더할 나위 없이 좋은 타입이었다.

"이제 끝났네. 당신 마음에서 무거운 짐 하나 내려놓은 기분이겠어."

여자의 말에 그가 대답했다.

"앞으로 이틀 연속 인터뷰를 열 개나 소화해야 해. 왜, 어째서를 일일이 설명해야 한다고. 하지만 당신 말이 맞긴 해. 뉴스를 처음 발표하는 것보다는 그런 게 훨씬 쉬운 일이니까."

"그래봤자 그냥 수학이거든."

"그래, 수학이지."

"그다음엔 어떻게 돼?"

"인터뷰 이틀 하고 나서?"

"응. 그다음은 뭐가 있지?"

"생각해보진 않았는데. 데이터를 계속해서 모으고 있어야겠지. 예측상황을 정교하게 다듬어가면서 말이야. 화이트스카이

103

발발시점을 좀 더 정확하게 예측할수록 우주선 발사 스케줄을
비롯해 모든 계획을 보다 정교하게 세울 수 있으니까."

"지구인 선별 문제도."

"그것 역시 마찬가지고."

"당신도 가는 거지, 뒤부아?"

그녀는 아직까지 그를 별명으로 부른 적이 없었다.

"무슨 소리야?"

순간적으로 당황한 빛이 그녀의 얼굴을 스쳤다. 흔히 있는
일은 아니었다. 그녀는 남자를 유심히 바라보다가 점점 장난기
어린 표정으로 변했다.

"정말 모르나 보네."

"무얼 모른다는 거지, 아멜리아?"

"그야 당신이 가게 된다는 거."

"가다니 어딜?"

"클라우드아크. 거기선 당신이 필요할 거야. 쓸모 있는 몇 안
되는 사람이 당신이잖아. 실제로 그곳의 생존율을 높여줄 사람.
지도자라고나 할까."

그녀 입에서 그 말이 나오기까지만 해도 사실 그런 생각을
해보진 않았다. 하지만 지금 두브는 어쩜 그렇게 될 수도 있다
는 생각이 들었다.

"오 맙소사! 차라리 여기서 그냥 죽고 말지. 당신이랑 같이.
우리 둘이 이곳에 와 야영을 하면서 구경을 하리라는 생각은
줄곧 하고 있었거든. 정말이지 사상 초유의 보기 드문 구경거

리가 될 거야."

그러자 아멜리아가 말을 받았다.

"정말 멋진 데이트이긴 한데…… 안 되겠어. 그날만큼은 가족과 함께 보내야 할 것 같아."

"그때쯤엔 당신과 내가 한 가족이 되어 있을 것 같은데."

눈물이 그녀의 눈 아래 언저리에서 반짝거렸다. 그녀는 얼른 손가락을 코끝으로 가져갔다.

"그거야말로 참 해괴망측한 프러포즈네. 이봐요, 뒤부아, 그건 곧 내 남편은 우주 속으로 날아가고 나는 캘리포니아에 남아 있어야 한다는 얘기라고."

"내가 어떻게든 방법을 찾을 수……."

순간 그녀는 고개를 세차게 저었다.

"그 사람들, 서른다섯 살 먹은 초등학교 선생을 클라우드아크로 데려가는 데 결코 동의하지 않을 거야. 절대로."

그녀 말이 옳다는 걸 그도 알고 있었다.

"그런데 냉동배아라면 가능성이 있을 것 같긴 해."

"그거야말로 정말 해괴망측한 프러포즈라고 해야겠는걸."

두브가 말을 받았다.

"우리가 지금 해괴망측한 시대에 살고 있으니까. 지금 내 몸은 준비되어 있어. 확실해. 콘돔은 사양입니다, 터프가이."

결국 그렇게 되었다. 클레런스 크라우치의 위로연설을 고도의 지적 회의주의로 걸러내는 가운데, 버려진 수십억 명 마음을 달래줄 일종의 뇌물이자 남은 2년여 생존기간에 다들 섹스에나 열심히 몰입하라는 권유쯤이라 치부하면서, 그 모든 내용을 한쪽 귀로 흘려들은 지 불과 반시간이 지난 시점. 그는 아멜리아와 한몸이 되어 뒹굴고 있었다. 우주공간으로 가져가 어느 이름 모를 여인의 자궁 안에 안착시킬 배아를 두 사람이야말로 어서 만들어내야만 했던 것이다.

남자의 머릿속은 벌써부터 아기에게 미적분을 교육시킬 비디오 자료를 만들 생각에 마냥 분주했다.

다이나는 크레이터레이크 성명이 발표되는 시점, 지구에 있지 않은 것이 무척이나 다행이라고 생각했다. 그녀는 작업실에 홀로 앉아, 울퉁불퉁한 아말테아의 검은 윤곽선 너머로 저만치 푸르스름하게 빛나는 지구를 창문을 통해 지켜보고 있었다. 성명발표 시각도, 그것이 얼마간 진행될지도 그녀는 알고 있었다. 굳이 실시간 동영상으로 시청할 생각은 없었다. 지구에 아무런 변화가 없는 것이 그녀는 이상했다. 저 아래 70억에 달하는 사람들이 방금 상상조차 불가능한 최악의 뉴스를 접하지 않았던가. 그들은 지금 인류역사상 유례가 없는 정서적 집단 트라우마를 경험하고 있는 셈이다. 공공장소마다 군대와 경찰이 총동원되어 어떤 의미로든 질서유지에 나서고 있을 터였다.

그녀의 라디오에서 발신음이 들리기 시작했다. 눈물을 훔쳐내고는 아래를 내려다보았다. 북반구의 긴 곡선을 따라 휘어진 알라스카가 눈에 잡혔다.

네가 그 위에 있어서 우리 모두 자랑스럽다.

모스 키에 얹은 아버지의 손이 마치 그의 체취나 음성처럼 가깝게 다가왔다. 그녀는 응답에 나섰다.

아빠와 다시 만날 수 있기를 빌어요.

비벌리 고모가 요즘 감자를 가꾸고 있다. 우린 잘 지낼 거야.

다이나는 잠시 작정하고 울었다.

QSL 시그널이 들어왔다. 이럴 때 자주 쓰는 Q코드인데, '수신확인'의 의미다.

그녀도 QSL로 응답했다. 듣고 있다는 뜻이다.

Q코드란 원래 커뮤니케이션을 보다 효율적으로 수행하기 위해 고안한 것이라 알고 있었다. 그런데 이제 보니 그것 말고 또 다른 목적이 있는 듯했다. 그것은 글로 일일이 표현하기 버거울 경우, 짤막한 정보들을 보충할 수 있는 수단으로 활용 가능했다.

이제 일해야지 아가야.

아빠도 그만 키 두드리고 비벌리 고모 도우셔야죠.

QRT[21]

"그걸 할 줄 안다니 놀랍군요."

뒤를 돌아보자, 리스 에잇켄이 스크럼(SCRUM)으로 통하는 승강구를 가로막고 있었다. 스크럼은 '우주 상업자원 유틸리티 모듈'의 약자로, 이지의 앞쪽 끝부분과 아말테아를 연결하는 널찍한 깡통형태의 구조물이다. 그 옆구리를 따라 다른 모듈들을 연결할 수 있는 도킹포트들이 여러 개 자리하고 있었다. 그런데 갖가지 지연상황들과 예산삭감으로 인해 그중 포트 하나만 사용 중이었고, 리스는 지금 그곳에서 둥둥 떠다니는 것이었다.

갑작스럽게 당황한 다이나가 코를 훌쩍이며 말했다.

"거기 얼마나 오래 있었죠?"

"오래 안 있었어요."

그녀는 등지고 돌아앉아 수건으로 눈과 코를 훔쳤다. 리스는 자상하게도 쓸데없는 잡담을 늘어놓으며 일부러 시간을 주었다. "실은 더 이상 성명발표를 보고 있질 못하겠더군요. 그래서 뭐든 쓸모 있는 일이 없을까 하다가, 놀라운 걸 발견했지 뭡니까. 물이 아래로 흐르는 거야 익히 아는 사실이고, 토러스의 어

---

21 교신종료 여부를 타진하는 시그널.

느 한 구역에서 데크플레이트 밑으로 응결현상이 진행되고 있더군요. 우리가 눈여겨봐오던 보수요점 사항이었습니다. 그래서 말인데, 무얼 좀 가져왔어요."

다이나가 돌아서 바라보자 사내의 겨드랑이에 낀 꾸러미가 눈에 들어왔다.

"장미 꽃다발인가요?"

"그건 다음 주쯤 생각해보죠. 일단 이걸로……."

그러면서 내민 꾸러미를 여자가 낚아챘다. 이곳 환경에서 모든 사물이 그렇듯 전혀 무게를 느낄 수 없었다. 다만 관성이 있는 걸로 봐서 어느 정도의 질량을 인지할 수는 있었다.

둘둘 만 담요를 벗기는데 바스락거리는 소음이 따라 들렸다. 곧이어 표면을 금속처리한 마일라 재질의 용지가 눈에 들어왔다. 이지 전반에 걸쳐 단열재로 사용한 것과 같은 종류였다. 그것이 싸고 있는 것은 차가운 덩어리였다. 마지막으로 마일라 용지를 벗겨내자 한 장의 얼음판이 나타났다. 타원의 렌즈 형태로, 얼어붙은 물웅덩이 모습 그대로였다.

"완벽하네요." 그녀가 말했다.

얼음 표면으로부터 물방울들이 빙글빙글 돌며 떨어져 나갔다. 작업실의 작은 창문을 통해 틈입하는 햇살을 따라 그것들은 마치 다이아몬드 조각들처럼 반짝거렸다. 다이나는 방금 얼굴을 훔친 수건에 그것들을 담아냈다. 물론 그 찬란한 광채를 넋 놓고 바라보면서 잠시 동안 감탄을 표한 다음에 말이다. 마치 새로운 별들이 탄생하는 하나의 작은 은하수가 펼쳐지는 듯

했다.

"당신이 전에 숀 프롭스트에게서 온 암호 같은 메시지에 관해 얘기한 적이 있죠?"

"그의 메시지는 전부 다 그런 식이에요. 심지어 해독을 했는데도 마찬가지죠."

숀 프롭스트는 아르주나 탐사회사의 창립자이자 대표이며, 그녀의 보스였다.

"어쨌든 얼음에 관한 내용이었죠."

리스는 말을 이어가려 했다.

"잠깐만요. 우선 이것부터 에어로크로 옮기죠, 더 녹기 전에."

"좋아요."

리스는 작업실 반대쪽 끝으로 유영해갔다. 거기엔 지름이 50센티미터가량 되는 둥근 해치가 움푹한 벽면을 따라 설치되어 있었다.

"녹색 불빛들이 깜박거리면 이걸 여는 거죠?"

"맞아요."

그가 레버를 움직여 잠금장치를 해제한 뒤 해치를 잡아당겨 열자, 그 너머 작은 공간이 나타났다. 로봇을 수리하기 위해 가지고 들어오거나 다시 아말테아로 돌려보낼 때 다이나가 활용하는 공간이었다. 사람 기준에 맞춘 에어로크는 — 최소한 묵직한 우주복을 착용하고 사람 한 명이 드나들 수 있어야 한다 — 크고 복잡할뿐더러 상당한 고가의 시설이었다. 일단 여러 안전요건들이 충족되어야 하기 때문이기도 했지만, 정부프로그램으로 디자인되기 때문이기도 했다. 그러나 지금 이것은 아르주나 탐사회사의 소규모 팀에 의해 훨씬 작은 시설을 염두에 두고 불과 몇 주 만에 제작된 에어로크였다. 얼추 대형 쓰레기통 정도의 크기라고 보면 된다. 내부공간 확보를 목적으로 모듈 옆구리에 퉁퉁한 소화전 모양의 돌출부가 만들어져 있었다. 그 끝에 돔 형태의 해치는, 쥘베른의 소설에서 따온 것 같은 푸시로드와 레버의 연결 장치를 통해 다이나가 작업실 안에서 직접 여닫을 수 있었다. 당연히 지금은 해치가 닫혀 있었고 에어로크 내 공기는 차갑게 식어 있었다. 몇 분 전부터 이쪽에선 태양을 볼 일이 없었던 것이다.

다이나는 얼음덩어리를 가볍게 밀었고 그것은 작업실을 가로질러 리스 쪽으로 부드럽게 나아갔다. "업 앤드 언더(up and under)!"[22] 그가 외치며 얼음을 붙잡았다.

"네?"

"럭비용어입니다."

그는 짧게 설명한 뒤 얼음을 에어로크 안으로 밀어 넣었다. "그랩이나 다른 친구더러 공 뺏어가보라고 하지 그래요?"

"나중에요," 그녀가 대꾸했다. "일단은 그냥 거기 놔두기로 할게요."

"좋아요." 남자는 안쪽 문을 닫고 돌아서서 다이나를 바라보았다. 그녀 역시 남자를 똑바로 마주보았고, 둘은 그렇게 잠시

---

[22] 럭비경기에서 상대의 디펜스라인 후방으로 볼을 높게 차 넣은 뒤, 미처 전진할 틈을 주지 않고 기습하는 공격법.

서로를 저울질했다.

여자가 먼저 입을 열었다.

"그러니까 토러스 한쪽에 데크플레이트를 들춰보니 거기 액화된 물이 고여 있더라 이거죠?"

"그렇습니다."

"그게 저 혼자 얼고요?"

"정상이라면 그러지 않겠죠. 내가 특정 환경조절장치를 만지작거려서 물이 더 쉽게 언 걸 수도 있습니다."

"아!"

"에너지를 절약하려다가 말이죠."

여자는 스크럼으로 통하는 해치 가까이, 작업실 반대편 끝으로 움직여가고 있었다. 내다보니 주위에 아무도 없었다. 그녀가 알기로 일부는 토러스에서 회의 중이고, 나머지는 우주유영 중일 터였다.

"그러니까, 기술적으로……"

"기술적으로 잘못된 겁니다."

남자가 말을 잘랐다. 그런 자신감 넘치는 거침없음이 여자는 맘에 들었다.

"당신이 바깥쪽 해치를 열고, 로봇들이 집적대도록 저 얼음덩어리를 우주 밖으로 내가는 순간 그대로 승화(昇華)해버릴 테니까요."

승화란 기화(氣化)와 같은 뜻으로, 액체단계를 건너뛰어 기체로 증발해버린다는 얘기다. 즉, 진공상태에 노출된 고체가 증기로 화하면서 아예 사라져버리는 과정 말이다. 얼음은 극단적인 냉기 속에서 보관되지 못할 경우, 빠른 시간 안에 그런 현상을 보일 터였다.

"결국 귀하디귀한 물이 조만간 이지에서 바닥날 거라는 얘기네요."

"물을 아쉬워할 일은 없을 겁니다." 리스는 유쾌한 어조로 말을 받았다.

"지금이 예전 상황도 아니고, 사람들이 모여 저런 성명까지 발표한 마당이니 곧 로켓들이 떼로 몰려오겠죠."

"그렇더라도 손이 내게 맡긴 일은 아르주나 탐사회사 프로젝트입니다. 상업적인 업무죠. 민간업무요. 한데 그 물은 공공용수라……."

"다이나."

"네?"

"진정해야죠."

한참 동안 침묵이 흐르더니 마침내 다이나의 탄식이 새어나왔다.

"알았어요."

리스가 옳았다. 모든 상황이 달라져 있었다.

"그가 원하는 게 대체 뭐죠? 얼음은 무슨 관계가 있는 겁니까?"

그의 호기심 앞에서 살짝 성가셨던 그녀의 감정이 마침내 누그러졌다. 어쩌면 그가 도움이 되어줄지도 몰랐다. 그녀는 창문

쪽으로 고개를 돌려 몇 미터 전방에 내다보이는 아말테아의 낯익은 덩어리를 턱으로 가리키며 말했다.

"나도 그렇고 우리 가족은 저 일로 잔뼈가 굵은 집안입니다. 광석을 다루고 광맥을 채굴하는 일이요. 모든 로봇이 커다란 철광석 위를 기어다니는 작업에 특화되어 있죠. 자석으로 부착 가능하도록 말입니다. 다들 플라스마 아크나 연삭용 휠을 장착하고 있고요. 지금은 일단 그 모두를 처박아두라는 게 손의 요구입니다. 그의 말을 그대로 옮기면, 미래는 얼음이라는 거예요. 오직 그에 관한 소식만을 듣고 싶어합니다. 그 일에 매진하기를 바라고 있어요."

"얼음이라면 지구에 수두룩하게 있지만, 그걸 광석으로 여기진 않죠."

리스의 지적에 여자가 고개를 끄덕였다.

"바로 그 점이 해결해야 할 골칫거리예요."

"지상에 있는 당신 동료들은? 역시 얼음 작업을 하나요?"

"이메일 교환으로 미루어 판단하건대, 이건 회사 차원의 지시사항이에요. 트럭으로 얼음을 구매해서 연구실 바닥에 쌓아놓고 있어요. 빌딩 전체를 냉각시키는 거죠. 다행히 지금 시애틀은 겨울입니다. 기온을 몇 도 낮추기만 하면 되는 일이죠. 다들 냉장고 안에서 일할 수 있도록 긴 내복을 사 입는 중이에요."

"뭡니까, 미스터 프리즈(Mr. Freeze)를 위해 일하기라도 한단 말인가요?"

"나는 방금 펭귄이라고 할 참이었어요," 다이나가 말했다.

"근데 시애틀 사람들은 우산을 안 가지고 다니죠."

"내가 알기로는 아마 실크해트도 안 쓸 걸요. 이건 완전히 미스터 프리즈의 각본입니다."

"어쨌든 어제 화물편으로 도착한 바이타민들 중에는 이런 것들도 포함되어 있어요."

다이나는 작업실 옆에 붙은 저장실 문을 열고 정전기를 차단하도록 금속 처리된 회색 플라스틱 봉지를 꺼냈다. 겉에 나사명함이 부착되어 있었다. 리스가 한마디 했다.

"높은 사람들을 친구로 두면 좋죠."

명함에는 이름과 직함이 이렇게 새겨져 있었다. 스캇 '스파키' 스폴딩, 나사 국장.

다이나가 미소 지으며 말했다. "경우에 따라서는 낮은 사람들이 좋을 수도 있어요."

실없는 농담이었다. 리스는 아무 반응도 보이지 않았다. 다이나는 얼굴이 살짝 화끈거리는 걸 느꼈다. 유머 시도가 실패해서라기보다는 일종의 정치적 방어행동이었기에 그랬다.

"한 2주쯤 전에 스캇이 나를 솎아내지는 않겠다고 하더군요. 뒤를 봐준다고요."

"그게 정확히 무슨 뜻입니까?"

"로봇작업을 계속하라는 뜻이죠. 내 일자리를 유지할 거라는 얘기요. 그 말을 믿지는 않았어요. 그런데 아무래도 그가 숀 프롭스트와 소통을 하고 있었던 것 같아요. 숀이 한 이틀 전쯤 스파키 앞으로 이것들을 페덱스했거든요. 그게 지금은 여기 와 있고요."

그녀는 봉지의 지프록을 열고 속으로 엄지와 검지를 넣어 무언가를 꺼냈다. 쌀알 정도 크기의 어떤 장치였다. 멀리서 보면 광전지라고나 할까, 그냥 실리콘 조각처럼 보였는데 자세히 보니 미세한 부착물들이 눈에 들어왔다.

"거기 달려 있는 것들은 뭡니까?" 리스의 호기심이 다시 발동했다.

"일종의 로코모션 시스템이라고 할까요."

"다리란 말입니까?"

"이놈은 다리가 달린 셈이고, 다른 것들 중에는 탱크 캐터필러 같은 걸 단 놈도 있고, 회전원통이나 슬래머를 단 녀석도 있죠."

"슬래머? 그거 전문용어입니까?"

"탄광에서 쓰는 말인데, 지면을 통해 무거운 장비를 이동시키는 수단이죠. 어떻게 하는 건지 나중에 보여줄게요."

"그러니까 결국," 리스가 말했다. "로봇들이 얼음판에서 미끄러지거나 실족하지 않고 기어다닐 수 있는 다양한 방법들을 체크하는 것이 관건이겠군요."

"그래요. 지구 시애틀에서 하는 작업이 대충 그런 거라고 보면 됩니다. 이곳 우주에서 내가 할 일은 그것들이 실제로 기능하는지를 체크하는 것이고요."

"오호라," 리스가 말했다. "그럼 결국 당신한테 무척 잘된 일이군요……."

"나만의 얼음덩어리를 확보한 거요. 맞아요. 그 점에 대해 고맙게 생각해요."

"하긴 은밀한 거래일수록 더 달콤한 법이죠?" 그가 눈썹을 씰룩이며 말했다.

그 말 속에 이중적 의미가 있다는 건 명백했다.

"장미 꽃다발만큼이야 로맨틱하지 못하죠." 그녀가 한방 먹였다.

"글쎄요." 남자가 또 말을 받았다. "어떤 사내가 장미 꽃다발로 하고 싶어하는 이야기가 과연 무얼까요? 당신 생각을 하고 있다는 것뿐이겠죠."

다이나는 이지에 도착하고 얼마 되지 않아 작업실 출입문을 가로질러 드리울 수 있도록 커튼을 만들어 달았다. 별것은 아니고 그냥 담요 한 장이었는데, 그래도 잠깐 낮잠이라도 자고 싶을 땐 그 커튼이 남의 시선을 완벽하게 차단해주었고, 적어도 노크 없이는 방해받고 싶지 않다는 메시지를 표하기에 충분했다. 지금 그녀는 손을 뻗어 바로 그 커튼을 쳤다. 그러고는 제법 명민하고 준비된 듯 보이는 리스에게 등을 보였다.

"우주 울렁증은 좀 어때요?" 그녀가 물었다. "조금은 쌩쌩해진 것 같은데요."

"더할 나위 없이 좋습니다. 모든 체액이 완전히 안정되었어요."

"어디 지켜보죠."

일주일 뒤부터 소위 러시안 인베이션(invasion)이 본격화되었다. 나사의 표현으로는 "성공과 실패가 혼재된 결과들"을 동반한 것이었고, 로스코스모스의 공식성명을 따르자면 "납득할 만한 사망률"과 더불어 무수한 비행 시도를 거쳐 이루어진 성과였다.

원거리에서 볼 때 이지는 거의 전신이 태양전지판들로 이루어져 있었다. 구조적으로 볼 때 가능한 최소 무게로 최대한 넓은 표면적을 취하는 것이 목표인 점에서 그 전지판들은, 마치 새의 동체에 날개들이 붙어 있듯, 우주정거장에 딸려 있는 부속물들인 셈이었다.

마찬가지로 새의 뇌와 힘, 주요장기 대부분이 비교적 크기가 작은 '몸체' 안에 내장되듯, 깡통 형태의 모듈들이 '날개' 사이 동체 중앙지점까지 다닥다닥 자리를 차지하고 있다. 여러 각도에서 볼 때 그것들은 눈에 잘 들어오지도 않는다. 원거리에서 눈에 띌 만큼 충분한 크기의 덩어리들은 모두 최근에 추가된 시설들이었다. 즉 한쪽 끝에 있는 아말테아와 반대편 끝에 있는 토러스가 그것이었다.

태양전지판들은 — 그와 얼추 비슷하게 생긴 구조물도 마찬가지인데, 그것은 폐열을 우주공간으로 방사하는 용도다 — 통합 트러스 조합방식에 따라 위치를 점하고 있었다. '트러스(truss)'라는 단어는 구조기술자가 사용할 경우, 단순히 라디오 송신탑이나 철교(鐵橋)의 골격처럼 생긴 구조물을 지칭하는 것이 보통이다. 다시 말해 버팀대들이 격자형태로 연결됨으로써 최소 하중으로 최대의 견고성을 확보하는 그물망 구조를 말한다. 이지의 일부에서는 그 버팀대들이 겉으로 드러나 보이지만, 보통은 패널들로 덮여 있어 실제보다 견고하게 보였다. 그 패널들 뒤로는 아주 복잡한 배선들과 배관들, 각종 배터리와 센서와 더불어 태양전지판들을 배치하고 교체하기 위한 여러 장치들이 장착되어 있다. 몇몇 소소한 예외를 제하면 통합 트러스 조합체의 어떤 장치도 가압설계가 되어 있지 않았다. 거기 포함되는 어떤 시설도 공기를 머금거나 인간이 생존하기에 적합한 환경이 조성되지 않았다는 뜻이다. 그것은 마천루 꼭대기에서 작동하는 기계장치와도 같아, 극한의 자연환경에 노출된 상태에서 인간의 발길은 거의 미치지 않는 상황을 가정한 시설이었다. 우주비행사들은 무언가 고장 난 장치를 수선할 목적으로 우주유영을 통해 그곳을 드나들 뿐이며, 대부분의 이지 승무원은 우주선의 동체를 구성하는 훨씬 작은 깡통 덩어리 속에서 임무를 수행했다.

바로 그 점이 변해야만 했다.

이지 자체는 딱 지금 정도까지 확장 가능했다. 깡통 구조물 몇 개를 더 붙이거나 추가 토러스를 부착하는 것으로 해결될 문제가 아니었다. 그런 집속(集束)된 용적 내의 장치들에 어느 수준 이상 복잡성이 가중되면 곤란한 일들이 발생하는 법이다. 그리고 모든 것에 두루 전기가 돌아야 했다. 전기가 사용되면 그로 인한 폐열이 발생하기 마련이다. 그렇게 발생한 열은 우주선 내부를 채우게 되는데, 냉각시스템에 의해 모아진 다음

방열판을 통해 적외선 형태로 전환하여 밖으로 배출시키지 않으면 안에 있는 사물과 생물체 모두를 익게 만들 터였다. 현재 우주선의 중앙동체에다 더 많은 사람과 더 많은 장치들을 욱여넣는다면 그만큼 더 많은 태양전지판과 각종 배터리들, 더 많은 방열판과 그것들을 연결하는 더 많은 배관 및 배선 시스템이 필요할 것이다. 게다가 인적 요소들은 아직 언급조차 하지 않은 상황이 그 정도다. 사람들이 먹을 음식과 물, 호흡할 수 있는 깨끗한 공기는 어떻게 공급할 것이며, 이산화탄소와 하수의 재처리는 어떤 식으로 할 것인가.

이 점을 알기에 클라우드아크를 지원하는 전문 고문단은 — 우주관련 민관 특별자문위원과 기업인들로 구성된 조직 — 분산과 배분만이 적용 가능한 유일한 전략임을 결정했다. 그에 따라, 각 부속선들인 아클렛은 초중량 로켓 하나에 장착한 뒤 궤도로 쏘아 올릴 수 있을 만큼 크기가 작아질 예정이었다. 그 동력은 단순한 구조의 소형 핵원자로에서 끌어올 텐데, 고단위 방사성 동위원소가 원자로의 연료라 수십 년 동안은 무난하게 열을 발산하면서 전력을 공급하게 될 것이다. 소련은 그와 같은 장치들을 고립된 등대에 동력공급용으로 활용했고, 지난 수십 년간 우주탐사로켓에도 장착해왔다.

각 아클렛은 적은 수의 사람들을 수용할 것이었다. 디자인이 바뀔 때마다 수용인원도 계속적으로 변해왔는데, 대충 5에서 12명 사이를 오가는 수준이었다. 확장할 수 있는 구조물의 대량생산 가능성을 얼마나 빨리 증명해내느냐에 따라 많은 것이

좌우되었다. 그런 구조물들이라면 거죽이 좀 두꺼운 기구와 다를 바 없는 것 속에 사람들을 수용함으로써 보다 넉넉한 공간을 창출할 수 있게 될 터였다. 하지만 대기압과 더불어 태양광선, 급격한 온도변화를 버텨내면서 미소유성체와의 충돌도 감당해낼 기구를 만드는 것이 결코 만만한 프로젝트는 아니었다.

장기적으로 클라우드아크 전체가 식량생산 면에서 자급자족의 시스템을 갖춰야 한다는 것은 기정사실이나 다름없었다. 물은 재순환되어야 했다. 사람이 호흡 시 내뱉는 이산화탄소는 식물의 성장에 활용되어야 하며, 그 식물은 또한 사람의 호흡을 위한 산소를 생산함과 더불어 사람이 먹을 식량이 되어주기도 해야 했다. 이 모든 것은 SF소설은 물론 실제 실험의 주제이기도 했다. 그 실험들은 긍정과 부정이 혼재된 결과들을 낳아왔고, 다이나보다 그런 문제에 훨씬 더 밝은 사람들로부터 많은 관심을 끌고 있는 중이었다. 다만 그녀는 앞으로 저칼로리 채식 다이어트와 함께 산소결핍 상태에도 익숙해지는 게 좋겠다는 막연한 생각을 할 뿐이었다.

아클렛은 고립된 상태로 오래 버티지 못할 터였다. 내부적으로 얼마나 뛰어난 생태시스템이 갖춰져 있는가는 문제가 되지 않았다. 시간이 지나면서 상황은 악화될 것이고, 사람들은 몸이곳저곳이 아플 것이며, 식량과 연료 등이 바닥을 드러내기 시작할 것이다. 그러면 매일 똑같은 사람들과 좁은 공간에 갇혀 지내는 것만으로도 다들 정신이 미쳐 돌아갈 터다.

아클렛과 클라우드아크 시스템 전체의 디자인은 계속해서

바뀌고 있었다. 한때는 '완전 배분형'에 모든 초점이 맞춰 있었다. 요컨대 장기적 관점에서 어떤 중앙거점도 없이 ─ 이지조차도 중앙거점이 아니다 ─ 아클렛 간의 모든 '인적 자원' 이동과 물품교환이 '자유자재의 도킹'에 의해 이루어진다는 뜻이다. 다시 말해서 두 개의 아클렛이 필요할 때면 언제든 서로 접근해 연결하고 음식과 물, 바이타민 그리고 사람이 왕래할 수있다는 얘기다. 이는 그 어떤 중앙집권적 통제나 제어시스템없이 오직 시장 지향적 비전이 낳은 아이디어인 셈이다.

그러다가 또 다른 아이디어가 고개를 들었는데, 이지의 중앙통제에 의거해 종합적 협동체제가 작동하는 모형이다. 이 경우 우주정거장 자체가 어떤 물품의 비축을 위해서도 중앙저장고 역할을 담당할 수 있다. 토러스 또는 다수의 토러스가 ─ 리스는 두 번째 토러스의 건설을 계획하고 있다 ─ 휴식이나 여가활동을 위한 공간으로 쓰일 수도 있을 것이다. 아클렛 거주자들의 경우, 깡통 속에서 생활하느라 정신에 이상 징후가 감지되거나 마이크로중력 상태에서 떠돌아다니느라 골밀도가 떨어진 사람은 토라에서 휴가를 보내며 재충전할 기회를 얻을 수있다.

계획을 구상하고 결정하는 주도자들을 다이나와 아이비는아키텍트(Arkitect)라는 거창한 이름으로 부르기 시작했는데, 아무래도 이 두 극단의 아이디어들 사이를 핑퐁게임 하듯 오가는 그들의 의중에는 적어도 서로 다른 두 그룹의 시각이 반영된 듯했다. 중앙집권적 그룹은 무엇보다 무중력 지속상태의 위험성 때문에 토러스에서의 인적 자원 교체가 필수라는 시작이다. 이에 대해 분산주의 그룹은 한 이틀 정도 지나 이른바 볼로(bolo)[23]의 개념을 내세우며 반격을 시도했는데, 이 도안에 따르면 쌍을 이루는 두 개의 아클렛이 긴 케이블로 서로를 연결하여 질량중심을 공유한 채 회전운동을 하면 토러스를 통해 얻는 것보다 양질의 중력을 각 아클렛에서 얻을 수 있다는 것이었다. 그로부터 또 이틀여가 지나자 중앙집권주의자들이, 볼로를 이루는 두 개의 동체가 서로를 향해 돌진해 케이블이 엉킬 경우 벌어질 사태를 시뮬레이션 동영상으로 제작해 게시하고 나섰다. 그야말로 공포코미디가 따로 없으리만치 어처구니없는 상황이었다.

이중 어떤 안도 단기적으로 가타부타 따질 문제가 아니었다. 아무리 초고속으로 계획을 추진해도, 하나의 아클렛을 디자인하고 제작하는 데만 몇 주의 시간이 소요될 것이기 때문이다. 게다가 그것들을 하나하나 우주공간으로 밀어 올리기 위한 거대 초중량 로켓들의 생산라인을 결정하는 데엔 그보다 더 오랜 기간이 필요하다. 그러는 가운데 막상 이지의 승무원들은 대부분 소유스 캡슐로 이루어진 기존의 우주선들을 되는대로 꾸려서 현재 동원 가능한 로켓들로 쏘아 올리는 그림을 그리고 있었다. 그것들은 이지의 통합 트러스 조합체의 새로운 확대를 책임질 이른바 '파이오니어(Pioneers. 공병대)'를 실어 나를 터인

---

23 탄환의 일종. 탄피 안에 와이어로 연결된 두 개의 쇠구슬이 있어 발사된 탄환이 목표물에 명중하면 원심력으로 팽팽해진 와이어가 사물을 폭넓게 절단한다.

데, 그런 연후에야 수많은 아클렛들이 동시에 도킹을 할 수 있고, 물품들을 하적할 수 있으며, 그 모두를 유통시킬 수 있는 것이었다. 파이오니어는 대부분의 시간을 우주복을 착용한 채 EVA(Extravehicular activity, 선외활동) 즉, 우주유영을 하면서 보낼 것이었다. 아마도 통틀어 백 명 규모의 파이오니어가 동원될 터다. 그들은 현재 훈련 중에 있으며, 그들이 착용할 우주복도 서둘러 제작 중에 있다.

당장 이지의 형태로 새로 백 명에 달하는 인원을 받아들이기란 불가능했다. 그 많은 인원이 우주선을 타고 도착해도 그들을 정박시킬 우주선용 도킹포트들을 가지고 있지 않았다. 따라서 몇 주 후부터 도착하기 시작할 파이오니어를 수용하기 위해 아키텍트들이 파견한 것이 바로 '스카우트(Scouts. 정찰대)'였다. 스카우트의 자격요건은 놀랄 만한 수준의 신체지구력과 치명적 위험에도 개의치 않는 담력 그리고 우주복을 착용한 상태에서의 생존기술 몇 가지였다. 그들 모두가 러시아인들이다.

우주정거장에는 그들을 위한 공간이 없었다. 정확히 말하면, 그들을 수용할 만한 물리적 공간은 넘칠 지경이나 지원체계가 전무했다. 그처럼 많은 허파들이 내뿜는 가스를 처리하려면 이산화탄소 제거장치가 따로 돌아가야만 했다. 우주정거장 전체에서 화장실은 단 세 곳으로, 그나마 한 곳은 거의 20년도 더 된 시설이었다.

스카우트는 대부분의 시간을 우주복을 착용한 상태에서 살아갈 것이다. 일반적으로 그럴 수밖에 없는 것이, 주어진 임무상 매일 기진맥진할 때까지 작업에 임해야만 하기 때문이다. 스카우트로서 열여섯 시간 우주복을 착용한다는 것은 이지의 생명유지시스템에 직접 부담을 주지 않는 열여섯 시간을 의미했다.

달이 붕괴한 제로 시점에서 기능이 멀쩡한 우주복 숫자는 전체 우주공간을 통틀어 열두 개 언저리였다. 그때부터 우주복 생산이 긴급 추진되었지만, 아직도 미미한 수준이다. 러시아인들이 사용하는 올란 우주복은 가장 보편적인 형태로, 불과 두어 시간 동안만 독립적인 기능을 발휘할 수 있다. 그래도 사람이 완전한 탈진상태에 이르는 데 걸리는 시간이 그 정도 수준임을 감안하면 꽤 괜찮은 우주복인 셈이다. 그 시간을 넘기면 우주복에 내장된 기능이 모두 소진되는 것이다. 따라서 스카우트는 대부분 생명줄에 의지한 채 작업을 진행하게 되는데, 다량의 도관과 케이블이 외부의 생명유지시스템과 연결되어 공기와 전력을 공급할 터였다.

휴식이 허용된 몇 시간만이라도 스카우트로서는 어디든 가서 우주복 바깥으로 힘겹게 벗어날 장소가 필요했다.

로스코스모스를 움직이는 자가 누구든, 그는 비상시 승무원 구조장치 관련 낡은 아이디어를 끄집어내 실제로 그것들을 생산하기 시작했음이 틀림없다. '루크(Luk)'라고 부르는 건데, '양파'를 지칭하는 러시아어다. 발음은 분명 루크에 가깝지만, 영어 사용자들은 자기도 모르게 '러크(Luck)'라고 발음하기 일쑤다.

러시안 테크놀로지의 전통답게 루크의 작동방식은 아주 직설적이다. 일단 우주비행사를 붙잡아, 공기로 가득 찬 큼직한 플라스틱 자루로 전신을 감싼다.

평범한 플라스틱 자루용 재질로는 그 안에서 우주비행사가 질식할 수도 있고 자루가 터질 가능성도 있다. 플라스틱 자루가 충만한 상태의 공기압을 지탱할 만큼 강하지 못하기 때문이다. 따라서 자루가 감당할 수 있는 정도의 공기량만 주입하고—예컨대 몇 분의 1기압 정도—그런 다음 그 안에 또 다른 자루를 넣는다. 그리고 그 자루는 조금 더 높은 기압의 공기로 채운다. 그래도 우주비행사의 생존을 보장할 만큼 충분한 공기를 담아내지 못하므로, 두 번째 자루 안에 좀 더 기압을 높인 세 번째 자루를 넣는다. 그런 식으로 계속 자루를 넣고 기압을 높이는데, 그 방식이 마치 러시아 민속인형인 마트료슈카를 연상시킨다. 아무튼 가장 안쪽에 배치된 자루가 인간의 생존을 보장할 만큼 충분한 기압을 유지할 때까지 이상 절차를 진행한 다음에야 우주비행사의 신체를 가장 안쪽 자루에 넣게 된다. 결과적으로 투명한 플라스틱 자루들이 겹겹이 들어찬 모양을 보노라면 양파의 그것을 떠올리지 않을 수 없다.

그 설계는 많은 이점들을 가지고 있었다. 싸고, 단순하고, 가벼웠다. 공기를 빼내면, 주름을 잡아 접을 수 있고 돌돌 말아 배낭 정도 크기의 가방에 넣을 수도 있다.

물론 가장 안쪽 자루의 공기는 거기 들어간 사람이 숨을 쉼으로써 이산화탄소로 가득 찰 수 있으나, 통상 우주선이나 잠수함에서 활용하는 방식대로 처리해 해결할 수가 있다. 이를테면, 리튬 수산화물처럼 이산화탄소를 흡수하는 화학물질로 공기를 통과시키는 방법이 가능하다. 약간의 산소라도 유입되어 이미 사용한 공기를 교체하는 한, 자루 안의 인간은 무사할 수 있다.

자루 안의 인체에서 나오는 온기가 내부에 쌓이면 질식을 유발할 수도 있다. 이를 대비한 냉방장치가 요구되는 이유다.

루크로 들어가고 나오는 것 자체가 난제일 수 있다. 러시아인들이 내린 결정은, 지름 40센티미터 크기의 구멍으로는 누구라도 — 또는 러시아 우주비행사 프로그램의 신체기준에 부합하는 사람 누구라도 — 자기 몸을 지나가게 할 수 있다는 거였다. 그에 따라 루크는 플랜지를 갖추게 되어 있었다. 즉, 자루의 입구를 따라 지름 40센티미터 규모 섬유유리 재질의 링이 장착되고 거기엔 빙 둘러서 볼트구멍들이 배치된다. 모든 플라스틱 자루들이 층층이 겹치면서 양파 형상을 두드러지게 만드는 가운데, 하나의 플랜지로 입구가 모이는 것이다. 그 40센티미터 구멍을 통한 공기유출을 막기 위해 보다 두꺼운 플라스틱 재질의 단단한 차단막이 있어, 우주비행사가 안으로 들어가면 곧바로 구멍을 막도록 되어 있다.

요컨대 루크의 사용법을 정리하자면 다음과 같다. 자루를 똑바로 편 다음 플랜지의 위치를 찾고, 그곳으로 머리부터 시작해 어깨와 골반, 다리가 모조리 통과할 때까지 우주비행사는 꿈틀꿈틀 자루 안으로 기어 들어간다. 다 들어가고 나면 입구의 차단막을 플랜지에 체결해 루크를 밀봉한다. 이 단계에서 루크는 아직 평범한 침낭처럼 사용자의 몸을 둘둘 말고 있는 거대하고 쭈글쭈글한 플라스틱 자루에 지나지 않는다.

그러나 일단 진공상태의 우주공간으로 들어간 다음에는, 루크의 수많은 내부 층들 사이사이로 공기를 들여보내는 밸브가 열린다. 그러면서 트레일러 크기만큼 덩치가 부풀어, 구조선이 올 때까지 알아서 둥둥 떠다니게 된다.

구조선에 설치된 연결관은, 루크의 바깥쪽 해치 플랜지에 있는 구멍들과 일치하는 볼트패턴을 갖추고 있어야 한다. 그래서 루크와 구조선 사이에 밀폐연결이 이루어지면, 해치가 열리고 차단막이 제거되어 우주비행사의 이동이 가능해진다. 보통은 차가워진 몸이 이동하지만, 우주공간의 과도한 열에너지를 제거하는 데 어려움이 있었다면 더운 몸이 이동할 수도 있다.

올란 우주복은 상체 토르소를 단단하게 감싸는 방식이거나 허트(HUT) 즉, 반원형 막사 형태로 제작되었다. 즉, 사람 몸통을 한꺼번에 덮어씌우는 단단한 껍데기 모양으로 양팔과 양다리, 헬멧용 구멍이 뚫려 있는 형식이다. 허트의 등 부위는 가장자리를 따라 밀폐식 개스킷이 장착된 일종의 문짝이다. 우주복을 착용하려면 그 문짝을 열고 다리는 다리구멍에, 팔을 팔구멍에, 마지막으로 머리는 헬멧에 집어넣어야 한다. 그러고 나면 등의 문짝이 닫히고, 그때부터 우주복은 완전히 독자적인 기능을 발휘하기 시작한다.

로스코스모스는 다수의 베스티뷸 모듈을 제작했는데, 기존의 부품들을 대략 2주 만에 재조립해서 급조한 최신 발명품이다. 루크와 올란 우주복을 잇는 응급조치용 브리지로 활용하는 것이 목표다.

베스티뷸 모듈의 크기는 똑바로 누운 사람 한 명을 겨우 수용할 수 있는 정도다. 한쪽 끝은 루크의 지름 40센티미터 링과 만나는 플랜지가 장착되어 있다. 우주비행사는 루크에서 발부터 빠져나와 그대로 베스티뷸 안으로 미끄러져 들어가면, 반대쪽 끝에서 등 쪽 문을 개방한 채 대기 중인 올란 우주복 안으로 역시 다리부터 입장하게 되어 있다. 하지만 이를 실행하기 전에 우주비행사는 차단막을 원위치시키고 라쳇 렌치를 사용해 볼트를 일일이 잠가 루크를 재봉인해놓아야 한다.

올란 우주복 안으로 들어간 다음 우주비행사는 베스티뷸 안에 설치된 장치를 작동시켜 등 쪽 문짝을 닫는다. 이때 베스티뷸 안에 있던 소량의 잔여공기가 슈욱 소리를 내며 우주공간으로 빠져나가고 그제야 우주비행사는 베스티뷸 모듈에서 이탈할 수 있다. 근무가 끝나면 이와 같은 과정이 역순으로 다시 진행될 것이다. 마치 차고에 차를 넣어놓고 복층구조 주택에서 잠을 자는 교외 통근자처럼, 우주비행사는 베스티뷸 모듈 끝에 자신의 우주복을 거치해놓고 비좁은 루크 안에서 몇 시간 동안의 휴식을 즐기는 셈이다.

몇몇 허점들이 있었는데, 다음과 같다.

○ 루크와 베스티뷸 그리고 우주복이 하나의 폐쇄적 시스템을

형성한다는 점이었다. 그 시스템을 이탈하는 유일한 방법은 성공적으로 우주복을 착용하고 문짝을 닫은 다음 에어로크까지 우주유영을 하는 것이었다. 만약 무언가 잘못돼 우주복 착용과 문짝 폐쇄에 문제가 생기면 구조가 불가능하거나 최소한 현저한 난관에 봉착하게 된다. 미소유성체로 인해 구멍 난 루크가 스카우트 프로그램의 두 번째 날 치명적인 결과를 낳았다. 그 후로 루크/베스티뷸 시스템은 아말테아라는 피난처 속에 웅크리고 있도록 조처되었다. 날아드는 돌덩이들 전부를 소행성이 막아내진 못하겠지만, 많은 부분을 차단해줄 수는 있을 것이다.

○ 스카우트는 베스티뷸과 루크들에 사전 장착된 우주복을 착용한 채로 바이코누르에서 우주로 날아올라야만 했다. 어차피 일반 우주캡슐 내부에 장비를 수용할 방법이 없었기에 부득이한 조치였다. 그래서 생명유지장치가 내장되어 있지 않은 화물용 운반선에 1회 6인씩 불편하게 끼여 앉아 비행해야만 했다. 그와 더불어 발사 직전부터 이지에 도달할 때까지 우주복 내부에 저장된 공기와 전력보급량을 모조리 소모해버리는 상황이었다. 총 여섯 시간이 경과하기 전까지는 비행을 완료할 수 없었기에, 보충 공기와 전력을 도중에 공급받아야만 했다. 그 일을 담당한 시스템에 문제가 생기는 바람에 여섯 개 스카우트 중 제1크루에서 사망사고 두 건, 제2크루에서 사망사고 한 건이 발생했다.

○ 우주복의 성능이 새로운 임무변수들로 인해 과장되기도 했거

니와 루크 자체의 실질적인 생명유지 시스템이 생각보다 대단하지 못했기에, 사실상 모든 것은 이들 신개발품과 자보드 모듈 사이를 연결하는 탯줄에 전적으로 의존하는 상황이었다. 자보드는 '공장'을 뜻하는 러시아어다. 이것 또한 기존의 기술을 활용해 2주 만에 조합해낸 새로운 장치였다. 자보드에 전력과 물, 일부 소모품이 지속적으로 공급되는 한, 이산화탄소 제거와 소변수거 그리고 체열 제거기능을 통해 우주비행사의 생존을 보장하도록 되어 있었다. 열은 진공상태에 노출된 표면에서 물을 얼려 우주공간으로 승화시킴으로써 제거되었다. 자보드 모듈에서 발생한 오류들이 1차로 도착한 세 개 크루에서 네 건의 사망사고를 초래했다. 이들 중 두 건은 소프트웨어의 버그가 원인으로, 추후 지상에서 전송해온 패치로 보수되었다. 한 건은 새는 호스가 문제였다. 남은 한 건은 해명이 되지 않은 상태인데, 창문과 비디오를 통해 현장을 주시하고 있던 이지 근무자의 진술에 따르면 고열로 인한 사고에 부합하는 것으로 보였다. 냉각시스템이 제대로 작동하지 않아, 우주비행사는 그만 의식을 잃고 일사병으로 사망한 것이었다. 그 이후부터는 루크들과 함께 도착한 졸속 제작된 냉각시스템의 사용이 전면 중단되고 매일 배달되는 단순한 지프로크 얼음주머니들이 사용되었다.

그런데 이상 언급한 어떤 사항도 실제 작업 중이던 스카우트에게 일어난 다음 재난들의 원인은 아니었다. A+0.35 당시 손상된 탯줄이 스카우트 한 명을 거의 사망케 할 위기에서 그 스카우트는 부득이 자보드와 자신의 연결을 끊고 영웅적이면서도 위험천만한 움직임을 감행해 가장 가까운 에어로크로 접근할 수밖에 없었다. 이때 승무원들이 우주선 안으로 그를 간신히 끌어들일 수 있었는데, 생존가능한 시간이 1분도 채 남지 않은 상황이었다.

그로부터 이틀 뒤, 스카우트 한 명이 아무 설명 없이 자취를 감췄다. 추정컨대 날아든 미소유성체에 희생되었거나 어쩌면 자살일지도 모르는 상황이다.

요컨대 여섯 개 스카우트 중 제1크루에서 두 명이 도착과 동시에 사망했고 한 명은 그다음 날 루크의 결함으로 사망했다. 제2크루에서는 한 명이 도착과 동시에 사망했다. 제3크루의 여섯 명 전원은 이지에 살아서 도착하는 데 성공했다. 전체 열네 명의 생존자 중 네 명은 자보드의 결함으로 사망했고, 한 명은 실종되었으며, 한 명은 장비결함 때문에 부득이 스카우트를 그만두고 활동범위를 이지 내부로 한정할 수밖에 없었다.

아이비는 조직도표 최상위에 위치하는 만큼 생소하고도 특별한 경우의 모든 결정을 도맡아야 했다. 그녀 외에는 다른 누구도 다룰 방법을 알고 있지 못하거나 다룰 생각이 없는 사안들 말이다. 이를테면 사망자를 어떻게 처리할 것인지 결정하는 일은 온전히 그녀의 몫이었다.

오, 물론 정해진 절차가 있긴 하다. 나사는 모든 경우에 대비한 절차를 갖추고 있다. 그들은 우주비행사가 고열이나 임무수행 중 뜻밖의 사고로 사망할 경우를 오래전부터 예상하고 있었다. 사람들이 생활하고 일하는 우주선 내부에 썩어가는 2파운드 분량의 살점을 방치할 순 없기에, 일단 그것을 우주공간 속에서 동결 건조시켜 지구로 귀환하는 다음 소유스 캡슐에 선적하는 것이 일반론이었다. 소유스 캡슐의 지구귀환은 오로지 재진입 모듈인 소유스 중간 섹션의 몫이었다. 소유스의 머리 부분인 회전타원체 궤도 모듈은 재진입 직전에 우주공간에 버려진다. 그리고 결국 지구 대기권에서 불타버린다. 따라서 폐기물들을 궤도모듈과 하나로 묶어 한꺼번에 날려버리는 것이 가장 효율적인 절차가 되는 셈이다.

물론 인간의 시신이 단순한 폐기물은 아니었다. 그러나 그것을 대기권에서 태워버리는 것이 다른 어떤 처리방법보다 못할 이유는 없었다. 그야말로 바이킹식 장례의 현대판 버전이 아닌가.

현 상황에서 우주선 발사와 지구 재진입의 정상 주기는 당연히 중단된 상태였다. 올라가기로 되어 있긴 하나 내려오기로 되어 있는 것은 없으니까. 궤도모듈들은 그대로 보존되어 주거 시설이나 보급품 저장고로 쓰일 수 있었다. 심지어 '쓰레기'도 재처리되어 활용될 수 있었다. 인분을 자루에 담아 모으면 수경재배 농작물에 거름을 댈 수 있었다.

아이비는 그런 새로운 정책에 예외를 각인해 넣겠다는 독단의 결정을 내렸다. 우선 트러스에 도킹한 텅 빈 궤도모듈 안으로 시신들이 옮겨졌다. 그리고 우주공간을 향해 그 모듈이 개방되도록 해서, 시신의 냉동건조 과정을 우주선 승무원들이 볼 수 없도록 조처했다. 그러는 가운데 시신들이 가득 채워지면 일련의 장례의식과 더불어 모듈을 이탈시켜, 그 동체가 저 아래 대기권을 가로지르며 백열의 줄무늬를 그리는 것을 조용히 지켜볼 터였다.

하지만 아직 모듈이 차지 않았다.

또 다른 초중량 로켓이 준비를 마쳐 싱싱한 대원 여섯 명을 싣고 올라올 때까지, 작업 중인 스카우트는 모두 여덟 명이었다. 이들은 세 시간 단위로 나뉘어 15시간 내지 18시간 교대제로 작업했다. 그 각 단위는 두 시간의 실제 작업과 한 시간 동안의 원위치 휴식 즉, 우주복 착용상태 휴식으로 구성되었다.

다이나는 그들의 작업광경을 직접 볼 수가 없었다. 그녀가 일하는 로봇작업실의 창문 방향은 그들이 일하는 공간인 트러스 쪽과는 별로 관련이 없었던 것이다. 물론 원하면 비디오 장치를 통해 구경할 수는 있지만, 그녀에겐 다른 할 일이 많았다.

미소유성체/루크 사고가 발생한 다음에 다이나는 멀쩡한 루크들을 모아 재정비하는 데 자신의 로봇들을 동원함으로써 로봇권력의 작은 승리를 일구었다. 아말테아는 이지의 전방 끄트머리에 고정되어 있었다. 이지는 그 궤도방향 때문에 우주로부터 날아드는 폐석들과의 충돌에 거의 무방비상태인 것을, 현재 소행성이 일종의 공성용 망치로 그곳에 부착되어 뒤쪽에 위치한 모든 것을 충격에서 보호하고 있는 셈이었다. 소행성 뒤쪽 공간이 비교적 넉넉해, 루크 여러 개를 그곳에 쟁여놓을 수가 있었다. 그럼으로써 루크의 생존율도 높이고 우주선 노출빈도도 그만큼 줄이는 효과를 거두었다.

다이나의 철광채굴용 로봇군단은 그녀의 보스가 얼린 물 쪽으로 방향을 선회함으로 인해 한동안 무용지물로 전락할 위기에 처해 있었다. 결국 그녀는, 작은 놈들로 하여금 얼음판 위를 빨빨거리며 돌아다니게 만드는 틈틈이, 조금 연수가 된 로봇들을 요긴하게 부려 아말테아의 뒤쪽 면에 드릴로 구멍을 뚫고 앵커를 박아 루크들을 케이블로 잡아매놓는 데 써먹었다. 그러나 딱히 완벽한 고정 장치는 못 되었기에, 처음에는 루크들이 제각각 움직이면서 서로 부딪치곤 했다. 그러나 하루나 이틀 정도 시간이 지나면 다들 안정된 틀로 정착되어 창문을 통해 내다보는 다이나의 시야를 적당히 막아서는 것이었다. 이제 그녀의 눈에는 온통 플라스틱밖에 보이지 않았다. 하지만 상관없었다. 스카우트가 겪은 위험을 보았기에, 그녀는 안전 이외의 다른 건 아무래도 괜찮았다.

루크의 플라스틱 자루들은 하나하나만 놓고 볼 때 아주 투명했지만, 전체적으로는 워낙 많은 막들이 겹겹이 층을 이루어 다소 부옇게 보였다. 사람의 몸체를 구별할 순 있어도 그 얼굴까지 정확히 알아볼 수는 없었다. 분명한 것은 여자라는 사실이었다.

스카우트의 근무교대는 하루 종일 쉼 없이 돌아갔다. 지금 창문 밖으로 내다보이는 여자는 다이나의 오전 중반이 되는 시각 언저리에 매일 근무교대로 작업에 복귀했다. 그 여자가 루크의 거치 지점들을 활용하고 자신의 몸 움직임을 가늠해가면서, 케이블과 탯줄을 피해 아말테아의 표면을 힘겹게 기어오르는 모습이 다이나의 눈에 들어왔다. 아마 이루 말로 표현할 수 없을 만큼 지쳤을 터였다. 언젠가 다이나도 우주복을 착용하고 두 시간 연속 작업을 한 적이 있는데, 그러고 나서 하루 종일 나가떨어졌었다. 이따금 필요할 것 같다 싶을 땐, 그럽이나 시위를 보내 손잡을 곳이라도 제공해주고픈 마음이 굴뚝같았다. 그러면 고개를 이쪽으로 돌려 헬멧의 둥근 안면 너머로 다이나를 쓱 한번 바라볼지도 몰랐다. 필시 감사의 표시로 받아들일 만한 윙크와 더불어 말이다. 그러고는 마침내 베스티뷸 모듈의 열린 출입구로 회귀할 것이고, 거기서부터는 (다이나에겐 보이지 않지만) 자동시스템이 알아서 자기 일을 진행할 것이다. 우주복을 소켓에 장착하고, 기압이 일치하도록 조절한 다음, 문짝을 열어 그녀의 머리와 양팔, 양다리가 우주복에서 이탈할 수 있도록 말이다. 타이랩 끝에 매달려 둥둥 떠다니는 라쳇 렌치를 발견하자마자 여자는 머리 위로 팔을 뻗어, 루크의 차단막과 프렌지를 체결한 스물네 개의 볼트를 풀었다가, 다시 꼼꼼하게 그것들을 구멍에 넣어 유실되지 않게끔 할 것이다. 그런 다음 40센티미터 지름의 출입구를 통해서 비교적 공간이 넉넉한 루크의 환경으로 진입할 것이다. 그러는 가운데 자기 몫으로 베스티뷸에 비치된 '우편물'을 수거할 텐데, 이는 음식물과 음료, 세면용 화장품과 함께 간단한 체온조절용 얼음가방과 배설물 처리용 자루 그리고 특별히 탐폰으로 구성될 것이다.

포괄적이고 즉흥적으로 진행되는 현재 작업의 방식상, 다이나는 그 여자와 직접 소통하거나 심지어 이름조차 파악할 방법이 없었다. 어처구니없는 일이지만, 이건 소방관이 경찰관과 대화할 수 없었던 9.11테러 당시 일반적 상황과 일치했다. 스카우트들은 각기 다른 주파수의 전신기를 사용 중이었는데 다이나는 아무것도 가지고 있지 않았다.

하지만 나사 웹사이트를 조회하면서 한 명 한 명 소거방식으로 범위를 좁힌 결과, 여자가 테클라 알렉세예브나 일류시나라는 결론에 도달했다. 그녀의 신분은 견습 파일럿이었다. 가장 최근 열린 올림픽의 7종 경기에 출전해 동메달을 획득했다. 그런 만큼 구소련 시절이었다면 프로파간다 아이돌로서 얼마든지 화려한 경력을 이어갈 여지가 많았으리라. 하지만 최근 들어 보수적 흐름이 대세로 자리한 러시아 문화는 남성이 지배하는 군대나 우주프로그램 관련 직군에 여성이 차지할 자리를 그리 많이 남겨놓지 않은 상태다. 결과적으로 그녀의 일자리 경력은 대부분 러시아 바깥에서 이루어졌으며, 그중에는 민간펀드로 운영되는 항공우주산업 업무가 절대다수였다. 그러다가 몇 년 전에 다시 러시아로 돌아와 현역 두 명의 우주비행사 중한 명으로 발탁된 것이었다. 그 배경에 자리한 정치적 요소를 읽을 수 있을 만큼 다이나는 냉소적이었다. 나사는 물론 유럽우주국과 얘기가 통하는 관계를 유지하기 위해 로스코스모스는 우주로 파견할 만한 여성을 두어 명 정도는 확보해야만 했던 것이다.

테클라는 서른한 살이었다. 그녀의 우주비행사 공식사진을 보면 매우 과장된 연출을 한 티가 나는데, 다소 경직된 다이애나 공주의 헤어스타일은 정말로 안 어울렸다. 가장 최근 올림픽 경기에서 그녀는 어느 웹사이트에서 가장 핫한 여자 운동선수 50위권에 이름을 올렸으나, 실제 랭킹은 그중 하위권이어서 크게 알려지진 못했다. 다이나는 그녀가 깔끔한 편이며, 광대뼈가 튀어나왔고 녹색 눈동자에 금발일 거라 생각했다. 그리고 나머지 특징은 슬라브 혈통 슈퍼우먼의 그것에 거의 엇비슷 일치하리라고 추정했다. 다만 테클라가 50위 중 48위에 머문 것은, 조금 차갑게 보이는 강한 턱선 때문에 웹사이트 운영자가 카메라 앵글의 선택폭을 줄이고, 추정컨대, 포토샵까지 시도했기 때문으로 이해했다. 그런 종류의 웹사이트를 들락거리는 남자들이란 대개 테클라 같은 타입을 부담스러워해서 얼른 마우스가 그 위로 가지 않는 법이다. 그리고 아마도 투포환 경기 중 찍힌 삼각근의 탄탄한 인대에 질렸을지도 몰랐다. 다이나는 원래 댓글 따위는 절대로 읽지 않았다. 다들 무어라고 떠들어대고 있을지 안 봐도 뻔했던 것이다.

테클라는 이곳에 죽음을 불사하고 올라온 거나 다름없었고, 그 점을 그녀 자신도 알고 있을 터였다.

교대시간이 오면 그녀는 플렌지를 통과해 루크의 우윳빛 플라스틱 거품 속으로 매끈하게 흘러들었다. 그러면서 하루 종일 착용한 유체냉각식 옷으로부터도 벗어날 것이다. 옷감의 재질 사이에 미세한 플라스틱 관들이 삽입된 신축성 좋은 푸른색 망사조직으로 이루어진 옷이었다. 그 관들로 차가운 물을 순환시키는 펌프에 연결되기 전에는 보통 옷이나 다름없었다. 열여섯시간 내리 착용하고 있었으니 오죽이나 지긋지긋했을까, 테클라는 바로 그 옷부터 벗어던졌다. 그러고 나서야 속옷을 무릎까지 내려, 근무 중 그녀의 방광을 비워온 카테터를 제거했다. 이제 그녀는 '우편물'에 포함된 작은 물휴지로 아랫도리를 닦아낸 다음 그것을 쓰레기 봉지에 쑤셔 넣을 것이다. 그러고 보니 지구를 떠나기 직전 삭발을 했든지 적어도 버즈컷을 한 것 같은데, 덕분에 머리 헝클어질 염려는 하지 않아도 됐다. 그때 비로소 테클라는 휴대용 비상식량 주머니를 개봉해 식사를 시작할 것이다. 그런 다음에는 종종 배변으로 이어지는데, 플라스틱 자루 하나와 또 다른 물휴지 팩으로 가장 투박하게 해결해야 할 일이 바로 그거였다. 그 모든 결과물은 다음 근무교대까지 베스티뷸에 모아둘 쓰레기들과 함께 방치될 예정이었다. 이제 테클라는 루크 안의 유일한 조명기구인 LED 스트립을 끌 것이고, 가끔은 태블릿 PC 모니터를 잠시 들여다보다가 이내 눈가리개를 한 뒤 잠에 빠져들 것이다.

이지는 92분에 한 번씩 완벽한 낮과 밤의 사이클을 통과하며 지구를 돌았다. 그러니까 다이나는 테클라가 잠자는 시간의 절반 가까이 마치 양막의 거품 속에 갇힌 태아처럼 루크 안에 알몸으로 둥둥 떠서 매달려 있는 모습을 창문 밖으로 구경할 수가 있는 것이었다.

다이나는 일주일가량 테클라가 그런 식의 다람쥐 쳇바퀴 같은 생활을 하는 걸 지켜보았고 엄청 황당하다는 생각이 들었다. 그는 우선 아이비를 불렀고, 나중에는 리스까지 작업실로 불러들여 잠자는 테클라를 창문을 통해 함께 관찰했다. 다함께 테클라에 관한 이야기를 나누었고 각자 인터넷에서 찾은 그녀의 사진을 이메일로 교환했다.

"너나 내가 될 수도 있었어."

다이나가 아이비에게 말했다.

"우리도 마찬가지야," 아이비가 말했다. "정도의 차이일 뿐이지."

"우리도 저런 신세가 되고 마는 걸까?"

아이비는 잠시 생각하다가 고개를 저으며 대답했다.

"저런 식으로는 계속 살아갈 수가 없어."

"거의 자살임무 같지 않아?"

"차라리 굴라크[24]라는 생각이 드네," 아이비가 말했다. "이 창문 밖에 작은 규모의 굴라크가 있는 거야."

"저 여자 정말 멀쩡한 걸까?"

"우리 모두 그다지 멀쩡한 건 아니지." 아이비가 뭔가 잊은 걸 깨우쳐주듯 말했다.

"아참, 그렇지."

"그나마 저 여자는 행운아야, 안 그래?"

테클라가 적어도 지구를 떠날 수 있었음을 뜻하는 말이었다.

24 구소련 체제하의 강제수용소.

"그렇게 행운처럼 보이진 않는걸," 다이나가 말을 받았다. "저렇게 고립되어 있는 사람은 본 적이 없어. 저 태블릿으로 누군가와 이야기를 나누긴 하는 걸까? 아니면 그냥 서핑이나 하는 걸까?"

"원하면 내가 스펜서에게 물어볼 수도 있어," 아이비가 말했다. "분명 모든 전송정보를 들여다보고 있을 테니까."

다이나는 아이비가 농담하고 있다는 걸 알았지만 그냥 이렇게 대꾸했다.

"놔둬, 저 여자에게도 그 정도 프라이버시는 보장해줘야지."

리스의 반응은 살짝 흥분된다는 거였다. 그 문제에 관한 한 그는 제법 신중한 편이었다. 그럼에도 테클라를 본 것과 다이나와 섹스를 나눈 것 사이에는 넉넉히 봐줘도 30분이 경과했을 뿐이다. 리스의 몸에 발동이 걸리는 데는 그다지 큰 도움이 필요 없었다. 그리고 그건 다이나도 마찬가지였다. 그녀는 두 사람이 언젠가는 그런 사이가 될 것을 알고 있었다.

이는 최소한 멀미 증세에서 벗어났을 때 그에게서 풍기는 체취를 근거로 깨달은 사실이었다. 아마 다른 장소 다른 시간이었다면 그의 체취만으로는 충분치 않았을 거였다. 아마 첫 데이트나 다른 뭔가를 했을지 모른다. 기존의 인간관계라든가 서로 다른 라이프스타일, 친교의 전략들을 따지느라 꽤 골치를 앓았을 수도 있을 거다. 그러나 이곳에서는 모든 것이 자동반사다. 그래서 무서운 거다.

근데 인터넷을 통해 들려오는 지구소식에 따르면, 그곳 사정도 지금은 마찬가지 같다. 인류가 언제 사라질지 모르는 신세지만, 2년간 섹스의 광란에 흠뻑 빠졌다 나오기 전까진 무사할 터다.

사실 같이 잠을 자는 것은 또 다른 문제였다. 리스는 원칙적으로 별로 개의치 않는 듯했으나, 병참학적으로 난점이 있었다. 우주비행사들은 보통 자루 안에서 잠을 잔다. 그래야 무의식 상태에서 아무렇게나 떠다니는 일을 방지할 수 있는 것이다. 그런 용도의 자루이기에 당연히 일인용이었다. 나사는 이인용 자루를 제작할 만큼 정신적 여유가 없었고, 그래서 일을 치른 뒤 잠이 쏟아지면 되는 대로 아무거나 집어다가 둘의 몸을 꽁꽁 싸매야 하는 거다. 하지만 그런 상황도 고작 몇 분이면 지나갈 터였다. 남자는 다시 근무 장소로 복귀할 것이고, 혹시라도 여자가 잠시 눈을 붙이고 싶으면 작업실에 비치해둔 자루 속으로 기어들면 된다. 가끔씩 죄책감을 느껴가며, 밖에서 고생하는 가엾은 테클라를 곁눈질하면서 말이다.

하루는 테클라가 작업하러 나간 뒤, 다이나는 지구에서 가져온 초콜릿 바를 하나 꺼내 포장지에 자신의 이메일 주소를 적은 다음, 그랩에게 쥐여주어 에어로크 밖으로 내보냈다. 그녀는 아말테아의 표면을 가로질러 테클라의 베스티뷸이 케이블로 고정된 지점까지 그랩을 조종해갔다. 그리고 케이블을 따라 기어오르게 한 뒤(그런 동작을 위한 알고리듬을 갖추었기에 쉬운 일이었다) 베스티뷸 안으로 기어 들어가게 했다. 거기서 그랩은 안정된 자세를 취한 채 초콜릿 바를 쥔 손을 쭉 뻗은 상태로 기다리기 시작했다.

테클라가 근무를 끝내고 돌아왔을 때, 초콜릿 바를 발견하고 포장지를 벗겨 맛나게 먹는 모습을 다이나는 흡족한 기분으로 바라볼 수 있었다. 테클라는 한 손을 들어 손짓 같은 걸 해 보이기도 했다. 다이나는 어떤 표정을 지어야 할지 알 수가 없었다.

그랩은 베스티뷸 안에 그대로 머물러 있었다. 테클라의 다음 근무시간이 올 때까지 거기 그냥 갇혀 있을지도 몰랐다. 테클라의 몸이 그랩 있는 방향으로 떠가는 걸 보고, 다이나는 얼른 컴퓨터 쪽으로 몸을 돌려 로봇이 전송하는 비디오 화면을 켰다. 그녀는 화면 안을 부유하는 테클라의 아주 선명한 얼굴을 신기한 듯 들여다보았다.

그리 상태가 안 좋아 보이지는 않았다. 솔직히 강제수용소의 생존자 같을 거라는 게 다이나의 추측이었다. 그런데 충분한 영양분을 섭취해온 모습이었다.

물론 그쪽에서 다이나를 볼 순 없었다. 오디오 송신이 가능한 장치도 없었다. 진공상태에선 원래 소리가 없으므로, 우주로봇들은 애당초 마이크로폰이나 스피커 장치를 가질 필요가 없었다.

테클라는 움직이지 않고 있는 그랩을 물끄러미 들여다보고 있었다. 녀석이 자기를 보고 있는지 궁금해하는지도 몰랐다.

다이나는 데이터글러브를 손에 끼고 그랩의 손과 연결하는 시스템을 작동시켜 손짓을 했다.

그걸 뚫어져라 보는 테클라의 초록색 눈동자가 반짝하며 움직였다. 아직은 어떤 감정상태도 엿볼 수 없었다.

다이나는 살짝 기분이 언짢았다. 괴상한 기계 덩어리이긴 하나, 우리 그랩이 그렇게도 귀엽지 않단 말인가? 저 손짓이 기분 좋은 제스처가 아니던가?

테클라가 초콜릿 바의 포장지를 집어 들었다. 거기 다이나의 이메일 주소 바로 아래 그녀는 '이메일 없음'이라고 적었다.

무슨 뜻일까? 이메일 주소가 정말 없단 말인가? 그녀의 태블릿이 이메일 수신을 못한단 말인가?

아니면 다이나에게 그런 방법으로 교신하지 말아달라는 신호를 보내는 것일까?

그랩에게는 고출력 화이트 LED 헤드라이트가 장착되어 있어서, 키보드상의 키 하나만 누르면 작동했다. 다이나는 그걸 켜고, 테클라의 얼굴을 비추는 불빛 속을 들여다보았다. 그녀 두 눈동자의 수정체에 환한 빛이 머물렀다.

러시아인도 미국인과 같은 모스 부호를 사용할까?

테클라는 분명 그걸 알 거다. 파일럿이니까.

다이나는 LED 불빛을 깜박거림으로써 도트와 대시를 사용해 모스(MORSE)라고 전송했다.

테클라가 고개를 끄덕였다. 순간 "다(да)"[25]라고 발음하는 그녀의 입모양이 다이나의 눈에 잡혔다.

다이나가 시그널을 보냈다.

---

25 YES에 해당하는 러시아어.

뭐 필요한 거 없어요?

더없이 희미한 미소의 흔적이 테클라의 입술을 스치고 지났다. 따뜻한 미소는 아니었다. 그보다는 어딘지 당황하는 미소였다.

그녀는 초콜릿 바의 남은 부분을 집어 들더니 그걸 손으로 가리켰다.

다이나의 시그널이 도착했다.

내일

테클라가 고개를 끄덕였다. 그녀는 몸을 돌렸고, 금발의 버즈컷이 LED 불빛에 반짝거리면서 플라스틱 양파의 가운데로 미끄러져갔다.

바나나에서의 다음 미팅을 시작하는 아이비의 발언은 "5퍼센트"라는 단어였다.

이번에는 만원이나 다름없는 상태였다. 이지의 오리지널 승무원 열두 명 전원 참석에다 A+0.17에 소유스를 타고 올라온 다섯 명 그리고 우주복에 결함이 생기는 바람에 고립을 피해 사람들 사이로 들어온 스카우트 이고르가 있었다. 그와 마르코, 지브란은 실내가 이산화탄소로 가득 차는 걸 막기 위해 좀 더 많은 공기를 순환시킬 팬을 응급 설치함으로써 회의 준비에 일

조했다. 그걸 보고 다이나는 앞으로 회의는 모조리 꽁꽁 싸 바른 밀폐된 방에서 했으면 좋겠다는 말을 조크 삼아 날렸다. 그래야 딱 그만큼만 회의를 진행할 것 아니겠냐는 것이다. 혹시 리스는 예외일지 모르나, 아무도 재미있는 조크라고 생각하지 않았다. 아무튼 통풍장치에서 나는 소음이 보통 때보다 너무 요란해서, 아이비는 한껏 목소리를 높였고 그녀 특유의 빅보스 (Big Boss) 목소리를 내야만 했다.

아이비의 발언이 이어졌다.

"오늘이 37일째입니다. 1년의 10퍼센트가 지난 셈이죠. 실제로 제로에서 하드레인까지의 시간적 여유가 2년이라면, 우리는 지구로부터 어떤 원조를 기대할 수 있는 시간의 5퍼센트를 이미 불살라버린 셈입니다. 이 시설을 영구 지속 가능한 인간사회와 생태계로 전환하는 데 필요한 시간의 5퍼센트 말입니다."

아이비는 대형 스크린을 등지고 있었기 때문에 저 아래, 비디오 링크의 반대편 끝의 어느 회의실에 모여 있을 아키텍트들이 어떤 반응을 보이는지 알 수가 없었다. 오늘의 미팅을 위해 거기 모인 아키텍트는 모두 세 명이었다. 아직 나사 국장으로 있는 스캇 "스파키" 스폴딩. 대통령 과학기술 보좌관인 피트 스탈링 박사. 최근 사태로 인해 경력의 변화를 겪기까지 민간상업 우주벤처기업 중 한 곳의 프로젝트 매니저로 일한 스웨덴 여자 울리카 에크. 이 여자는 현재 클라우드아크 작업에 참여하는 여러 항공우주국들과 민간기업들의 활동을 조정해주는 중이었다. 외관상 아키텍트 수장의 위치에 오른 여자라 해도 과언이 아니다.

여기서 "외관상"이라는 단어가 중요한 건, 다이나가 지상과 연락을 주고받을 때마다 그곳 사정에 자신이 얼마나 어두운지를 매번 깨달을 수밖에 없었기 때문이다. 어느 한 명만 본다면 그녀는 분명 인류 전체에서도 가장 행복한 사람이 맞다. 이대로 가면 목숨을 부지할 것이다. 그와 동시에 그녀를 비롯한 이곳 사람들은 지구로부터 날아드는 정보가 매우 협소하고, 그래서 갖가지 단서들을 알아서 짜깁기해야 하는 처지지만 말이다.

다이나는 이 점에 대해 아이비와도 의견을 교환했었다. 아이비는 자기도 아는 게 별로 없고 매 시각 들리는 소식들도 서로 상충하고 있다는 사실을 확인해주었다.

한마디로 모든 게 크렘리놀로지(Kremlinology)가 되어버린 형국이랄까. 구소련의 전성기에 서구인들이 그곳 상황을 추측하는 유일한 방법이 있었는데, 바로 노동절 퍼레이드가 벌어지는 레닌 묘역에서 고위관리들이 어떤 서열로 도열하는지를 면밀히 살피고, 좌석배치부터 시작해서 누가 누구와 악수를 나누는가를 종합해 상황을 유추하는 것이다. 지금 다이나는 스크린에 비친 세 명의 얼굴을 가지고 똑같은 일을 시도하고 있었다. 스파키는 아무짝에도 쓸모없었다. 그는 워낙 오랜 기간 우주에서 지낸 사람이라, 일종의 천 광년을 가로지르는 시점을 가다듬어 온 사람이다. 그는 세상의 정치적 측면 따위는 아예 안중에 없는 것으로 유명했다.

그런 점에서 그와 대척점에 있는 자가 바로 피트 스탈링이다. 피트의 일은 대통령의 귓속에 과학적 설명을 중얼중얼 흘려 넣는 거였다. 지난 서른일곱 날 동안 특히 그 일을 많이 해왔다. 그는 여러 대학들에서 대형 과학프로그램들을 운영해보았으며, 불과 십 년이란 시간 안에 미네소타 주립대학에서 조지아 공과대학으로, 컬럼비아로, 하버드로 승승장구한 배경을 가지고 있다. 그런 그가 왜 이 회의석상에 앉아 있는가? 그가 공헌할 만한 일이 거의 없을 텐데. 필시 J.B.F.의 눈과 귀로서 이곳에 있는 게 분명하다.

그런데 J.B.F.가 왜 신경을 쓰지? 이 회의를 통해 그 어떤 결정이 내려지는 것도 아닌데? 이건 그냥 현재상태를 보고하는, 단순한 점검차원의 회의일 뿐이다.

아이비가 발언을 마치기 무섭게 피트의 입꼬리가 살짝 처졌다. 그는 울리카 에크 쪽을 바라보았다. 리스에 의하면, 그녀는 40대 후반 나이에 듬직한 관록이 느껴지는 여성으로, 자기 일에 탁월한 실력을 갖춘 인물이었다. 고선명 비디오 화면을 통해 다이나는 그녀의 눈이 아주 미세하게 한쪽으로 움찔하는 걸 목격했다. 피트 스탈링의 고개가 자기 쪽을 향하는 걸 알았지만, 그걸 딱히 드러내고 싶지는 않은 눈치였다.

울리카가 그를 좋아하지 않는 것이 틀림없었다. 어쨌든 그녀가 널리 인정받는 프로젝트 매니저라는 점에는 그럴 만한 이유가 있었다.

"아이비," 그녀가 입을 열었다. "그냥 명확히 해두고 싶어서인데, 우리가 '이 시설'이라고 말할 땐, 당연히 탄력성 있는 의미로 용어를 사용하는 것이겠죠."

아이비는 스크린 쪽을 바라보며 말했다.

"'시설'이란 어쩌면 적절치 못한 단어일 수 있을 겁니다. 아직 설치되지 않았으니까요."

순간 피트 스탈링이 끼어들었다.

"내 생각에 울리카는, 주어진 시간표의 남은 95퍼센트를 우리가 어떻게 적절히 추진해나가느냐에 따라 놀라운 수준으로 패러다임 이동이 일어날 수 있는 유동적 개념이 바로 클라우드 아크라는 사실을 지적하고 싶은 걸 겁니다."

아이비의 미간에 깊은 주름이 파였다. 무슨 일이 벌어지고 있었다. 저 아래 지상에서 일종의 정치적 난투극이 벌어지고 있는 것이었다. 피트 같은 자에게 그건 매우 중대한 사안이었다.

이제 표도르가 말하기 시작했다.

"이런 식으로 시간 소모하는 건 효율적이지 못하죠. 저는 파이오니어 받아들일 트러스 확장공사 진행 중입니다만," 표도르의 영어는 훌륭한 편이나, 지금처럼 기분이 언짢을 때 조사를 빼먹는다는 단점이 있었다. "현재 데리고 일하는 인원이 밖에 여덟 수트, 안에 다섯 수트여서, 불길한 숫자 열셋이란 말입니다."

너도나도 이른바 제유법을 애용하는 분위기였다. 우주복을 일컫는 '수트'라는 간단한 단어로 '여전히 작동하는 우주복을 착용하고 선외에서 우주유영을 할 수 있는 인원'을 의미하는 식이다.

"파이오니어가 2주 후에 도착한다던데, 이게 사실입니까? 그럼 흔히 말하는 스카우트가 어제보다 더 많이 필요합니다."

여섯 달 전 표도르가 이지에 올라왔을 때만 해도, 이것이 로스코스모스의 관리직으로 빠지기 전에 마지막 맡는 임무인 줄 알았다. 그렇다고 자기 직무를 진지하게 받아들이지 않았다는 뜻이 아니라, 그는 언제나 멀리 내다보는 타입이었고, 이지에 대해서도 어디까지나 관료가 될 사람의 입장에서, 은퇴할 때까지는 무난히 운영되도록 조처할 필요가 있는 대상으로 보았던 것이다. 그런 모든 것이 제로를 기점으로 급변한 셈이다. 게다가 러시안 인베이션으로 인해 더더욱 변한 상황이다. 어떤 새로운 서열도 보직도 표도르에게 부여되지 않았다. 그 무엇도 필요치 않았기 때문이다. 러시아인은 누구나 할 것 없이 그를 리더로서 인정하고 받아들였다. 그런 상황에 걸맞게 그의 매너도 변했다. 그는 아이비의 권위를 진정으로 존중하는 입장이나, 수트와 관련한 모든 사안에서 그 자신이 명실상부한 보스임엔 의문의 여지가 없었다. 그러한 권위가 그를 육체적으로도 더 크고 위압적으로 만드는 듯했다. 그래서인지 주름진 얼굴은 더 터프해지고, 목소리까지 단호해졌다.

스파키가 답변에 나섰다.

"표도르, 문제의 연료펌프 보수는 마무리된 상태요. 센서에 문제가 있었던 겁니다. 그래서 스케줄대로 발사가 이루어질 텐데……" 손목시계를 들여다보더니 머릿속에서 계산을 하고는 말을 이었다. "지금부터 열네 시간 후. 그 뒤로 여섯 시간이 지나면 당신의 수트들을 확보하게 될 거요."

"자보드, 베스티뷸, 제가 언급한 것들 모두."

"우리도 24시간 그것들 보수하는 데 여러 기술팀을 동원하고 있소, 표도르."

"출입구 폐쇄장치에 대해서도 걱정이 이만저만 아닙니다."

회의의 남은 시간은 또 다른 2주 만에 올라오기 시작할 파이오니어 문제를 다루어야 했다. 그들은 단단하거나 팽창 가능하면서, 루크보다는 좀 더 편리한 거주시설에서 생활할 것이다. 그 시설들은 창고에서 흔히 볼 수 있는 거대한 나선 통풍관들과 원칙적으로 크게 다르지 않아 보이는 일련의 기압조절 튜브들을 따라 도킹되어 트러스의 연결지점마다 마치 가지가 뻗어나듯 자리할 예정이다. 다이나의 업무와는 큰 관련이 없는 문제라 그녀의 관심은 랩탑 위를 떠돌고 있었다. 그녀가 매달려야 할 일은 따로 있었고, 아이비가 말한 5퍼센트의 문제야말로 기나긴 회의시간 내내 그녀의 마음을 정처 없이 헤매게 만들었다.

최근 들어 그녀의 작업 대부분은 아이스 크롤러[26]들에 관한 거였다. 그리고 가장 최근 하적한 것으로 아이스 터널러[27]들이 있었다. 하지만 그녀는 철광채굴용 로봇 개발을 포기하지 않기

---

26 ice crawler. 얼음 위를 기어다니는 무한궤도 로봇.
27 ice tunneler. 얼음에 터널을 뚫는 로봇.

로 결심한 상태였다. 그녀 혼자 하루에 15분씩이라도 그것들에 매달리는 것이, 모두 다 함께 작업을 중단하는 것보단 나았다. 만약 그녀가 중단할 경우 전체 프로젝트가 사라져버릴까봐 두려웠다.

그런 뜻에서 다이나는 랩탑 모니터 좌측 하단 구석에 창을 열어놓고 있었다. 실제 작업 중인 로봇들의 카메라 시점에서 찍어 보내오는 아말테아의 여러 장면이 그곳을 통해 확인 가능했다. 이메일을 체크한다든지 스프레드시트와 갠트차트를 작성할 때, 그녀의 시야 가장자리에 늘 그런 식으로 실시간 동영상 창이 위치했다.

그러다가 어느 순간 무언가 잘못 돌아가고 있는 상황이 시야에 들어왔다. 잠시 후 동일한 문제점이 다시 포착되었고, 그제야 그녀는 다른 하던 일을 멈추었다. 그녀는 비디오 창을 확장했고, 비디오를 전송하고 있는 로봇을 조종했다. 카메라를 이리저리 돌려가던 중 마침내 아까 마음에 걸렸던 사물에 초점을 맞출 수 있었다.

다름 아닌 테클라였다. 자신의 루크 안에서 떠다니고 있었다. 몸 전체가 밝은 푸른빛을 띠었는데, 그건 냉방의복을 착용했다는 걸 뜻했다. 거기까진 정상이었다. 근무 준비를 하려면 매일 반복해야 하는 일이니 말이다. 다음 단계는 루크의 플랜지 안으로 발부터 시작해 몸을 웅크려 빠져나가 베스티뷸로 향하는 동작이어야 했다. 한데 그 일을 하지 않고 있었다. 그녀는 베스티뷸과 루크의 중앙 사이를 왔다갔다하는 중이었다. 플랜지를 머리부터 통과할 것처럼 구는가 하면(이건 비정상적 행위다) 잠깐 무언가를 하다가, 결국 루크 안쪽으로 물러나 잠시 태블릿을 이리저리 눌러보기도 했다.

현재로선 지각이었다. 다른 날에는 지금쯤 우주복을 완전히 갖춰 입고 트러스로 나와 있어야 할 시간이다.

다이나만 랩탑에 정신이 팔려 있는 건 아니었다. 보통은 이메일이나 다른 현대식 오락거리에 도통 무관심한 표도르 역시 자신의 랩탑을 들여다보고 있었다. 그런가 하면 있지도 않은 턱수염을 무의식적으로 만지작거리면서 마찬가지로 딴 데 정신을 팔고 있는 막심과 이따금 눈을 맞추려고 하는 것이었다.

무언가 문제가 생긴 거였다.

표도르가 무어라고 했던가? *"출입구 폐쇄장치에 대해서도 걱정이 이만저만 아닙니다."*

분명 추상적으로 그 말을 한 것이 아니었다. 그는 특수한 사정을 언급한 것이었고, 그건 테클라에 관한 이야기였다.

테클라는 루크에서 기어 나와 베스티뷸을 통과해 우주복 안으로 들어갈 수 있었지만, 등 뒤로 문짝을 닫을 수 없었다. 폐쇄장치가 올바로 작동하지 않으면 우주복을 밀폐시킬 수 없다. 우주복이 밀폐상태로 안정되지 못하면, 그녀는 자신의 OVL(올란 우주복과 베스티뷸과 루크의 통합체를 그렇게 약자화해서 부른다)에 갇힌 꼴이 되고 마는 것이다.

글자 그대로 응급상황까지는 아니어도, 좋지 못한 상황인 것만은 분명했다. 그녀가 '우편물'을 챙기려면 일단 베스티뷸에서 우주복을 떼어내야 했고, 그러면서 부재중 배급을 위해 출입구를 열어둔 상태로 놔두어야 했다. '우편물'은 음식과 물, 얼음 그리고 이산화탄소 여과통들을 포함하고 있었다.

테클라가 '우편물' 없이 얼마나 생존할지 다이나는 알 수 없었지만, 그래도 하루 이상은 버틸 거라 짐작했다. 하지만 열은 그녀를 당장 죽일 터였다.

테클라를 이지 안으로 데려오는 방법을 마련해야 했다. 그런데 OVL이 워낙 졸속으로 마련된 시설이라, 정상적인 우주선처럼 도킹포트를 가지고 있지 않았다. 해치도 없었고, 에어로크를 통해 접속할 아무런 방법이 없었다.

다이나는 다시 반시간을 진행한 회의 내내 표도르의 얼굴 표정을 유심히 지켜보면서 무언가를 눈치채기 시작했다. 그는 지금 테클라를 희생 제물로 삼겠다는 마음의 준비를 갖추고 있었다. 가혹한 현실 앞에서 정서적으로 단단해진다는 의미의 '준비'였다.

이제야 다이나는 테클라가 전한 '이메일 없음'의 의미를 이해했다. 살아남지 못할 수도 있다는 건 스카우트로 일하는 것의 일부분에 지나지 않았다. 그리고 자신이 희생되리라는 걸 눈치챌 경우, 스카우트 단체 이메일에 살려달라는 요청과 작별 인사 메시지를 아무리 뿌려댄들 전혀 도움이 되지 못한다. 테클라는 오직 표도르와만 교신할 수 있었는데, 거기엔 물론 그럴 만한 이유가 있었다. 레닌그라드, 스탈린그라드 그리고 모스크바의 수호자라면 당연히 이해하고 완전하게 받아들여야 할 이유였다. 그러나 현대적 윤리관과는 심히 어울리지 않는 이유임이 틀림없다.

아니다. '달 하나의 시대'에 존재했던 현대적 윤리관으로 말을 바꾸자.

지금 돌아가는 상황과는 더없이 잘 어울린다.

다이나의 마음 한구석은 표도르를 붙잡고 늘어져 영웅적이고 감동적인 구조임무를 감행하고도 싶었다. 분명 그럴 수 있는 방법도 찾아보면 있을 터였다. 다들 〈아폴로 13〉을 보았고 그중 멋진 대사를 외우고 있을 것 아닌가.

하지만 어떤 대답이 돌아올지 그녀는 이미 알고 있었다. 파이오니어와 그들의 수송화물이 2주면 들어오기 시작할 것이다. 적절한 준비태세가 갖춰 있지 못할 경우, 그들은 도착 즉시 사망할 터다. 다른 데 낭비할 시간적 여유가 전혀 없다. 오히려 더 많은 스카우트가 테클라의 자리를 대신하기 위해 대기 중이다.

이번만큼은 회의가 길게 이어지는 게 달가웠다. 스파키가 회의주제에 집착하지 않고, 피트 스탈링이 현학적인 전문용어로 시간 때우기를 하는 것도 견딜 만했다. 어떤 생각 하나가 그녀의 머릿속에서 서서히 형태를 갖춰가고 있었기 때문이다. 그 생각을 아이비와 리스, 어쩌면 마르코를 통해서 현실화해야 할 것 같았다. 매기 코글런의 지원을 — 그들 입장에서 닥터라는 호칭에 가장 근접한 인물일지도 모른다 — 받고 싶은 마음도 있었다. 하지만 표도르는 물론 다른 누구의 도움 없이도 실행에 옮길 수 있다는 걸 다이나는 느끼고 있었다.

표도르는 검지 둘을 사용해 무언가를 타이핑하고 있었다. 다이나는 그의 얼굴에 시선을 고정한 채 타이핑이 끝날 때까지 지켜보았다. 그는 자신을 향한 그녀의 집요한 시선을 일찌감치 감지한 듯했다. 갑자기 고개를 들고는 완벽한 포커페이스를 유지한 채 그녀의 두 눈을 정면으로 쏘아보는 것이었다.

다이나도 지지 않고 응시했다.

표도르의 얼굴에 자각의 표정이 스멀스멀 기어올랐다. 여자가 문제를 파악하고 있음을 알게 된 거다. 표도르는 이지의 설계도를 누구보다 잘 파악하고 있었다. 다이나가 어디서 시간을 보내는지, 그녀가 자기 일터의 창문을 내다보기만 해도 상황파악이 얼마나 쉬운지를 그는 잘 알고 있었다. 그런저런 생각들을 끌어 모으고 있는 남자의 머릿속을 또한 여자는 훤히 들여다보고 있었다.

남자는 여자가 어떤 감정적 징표를 드러낼 거라 예상하고 있었다. 따라서 어떻게든 냉정한 태도를 유지하는 것이 중요했다. 자칫 눈물이라도 보였다가는 상대로부터의 존중도 관심도 졸지에 날려버릴 터였다.

마침내 다이나가 입을 열었다.

"표도르. 전 괜찮아요."

남자가 깜짝 놀라 눈을 깜빡거렸다. 약간 당황한 표정이었다가, 아주 미세하게 고개를 끄덕였다.

"괜찮다니, 뭐가?"

엉뚱하게 비디오 링크 너머의 피트 스탈링이 물었다.

"내가 뭐 빠뜨렸나요?"

"아닙니다. 방금 저희끼리 팀의 핵심경쟁력 증진작업에 착수했거든요."

가장 핫한 올림픽 선수 50위 웹사이트의 사진자료에 근거해서 추정하자면, 아이비는 테클라와 신체적으로 거의 쌍벽이라할 만했다. 테클라가 좀 더 건장한 체격이지만, 아이비는 키가 1인치 더 컸다. 그래서 처음 밟은 구조절차는, 다이나가 로봇용으로 사용하는 좁은 에어로크 속으로 아이비를 밀어 넣는 것이었다. 무릎을 가슴에 포개고 머리를 잔뜩 수그리자, 아이비는약간의 공간을 남기고 딱 들어맞았다. 다이나는 사진을 찍은다음, 상세설명과 함께 이메일 메시지에 첨부했다.

젊은 CIA 계약직 직원인 스펜서 그린스태프는 어려서부터외국정부의 이메일 시스템을 해킹하며 잔뼈가 굵은 자인데, 표도르로부터 전송된 것처럼 래핑한 이메일을 테클라의 태블릿으로 직접 보내는 방법을 고안해냈다.

다이나는 테클라가 바로 그 이메일을 읽는 것을 지켜보았다. 그녀는 태블릿에서 눈을 떼고 창문 쪽을 바라보다가, 에어로크 쪽으로 시선을 돌렸다. 그때까지 다이나는 테클라가 의식을잃어가는 중일지도 몰라 걱정하고 있었다. 몇 시간째 움직임이없었던 것이다. 아마도 산소를 절약하고 움직임을 최소화하여열 발생을 줄이기 위해서였던 것 같았다.

다이나는 고성능 LED 라이트를 에어로크 안쪽 해치에 타이랩으로 동여맨 뒤 문을 닫았다. 그런 다음 그곳의 공기를 우주로 쏟아내게끔 밸브를 열어, 에어로크 내부가 진공으로 '채워지도록' 했다. 마지막으로 수동식 레버를 작동시켜 바깥쪽 해치를 열었다. 테클라의 루크 플라스틱에 반사된 백색 LED 불빛이 몇 미터 전방에 보였다. 테클라도 그 불빛을 인지했는지 이쪽으로 고개를 돌렸다.

여러 개의 로봇들이 테클라의 거품을 움직여 에어로크까지 밀고 오도록 합동작전에 나서야 했다. 이건 마치 탱탱하게 부푼 풍선을 뾰족한 집게 끝으로 잡으려는 것처럼 정신 나간 계획이었다. 다이나는 사이드와인더인 시위를 열두 마리 풀어 이 작전에 나서고 있었다. 시위 하나를 다른 시위와 머리부터 꼬리로 연결하면 그 길이를 두 배로 만들 수 있고, 그런 식으로 계속 이어나감으로써 아주 똑똑한 촉수를 조립할 수가 있다. 시위 하나의 꼬리를 아말테아에 고정시키고 연결할 부위를 두 대의 그랩으로 지지하게 만들면, 또 다른 시위가 첫 번째 시위를 따라 우주공간으로 뻗어간 머리 쪽으로 미끄러지듯 다가가 연결을 이루는 식이었다. 세 번째 시위가 처음 두 시위들을 따라 기어오르고 또다시 같은 과정을 반복하여 전체를 사슬처럼 이어가면, 소행성의 표면에서 시작된 시위들의 연쇄가 테클라를 가두고 있는 거품주머니를 둘러싸게 되는 것이었다.

일단 거기까지는 성공이었다. 하지만 사슬구조가 길어질수록 작동이 원활하지 못한 게 문제였다. 시위는 무한궤도와 같이, 별개의 단위들이 유연한 마디들로 연결되는 구조였다. 그마디들에 다이나의 명령코드가 내장된 동력이 전달되어, 결국 미리 예정된 경로로 작동하게 되어 있었다. 문제는 각각의 마디가 상당한 유연성을 가지고 있다는 점인데, 이 경우 다이나 생각에 '에러'나 다름없었다. 사슬이 늘어가면서 그런 에러들이 축적된다고 생각해보라. 얼마 지나지 않아 시위 세 대가 서로 연결되었는데, 그때부터 조종은커녕 긴 로봇줄기의 끝이 어디에 위치할지를 알기 어려운 상황이 되어버린 것이다. 미끈미끈한 루크의 표면을 따라 사슬을 둘러침으로써 힘을 가하려고 하자 문제는 더욱 심각해질 뿐이었다.

리스는 몇 시간 동안 프로젝트에 참여해 지켜보고 있었다. 한동안 말이 없을 것 같던 그가 불쑥 던진 질문은 다소 엉뚱하면서도 이 문제를 꾸준히 생각하고 있었음을 보여주기에 충분했다.

"모터를 다 끄고 전체가 느슨하게 흘러가도록 놔두면 어떨까요?"

"당신은 토러스 공사에 전념하고 있어야 하는 거 아닌가요?"

다이나는 고개를 돌려 최대한 멋진 표정을 시도하면서 반문했다.

"우선 이 문제부터 해결해봅시다."

그가 점잖게 대꾸했다.

그녀는 더 할 말이 있었지만 그냥 입을 다물었다. 리스는 자기 목걸이를 가지고 다시 집적대기 시작했다. 그는 체인을 목걸이로 차고 다녔는데, 부담스럽게 크거나 별난 스타일은 아니고 그저 스테인리스 재질로 배배 꼬인 형태의 고리였다. 그걸로 그는 대마초라든가 작지만 중요한 물체들이 유실되지 않도록 묶어두는 기능으로 활용하고 있었다. 그러나 지금은 그걸 목에서 풀어 걸리적거리는 걸 체인에서 떼어낸 다음, 목을 따라 다시 친친 둘렀다. 그러자 체인이 물결치듯 구불구불한 타원형을 이루면서 층을 쌓아가더니, 목이나 옷깃에도 전혀 닿지 않아, 마치 그를 중심으로 궤도를 이루며 돌아가는 모양새를 이루었다. 다이나는 전에도 그가 그런 짓을 하는 걸 본 적이 있는데, 주로 회의가 지루할 때 나오는 버릇이었다. 그는 자기가 터득한 기술이라면서 몇 가지 트릭을 선보이기도 했었는데, 빠르게 감아올린다든지 스트로로 바람을 불거나 손톱으로 퉁겨 각기 다른 모양을 만들어가는 식이었다. 하지만 생각처럼 완벽한 원을 만들지는 못했다. 다만 고리들의 유동적인 연쇄는 거의 어떤 형태로도 소화가 가능했고, 특별한 외력이 가해지지 않는 이상 그 형태를 유지할 수 있었다. 다이나가 다시 돌아보았을 때 그는 바로 그런 장난을 또 하고 있었다. 그녀가 어이없는 표정을 지으며 금방이라도 이런 말을 내뱉을 것 같던 순간, '제발 그 머리로 좀 쓸모 있는 일 좀 할 순 없겠어', 리스의 표정에서 지금 괜한 장난이나 하고 있는 게 아니라는 메시지가 언뜻 스치는 걸 다이나는 읽을 수 있었다.

체인이 길게 늘어진 레이스트랙 형태를 취하다가 직선코스에 이를 때 그가 목의 반동을 이용해 동그란 모양이 되게 하는가 싶더니, 얼른 머리를 빼내 회전하는 고리가 공중에 떠 있도록 하는 것이었다.

"정 알고 싶다면 우리 조상 대대로 내려오는 지혜를 전수해 주리다."

그가 호기롭게 외쳤다.

"무중력 상태를 경험한 조상이 계셨던가요?"

"유감스럽게도 그건 아니지만, 나의 아버지의 아버지의 아버지의 아버지의 아버지의 동생 되시는 존 에잇켄께서는 빅토리아 시대의 독보적인 기상학자로서 더더욱 독보적인 취미를 가지신 분이었다오. 그 당시 유동사슬 물리학을 연구하셨으니까. 안타깝게도 그분은 폴커크에 있는 자신의 연구실에서 실험을 하셨어요. 다시 말해서 중력에 구속된 채로 말입니다. 아마 이런 현상을 어림잡아 추측하셔야 했을 거예요, 아주 기발한 장치를 만들어가면서 말이죠."

리스는 빙글빙글 선회하는 사슬의 루프를 턱으로 가리키며 말했다.

"그럼 정말 똑똑하신 분이었겠네요."

"말이 나왔으니 하는 얘기지만, 왕립협회 정회원이셨고 켈빈 경의 절친이었죠. 그나저나 내가 한 얘기 무슨 뜻인지 알겠어요?"

"아까 나더러 시위의 모터를 전부 끄라고 한 말에 많은 의미가 담겼겠죠. 만약 그렇게 한다면 전체가 완전히 흐늘흐늘해져서 사실상 기다란 사슬이 되는 셈이겠고요."

"맞아요."

리스는 어조를 늦추면서 검지를 들어 움직이는 체인의 중간쯤에 찔러 넣었다. 그러자 사슬이 멈칫하며 손마디에 걸치는가 싶더니, 순식간에 어지러이 뒤엉키듯 손 전체를 휘감아버리는 것이었다.

"뭔가 자신감이 생기는데요."

다이나가 말했다.

"아직 더 있어요. 알고 보니 존 아저씨께서 정말 많은 걸 알고 계셨더라고요. 좀 지나서 독일 사는 쿠차르스키라는 또 다른 친구가 역시 이걸 가지고 연구를 했다는 거예요."

리스는 체인을 펴면서 버클을 찾고 있었다. 버클을 찾은 다음엔 그걸 풀어, 고리형태를 자기 팔 길이에 육박하는 하나의 줄 모양으로 전환시켰다.

"불행히도 베를린 역시 중력의 지배하에 있었겠죠. 그러니 책상에 앉아 이런 거나 할 수밖에 없었을 겁니다. 자, 이것 좀 잡아주겠어요?"

그는 다이나로 하여금 체인의 중간 부분을 손가락으로 집어 허공에 고정시키도록 했다. 그리고 거길 기점으로 체인의 양쪽 끝을 자기 쪽으로 끌어당겨, 길게 늘어진 U자 모양이 되도록 했다.

"이제 천천히 거길 놓아요."

다이나가 체인에서 손을 뗌과 동시에 뒤로 붕 떠오르며 물러나는 사이, 리스는 마술사가 연기하는 듯한 동작을 펼쳐 보였다. 그리고 체인 한쪽을 놓으면서 다른 한쪽은 엄지와 검지를 사용해 단단히 붙들고 있었다.

"내가 이걸 잡아당기면 어떤 일이 벌어질까요? 뭐든 떠오르는 대로 말해봐요."

"체인 전체가 당신 쪽으로 몰려갈 것 같은데요."

"어디 해봅시다. 당신 손가락을 이쯤에 쳐들어주세요."

다이나는 리스가 노는 손을 뻗어 그녀의 손목을 부드럽게 잡은 다음, 체인의 U자 굴곡에서 몇 인치 거리를 둔 지점에 손가락이 위치하게 만드는 동안 가만히 자신의 손을 맡기고 있었다. 이제 리스는 체인을 자기 쪽으로, 그러니까 다이나에게서 멀어지도록 당기기 시작했다. 그러자 다이나가 예상했던 것과는 반대로, 굽은 부위부터 리스와 멀어지며 규모가 커지는 가운데 오히려 다이나 쪽으로 다가들었다. 그러다 급기야는 고정되지 않은 한쪽 끝이 마치 채찍처럼 빠르게 출렁이면서, 그녀가 치켜들고 있는 손가락을 유혹이라도 하듯 몇 번이고 잽싸게 휘돌아 감는 것이었다.

"잡았다!"

그는 여자를 자기 쪽으로 끌어당겼다.

"긴 말채찍 같네요."

다이나는 손가락에 감긴 체인을 뒤늦게 풀었지만, 이미 둘 사이의 거리는 묘한 분위기가 느껴질 정도로 좁혀져 있었다.

남자가 말했다.

"똑같은 물리학 법칙입니다. 쿠차르스키가 크닉슈텔(Knick-stelle)이라고 이름 붙였죠. 일종의 '꼬인 지점'을 의미하는 독일어입니다."

"사슬, 채찍, 이제는 꼬임까지. 당신의 빅토리아 시대 조상님 들에 대해 오늘 참 많이 배우는 것 같군요, 리스."

"하긴 단순한 놀이 정도로 보일지도 모르겠습니다."

"오, 아니에요. 요점은 알아듣고 있어요. 시위들을 경직된 근 육처럼 조종하려 애쓰지 말고, 유연한 사슬이나 긴 말채찍처럼 부려서 루크를 휘감으라는 뜻이죠."

19세기 물리학으로 살짝 비켜간 이야기가 소위 말해 '2보 전 진을 위한 1보 후퇴'의 본보기가 된 셈이었다. 단 몇 분 만에 네 개의 시위를 추가로 기존 사슬에 이어 붙였고, U자 형태의 굴 곡을 만들어갈 모터 몇 개만 남겨두고 모든 동력을 껐다. 리스 가 보여준 대로 모터가 작동하는 끝부분에 동력을 집중시켜 크 닉슈텔을 형성하였고, 그것은 점차 확대되면서 루크 전체의 윤 곽을 천천히 휘감았다. 그래플러 역할을 하는 사슬 끝 시위가 맞은편 시위에 걸리기까지 몇 차례의 시도가 이어졌고, 마침내 루크 전체가 체인의 고리 속으로 안착했다. 이제는 그랩들이 종종걸음으로 나서서 아말테아나 이지에 고정되어 있던 케이 블들을 운반하면, 루크는 다이나가 의도하는 대로 움직여줄 기 계올가미에 엮인 채 자신의 원래 위치에서 서서히 벗어나 로봇 작업실이 있는 모듈로 다가오게 된다. 루크가 점점 가까워질수 록 에어로크 LED 빛의 희미한 반사광이 차츰 선명한 윤곽으 로 부각되는가 싶더니, 결국에는 에어로크 챔버의 돌출부를 커 다란 풍선이 덮는 순간 촛불이 꺼지듯 시야에서 사라져버렸다.

에어로크는 이제 고무풍선을 찌르고 있는 손가락처럼, 안착한 루크의 중첩된 외피들을 찌르고 있었다.

채찍을 휘두르는 작전이 성공을 거둔 뒤에도, 나머지 작업에 하루가 거의 다 소모되었다. 리스는 늘 그랬듯 소리 없이 두둥실 방을 나갔다. 몽골 출신 우주비행사인 모가 대신 다이나의 작업실로 들어와 말없이 한 두어 시간 작업을 지켜보더니, 뭔가 도움이 되어줄 방법을 찾기 시작했다. 그녀는 데이터글러브와 마우스/키보드 인터페이스 사용법을 그냥 다이나 하는 걸 관찰함으로써 이해했고 하루가 끝날 무렵에는 숙달된 사람처럼 그랩과 시위를 직접 조종했다.

매기 코글런은 마지막 준비작업을 보기 위해 나타났다. 그녀는 우주비행이 인간의 건강에 미치는 영향을 연구하기 위해 몇 달 전 이지로 쏘아 올려진 호주 출신 생리학자다. 다이나는 항상 그녀가 좀 무뚝뚝하다는 느낌이었는데, 아마도 호주 스타일이 원래 그런 모양이었다. 그녀는 각종 의료품들과 외과장비를 담은 박스를 들고 들어왔다. ISS의 모든 우주비행사는 의학적 수련을 거친 사람들이다. 다이나와 아이비도 휴스턴 종합병원 응급실에서 직접 외상 환자의 상처를 봉합하고 뼈를 접골하는 훈련과정을 이수했었다. 하지만 매기야말로 최고 수준이었다.

"정확히 당신이 담당하기로 되어 있는 일은 아니지요."

다이나의 말에 매기가 대답했다.

"우리 중 누구도 원래 담당하기로 되어 있는 일을 하고 있진 않으니까요."

"테클라는 예외라고 해야 하나."

불쑥 끼어든 건 아이비의 목소리였다. 그녀는 지금 다이나의 작업실이 아닌 — 다이나와 보와 매기로 빈자리가 없었다 — 거기 붙은 스크럼에 있었다.

"아이비, 또 다른 기록을 세울 준비는 되셨겠지?"

다이나가 묻자 아이비가 대답했다.

"도전 준비 완료(Ready to try)."

이건 우주정거장 안에 동시에 존재할 수 있는 여성의 머릿수를 의미하는 Q코드였다. 이전까지는 그 수가 4로 2010년 도달한 기록인데, 매기와 리나가 이지로 올라와 아이비와 다이나와 합류했을 당시 그렇게 묶인 수치였다. 그것을 3주 전 소유스를 타고 나타난 보가 깨뜨렸고, 이제 테클라를 에어로크 안으로 들이는 데 성공하면 6으로 불어날 참이었다.

물론 일이 잘못되면 수치가 다시 내려갈 테지만 말이다.

"보, 도와줘서 고마워요. 나가서 아이비와 함께 있어요."

"행운을 빌게요."

보는 그렇게 말하면서 에어로크의 안쪽 해치를 박차고 몸을 날려, 다이나의 작업공간을 지나 아이비가 둥둥 뜬 채로 기다리고 있는 스크럼의 해치를 열고 빠져나갔다.

"봉인은 확인한 거지?"

다이나가 어느 때보다 신경질적으로 물었다. 아이비가 그런 걸 소홀히 할 리는 없었다. 달이 붕괴된 이후, 다들 조심성을 강조하고 또 강조하는 버릇이 생겼다. 이지의 각종 모듈을 공기밀폐식 해치들로 꼼꼼히 봉인해, 어느 한 모듈이 유성으로 구멍이 나도 복합체 전체가 파괴되는 일은 없어야 하는 것이다.

아이비는 대답을 하지 않았다.

"일이 잘못되면 그 해치를 어떻게 해야 하는지 잘 알지?"

다이나가 또 물었다.

"너는 예민해지면 항상 말이 많아지더라."

결국 아이비가 대꾸했다.

"동감입니다," 매기가 끼어들었다. "근데 우리 이거 할 겁니까 안 할 겁니까? 저 여자 저러다간 밖에서 질식사할지도 몰라요."

"오케이. 이제 그녀에게 시그널을 보냅시다."

다이나가 말했다.

남아프리카 시골 오두막 천장에 붙은 〈우주비행사 스누피〉 포스터에 심취하던 소녀시절이라든가, 오스트레일리아 서부지역 위성중계로 우주정거장 영상을 TV 시청하던 시절 꿈꾼 우주프로그램이라면, 아마도 마이크에 대고 간결하게 내뱉는 몇 마디 말이라든지 키보드로 두드리는 메시지가 시그널로 제격이었을 터다. 그러나 지금 상황에서는 작업실의 작은 창문 쪽으로 직접 몸을 날려 이동한 다음, 손만 뻗으면 닿을 듯 가까이 있는 테클라의 상태를 열네 겹으로 둘러싼 우윳빛 반투명 플라스틱 막들을 통해 들여다보면서 엄지척 사인을 보내는 것이 그녀의 시그널이었다.

테클라는 고개를 끄덕였고 작은 물건 하나를 머리 옆으로 들어 보였다. 벨트클립과 끈이 달린 폴딩나이프로, 항상 조심스럽게 손목에 감고 지내던 것이었다. 그녀는 엄지를 이용해 톱니 모양의 칼을 펼쳤다.

다이나도 고개를 끄덕였다.

테클라는 같은 고갯짓으로 응답한 뒤, 시야에서 사라져 에어로크 방향으로 움직여갔다.

"드디어 오고 있어."

다이나가 중얼거렸다.

그녀는 이미 매기가 웬만한 체력의 소유자임을 간파하고 있었다. 땅딸한 편이지만, 힘으로 다져진 몸매라고나 할까.

다이나는 에어로크 바깥쪽 해치를 열어젖힐 수동식 링크 손잡이를 단단히 움켜쥐었다.

"나 붙잡아줘요."

다이나가 매기에게 당부했다.

저놈의 플라스틱 막이 제일 걱정이었다. 저것의 파편들이 해치의 섬세한 봉인에 문제를 초래할 게 분명했다.

원리는 아주 간단했다. 머릿속에서 수백 번 굴리고 또 굴린 아이디어였다. 테클라가 루크 제일 안쪽 막을 몇 인치 길이로 가르는 순간, 그 안의 공기가 다음 막과의 사이 공간 즉, 공기압이 좀 더 낮은 곳으로 쏟아져 나올 것이다. 그다음 테클라의 머리와 어깨가 그 갈라진 틈새로 빠져나오면 그녀는 마치 샴페인 병을 막고 있는 코르크마개와 같은 처지가 되는데, 그렇게 해서 생긴 내부 공기압이 그녀의 몸을 바깥쪽으로 밀어내려고 할 것이다. 그때 그녀는 다음 막에 똑같은 구멍을 내고, 또 다음 막, 또 다음 막으로 구멍을 이어간다. 그럼 뒤에 생기는 공기의 압력파가 자연스럽게 그녀의 몸을 수박씨처럼 밖으로 뱉어낼 것이다. 이때 테클라가 에어로크 안쪽 해치에 부착된 LED의 백색 불빛만 정조준하고 있다면, 발사된 그녀의 몸은 에어로크 안으로 곧장 들어올 수 있다.

바로 그 순간, 그녀는 알몸상태일 것이고, 그녀와 함께 진공상태의 에어로크 안으로 폭발해 들어올 공기의 거센 흐름 속에 무방비로 노출될 것이다. 그리고 바로 그 순간⋯⋯.

슈욱— 소리와 함께 쿵하고 부닥치는 묵직한 충격이 느껴졌다.

"맙소사, 해냈어."

매기가 말했다.

"빠져나왔어."

보가 확인해주었다. 옆 칸에 나가 있는 보는 가까운 곳의 그랩이 전송해주는 비디오 영상을 태블릿을 통해 들여다보고 있었다. "지금 에어로크 안에 있다는 뜻이야."

다이나는 손잡이를 힘차게 당겨 바깥쪽 해치를 닫았다. 뉴턴의 제3법칙에 따라 힘을 빼앗기며 반대방향으로 쏠려가는 그녀의 몸을 기다리고 있던 매기가 단단히 끌어안아 원래 위치로 되돌려놓았다. 매기는 이미 만반의 준비태세를 갖추고 있었던 것이다.

보가 숨을 몰아쉬며 말했다.

"여자 다리가 꼈어요!"

"오, 젠장."

"한쪽 다리가 바깥으로 빠져나가 있다고."

"다이나, 네가 해치를 조금 열어줘야겠어. 한쪽 다리가 걸렸어."

다이나는 팔에 힘을 뺐다. 테클라가 의식을 잃었으면 어떡하나? 사진으로 지시해둔 것처럼 태아의 자세로 몸을 구부릴 수 없으면 어떻게 하나?

하지만 보와 아이비의 목소리에서 느껴지는 분위기 변화가 이와는 다른 사실을 말해주고 있었다.

"들어왔어!"

아이비가 외쳤다.

"해치 닫아요, 닫으라고!"

보가 계속해서 소리치고 있었다.

다이나는 온힘을 다해 손잡이를 당겼고 잠금 위치까지 힘껏 돌렸다. 느낌이 그다지 좋진 않았지만, 어쨌든 닫힌 거다.

곧이어 매기가 에어로크로 공기를 공급하는 밸브를 작동시켰다. 점진적으로 진행해야 할 과정이었지만, 그녀의 동작은 거의 폭발적이었다.

"피가 나네," 보의 목소리가 느리게 들려왔다. "해치에서 흘러내리고 있어요."

"맙소사!"

다이나가 내뱉었다. 이건 두 가지 안 좋은 일이 동시에 발생했다는 뜻이다. 바깥쪽 해치가 완전히 닫히지 않았다는 것과 테클라가 다쳤다는 것.

"문을 엽시다."

매기가 말했다.

결국엔 거기 있는 네 명이 다 나섰다. 다이나, 매기, 보, 아이비. 모두 다 해치의 가장자리 틈새에 손가락을 밀어 넣고 젖 먹던 힘을 다해 벽을 밀어 봉인을 해제하려고 애썼다. 덕분에 안쪽 공기가 슉 소리와 함께 빠져나가면서 해치가 활짝 열렸다. 진공상태로 봉해진 병뚜껑을 개봉했을 때와 같은 느낌이었다.

테클라가 미리 지시받은 태아의 자세를 유지한 채 거기 있었다. 그냥 붉은 빛깔의 딱딱한 덩어리였다.

한동안 다들 말을 잇지 못한 채 지켜보기만 했다.

머리가 움찔 움직였다. 고개를 들어 사람들을 쳐다보는데, 눈이 있어야 할 곳으로 여겨지는 곳이 붉은 얼룩으로 엉망이었다.

다이나가 어린 계집아이처럼 비명을 지르지 않은 것은 오로지 식도가 목구멍으로 치밀어 목이 멨기 때문이었다. 보가 긴 숨을 내쉬더니 뭔가 중얼거리기 시작했다.

테클라의 손이 펴지면서 에어로크 챔버의 테두리 요철을 붙잡았다. 폴딩나이프의 끈은 여전히 그녀의 오른손목을 감고 있었다. 칼의 손잡이가 그 끝에 늘어져 있었다. 다이나의 생각에, 아무래도 칼날이 꺾이고 한참 지나서야 테클라가 자기 팔뚝 깊숙이 그것이 파고들었음을 깨달은 것 같았다.

테클라는 불과 몇 인치 몸을 펴다가 그대로 멈추었다. 그녀의 머리가 방 안으로 들어온 상태였다.

눈을 떴다. 얼굴도 피범벅 눈도 피범벅이었다. 그럼에도 눈동자는 멀쩡했다.

다이나의 청각이 다시 제 기능을 발휘하자 시끄러운 소음이 들려왔다. 우주정거장에서 공기가 빠져나가는 소리인데, 커다란 균열이 아니라 에어로크 바깥쪽 봉인의 미세한 틈새가 원인이었다. 아니나 다를까, 거센 공기흐름이 테클라의 몸을 훑으며 지나가고 있었고 그 뒤쪽으로 진공상태를 만들어가고 있었다. 그녀는 지금 바로 그 진공상태와 싸우면서 조금씩 미세하게 안쪽으로 전진하고 있었던 것이다.

그제야 가슴이 철렁했다. 하도 정신이 없는 바람에 집에 온 손님을 제대로 대접하지 못한 여주인의 마음이 이런 걸까. 다이나는 허겁지겁 팔을 뻗어 테클라의 손을 붙잡았다. 나머지 손은 매기가 잡았다. 마지막 철퍽 소리와 더불어 공기가 빠져나가면서, 테클라의 피투성이 몸뚱이는 에어로크 챔버를 빠져나와 우주정거장 내부로 넘어왔다.

다이나가 에어로크의 안쪽 해치를 반쯤 닫았다. 구세대 우주비행사들이 흔히들 우주의 진공상태를 칭할 때 사용하는 별명인 빅 후버(Big Hoover)께서 나머지는 책임져주셨다. 무시무시한 힘으로 문이 닫혔다.

현재 이 모듈에서 무시할 수 없는 분량의 공기가 소실되었다. 당장 산소결핍을 우려할 정도는 아니지만, 이지 전체는 물론 휴스턴에까지 경보를 발령하기에 충분한 상황이었다.

매기가 테클라의 피투성이 팔뚝을 돌보는 가운데, 어느새 파
란장갑을 착용한 보와 아이비는 물휴지로 그녀의 얼굴을 닦아
내고 있었다. 상황이 점점 명백해져갔다. 우선 기본 발상이 먹
혀들었다. 테클라의 폴딩나이프는 기대 이상으로 날이 잘 들면
서 제몫을 다했다. 오죽하면 그녀한테 유익한(?) 수준을 초과
해가면서까지 말이나. 그녀의 몸은 루크의 최종 외피 바깥으로
뻗어져 나와 에어로크 챔버로 돌진해 들어왔으며, 그 와중에
얼굴이 금속내장재에 부닥쳐 눈 위와 아래쪽 피부를 찢어놓았
다. 그로 인해 상당한 출혈이 있었다. 뿐만 아니라 그녀의 칼날
이 무언가에 부닥치면서 꺾여 팔뚝 속으로 파고들었다. 테클라
는 잠시 몽롱한 채 그대로 뻗어 있었고, 정신이 들자 계획된 대
로 태아처럼 몸을 웅크리려 했다. 이런 일들이 진행되는 내내
그녀는 진공상태에 노출되어 있었고 그 때문에 출혈이 계속 악
화되는 상황이었지만, 마침내 에어로크 안으로 공기가 유입되
면서 기압이 안정되자, 돌이킬 수 없는 고비만큼은 피할 수 있
었다.

다이나가 걱정했던 대로, 루크의 플라스틱 파편 일부가 바
깥쪽 해치의 개스킷에 걸려 슉 소리를 내던 공기유실의 원인
이 되고 있었다. 그러나 파편 대다수는 그녀가 다시 해치를 열
었을 때 우주공간으로 날아가버렸고, 테클라의 냉동 건조된 핏
덩이와 함께 개스킷에 눌어붙은 남은 몇 조각은 프로그램된 내
트 스웜을 동원해 깨끗이 제거할 수 있었다. 다이나는 이번 프
로젝트의 나머지 부분은 보를 위한 연습코스로 남겨둔 채 모든

걸 마무리했다. 보는 놀라운 속도로 커브주행을 배우면서 로봇을 조종하고 있었다.

다이나는 이지를 따라 내려가 허브에 도착한 뒤, 거기서 다시 토러스로 나갔다. 그곳에서 매기는 휴스턴에 있는 외과의들로부터 조언을 들어가며 테클라의 팔을 치료하고 있었다. 그나마 약한 중력이 작용하는 토러스에서 이런 치료는 훨씬 수월했다. 최소한 핏방울들이 공중을 떠돌아다니는 일은 없으니까 말이다. 리나 퍼레이라와 준 우에다가 생명과학자로서 조수역할을 담당하고 있었다.

저 아래 휴스턴 사람들의 노발대발하는 반응을 적당히 받아넘기는 직무는 오롯이 아이비의 몫이었다.

국소마취하에 수술을 받은 다음, 테클라는 정신을 차렸다. 사람들이 그녀의 몸을 씻어주었고 눈가의 상처는 버터플라이 밴드(butterfly bandage)와 크레이지 글루(Krazy Glue)로 말끔히 정리해주었다. 은빛 감도는 금발의 짧은 머리는 피가 엉겨 붙었던 부분만 살짝 어두웠다. 눈의 흰자위가 아직 빨갰고 얼굴 전체에 여기저기 미세한 붉은 점들이 있었다. 다이나는 이런 증상이 있을 거라는 각오를 하고 있었다. 소위 점상출혈이라고 하는 것. 피부 바로 밑의 모세관들이 파열하여 생기는 현상인데, 진공상태에 노출되었을 때 일어난다. 하지만 테클라의 안구가 움직이는 방향과 물건에 초점을 맞추는 모양을 보고 다이나는 그녀의 시력은 기본적으로 무사하다는 걸 알 수 있었다.

"굳이 이럴 필요는 없었는데요."

테클라가 말했다.

"알아요."

다이나가 대답했다.

"제 입장이 난처해졌습니다."

"우리도 마찬가지예요."

다이나는 아이비 쪽을 턱으로 가리키며 대꾸했다.

"우리 모두 난처한 상태죠……. 죽은 목숨들이 떼로 일어나 덤벼들 테니까."

테클라의 반응은 별로였으나, 매기와 리나 그리고 준과 더불어 모처럼 단체로 숨 한번 크게 가다듬고, 비장한 일정에서 잠시 쉬어가는 분위기가 마련되었다.

지상으로부터 텍사스 억양이 물씬 풍기는 목소리가 말했다.

"매기, 죽은 목숨이나 다름없는 이 외과의가 한말씀 하자면, 또 출혈이 있기 전에 소동맥을 묶어두는 게 좋을 거요."

"자자, 우리는 살 사람들이니 우리 자신의 빛으로 생존을 모색해봅시다."

다이나의 말이었다.

파이오니어와 프로스펙터

"아이스맨 납셨요!"[28]

"아!" 리스가 한숨을 토했다. "우리 중 어느 쪽이 먼저 도달할지 궁금했어."

그가 몸을 떼고 멀어지면서 어찌나 노련하게 콘돔을 벗어 후딱 묶어버리는지, 다이나는 은근히 심술이 났다. 하지만 적어도 다이나의 작업실을 지저분하게 어질지 않고 있는 것만은 분명하다.

"이번이 당신의 마지막 배달일지도 몰라," 다이나가 말했다. "물론 얼음 얘기야."

"냉장고 구했어?"

"내일 쿠루(Kourou)에서 발사하는 로켓에 실어 보낸다."

---

28 유진 오닐의 유명한 희곡 「The Iceman Cometh」(1946). 얼음을 가정에서 자가소비하지 못하고 구매하던 시대, 얼음배달부와 가정주부의 불륜에 관한 통속적 유머를 암시하는 제목이다. 여기선 리스와의 섹스를 장난스럽게 표현하는 다이나의 심리가 부각된다.

"그 사람들 좀 구워삶아서 마티니 셰이커도 함께 실어주면 안 될까?"

"그런 건 여기서 플라스틱 봉지로도 얼마든지 할 수 있어."

"아무튼 나의 배달행위가…… 아 물론 얼음 얘기야…… 여기서 당신 하는 일에 뭐든 도움이 되었으면 좋겠군."

"이것 좀 봐봐."

다이나는 담요로 몸을 돌돌 말더니 발끝으로 벽을 툭 건드려 워크스테이션 쪽으로 두둥실 떠갔다. 그리고 클릭 몇 번으로 모니터에 동영상을 하나 띄웠다. 첫 장면에선 암실 속 얼음덩어리 하나가 밝으면서도 차가운 LED 조명을 받고 있었다.

"아르주나 본사에서 보내온 건가 보지?"

아직 알몸상태인 리스가 뒤로 다가와 그녀의 허리를 감싸 안으며 말했다. 다이나는 이것이 애정의 제스처라고 믿고 싶었다. 부분적으로는 애정의 제스처 맞다. 하지만 영화를 보다가 자기도 모르게 공중으로 떠내려가지 않으려면 이럴 수밖에 없다는 걸 이해할 만큼 그녀 역시 무중력 상태를 오래 경험한 몸이다.

"응."

잠시 후 불그레한 금발에 턱수염을 기른 한 남자가 피자박스용 골판지를 들고 화면 안으로 들어왔다.

"저 사람이 라스 호디메커일 거야. 나랑 많이 작업해본 사람 중 한 명이지."

라스는 골판지를 카메라 쪽으로 살짝 기울였다. 대부분이 실리콘 재질의 딱정벌레처럼 생긴 손톱 크기의 진줏빛 물체들로 뒤덮여 있었다. 수백 개는 되어 보였다.

"내트가 많기도 하군." 리스가 물체를 알아보았다.

"그러게…… 문제는 스웜을 형성하는 거지."

"알아. 근데 제작을 결행할 방법을 찾은 모양인걸."

라스는 골판지를 대각선 방향으로 접어 투박하게나마 여물통 모양으로 만든 뒤, 그걸 얼음덩어리 쪽으로 기울였다. 그러자 얼음 위로 내트가 폭포처럼 쏟아져 내리면서 쌓였다. 그중단 몇 개만 표면에서 미끄러져 바닥에 떨어졌다. 라스가 화면 밖으로 잠시 나가더니 바퀴 달린 회전의자를 가지고 돌아왔다. 그는 의자를 얼음덩어리 뒤쪽에 두고는 다시 사라졌다가, 이번에는 사무실 벽에서 방금 떼어낸 게 분명한 벽시계를 들고 나타났다. 그는 비디오 화면상 잘 보이도록 벽시계를 의자 등받이에 기대 세워놓았다. 그러고 나서 다시 사라졌다.

몇 분이 지났을까, 조명이 훨씬 더 밝아졌다.

"태양광선을 모방하고 있어," 다이나가 말했다. "내트는 태양 에너지가 동력이거든. 그래서 저 녀석들을 테스트하려면 태양만큼 밝은 광원을 동원해야만 하지."

시계의 분침이 앞쪽으로 빠르게 돌기 시작했다.

"타임랩스(time lapse)인가?"

리스가 물었다.

"응. 당신이 본 것처럼, 워낙 느리게 일어나는 일이거든."

바닥에 떨어진 내트들이 잠시 목표를 잃고 이리저리 방황하는가 싶더니, 얼음덩어리를 발견하자 일사불란하게 모여 그 수직 벽을 기어오르기 시작했다.

"엄청난 점착력이지."

다이나가 말했다.

그러는 사이, 마치 팬케이크에 얹은 버터처럼 얼음덩어리 위에 퍼져 있던 내트들은 아무렇게나 분산된 것처럼 보여도 기본적으로 매우 평평한 층을 형성하고 있었다. 한데 그중 몇 놈이 얼음 속으로 가라앉는 것처럼 보였다.

"안으로 녹여서 들어가는 거야?"

리스가 물었다.

"아니. 그럼 에너지가 너무 많이 들어가. 무중력 상태에선 그마저 불가능하고. 기계적으로 터널을 뚫는 거야. 저기 뭔가 쌓이는 거 보여?"

그녀는 얼음덩어리 윗면을 가리켰다. 터널 입구 주변으로 백색 가루더미가 만들어지고 있었다.

"내트가 안에서 파낸 얼음찌꺼기들이 밖으로 배출되는 거야."

"저런 더미도 무중력 상태에선 만들어지기 어렵지."

리스가 지적했다.

"한 번에 하나씩 하자고요!"

다이나는 팔꿈치로 리스의 옆구리를 쿡 찔렀다.

"저기 다른 녀석들이 하는 거 보여?"

그녀는 커서를 움직여 얼음표면을 따라 부지런히 움직여가고 있는 다른 내트를 가리켰다. 녀석은 쌓여 있는 더미에서 얼음가루를 조금 집어 들고 얼음 가장자리로 나아갔다.

"저건 어떻게 하는 거야?"

리스가 물었다.

"당신 손이 젖었을 때 냉장고에 손을 넣어 얼음조각을 집는다고 가정해봐. 얼음이 손에 달라붙잖아? 저기서도 마찬가지야. 저 녀석들이 미끄러지지 않고 얼음표면을 자유자재로 돌아다니는 것도 그런 원리고."

분침이 더 빠르게 움직이기 시작했고, 이제는 심지어 시침까지도 빠르게 돌아가는 것처럼 보였다. 얼음표면에 구멍자국이 선명해지면서 차츰 바닥으로 내려앉기 시작하고 있었다. 그와 동시에 한쪽 가장자리가 마치 모루의 뿔처럼 점점 불거지면서 캔틸레버식 다리 상판 같은 것이 만들어지고 있었다.

"지금 무얼 만드는 거지?"

리스가 물었다.

"뭐든 상관없어. 지금은 일단 개념증명이 중요하니까."

공사는 일단 정지되었다. 시곗바늘의 움직임도 정상으로 돌아갔고, 또 다른 엔지니어가 화면 안으로 들어와 결과물을 사진으로 담기 시작했다. 그러고 나자 동영상이 끊기고 모니터는 암전으로 바뀌었다.

"흥미롭군!"

리스가 말했다.

그가 다시 둥실 떠가기 전에 다이나가 그의 손을 붙잡았다.

"잠깐만. 초고속 버전으로 한번 체크해봐."

잠시 후 동영상이 떴다. 같은 장면들이 열 배 빠르게 돌아갔다. 그래서 불과 몇 초 동안 진행되었다. 움직이는 속도가 너무 빨라 내트들은 더 이상 구분이 불가능했다. 그냥 군데군데 희부연 안개가 신경질적으로 오갈 뿐이었다. 그래서인지 시선은 얼음덩어리 자체의 변화에 더 집중되었다. 얼음덩어리는 이제 투명한 결정체라기보다는 일종의 아메바를 연상시켰다. 한쪽이 가라앉으면서 위족(僞足)처럼 생긴 가지를 천천히 허공으로 내뻗고 있었다.

리스가 말했다.

"일단 숀 프롭스트가 저렇게 얼음 가지고 장난에 열중할 만한 이유가 분명 있을 것 같긴 하네."

"누가 아니래. 다만 나한텐 비밀로 하고 있다는 거지."

"내트를 서로 이어 붙이기하는 방법이 있긴 한 건가?"

"사슬처럼?"

"응. 시위가 쓰임새는 있는데, 필요 이상으로 너무 복잡하잖아."

"당신 머릿속엔 체인들이 수북한가 봐. 맞아, 방법이 있긴 해. 각각을 옆으로 이어 붙여 하나의 판을 만드는 방법."

"존 숙부님이 무덤 너머에서 나를 부르시는군. 그분 취미로 뭔가 대단한 걸 만들어보라고 하시네."

"좋아, 맘에 들었어. 좀 더 놀다 가게 해주지."

다이나가 말했다.

A+0.56 현재, 토러스가 돌아가는 중심부인 허브모듈은 더 이상 이지의 최후미 구조물이 아니었다. 지금 허브모듈은 H1이라는 명칭으로 불렸다. 그보다 큰 허브인 H2가 케이프커내버럴에서 쏘아 올린 초중량 부스터 로켓에 실려 올라와 H1에 연결되었다.

H2는 원래 대규모 우주관광 사업의 기지로서 설계된 시설이었다. 리스가 2년의 교육과정을 이수하며 준비해온 원래 직무도 그걸 운영하는 일이었다. 물론 지금 H2에는 새로운 목표가 있었다. 하지만 기능적으로는 동일한 모양새를 갖출 것이었다. 즉, 대형 중앙 모듈로서 더 크고 새로운 토러스가 그걸 중심으로 회전할 것이다. 새로운 토러스는 어쩔 수 없이 T2로 불리는데, 확장 가능한 부속들을 우주공간에서 조립하여 만들어질 예정이다. 부속들 중 일부는 H2 안에 탑재되었고, 다른 부속들은 후속 발사체들을 통해 추가 공급될 예정이다. 시간이 지나면서 H2에는 굵직한 기둥들 네 개가 바큇살처럼 방사상으로 뻗어 나왔고 그걸 마무리할 바퀴의 림 부분은 추후에 첨가될 것이었다.

그즈음 스카우트는 기본 미션을 완수한 상태였다. 그것은 통합 트러스 조합체를 일종의 척추로 삼아, 대략 지름 50센티미터 규모의 파이프에 10미터 간격으로 넓은 지점이 자리하는 네트워크 구조물을 지탱하는 것이다. 적당한 체격을 가진 사람이

폐쇄공포증을 앓지 않고, 호주머니에 무얼 많이 가지고 다니지만 않는다면, 그 정도 크기의 파이프 속은 얼마든지 지나다닐 수가 있을 것이다. 마치 햄스터 한 마리가 우리 속 플라스틱 튜브 안을 부지런히 돌아다니는 것과 마찬가지로 말이다. 넓은 지점은 각자 반대방향으로 가는 두 사람이 서로를 지나쳐 계속 길을 갈 수 있도록 하기 위함이다. 구형 모듈은 연결 및 분기점의 기능을 했다. 이런 '햄스터튜브'들은 각종 우주선이 우주정거장에 안착하여 견고한 밀폐식 봉인을 수행하는 도킹지점들까지 이어졌다.

피트 스탈링의 난삽한 표현을 굳이 따르자면, 도킹장소들이 "희소자원(scarce resource)"이자 "롱폴(long pole)"이며 "임계경로(critical path)"가 되리라는 전망은 처음부터 명약관화한 것이었다.[29] 로켓과 우주선, 우주복을 제작하는 것도 쉬운 문제가 아니지만, 최소한 그런 것은 엄청난 규모의 자원으로 제작과정을 지원할 수 있는 지상의 과제이기에 얼마든지 해결이 가능하다. 그러나 한번 궤도상에 던져진 수많은 우주캡슐들은 어디든 도킹이 이루어지지 않으면 영원히 갈 데가 없다. 도킹장소들은 모두 엄격하게 설치되어야 한다.

도킹이란 것은 결코 장난의 대상이 아니며, 특별한 테크놀로

---

29 '희소자원'은 말 그대로 수요에 비해 공급이 부족한 자원을 말한다. '롱폴'은 텐트를 세우기 위해 가장 선행되어야 할 중앙 장대를 지칭하며, 어떤 프로젝트에서 그처럼 가장 먼저 해결되어야 할 문제를 의미한다. '임계경로'란 어떤 프로젝트를 완결하기 위해 반드시 선행되어야 할 작업들의 경로를 의미한다. 결국 이 경로에서 일어나는 지체는 전체 프로젝트의 지체로 귀결될 수밖에 없다.

지를 요하는 작업이다. 그러나 또한 충분히 숙지하고 있는 과정이며, 여러 번 성공적으로 수행한 경험이기도 하다. 중국의 우주프로그램은 러시아가 사용한 시스템을 표준으로 삼은 것이어서, 그들이 사용하는 우주선이 역시 러시아의 그것과 마찬가지로 ISS에 도킹할 수 있다. 거기까지는 아무 문제가 없는 셈이다. 그러나 유인 우주선이 일단 궤도로 진입하고 나서 공기와 음식과 물이 바닥나는 이틀의 시한 내에 특정 행선지를 찾아야만 한다는 것 또한 엄연한 사실이다. 따라서 스카우트의 과제는 가장 저렴한 비용으로 최단 시간 내에 도크의 수를 최대한 확대하는 것일 수밖에 없었다. 도크와 도크의 거리는 너무 가까워선 안 되는데, 그 사이에 햄스터튜브가 연결할 공간이 확보되어야 하기 때문이다. 새로 유입되는 스카우트의 작업이 한창 진행 중인 이들 햄스터튜브의 표면에는 수많은 도관과 와이어들 그리고 인접 트러스에 포섭된 구조 지지물들이 고정되었다.

테클라와 제1진 스카우트에 의해 A+0.29와 A+0.50 사이 건설된 첫 번째 햄스터튜브 네트워크는 여섯 개에 이르는 도킹 지점을 과시하고 있었다. 이곳들은 이른바 파이오니어 제1진 즉, 소유스 세 대와 센주 두 대 그리고 미국에서 발사된 우주관광 캡슐 하나가 즉각 요청해 사용했다.

그런가 하면 보와 리스를 실어온 우주선의 성공적 발사와 안착에 고무된 러시아는 소유스 하나에 대여섯 명을 욱여넣는 방법을 마침내 찾아냈다.

션주 우주선은 소유스 디자인을 기본 모델로 만들었는데, 좀 더 크고 여러 면에서 현대적이라는 점만 달랐다. 소유스와 마찬가지로 이 우주선은 세 명의 승무원을 수용하도록 된 것이지만, 그건 세 명 모두 살아서 지구로 귀환한다는 가정하에서만 그런 것이었다. 편도 우주비행으로 개조한 상태에서는 션주 하나에 여섯 명의 승무원이 탑승 가능했다. 그리고 미국의 우주 관광 캡슐은 승무원 일곱 명이 정원이었다.

요컨대 파이오니어 제1진이 이지로 싣고 온 인원은 총 서른 여섯 명으로, 기존 인원의 두 배를 초과하게 만드는 규모였다. 어쩔 수 없이 그들은 각자 타고 온 우주캡슐 안에서 생활해야 했는데, 거기엔 화장실과 이산화탄소 제거기, 단열 시스템이 갖춰져 있었다. 서로 부대끼며 지내야 하는 조건이긴 하나, 루크에서 사는 것보단 진일보한 수준이었다.

A+0.56. H2 모듈이 거대한 팰컨헤비 로켓에 탑재되어 올라오자 테클라와 스카우트의 다른 생존자들은 그 안에 실려 있는 모든 것을 하루 종일 걸려 끄집어냈고 본체는 임시로 고정시켜 놓았다. 그런 다음 H2에 진입해, 그곳을 스카우트의 새로운 기숙사로 삼아버렸다. 동시에 점점 더 누덕누덕해진 루크들은 공기를 완전히 빼서 차곡차곡 접어, 나중에 비상사태가 생기면 써먹기로 하고 작별을 고했다.

파이오니어의 3분의 2는 전에 EVA를 체험해본 적이 있거나 지난 몇 주에 걸쳐 속성훈련을 받은 사람들이었다. 모두에게 돌아갈 만큼 충분한 양의 우주복은 없었고 ― 지상에서 최대한 신속하게 만들고 있는 중이다 — 현재 있는 것들을 돌아가 며 착용할 계획이었다. 근무교대가 15분에서 12분으로, 이제는 8분 간격으로 단축되는 바람에 하루 두세 차례 새로운 몸뚱어 리가 가용 우주복을 거쳐갈 수 있었다. 우주유영자들은 T2 토 러스를 조립하는 작업과 햄스터튜브 네트워크를 확장해 다음 발사체들에게 도킹공간을 제공하는 작업 사이에서 자신들에게 주어진 시간을 분할했다.

우주유영을 하지 않는 나머지 파이오니어들은 우주정거장의 기압조절이 된 구역 내에서 다른 작업에 몰두했다. 다이나에게 는 이제 두 명의 조수가 생긴 상태다. 그중 한 명인 보는 이제 작정하고 힘든 일에 뛰어든 것으로 보였고, 나머지 한 명인 라 스 호디메커는 비디오에서 봤던 바로 그 친구다. 델프트에서 로봇공학을 전공하다가 아르주나 탐사회사에 채용된 네덜란드 젊은이다. 그가 부지런한 이메일 교신자라는 건 다이나도 익히 아는 사실이다. 그는 그녀의 질문에 항상 기꺼이 답을 해주었 으며, 수시로 코드 패치를 제공해주곤 했다. 소통에 약간의 착 오가 있었던 탓에, 그녀는 라스가 52일(이제는 사람들이 A+라는 기호를 생략하고 그냥 일자에 해당하는 숫자만 쓴다) 도착할 미국 우 주관광 캡슐의 탑승자 중 한 명이라는 사실을 전혀 모르고 있 었다.

그런 차에 난데없이 작업실에 나타난 불그레한 금발의 사내 가 열정적으로 포옹을 시도해오는 것이었다. 정말 뜻밖의 일이 었다. 점잖게 표현하자면, 국제우주정거장의 역사상 그와 같은 깜짝손님의 방문은 처음 있는 일이었다고나 할까.

라스는 초콜릿 바를 한 주먹 움켜쥐고 다른 손에는 카메라를 들고 있었으며, 오버롤 작업복 호주머니 곳곳에 터질 듯 욱여넣은 온갖 잡동사니가 금방이라도 쏟아져 나올 참이었다. 모르핀, 항생제, 종이테이프에 부착한 마이크로칩 두루마리, 콘택트렌즈, 콘돔, 건조거피 팩, 이국취향의 윤활제 튜브, 샤프심, 타이랩 뭉치 등등. 아무래도 우주선에 탑승하는 사람들은 거동이 불편할 정도로 온갖 바이타민을 장착해야 한다는 식으로 정책이 바뀐 모양이다.

라스는 분명 유쾌한 사람이었다. 그가 이지에 도착한 첫날은 다이나에게 마냥 재미난 하루였다. 일 년 내내 동료와 일대일로 얼굴 맞대고 원 없이 얘기 한번 나눠볼 기회가 없었지 않은가. 그녀는 자신의 작업실을 구경시켜주었고, 아말테아 표면으로 이리저리 로봇들을 조종하게 해주었으며, 자신의 "괴인"[30]들 중 몇몇을 들여와 그가 감탄하게 만들었다. 몇 주 전 리스가 제시한 의견에 감화를 받았던 다이나는, 그냥 놔두면 게을렀을 로봇들로 하여금 다른 로봇들을 위한 갑옷을 만드는 일에 동원해왔다. 순서를 제대로 밟는다면 소행성 조각들을 먼저 그녀의 무중력 '제련소'로 가져와 순수강으로 양질의 주괴를 생산한 다음, 그걸 요리조리 용접해 그랩의 장갑(裝甲)을 만들어야 했을 것이다. 하지만 그건 너무 복잡한 공정이다. 아말테아는 이

---

30 「판타스틱 4」의 '장갑괴인' 벤 그림을 칭하며, 그랩 로봇의 별명이다.

미 더할 나위 없이 질 좋은 물질로 이루어져 있다. 구조(構造)용 강철까지는 아니어도 태양광을 차단해줄 만큼의 품질은 갖추고 있는 것이다. 그래서 다이나는 그냥 원래 그대로 투박한 암석을 얇게 잘라내 그 판석으로 그랩의 동체를 덮어씌움으로써 모든 공정을 대신했던 것이다. 녀석들은 이제 걸어다니는 소행성 조각들처럼 보였다.

"아트 프로젝트인걸요."

리사가 말했다.

이 자가 나를 놀리나라는 생각이 다이나의 머리를 잠시 스쳤다. 지금껏 상당수의 엔지니어들을 만나봤지만 엔지니어링과 예술을 연결시키는 사람은 처음이었기 때문이다. 그러나 사내의 표정이 마냥 행복할뿐더러 교활한 의도가 묻어나지 않는 걸 보면, 방금 한 말은 칭찬임이 분명했다.

라스라는 사람에게 조금 익숙해지자, 다이나는 몇 주 전부터 머릿속에 가지고 있던 문제를 입 밖으로 꺼냈다. 왜 얼음인가? 당장 코앞에 엄청난 양의 철이 덩그러니 있는 마당에, 아르주나는 왜 하필 이지에 사실상 존재하지 않는 물질을 가지고 그토록 애를 쓰는 걸까?

"어떤 문제들에 관해서는 나라고 죄다 꿰고 있는 건 아닙니다." 라스의 말이었다. "다만 우리가 한때 혜성의 코어를 추출하는 문제를 놓고 이야기를 나눈 건 당신도 알고 있잖아요?"

"그랬죠." 다이나가 대답했다. "하지만 워낙 엄청난 양이 아닙니까. 대체 수기가 톤의 물을 가지고 무얼 하겠다는 거냐고요!"

라스는 그저 눈만 껌벅일 뿐, 약간 불편한 기색이었다.

다이나가 말을 이었다.

"그 정도 큰 무언가를 움직이려면 영원이라는 시간이 필요할 겁니다. 그야말로 프로젝트 짜는 데만 10년 아니 20년이 걸리는 일이에요! 우리에겐 그만한 시간이 없습니다."

"옛날 조건하에서는 그렇겠죠."

"옛날 조건하라니, 무슨 뜻이죠?"

"에이전트 이전으로 돌아가보죠. 그 당시 우리는 혜성들을 움직이는 일에 관해 이야기 나누었습니다. 가령 대형거울을 올려보내는 식으로 말이죠. 그렇게 해서 반사시킨 태양광선을 혜성의 코어에 맞추어 상당량의 물을 증발시킴으로써, 천천히 새로운 궤도로 몰아가는 방식을 거론했었죠. 네, 그런 식이라면 굉장히 오랜 시간이 걸릴 겁니다. 깃털로 볼링공을 굴리겠다는 거나 마찬가지니까요."

"그럼 뭐가 달라졌죠? 어차피 물리학은 물리학인걸."

"맞습니다," 라스가 대답했다. "아울러 어떤 물리학은 '핵' 물리학이기도 하죠."

"지금 핵폭탄을 사용하겠다는 겁니까? 세상에! 그건 차마……."

"지금 저 아래 사정이 얼마나 바뀌었는지 당신은 짐작조차 못할 겁니다."

라스의 말이었다.

"정말이지 짐작 못하겠군요!"

"아키텍트들이 전면에 나서서 이렇게 말했습니다. '잘 들어요. 태양전지 가지고 이런 일을 수행할 방법은 없습니다. 수천 대 아클렛의 작동을 가능케 할 만큼의 태양전지를 충분히 빠른 시간 안에 만들어내기도 불가능합니다. 워낙에 크기도 커야 하고 또 거추장스럽습니다.'"

"나도 그 문제가 의심스럽긴 했어요."

"그래서 핵폭탄을 사용해야만 한다더라고요."

"RTG?"

'방사성동위원소 열전자 발전기'는 대다수 우주탐사로켓을 작동시키는 데 사용하는 발전기다. 각 발전기의 중심에 방사성 동위원소의 용기가 있는데, 워낙에 강력한 방사능이라 수십 년간 열을 머금을 수 있다. 바로 그 열에서 여러 다양한 방법으로 에너지를 얻는 방법이다.

"그럼에도 충분하다고 보긴 어렵습니다."

라스의 말이었다.

라스는 지구로부터 암호화된 이메일 형식으로 메시지를 받았다. 다섯 개가 묶음으로 된 대문자가 연이어 늘어선 구조인데 마치 에니그마 코드로부터 그대로 뽑아온 것처럼 보였다. 라스는 큼직한 나일론 지갑을 서류가방처럼 사용했다. 그 안에 가득 든 종이들에는 대문자가 무작위로 들어선 격자형 틀이 다양하게 인쇄되어 있었다. 그가 받은 메시지를 해독하는 데 반 시간가량을 꼬박 종이와 연필로 수행하는 힘겨운 노동이 들어갔다. 다이나는 자신의 눈을 믿을 수 없었다. 사람들이 이메일을 보낼 때 암호를 활용한다든가, 아르주나 탐사회사의 모든 이메일이 표준화된 기법에 의해 해독된다는 것은 어제오늘 일이 아니다. 그런데 숀 프롭스트에게 그 점은 더 이상 흡족지 않았던 모양이다. 라스가 그 종이들을 놓고 고생하는 모습이 이제는 다이나에게 낯설지 않았다. 좀 더 쉬워지라고 파이썬(Python) 스크립트를 쓰면서도, 여전히 손으로 일일이 메시지를 옮겨나가고 있었다.

도착한 지 2주째 되는 어느 날, 그는 놀라운 뉴스가 담긴 메시지를 해독해냈다. 보스가 올라온다는 것이었다. 아르주나 탐사회사의 설립자이자 대표인 숀 프롭스트가 말이다.

"어떻게 그런 일이 있을 수 있지?"

다이나가 물었다.

"그냥 이지로 불쑥 올라오면 되는 건가? 발사체가 필요한 거 아니야? 우주선은? 도킹할 장소는 있고? 허가는 받았어?"

다분히 수사적인 질문들이었다. 숀은 소행성 탐사로 힘을 쏟기 전에 인터넷 스타트업으로 7십억 달러를 벌어들인 인물이다. 그러는 와중에 다른 개인 스페이스 스타트업들을 벌이느라 십억에서 이십억 정도가 거덜나기도 했고 말이다.

"혼자 올라온다고 하네요," 라스가 말했다. "드롭탑(Drop Top)을 타고서요."

다이나는 잠시 멍하니 있다가 재빨리 구글을 뒤지고 나서야 기억에 접속했다. '컨버터블'과도 연관이 있는 드롭탑이란 개념은 최근 우주관광에 접근하는 보다 창의적인 시도 중 하나를 의미했다. 이는 관광객들이 정말 원하는 것이 지구와 별 그리고 사라지기 전까지의 달을 직접 육안으로 바라볼 수 있는 체험이라는 사실을 기반으로 한 아이디어였다. 일반적인 우주캡슐은 창문이 매우 작다. 당신이 진정 바라는 것은 투명한 버블형 유리헬멧에 얼굴을 딱 붙이고 모든 방향으로 선명한 시야를 확보한 채 우주를 살펴보고 싶은 것 아닌가. 좀 더 노골적으로 말해서 우주복을 착용하고 우주공간을 떠다니고 싶은 거다. 드롭탑은 실제로 버블헬멧과 맞춤 우주복을 착용한 우주비행사 네 명을 수용할 수 있는 간단한 형태의 소형캡슐이다. 그것이 대기권을 뚫고 상승할 때와 다시 재진입할 때는 단단한 에어로셸의 보호를 받게 된다. 그러나 지구를 궤도비행하는 동안에는 에어로셸이 마치 진짜 컨버터블 차량의 지붕처럼 접혀 들어가면서 전체가 우주에 완전히 노출될 뿐 아니라, 우주유영의 자유까지 어느 정도 제공받게 된다.

"드롭탑이 이 정도 높은 궤도까지 도달할 수는 없을 것 같은데, 아닌가요?"

다이나가 물었다.

"숀이 단독으로 올라온다고 하니, 아마도 특수 제작된 일인용 모델일 겁니다. 나머지 동체는 강력 추진제로 채워지겠죠."

"그래서 어쩌겠다는 건데? 에어로크로 돌진해 노크라도 하게?"

"결국 그러겠다는 거죠. 그럼 어쩔 건데요? 꺼지라고 할까요?”

라스의 말이었다.

68일

“전부 다 엉망이야!”

숀 프롭스트는 헬멧을 벗으며 그렇게 내뱉었다.

다이나가 미소를 지었다. 엉망이라는 말이 기분 좋아서가 아니었다. 파멸로부터 인류의 생존을 수호하고 지구의 유전적 상속을 지켜내는 일을 두고 내뱉은 거라면 그 어떤 ‘엉망’도 좋을 리 없다. 그러나 지금 다이나는 왠지 안심이 되는 기분이다. 대신 마음 깊숙한 곳에서 그녀는 지난 몇 주간 벌어진 ‘엉망’들의 총합을 조용히 계산하고 있었다. 이곳의 다른 누구도 그걸 입밖에 내려 하지 않았으며, 그들 대부분이 다이나보다 현명하고 많이 아는 것 같았다.

그녀는 숀 프롭스트의 명성과 수표에 새겨진 서명 그리고 전용 제트기가 어느 표준시간대를 날고 있든 정확히 새벽 세 시면 날아드는 이메일을 통해서 그라는 인간을 알고 있었다. 숀은 우주와 관련된 모든 일에 있어 자신의 지식을 그 누구보다 최고로 생각하는 사람이었다. 그런 그가 우주정거장으로 걸어 들어오면서 ‘엉망’을 운운하자, 상황이 슬슬 재밌어지는 느낌이었다.

그에게서 높이 사줄 만한 몇 가지 점들 중 하나는 인성에 문제가 있다는 것을 자기 스스로도 잘 알고 있다는 점 그리고 비록 구닥다리 '일처리' 방식이지만, 자기를 조금이라도 덜 또라이답게 만들고자 개인코치까지 고용했다는 점이었다. 그런 방법들이 효과 있음을 다이나는 그의 얼굴에서 감지할 수 있었다.

"당신 일을 얘기하는 건 아니었소. 그건 아주 훌륭해요."

그의 입에서 칭찬이 새어나왔다.

"제 일에 문제가 있었다면 벌써 한말씀 해주셨을 거라는 거 잘 압니다."

다이나가 말했다.

숀이 고개를 끄덕였다. 그걸로 된 거다.

그가 우주정거장에, 그것도 왕복일정으로 온 것은 예외적인 사건이었다. 드롭탑을 수용할 도킹시설부터가 존재하지 않았다. 만들려고 해도 불가능했는데, 드롭탑 자체에 포트나 에어로크 시설이 없었던 것이다. 그러니 그걸 이지에 갖다 붙이는 방법이 있을 리 없다. 그는 추력기(thruster)[31]들을 한 번에 하나씩 작동시키고 소모된 추진제 찌꺼기들은 우주공간으로 뱉어내가면서 수동으로 컨버터블을 접근시키고는 1분에서 5분, 때론 10분을 공중에 머물면서 결과를 가늠해갔다. 우주에 한해선 너드(nerd)나 다름없는 그도 궤도역학이 지구물리학의 법칙들을 벗어난다는 사실만큼은 완벽히 알고 있었다. 게다가 일을 얼마

---

31 우주선의 자세, 또는 궤도를 제어하기 위한 일종의 역추진 장치.

든지 천천히 수행할 만큼의 겸손과 산소가 그에게는 충분했다. 마침내 그가 아말테아와 충분히 거리를 좁힐 만큼 바짝 다가들자 그랩이 앞머리서 이끄는 3단 시위 열차가 지체 없이 그 방향으로 다가갔고, 조종실 가장자리에 걸쇠를 체결할 수 있었다. 그제야 숀 프롭스트는 캡슐에서 나와 우주공간을 구경삼아 자유롭게 떠돌면서, 다이나에게 위치를 알리는 메시지를 이따금 발송했다. 둘 사이에 직접 교신이 되지 않아, 시애틀의 서버를 이용해야 했다.

그는 튜브수트를 착용하고 있었다. 정부가 제작해서 전문 우주비행사가 착용하는 우주복보다 활용도가 현저히 떨어지는 관광객용 제품이었다. 일단 다리가 없었는데, 사실상 우주에서 다리는 그다지 필요한 기관이 아니었다. 마치 두 팔과 함께 버블 모양의 유리 돔이 꼭대기에 달린 실험용 튜브처럼 보였다. 팔이라고 해봐야 어깨와 팔꿈치 관절이 있을 뿐, 역시 손이 없었다. 우주복에서 글러브의 존재는 사실 악명 높은 골칫거리에 지나지 않는다. 대신 튜브수트의 팔은 말단이 뭉툭하게 처리된 둥근형태다. 바로 그곳에 엄지와 나머지 세 손가락 역할을 하는 집게손이 설치되어 있고, 팔뚝 속으로 삽입된 강철 케이블을 통해 작동하게 되어 있다. 안에 들어간 사람이 그 뭉툭한 팔뚝에 내장된 장갑 모양의 장치 속으로 손을 집어넣어 손가락을 움직이면, 철사로 이루어진 힘줄이 외부의 집게손에 동력을 전달하면서 물건을 잡거나 간단한 동작들을 수행할 수 있다. 이를테면 1690년이나 1890년 활발했던 공방의 땜장이들이 만들

195

어내지 못할 만한 건 거기 아무것도 없었다. 실제로 그걸 사용해본 사람들의 보고에 의하면, 튜브수트들의 성능이 놀라운 수준이라는 것이었다. 지나치게 뻣뻣해서 손을 피로하게 만드는 우주비행사용 우주복보다 어떤 점에서는 훨씬 낫다고도 했다.

팔뚝 안에는 여분의 공간이 많았다. 따라서 집게손을 사용하지 않을 때 안쪽 장갑에서 손가락을 빼, 수트 안에 내장된 터치패드나 조이스틱을 실컷 조작하며 시간을 보낼 수도 있다. 그 밖에도 수트에는 작은 추력기들이 있어서 주변을 날아다닐 수 있게 해준다. 숀은 이 기능을 꽤 장시간 사용했는데, 이지의 바깥 주변을 이리저리 떠돌면서 로봇들의 작업도 살펴보고 트러스에 가해진 변형들도 들여다보았다.

마침내 그는 H2의 후미 끝에 위치한 에어로크로 향했고, 거기서 다이나가 그를 안으로 들였다. 그가 자기도 모르게 '엉망'이란 소견을 내뱉은 것도 바로 그 지점에서였다.

그의 생김새로 말하자면, 대학원 물리학과 세미나라든가 공상과학 강연장 같은 곳에서 흔히 마주칠 법한 서른여덟 나이의 아무 특징 없는 너드가 희멀건 금발머리카락 몇 올 땀에 젖은 이마에 딱 붙이고 있는 모습을 떠올려보면 도움 될 것이다. 공식사진에서 그는 콘택트렌즈를 착용하고 있는데, 오늘은 도수 높은 안경을 끼고 있었다. 그는 양쪽 팔을 하나씩 차례로 뺀 다음, 몸을 밀어 올려 돔형의 유리헬멧이 붙어 있던 맨 위의 큰 구멍으로 빠져나갔다.

"저로서는 장기적으로 지속가능한 전망을 찾기가 참 힘들었습니다."

다이나가 인정한다는 투로 말했다. 뭐든 먼저 물꼬를 트는 걸 꺼려하지 않는 타입이었다.

"그렇게 생각하오?!" 그가 외쳤다. "이 클라우드아크 개념에 대한 가장 기본적인 물질수지 계산이라도 누가 한 거요?" 우쭐대기 좋아하는 뉴저지 출신 아니랄까봐?

그가 무슨 의도로 그런 말을 하는지 확실치가 않았기에, 다이나는 잠시 시간을 벌기로 했다.

"다들 많이 심란한 상태였습니다. 저도 나중에야 알았어요."

"당신한텐 쉬쉬했겠지!" 그가 또 소리쳤다. "알았으면 당장 엉망이라고 생각했을 테니까!"

"거기 뭐야?"

순간 두 사람을 향해, 호기심 가득한 표정의 아이비가 둥둥 떠오면서 물었다.

"당신 뭐하는 사람이야?"

자기가 뭐하는 사람인지 설명하기도 전에, 숀은 점잖게 표현해서 마음이 심란해졌다. 삭발머리에 상처 난 얼굴, 6피트 신장의 웬 아마존 여전사가 마치 대포에서 발사된 것처럼 H2의 내부공간을 가로질러 이쪽으로 곧장 날아오고 있는 것이었다. 테클라의 어깨가 숀의 가슴팍을 그대로 들이받아, 숀의 몸이 뒤쪽 격벽으로 거세게 밀려났다. 그녀의 공격은 계속 이어졌다. 상대가 뻗은 팔을 단단히 움켜잡더니 도저히 빠져나갈 수 없을 것 같은 관절꺾기로 돌입하는 것이다.

어느덧 다이나는 테클라와 많은 시간을 같이한 사이가 되어 있었다. 그래서 알게 된 건, 테클라가 일본의 주짓수와 여러 면에서 닮은 소련의 실전무술 삼보의 고수라는 사실이었다. 다이나는 순수한 호기심에서, 삼보 고수가 선보이는 무술시범을 그간 유투브를 통해 여러 번 시청했었다. 하지만 그게 무중력 상태에서도 이처럼 멋지게 먹혀드는 기술이라는 건 여태 상상조차 못하고 있었다.

손이 H2를 통해 입장한 이유는, 바로 그곳 후미에 도킹포트는 물론 쓸모 있는 각종 에어로크들이 설치된 때문이었다. 그러나 손이 모르는 사이, H2는 살아남은 스카우트의 생활공간으로서 이중의 역할을 맡고 있었다. 그가 떠들썩하게 도착하면서, 마침 근무교대를 하고 침낭에서 잠을 청하던 테클라의 심기를 뒤흔든 것이었다.

다이나는 조금 아까까지 손과 다이나가 마주한 장면이 테클라의 관점에서 어떻게 비쳤을지 생각해보았다. 일단 손의 도착은 예고된 것이 아니었다. 드롭탑이 그녀 작업실의 작은 창문 밖으로 스르륵 모습을 드러내기 전까지 그녀는 손이 언제, 어떻게 등장할 것인지 까마득히 모르고 있었다. 그러니 테클라의 관점에서 손은 그냥 침입자에 불과했다. 게다가 "당신 뭐하는 사람이야?"라고 대차게 내지르는 아이비의 목소리를 듣자, 테클라는 이지 내부의 손의 존재가 전혀 허가되지 않은 것임을 확신하게 된 것이다.

"오, 이거 난처하게 됐네."

다이나가 중얼거렸다.

"항복! 항복!"

숀은 무사한 한 손으로 테클라의 다리를 끝없이 두드리며 사정했다.

"대장, 아주 제압해버릴까요?" 테클라가 물었다. "명령만 내리세요."

"그 사람 위험한 사람 아니에요." 다이나가 끼어들었다.

"놓아줘, 테클라." 아이비가 말했다.

테클라는 마지못해 그립을 풀어 숀의 몸이 두둥실 풀려나게 해주었다. 숀은 그녀로부터 멀어지면서 여자를 경외의 표정으로 휘둥그레 바라보고 있었다.

"숀," 다이나가 말했다. "테클라와는 이미 인사를 나누셨고, 아이비 샤오를 소개할게요, 이곳 시설의 총사령관입니다. 아이비, 이쪽은 숀 프롭스트."

"헬로, 숀 프롭스트," 아이비는 곧장 다이나를 쳐다보며 물었다. "이분이 온다는 건 알고 있었어?"

"소문으로만 알고 있었는데, 신빙성이 있다고는 생각지 않았어. 그래서 일일이 보고해 신경 쓰게 할 필요 없다고 봤지. 미안."

아이비는 기분이 조금 불편해질 정도로 숀을 뚫어져라 바라보았다. 그런가 하면 손만 뻗으면 닿을 거리에서 공중에 둥둥 떠 있는 테클라까지, 아이비가 의도하는 것으로 의심되는 적대적 분위기에 가세하고 있었다.

아이비가 다시 입을 열었다.

"법적으로 따졌을 때, 이곳의 나의 위상에 가장 근접한 지위는 배의 선장이라고 할 수 있습니다. 남의 배에 승선하는 사람으로서 지켜야 할 에티켓 정도는 아시겠죠, 슌?"

슌은 한동안 머리를 굴리고는 말했다.

"샤오 사령관님, 귀하의 배에 승선을 허락해주시기를 겸허한 마음으로 청합니다."

"허락합니다. 그리고 환영합니다."

"감사합니다."

"다만!"

"네?"

"누가 묻거든, 가급적 선의의 거짓말로 이렇게 말해주기를 바랍니다. 그쪽에서 먼저 승선 허락을 구했고, 그다음 승선하게 되었다고."

"기꺼이 그렇게 하지요."

"나중에 차근차근 이런 문제를 다룰 규정들도 만들어가야 할 겁니다. 일종의 기본법 같은 차원에서 말이죠."

"실제로 그 부분은 지금 준비 중입니다."

슌이 알려주었다.

"좋습니다. 그런데 당장은 그런 것이 주어지지 않았으니, 다들 각별히 신경 써야겠죠."

"명심하겠습니다."

"그건 그렇고, 내가 끼어들었을 때 엉망 운운하며 무슨 이야기를 하신 것 같은데."

아이비의 말에 숀이 대답했다.

"샤오 사령관님, 저는 과거 당신이 쌓아온 공적과 현재까지 해온 작업에 대해 더할 나위 없는 존경심을 품고 있습니다."

순간, 아이비가 다이나를 보며 말했다.

"이쯤에서 '그러나'가 튀어나올 것 같지 않니? 내겐 왠지 '그러나'가 들리는 것 같은데……."

숀이 입을 다물었다.

"계속하시죠."

아이비가 말했다. 그러나 하루가 끝날 시점에 이르러서야 숀도 계속할 마음이 생겼고, 그래서 다들 모여 이야기를 마무리 짓기로 했다.

그는 바나나에 있는 화이트보드에 '우선 원칙들'을 제시하는 것으로부터 자신의 주장을 펼쳐나갔다. 먼저 간단한 지수방정식인 치올콥스키 로켓 방정식에서 시작한 그는 몇 가지 단순한 소견들을 개진해나갔고, 그로부터 다시 논지를 발전시켜 결국 클라우드아크가 엉망이라는 단호한 증명에 이르렀다.

또는 적어도 숀 프롭스트 본인이 짠하고 나타나 이런저런 간파한 문제들을 명시하기까지는 모든 것이 엉망이었다는 얘기다. 오로지 그만이 직접 나서서 처리할 수 있을, 바로 그런 문제들.

문득 다이나는 숀이 아직도 부자일까 속으로 궁금해졌다.

세상에 자기 재산을 금덩이로 비치해두는 부자는 더 이상 없
었다. 숀의 재산은 대부분 자기 회사의 주식으로 보유한 것이
다. 다이나는 크레이터 성명 이후 아예 주식에는 관심을 끊고
지내지만, 들리는 말로는 붕괴라기보다 아예 존재의미를 상실
했다는 게 주식시장의 정확한 상황이었다. 주식을 보유한다는
개념 자체가 사실상 아무런 의미를 갖지 못하게 되었다는 뜻이
다. 적어도 주식을 어떤 가치의 축적이라고 본다면 말이다.

그럼에도 합법적인 기구와 경찰, 정부기관 등은 여전히 건재
하고 법을 집행했다. 즉, 아르주나 탐사회사의 대주주로서 숀의
권한을 명시하고 있는 것이다. 아울러 다른 우주기업 경영자들
과의 겹치는 관계 속에서, 그는 여전히 본인 스스로 이지에 올
라올 만큼의 연줄을 확보하고 있었다. 그런 모든 것이 다 부로
간주되어야 했다.

거기까지 마음에 새긴 다음, 다이나는 숀이 하고 있는 말에
주의를 집중했다.

"분배형 스웜으로서의 클라우드아크. 좋습니다. 동의해요.
계약합시다. 모든 달걀을 하나의 바구니에 담는 것보다 훨씬
안전하죠. 뭐가 더 안전할까요? 아클렛들이 날아드는 암석을
피해갈 수 있습니다. 다른 이점은 뭘까요? 그들끼리 볼로를 이
루어 서로를 공전하면서 중력을 시뮬레이션 합니다. 사람들이
더 행복하고 건강하게 살아갑니다. 어떻게 가능하냐고요? 서로
를 향해 날아가 서로를 묶은 끈을 함께 부여잡는 것입니다. 그
런 그들이 볼로를 해체하여 솔로가 되고플 땐 어떻게 할까요?

그들은 끈을 자르고 서로 반대방향으로 날아가고 말 겁니다. 각자의 엔진을 사용하여 그 원심운동을 상쇄하지 않는다면 말이죠. 자, 이 모든 움직임의 공통점은 무엇일까요?"

다들 숀이 자기 스스로 질문을 던지고 그에 대한 답도 자신이 제시하는 버릇이 있음을 감지하고 있었다. 그래서 모두 긴장을 풀고 있었다. 어차피 대답은 질문자 본인의 몫일 테니까 말이다.

다이나와 아이비 말고도 천문학자 콘라드 바아트와 라스 호디메커 그리고 지크 페터슨이 동석해 있었다. 지크가 급기야 미끼를 물었다.

"추력기를 사용하겠군요."

숀이 고개를 끄덕였다.

"바로 그 추력기를 사용하면 어떤 일이 벌어질까요?"

이번엔 다이나가 유리했다. 숀이 물질지수에 민감하다는 사실을 이미 알고 있으니까.

"물질을 낭비하겠죠. 추진제의 형태로."

숀이 힘차게 고개를 끄덕였다.

"물질을 낭비하는 것입니다. 그러다가 클라우드아크의 추진제가 바닥나는 즉시, 장기생존을 위한 생명구조물로서의 그 역할은 끝납니다. 그야말로 바람 앞에 등불 신세가 되고 마는 것이죠."

잠시 생각할 시간을 주기 위해 뜸을 들이던 그가 다시 발언을 이어갔다.

"잘 생각해보십시오. 우리가 지금 이곳에서 하고 있는 일을 제외한 거의 모든 일이 물질지수에 미치는 영향을 최소화하면서 이루어질 수 있습니다. 우리는 소변을 재활용해 식수로 사용할 수도 있고, 응가를 가지고는 비료를 만들 수도 있습니다. 따지고 보면 우리가 다시 회수할 수 없는 형태로 물질을 우주 공간에 내버리는 것은 우리의 활동 중 극히 일부의 결과일 뿐입니다. 이건 도저히 받아들일 수 없는 문제입니다. 클라우드아크 아이디어가 공표된 이래 나는 사방을 돌아다니며 이 문제를 거론해왔습니다. 소위 실세라는 사람들로부터 돌아오는 반응은 모호한 답변과 그럴싸한 얘기로 문제를 호도하려는 시도뿐이었지요."

아이비와 다이나는 이따 끝나고 나서 데킬라 한잔 마시며 얘기 나눠보자는 의미의 시선을 서로 교환했다.

그만큼 다이나도 아이비도 이 문제를 마음 한구석에 두고서 지내왔었다. 걱정하고 있었던 것이다. 지상의 원격화상회의가 진행되는 동안에도 미래를 점쳐보려 애쓰면서 말이다.

이제야 이 문제가 피트 스탈링과 관계된 것임을 느낄 수 있었다. 다시 말해 J.B.F.와 관련이 있다는 뜻이다.

지크는 군대 부사관 계급에서 자주 마주칠 만한 밝은 표정에 긍정적 마인드를 갖춘 팀플레이어다. 그가 입을 열었다.

"정말 그렇군요. 이런 생각을 해봤어야 해요."

지크는 늘 그런 식으로 말하는 사람이었다, *'이런 일은 우리보다 직급 높은 사람이 알아서 처리하는 법이죠.'*

"그러게 말입니다."

숀이 또다시 고개를 끄덕였다.

콘라드는 자세를 고쳐 앉더니, 턱수염 기른 얼굴을 손으로 감쌌다. 지크와는 달리, 그는 문제를 무조건 긍정적으로만 해석하려 드는 사람이 아니었다.

숀이 말했다.

"세상일이 과학자와 엔지니어들 손으로 굴러간다면, 얼마나 쉽겠습니까. 우리는 보다 많은 물질을 취해야만 합니다. 비축해 놔야만 고갈되지 않아요."

"결국 물이 문제라는 거죠. 지금 혜성 코어에 관해 말씀하고 계신 거예요."

다이나가 거들었다.

"네, 결국 물이 문제입니다," 숀이 인정했다. "니켈 가지고 로켓 연료를 만들어낼 순 없어요. 하지만 물만 있으면 우린 과산화수소를 얻을 수 있어요. 추력기의 좋은 추진제죠. 또는 그걸 쪼개서 대형엔진을 돌릴 수 있는 수소와 산소를 얻어낼 수도 있습니다."

"지금 하신 말씀을 듣고 있자니, 정작 본론은 따로 있는 것 같군요."

아이비가 툴툴거리는 어조로 끼어들더니, 좀 더 분명하게 말했다.

"근데 세상일은 과학자와 엔지니어 손에서 절대로 굴러가지 않지요. 그런 점에서 당신이 세상일에 잘 맞는 것 아닙니까?"

손은 양손바닥을 활짝 편 채 과장된 몸짓으로 어깨를 으쓱했다.

"나는 사람들과 별로 잘 지내는 타입이 아닙니다. 여기저기서 자주 듣는 얘기예요. 사람들과 원만히 지내다 보면 그런 시각에서 세상을 바라보기도 할 거라고 말이죠."

"보편적인 시각에서요."

콘라드가 명확히 하려는 의도로 덧붙였다.

"맞습니다. 70억 명의 시각이라고나 할까요. 마지막까지 행복하고 유순하게 지낼 필요가 있는 70억 명 말입니다. 어떻게 하면 그렇게 될 수 있을까요? 겁에 질린 아이들을 안심시키고 잘 달래서 잠자리로 돌아가게 만들 최선의 방법이 뭐라고 보세요? 바로 이야기 하나 해주는 겁니다. 예수 어쩌고 하는 뭐 그런 이야기 말이죠."

지트가 움찔했다. 콘라드는 눈을 한차례 굴리더니, 천장을 흘끔 쳐다보며 방금 한 얘기는 못 들은 척했다.

손이 지금 주절대는 아이디어는 너무 황당해서 차마 생각조차 할 수 없었다. 이곳에서 하고 있는 모든 작업이 저 아래 머무는 70억 명이 곤히 잘 수 있도록 자장가를 불러주는 일에 불과하다니. 그마저도 제대로 되고 있지 않다는 이야기가 아닌가. 단지 준비하고 있다는 걸 보여주기 위한 쇼에 지나지 않는다는 말이다. 클라우드아크의 거주민은 뒤에 남겨진 사람들보다 기껏해야 몇 주 더 오래 살 거라면서 말이다.

그의 말대로라면 다이나와 아이비, 콘라드와 지크는 도저히 제정신이라고 볼 수 없는 꼴통들이 되는 셈이다.

하지만 그들 중 누구도 ― 심지어 지크조차도 ― 별다른 반응을 보이지 않았다.

"여러분도 거기까진 다 생각해보셨을 겁니다," 숀이 말했다. "나처럼 지독한 애스폴(Asphole)[32]도 여러분의 얼굴에서 그걸 읽어내는데 말입니다."

"좋아요, 우리도 다 그런 생각을 해봤다고 치죠. 어떻게 안 그럴 수 있겠어요? 하지만 숀, 당신은 지상에 삶의 근거를 둔 입장이다 보니 아마도 이 위의 모든 사람이 얼마나 진지하게 이 문제를 다루고 있는지 전혀 감을 못 잡는 것 같습니다. 만약 이 모든 게 바람직하지 못한 상황을 감추기 위한 번지르르한 겉치레에 불과했다면, 우린 다른 일에 나섰을 거예요."

숀은 두 손을 펴들고 그녀를 회유하기 시작했다.

"그냥 저 아래 지상에는 여러 관점이 있을 수 있다는 점에 동의해주면 안 될까요? 그중 다소 높은 지위에 있는 어떤 사람들은 이곳의 첫 번째 기능이 대중의 마음을 편안하게 만들어주는데 있다고 생각한다는 점에 대해서도 말이죠. 장거리 운전 중에 아이들을 조용하게 만들려고 차 안에서 활용하는 DVD 플레이어처럼 말입니다."

"방금 말씀하신 그런 사람들은 막상 우리에게 필요한 자원을 확보하는 문제에 접근할 때는 우리의 친구가 되려 하지 않을

---

32 asperger syndrome과 asshole의 합성어. 외톨이 기질에 싸가지가 없는 스타일을 일컫는다.

겁니다."

아이비가 못을 박았다.

"그들의 전략은 항상 조금 안 좋은 상태, 핀트가 어긋난 상황, 뭔가 분명치 않고 실망스러운 전망을 드러내는 데 있을 테니까요."

분명히 피트 스탈링을 겨냥한 발언이었다.

숀이 말을 이었다.

"발사기지와 정책을 바로 그런 사람들이 관장하기에 우리가 힘든 것이죠. 그나마 다행인 건 그들이 모든 것을 컨트롤하진 않는다는 겁니다."

얘기는 어느 사이 숀 프롭스트를 포함해, 로켓에 대해 뭘 좀 아는 억만장자 그룹에게로 옮겨왔다.

"솔직히 나를 포함해 동료 여럿은 클라우드아크에 관해 아직 모르는 것이 많습니다. 그렇다고 완벽한 지식을 습득할 때까지 가만히 손 놓고 앉아만 있을 순 없어요. 당장이라도 지금 알고 있는 것과 연관된 장기적 작업에 나서야 해요. 그리고 현재 우리가 알고 있는 것은 클라우드아크로 물을 가져와야 한다는 사실입니다. 물리학과 정치가 지금 작당해서 지상의 물을 끌어올리는 걸 힘들게 몰아가고 있어요. 천만다행인 건 내게는 행성 탐광 전문회사가 있습니다. 이미 우리는 접근이 용이한 궤도상에 몇 개의 혜성 코어를 확인해두었습니다. 지금은 그 목록을 좁혀가고 있지요. 그리고 원정탐사까지 준비 중입니다."

콘라드는 그런 임무에서 시간측정의 중요성을 잘 인지하고 있었다.

"시간은 어느 정도로 잡고 있습니까, 숀?"

"2년입니다."

숀의 대답이었다.

"그렇담 본격적으로 거기 매달려보는 게 좋겠군요. 우리가 도울 일은요?"

아이비가 묻자, 숀은 다이나를 돌아보며 말했다.

"당신의 로봇들을 모두 넘겨주십시오."

"그놈의 '엉망'에 대해서 이왕 쓴소리를 쏟아붓기로 했으니 말인데요……."

다이나는 숀 프롭스트와 작업실에 단둘이 남자 입을 열었다.

숀은 마치 FBI에게 항복표시를 하는 도망자처럼 양손을 치켜들었다.

"어디서부터 시작할 건가요?"

"아까 혜성들 몇 개를 확인했다고 하셨죠. 그 목록을 좁혀가는 중이라고요. 다 헛소립니다. 특별히 확정된 계획 없이 당신이 이곳에 직접 올라왔을 리가 없어요."

"실은 그레그 스켈레톤을 추적 중입니다."

"뭐라고요?"

"그릭 스크젤러럽 혜성이요. 미안합니다. 어떤 핏덩이가 그걸 또 그레그 스켈레톤이라 불렀더군요. 그 이름으로 굳어진 상태입니다."

손은 항상 젊은이를 지칭해 핏덩이라는 표현을 썼다.

그녀도 들어본 혜성이었다.

"얼마나 크죠?"

"2.5내지 3킬로미터."

"그 정도면 아클렛에 쓸 연료가 굉장하겠네요."

손이 고개를 끄덕였다. 그제야 그는 양팔을 포개고 작업실을 둘러보았다.

"그 정도 크기를 옮기기는 어렵겠군요."

여전히 무응답이었다.

"당신은 그 속에 핵폭탄을 쑤셔 넣어 일종의 로켓으로 만들어버리겠다는 거 아닌가요?"

손이 눈썹을 씰룩였다. 그 정도 거대한 물체를 옮기려면 그 방법만이 가능하기에, 굳이 상세한 대답이 필요 없다고 생각한 것이다.

"시간상으로는 우리가 정말 운이 좋은 겁니다."

그가 한마디 했다.

"이미 난리가 나고 있는 상황에서 당신은 죽음의 별 크기의 방사성 얼음덩어리를 이곳으로 날아들게 하겠다는 겁니다! 자, 그다음은요?"

"다이나, 난 정말 당신과 신뢰를 공유하고 싶어요."

"그렇담, 타이밍이 참 엿 같다는 말씀밖에 못 드리겠군요."

73일

십 년쯤 전, 두브는 우주에 한번 올라올 뻔한 적이 있다. 헤지펀드로 떼돈을 번 그의 지인 한 명이 소유스 캡슐로 우주정거장까지 12일간 여행하는 프로젝트에 거금 2천5백만 달러를 쏟아부었다. 이런 경우, 원래 고객은 병환이라든가 피치 못할 사정을 대비해 자신의 자리를 대신 차지할 수 있는 일종의 대역이랄까, 대체고객을 지정하는 법이다. 발사에 임박해 언제든 대체가 이루어질지 모르기 때문에, 대체고객은 원 고객과 똑같은 훈련과정을 이수해야 함은 물론이다. 그런데 헤지펀드맨의 입장에서는 그 점이야말로 중요했다. 지나치게 내향적이었던 그는 일반대중과의 연결고리 역할을 해주면서 전체적으로 어필할 수 있는 누군가가 필요했다. 그래서 고른 대역이 바로 닥 뒤부아였던 것이다. 그들은 웹사이트와 블로그를 개설했고 사진작가들을 고용해 전체 훈련 프로그램을 따라 두브의 발전과정을 추적했고, 그 사이사이 헤지펀드맨에 대한 정보를 배경으로 깔았다. 사실상 두브는 광고성 미끼 역할을 한 셈이었다. 이런 일을 두고 문제 삼는 사람은 아무도 없었다. 두브는 너무나도 기꺼이 자기 역할을 수행했다. 훈련 자체가 굉장히 흥미로웠고, 헤지펀드맨은 웹사이트를 통한 비용지출에 더없이 관대했으며, 두브는 우주비행과 관련한 재미난 이야기들을 풀어낼 양질의 동영상을 무진장 많이 만들어낼 수 있었다.

더군다나 그가 정말로 우주여행을 할지도 모를 작은 기회까지 있는 것이었다. 발사 예정일을 일주일 앞둔 시점에 그는 비디오 팀에 이끌려 아내와 자식들을 동반하고 바이코누르로 날아갔었다. 부채꼴 꼬리를 가진 발사체 소유스-FG가 수평으로 누운 채 특수 제작된 열차에 실려 발사대가 있는 곳까지 벌판을 가로지르는 장관을 그들은 경이의 눈빛으로 지켜보았다. 발사대라고 부르긴 하나, 실은 그 이상이었다. 거의 달 표면을 연상시키는 카자흐스탄의 허허벌판에 쌓은 콘크리트 토대와 열차에서 내린 로켓을 일으켜 세워 연료를 주입할 장치들을 모두 갖춘 시설이었다. 나사가 일하는 방식에 비추어 입을 벌어지게 만들 만큼 뚜렷한 대조가 인상적이었다. 두브의 열한 살짜리 막내아들 헨리는 막강한 로켓이 수직으로 서는 광경을 건성으로 흘리고 말았는데, 발사지점으로부터 백여 미터 떨어진 곳에서 교미에 한창인 유기견 두 마리를 구경하느라 정신이 팔려 있었기 때문이다. 발사대와 놀랄 만큼 가깝게 자리한 발사본부 바로 앞 텃밭에선 기술자들이 재배하는 토마토와 오이들이 한참 영글어 있었다. 그들 설명으로는, 콘크리트 벽이 낮 동안 태양열을 흡수한 뒤 밤에 그 온기를 나누어 식물들이 잘 자라게 해준다는 것이었다.

발사 사흘 전, 발사대 비상탈출의 리허설 과정에서 헤지펀드맨이 유기견에게 물리는 사고가 일어났다. 벌판을 종횡무진 내달리는 그 유기견을 쫓느라 민병대는 차를 몰고, 향토방위대는 말을 타고, 심지어 기총을 탑재한 헬리콥터까지 동원되어 난리를 피우느라 모든 게 헝클어졌다. 결국 지칠 때까지 달리던 유기견을 붙잡아 수의과 병원에서 광견병 감염 조사를 벌였다. 그리고 발사를 겨우 세 시간 앞둔 시점에 개한테는 아무 이상이 없다는 연락이 왔다. 승객명단에서는 두브의 이름이 빠지고 헤지펀드 매니저의 이름이 다시 올랐다. 안심과 실망을 동시에 느끼면서 두브는 발사대와 무척 가까운 지면을 밟고 서 있었다. 일찌감치 발사장면을 담으러 나타난 태비스톡 프라우스는, 당시만 해도 제법 멋져 보이는 온갖 전자 장비들로 중무장한 상태였다. 그는 비디오카메라를 현장에 고정한 채, 거대한 발사체가 불을 내뿜으며 하늘로 치솟는 동안 두브의 멘트를 열심히 담아냈다.

다른 무엇보다도 바로 그때의 영상이 닥터 해리스를 오늘날의 닥 뒤부아로 만든 일등공신이었다. 또한 그 영상 때문에 며칠 지나지 않아 그의 아내로부터 이혼소송이 제기되었고 말이다. 그녀는 수많은 이혼사유를 댔는데, 다수가 장기간 지속된 거였고 그중 일부는 차마 입에 올리기도 민망한 무엇이었다. 그러나 그 모든 것은 어쨌든 다음과 같은 사실로 모아지고 압축된다는 것만은 분명했다. 러시아에서의 훈련기간 내내 남편과 아버지로서의 의무를 광범하게 무시한 가운데, 실제 발사가 이루어지는 순간조차 안전한 장소에서 아이들을 지키지 않고 로켓과 근접한 위험한 곳에서 그놈의 탭인가 뭔가 하는 작자와 작당하여, 수백만 팔로워들의 비위나 맞추고 있었다는 것이다.

이후 어떤 의미에서든 두브는 그때의 죗값을 톡톡히 치르고 있는 셈이었다. 일부는 단순히 벌을 받는다는 부정적 의미로,

213

또 다른 일부는 될 수 있는 한 아이들과 시간을 함께한다는 아주 긍정적인 의미로 말이다. 그리고 이런 것도 아이들이 고등학교를 졸업하고 세상에 나가면서부터 그나마 쉽지 않은 일이 되어가고 있었다. 자식들이 죄다 사형선고를 받은 거나 다름없는 지금과 같은 상황에서 그는 바로 그 일을 해내기 위해 특별한 노력을 쏟고 있는 셈이었다.

A+0.73, 두브는 시애틀로 날아가 SUV를 한 대 렌트하고서 워싱턴 대학교로 차를 몰았다. 가는 도중 야외용품점 두어 군데를 들러, 캠핑 장비들을 구매했다. 아니나 다를까, 요즘은 가격이 많이 오른 상태였다. 문명세계가 붕괴하고 말 거란 전망 때문에 너도나도 그런 물건들을 사재기하는 것이었다. 그래도 전체적으로 보면 소수였다. 대부분은 하드레인이 시작될 경우 언덕 꼭대기로 아무리 기어올라봐야 별 도움 될 것 없다는 사실을 이해하고 있었다. 냉동건조 식품이나 휴대용 스토브는 구경하기 힘들지만, 침낭이랄지 소형텐트 따위는 아직 흔한 편이었다.

헨리는 현재 컴퓨터과학 학부 저학년이었다. 캠퍼스 인근 임대주택에서 친구들과 함께 사는데, 전통적인 시애틀 빈민가에 위치한 방갈로의 반은 블랙베리와 잉글리시 아이비 덩굴로 뒤덮여 있었다.

학위 프로그램에서 어느 특정 단계의 학생이냐를 논하는 것은 이제 누구에게도 더 이상 의미가 없다. 그럼에도 사람들은 아직 이런 식의 사고를 계속하고 있다. 파국이 임박한 것을 알기에 더더욱 자신의 정체성을 고집하고 싶어하는 것처럼, 불치병 진단을 받은 사람이 매일 아침 일찍 일어나 출근을 계속하는 것이다.

그는 SUV를 불법주차 하고픈 유혹을 느꼈다. 머릿속 계산에 의하면 세상의 종말이 닥치기 전에 공권력이 그를 적발하여 벌금을 물릴 것 같진 않았던 것이다. 하지만 시애틀 주민 대다수가 아직 주차규정을 준수하는 것 같았기에, 그 역시 마찬가지로 행동했다.

마침내 헨리와 하우스메이트 네 명 모두를 발견했다. 다른 다섯 명까지 단층 방갈로 안에 끼여 살면서 자신들의 체온, PC, 랩탑, 루터 등 각종 기기들이 한데 뒤엉켜 내뿜는 열기로 1월의 추위를 녹이고 있었다. 빈 피자박스들을 얼추 계산해보니, 다들 밤샘작업을 하며 지낸 지 오래임이 분명했다.

"같이 차로 움직이면서 설명드릴게요."

어젯밤 전화로 요즘 뭐하며 지내느냐고 두브가 물었을 때 헨리의 대답은 그거였다. 그리고 오늘 아침 레이지보이에서 일어나 아버지에게 허그를 선사하며 "사랑해요"를 내뱉은 다음, 녀석이 한 얘기는 별로 없다.

십대 자식을 가진 모든 부모는 이런 일에 익숙하다. 원래 남자애건 여자애건 어떤 사실들을 아버지나 어머니에게 일일이 고하는 것이 너무 성가시다는 결론을 내리는 시기가 있는 법이다. 사실 부모 입장에서도 자식의 일거수일투족을 꼬치꼬치 알수 없거니와 그럴 필요도 없다. 이러한 현실은 있는 그대로 받아들이는 게 상책일뿐더러, 자식들이 알아서 자기 먹이를 주워 먹고 앞길 헤쳐 나가주는 걸로 다행인 줄 알면 그만이다. 당연히 헨리도 그와 같은 장막 너머로 사라진 지 몇 년 됐다. 두브는 아비로서의 자존심을 억누르고 이 모든 상황을, 다른 부모가 그래야만 했듯이, 받아들였다. 그 또한 성장의 일부이니까. 하지만 시시한 사안들까지 모두 중요한 얘깃거리인 그 시절로 돌아갈 순 없는 걸까. 그 많던 헨리의 매직카드 컬렉션. 풋볼 코치가 헨리에게 부과한 웨이트 리프팅 프로그램. 헨리의 학교에서 누가 짱을 먹었냐는 문제 등등. 하긴 아비 입장에서 이제 그런 것쯤 별로 안중에 없는 척하는 게 무슨 대수이겠나.

그보다는 지금 이 방의 아이들 어깨 너머로 보이는 무언가가 훨씬 더 흥미로웠다. 그리고 그건 일종의 쓰라림이었다.

그 아이들은 헨리가 유명한 닥 뒤부아의 아들임을 잘 알고 있었다. 겉으론 아무렇지도 않은 체하지만, 그들은 어떻게든 헨리와 악수하고 친구가 되길 희망했다. 두브는 그 아이들과 잡담을 나누면서 눈으로는 그들이 방갈로 벽에 테이프로 덕지덕지 붙여 놓은 것들을 훑고 있었다. 프린터로 출력한 각종 캐드(CAD) 드로잉, 스케줄 도표, 갠트차트, 지도. 작업 중인 엔지니어링 프로젝트 관련 자료들인 건 분명했으나, 도무지 무엇에 써먹을 요량인지 두브로선 알 수가 없었다. 간이탁자 위엔 메이커봇이 조그만 플라스틱 부품을 생성 중이었고, 그 과정을 한 젊은 여성이 지켜보면서 영어와 중국어를 섞어 전화통화를 하고 있었다.

이들과의 대화는 점점 커져만 가는 '비-비-비' 후진알람 소리 때문에 중단됐다. 누군가 현관문을 열자 태평양에서 불어오는 촉촉하고 시원한 공기가 들이치면서, 라이더(Ryder)사 박스트럭 한 대가 현관 쪽을 향해 잔디 위로 후진해 들어오는 것이 보였다. 순간 두브의 머릿속 도저히 죽지 않는 본능이 저 잔디 위에 남겨진 흙투성이 바큇자국을 못마땅한 눈초리로 쏘아보게 했고, 그와 동시에 입에서는 아무렇지 않게 풀들을 깔아뭉개는 무책임한 철부지들을 향해 '쯧-쯧-쯧'이 튀어나오도록 만들었다. 저 풀이 어떤 풀인가! 직사열에 흔적도 없이 사라질 운명까지는 아니더라도, 불과 2년 안에 생명이라곤 눈 씻고 찾아봐도 없을 거대한 흙무덤 위에 시커멓게 타들어간 탄소찌꺼기로 변할 운명이 아닌가 말이다.

트럭은 충분히 일찍 멈추지 않았고 급기야 현관 계단 옆 목재난간 일부를 우그러뜨렸다.

다들 웃음을 터뜨렸다. 뭔가 더 암울한 상황, 더 골치 아픈 일이 일어날 것이기 때문에 그만큼 더 재밌어하는, 묘하고도 철없는 웃음이었다.

이 아이들은 분명 두브보다 더 잘 적응하고 있었다.

두브는 어떤 상황이 벌어지고 있는지 알 수가 없었다. 다만 물건들이 닥치는 대로 박스트럭 안에 실려질 거라는 점만은 분명해 보였다. 무엇이 남고 무엇이 실릴지 모르기에, 두브는 호주머니에 손을 찔러 넣고 엉거주춤 서 있기만 했다. 그러다가 소파마저 트럭 안으로 던져지고 나서야, 집을 완전히 비우기로 했음을 알 수 있었다. 두브는 이사를 돕기 시작했다. 어느 시점이 지나자 트럭의 짐칸이 가득 찼다. 그제야 마구잡이로 던져넣었던 물건들을 도로 빼내 보다 정돈된 형태로 다져넣기 시작했다. 이제야말로 잡동사니를 하나로 묶고 빈 공간을 효과적으로 관리할 줄 아는 지혜로운 기성세대의 진면목을 발휘할 기회가 두브에게 주어진 것이다.

마지막으로 누군가 나가서 또 다른 박스트럭을 몰고 왔다. 아무래도 대여회사에서 무료로 사용을 허락한 모양이었다. 언제는 거리를 떠돌던 주택개조센터 노동자들이 남의 집 짐 싸는 걸 돕기도 했다. 주택개조 시장 자체가 완전히 파산이었다. 그들의 얼굴에서 두브는 아멜리아의 흔적을 보았다. 그리고 그들은 어떻게 처음 뉴스를 접했는지 궁금했다.

여섯 명의 사내 녀석들이 자기들 짐을 쌌다. 컴퓨터와 옷가지들, 소유하고 있거나 빌린 도구들을 최대한 많이, 두브가 공항에서 렌트한 SUV에 실었다. 그들은 자전거 두 대를 묶었고 몇 가지 캠핑도구를 그물선반에 적재했다. 도대체 어디를 왜 가려고 하는지 두브는 알 수가 없었다. 아무튼 저런 청색 방수포와 타이랩들을 가지고 뭔가 새로운 문명을 건설하려는 계획이 있는 것 같긴 했다.

오후 두 시쯤이 되자 20대의 자동차 행렬이 도시를 벗어나 동쪽으로 길을 나섰다. 1년 중 지금 같은 시기에 시애틀의 높은 위도 조건에서, 이는 곧 남은 햇빛이 두 시간 분량에 지나지 않는다는 의미였다.

아이들 대다수는 곧바로 잠이 들었다. 조수석에 탄 헨리는 깨어 있으려고 눈물겨운 노력을 다했으나 결국 꾸벅꾸벅 졸기 시작했다. 헨리는 착한 아이라 잠이 깨면 대단히 미안해할 것을 두브는 알고 있었다. 그렇더라도 헨리가 부모는 아니기에, 부모 입장에서 곤히 잠든 자식을 내려다보는 것 이상으로 흐뭇한 일은 세상에 없다는 걸 녀석은 아마 이해하지 못할 것이다.

어쨌든 주어진 상황에서 가능한 한 흡족한 기분을 유지한 채 두브는 곤히 자는 승객들을 실은 SUV를 몰았다. 행렬은 자연스럽게 도로의 교통흐름 속으로 흡수되었다. 길의 고도가 현저하게 높아지기 전, 승용차 대부분은 외곽방향 출구로 빠져나갔다. 두브는 정말로 이 어린 친구들이 무슨 꿍꿍이속인지 궁금했다. 최후가 닥치기 전까지의 주어진 나날을 채우기 위해 그저 출근하고 등교할 따름인가? 어떻든 그가 관여할 일은 아니다.

이사콰를 지나고부터는 주간고속도로상의 어떤 차량도 산들의 동쪽에 위치한 추운 고원지대를 향하고 있는 것 같지 않다. 아직도 일부 사람들은 스키에 관심이 있었지만 — 세상에 스키라니! — 그런 차량들은 척 보면 알 수 있었다. 대다수 다른 차량들은 처음부터 대학에서 출발한 행렬의 일반적인 행색에 부합하고 있었다. 즉, 짐을 잔뜩 실은 박스트럭이거나 마찬가지 사정인 SUV, 식료품과 캠핑 장비들을 실은 픽업트럭.

두브는 문득 자신이 마치 대공황 시대의 유랑농민 신세가 된 느낌이었다.

다른 점이라면 유랑농민은 적어도 자기가 어디로 가는지는 알고 있었다는 점이리라.

끝없이 내리는 시애틀의 가랑비가 안개와 찬비를 오락가락하는 기상벨트로 변하면서, 그로 하여금 정신없이 와이퍼 버튼을 조작하게 만들었다. 고도가 높아질수록 빗방울은 얼음을 머금으며 탁해졌고, 곧이어 눈송이로 변했다. 도로는 아직 깨끗한 편이지만, 갓길은 진창으로 다소 지저분해진 상태였고, 그 여파가 차선까지 서서히 넘보고 있었다. 차량 속도가 시속 40마일에서 30마일로, 또 20마일로 계속해서 떨어지고 있었다. 푸르스름한 잿빛 구름들이 내려앉으면서 남은 햇살을 무겁게 짓누르는 가운데, 도로를 따라 좁혀지는 시야는 앞서가는 차량의 뭉그러진 미등 속으로 응결하고 있었다.

세미트레일러 몇 대가 좁은 길목으로 들어가는 접근로를 힘겹게 오르고 있었다. 그들 중 몇몇은 아주 평범한 형태의 트럭이어서 안에 무엇을 실었는지 알 도리가 없었지만, 두브는 왠지 수상쩍은 대규모 산업운송물의 수송현장을 적발한 것 같은 느낌이었다. 이를테면 극저온 액체를 실은 탱크로리라든지, 배관 및 건축용 철강묶음을 적재한 평상형 트레일러.

구름이 번쩍하더니, 수면 중인 뒷좌석 학생들을 움찔하게 만들만큼 환해졌다. 평소와는 다르게 두브는 속으로 하나 둘 숫자를 세기 시작했다. 그렇게 아홉인가 열에 이르자, 영락없이 들려오는 충격음파. 어렸을 적이라면 당연히 벼락이라고 생각했을 거다. 그런데 지금은 이런 모든 현상을 달로부터 날아드는 파편 덩어리의 소행으로 해석하는 것이었다. 첫 번째 녀석은 대략 3킬로미터 반경 내를 지났으리라. 몇 초 지나서 들린 두 번째 폭발음은, 대개의 경우처럼 대기권을 뚫고 들어올 때와는 달리 지면을 때린 소리로 추정된다. 말하자면 비교적 큰 덩어리였다는 얘기다.

두브는 하루인가 이틀 전, 실제 관측된 폭발유성들과 그 모형의 예상수치 대비를 계산해놓은 대학원생 제자들의 사이트를 검토했었다. 그렇게 자주 검토하는 편은 아닌데, 처음 몇 주 안에 지터(jitter)[33]가 확인된 이후, 적절한 통계범위 안에서 관측결과를 추적하는 수준까지 모형을 다듬었기 때문이다. 물론 이것은 모형으로서는 잘된 일이지만 인류에게는 나쁜 뉴스였다. 향후 스물한 달 내지 스물두 달 내에 화이트스카이의 발생 가능성은 여전하고 하드레인도 언제 개시될지 모름을 의미하기 때문이다. 기억만 할 수 있다면, 방금 그가 경험한 충격파는 세계 전역에서 매일 스무 번은 일어나고 있을 터였다. 그러니 거의 그 혼자 이런 현상을 감지했다면, 그건 아주 특별하진 않더라도 약간은 놀랄 만한 일이긴 했다.

잠시 후 전방의 미등들이 제동장치가 작동할 때처럼 밝아졌다. 길지 않은 밀집구간을 조금씩 움직여가던 차들이 이내 정지했다. 그 바람에 잠자던 학생 몇 명이 깨어났다. 정지된 채로 10분 정도가 지나자, 헨리가 밖으로 기어 나가 SUV의 발판에

---

33 규칙적인 주기 또는 파형에 나타나는 순간적인 편차(variation), 불안정성(instability).

올라서더니, 지붕에 고정시킨 자전거를 풀기 시작했다.

두브는 운전석에 앉은 채 아들이 모는 자전거가 차량들 사이를 뚫고 나아가는 광경을 가만히 지켜보았다. 녀석이 처음 이륜자전거를 몰고 패서디나의 거리를 달리던 모습을 지켜봤을 때의 그 불안한 심정이 그대로 가슴을 메웠다.

아들은 3분이 지나자 돌아왔다.

"트레일러 한 대가 고갯마루 근처에서 뒤집혔네요. 초과중량인데, 갠트리처럼 생겼어요."

'갠트리(gantry)'.[34] 두브의 뇌리에 깊게 자리한 기억들을 일깨우는 단어가 있다. 오직 로켓 발사대와 관련해서 쓰이던 단어, 월터 크롱카이트나 프랭크 레이놀즈 같은 이들이 니코틴에 푹 절은 아폴로 시대 앵커맨 특유의 울림으로 발음해줘야 어울리는 바로 그 단어!

별일 아니다. 모두 겨울코트를 꺼내 입고 길을 따라 시야가 터진 곳으로 걸어 올라갔다. 많은 사람들이 그렇게 하고 있었다. 한데 두브에게는 그게 이상하게 보였다. 보통 때라면 차 안에 가만히 죽치고 앉아 아이폰을 조작한다든가 오디오북을 들으며, 관계기관에서 나와 처리하기를 기다리는 게 정상적인 행동이었다.

사고 차량의 위치는 지금 그들이 정차한 곳에서 불과 반 마일 거리였다. 아마 엄청나게 미끄러지면서 사고가 난 듯했다.

---

34 가로대와 양쪽 끝의 A자형 지지대를 기본 골조로 한 대형 크레인 구조물.

어마어마한 중량의 갠트리가 트럭 후미를 앞쪽과 옆쪽으로 휘청거리게 하면서 모든 차선을 가로질러 회전하다가, 결국 옆으로 쓰러지면서 가드레일 1백 야드가량을 무너뜨리고 멈춘 것이었다. 사고현장 뒤쪽으로는 운전자가 급하게 브레이크를 밟은 게 확실해 보이는 차량 몇 대가 제멋대로 흩어져 있었고, 몇몇 사람들은 가벼운 추돌이나 접촉사고의 사후수습에 나서고 있었지만, 어느 누구도 심각한 부상을 당한 것 같진 않았다.

사고지점 방향으로 움직여가는 보행자들의 수가 엄청 불어나 있었다. 그중 두브가 보기에 막연히 구경거리만 쫓아다니는 얼뜨기로 분류해도 괜찮을 사람은 별로 없었다. 다들 어디로 가는 것일까? 가만 보니 주위 자동차들 전조등은 사고차량 너머를 비추고, 사람들의 행렬은 고갯마루를 지나 반대편을 향하거나 트랙터와 트레일러 사이로 빠져나가느라 북적대고 있었다. 안전요원 역할을 자처한 몇몇 사람들이 길목을 지키고 서서 위험한 지점이나 손잡이 삼을 만한 곳에 LED 손전등의 하얀빛을 쏘아주고 있었다. 두브 일행이 고갯마루 골짜기에 다다르자 사고차량 너머 길이 트였다. 역시 이쪽에 이르자 볼 만한 광경이 펼쳐지고 있었다. 교통량 하나 없이 축축하게 젖은 주간 고속도로가 시원하게 뻗어 있었다. 야간사용을 위해 조명이 밝혀진 스키장은 오른쪽 산등성이를 따라 펼쳐져 있고, 10에서 20마일 정도 떨어진 전방에는 할퀸 자국처럼 줄무늬가 그어진 산자락에서 오렌지 빛 광채가 눈안개의 베일 너머 반짝거리고 있었다. 폭탄유성의 충돌지점이었다. 그제야 두브는 무슨 일이 일어난 건지 깨달았다. 유성이 머리 위를 지나갔었다. 아까 두 브의 시선을 붙잡은 구름 너머의 섬광이 바로 그거였는데, 그 때 이미 산마루 고갯길에 도달해 있던 사람들 눈에는 유성이 땅을 긁으며 1마일 정도 줄무늬를 그리는 광경이 다 보였을 것이다. 자동차들은 급정거하여 차로를 벗어날 수밖에 없었을 것이다. 트럭 운전자는 무의식적으로 브레이크를 밟았을 테고 그 바람에 타이어 펑크가 일어나 미끄러운 노면에서 굴렀을 것이다.

이제 사고차량 현장에 모인 사람은 백 명을 훌쩍 넘어서고 있었다.

20분이 더 지나자 자동차를 바로 일으켜 세울 만큼의 많 은 사람들이 모였다. 저마다 파커와 극세사 장갑, 오버롤 방한 바지를 갖춰 입은 사람들이 마치 거대한 돌덩이를 나르는 이 집트 노예들처럼 힘을 합쳐 수습에 나섰다. 여기저기 연장통 에 담겨 있던 견인용 줄을 가져와 넘어진 차의 반대편에 고정 하고, 트레일러 히치와 몇 대의 사륜구동 픽업트럭들의 범퍼 를 연결해, 사람들이 힘껏 미는 동안 같은 방향으로 잡아당겼 다. 덕분에 너무나도 수월하게 ─ 픽업트럭들의 타이어가 급회 전하면서 노면과 마찰을 일으켜 굉음이 조금 났을 뿐 ─ 차체 가 들리는가 싶더니 한쪽 바퀴들에 잠시 무게중심이 집중되다 가, 마침내 모든 바퀴가 지면을 딛고 바로섰다. 안도의 한숨과 함께 감격의 환호소리가 와─ 하고 터져 나왔다. 두브는 완전히 생면부지인 사람들 20여 명과 함께 떠들썩하니 하이파이브를 나누었다.

트럭의 방향을 바로잡고 도로상에 제대로 가져다놓는 일은 추가로 두어 시간이 더 들어갈 지난한 작업이었다. 그러나 일단 차선 하나를 뚫는 것만큼은 비교적 빠른 시간 안에 해치울 수 있었다. 그때쯤 사륜구동 자동차를 모는 운전자들이 중앙선을 마구 넘어 맞은편 차선의 주행을 요구하기 시작했고, 이로 인해 급히 운전대를 틀어야 했을 또 다른 운전자들은 요란하게 경적을 울려대며 기나긴 도플러식 항의를 표시하는 것이었다.

그로부터 한 시간이 지나자 또다시 정체가 일어나면서 고속도로를 뒤덮는 짙은 연기로 인해 시계가 점점 탁해지더니 아무것도 볼 수가 없었다. 어둠으로부터 붉고 푸른 빛들이 어지러이 명멸하고 있었다. 소방작업이 한창이거나 파업시위로 가열된 현장에 구급차량들이 밀집한 분위기였다. 비상용 조명탄들이 불꽃을 뿜어대는 도로 한복판에 자동차 크기의 바윗덩어리 하나가 떡하니 자리잡고 있었다. 포장된 노면을 놈이 어찌나 세게 치받았는지, 굽은 철근조각들과 반짝거리는 파편들이 잔뜩 흩어져 있었다. 운석 자체는 아니고, 충돌지점의 지표면에서 터져 나온 돌조각들과 공사자재들이었다.

또 다른 정체상황이 컬럼비아 강과 주간고속도로가 만나는 약 1마일에 걸친 밴티지 지역에서 벌어졌는데, 이번에는 넋을 잃은 구경꾼들 때문이었다. 저만치 다리 아래 큼직한 바지선 한 척 지나다닐 수 있을 만큼의 낮은 교각이 위치한 동쪽 기슭에서 어떤 일이 진행 중이었다. 점점이 흩어지는 햇살처럼 기둥마다 눈부신 조명등이 빛을 뿌리는 가운데, 거대한 크기의 원통형 물체가 바지선에서 끌어올려지고 있었다.

이상 복잡한 상황들을 모두 헤치고 나와 그들은 자정이 지난 다음에야 모제스레이크에 다다랐다. 거기서부터는 주간고속도로를 벗어나, 거의 모든 교통흐름을 그대로 따라서 그랜트 카운티 국제공항 방향으로 차를 몰았다.

공식명칭이 그렇다는 것이다. 다음 날 아침 잠에서 깬 두브가 헨리와 같이 쓴 텐트에서 기어 나와 사방을 둘러본 순간, 이미 그는 이곳을 뉴 바이코누르라 부르기로 마음먹었다. 바이코누르와 위도상으로도 같았고, 그곳과 유사하게 끝없이 펼쳐진 벌판이었다.

바이코누르의 벌판과 마찬가지로 이곳 역시 유랑민들 천지다. 우주 유랑민이라고나 할까. 두브 생각에 어림잡아 만 명은 되어 보였다.

그러고 보니 제법 정돈된 자세들을 갖추고 있었다. 분명 풋볼 경기장의 줄을 긋는 데 사용하는 것과 같은 장비로 마른 호수바닥에 긴 줄들을 가지런히 그어두었다. 새로 도착한 야영자들은 누구든 이런 식으로 조성된 가로세로 구간을 존중하는 분위기였다.

이동 화장실이 북적대는 시간은 거의 일정했으나, 두브의 코는 누군가 흙구덩이를 따로 만들어 일을 처리하거나 그냥 덤불에다 실례를 하고 있음을 고발하곤 했다.

헨리는 차를 타고 오는 마지막 몇 시간 동안 아버지에게 약간의 추가정보를 제공했다. 그곳이 원래 공군비행장이었고, 유사시에 공산주의자들의 침공에 대항해 국가를 방어하려는 목적으로 만든 북방 방어라인의 시설이었다고. 그러나 13,500피트에 달하는 활주로로 미루어 공격목적 또한 갖고 있던 시설이기도 했다. 그런가 하면 스페이스 셔틀의 착륙장으로도 활용할 계획이었지만, 실현되지는 않았다. 어찌 됐든 모제스레이크라는 소도시에 비해 터무니없는 대규모 공항인 셈인데, 최근 수십 년간 항공우주 산업분야의 다양한 훈련과 실험을 위한 장소로 활용이 적극 모색되어온 것이다. 2005년 블루오리진은 수직이착륙기(VTOL)의 실험장소로 그곳을 활용했는데, 공항의 서쪽 호수바닥에 트레일러를 대놓고 거기서 조종을 시도했었다. 현재 뉴 바이코누르가 흥하고 있는 그 장소를 두브는 베이컨 굽는 냄새를 좇아 이리저리 어슬렁거리는 중이고 말이다.

창문이 없는 거대한 수송기 한 대가 머리 위로 돌진하더니, 배꼽 부위에서 열 지어 늘어선 바퀴들을 펼쳐 13,500피트의 엄청난 활주로를 모두 사용하며 서서히 오랫동안 착륙을 선보이고 있었다. 화물수송기였다.

녀석은 야영지의 중앙지점으로 향하는 널찍한 중앙로로 진입했다. 중앙지점의 위치와 의미에 관해서는 더 이상 의심의 여지가 없어진 거다. 한 번에 한 층씩 콘크리트 패드가 구축되어가는 가운데, 각종 크레인들이 자리를 잡아가고 있었다.

거기서 로켓을 조립 중이었다.

대형 로켓이었다.

그러고 보니 대충 말이 된다. 컬럼비아 강을 따라 바지선으로 운반되어, 모제스레이크까지 남은 몇 마일쯤 트럭으로 실어 나르지 못할 거대한 화물은 세상에 없다. 두브와 헨리 일행이 지나온 고속도로라면 그 어떤 비행기 수송도 가능하다. 시애틀에 항공우주 기계공장이 설치되지 말라는 법도 없는 것이다. 아울러 바이코누르와 동일한 위도를 가진 이곳에서라면, 아무리 낡고 다 잘 알려진 비행계획으로도 이지까지 페이로드를 수송할 수 있을 터다.

그로부터 단지 나흘이 지난 시점, 두브는 우주의 꼴통노동자다운 행색으로 녹슨 픽업트럭 짐칸에 버티고 선 채, 발사대에서 이륙하고 있는 로켓과 경쟁하듯 맥주병을 하늘 높이 치켜들었다. 예정비행경로를 따라 우아한 곡선을 그리다가 보이시 방향으로 발진하는 로켓의 모습에 모두 환호하며 함성을 내질렀다. 그리고 다음 날 아침 정신이 맑아지자, 그들은 또 다른 로켓을 만드느라 분주했다.

80일

"우리는 궤도라는 것이 마치 필라델피아처럼 어떤 장소인 것처럼 말하면서 궤도로 무언가를 쏘아 보낸다는 이야기를 합니다. 하지만 궤도란 수많은 위치들을 포괄하는 개념이며, 우주에 머무는 여러 가지 방법들을 의미합니다. 우주공간의 어떤 두 개의 물체도 이론적으로는 서로에 대한 궤도상에 위치한다고 할 수 있습니다.

우리에게 문제가 되는 대부분의 궤도는 작은 물체가 커다란 물체를 중심으로 궤도비행을 하는 것을 의미합니다. 인공위성이 지구 주위를 돌고, 지구가 태양 주위를 도는 것처럼 말이죠. 따라서 궤도를 분류하고 설명하는 빠른 방법은 '중앙에 위치한 커다란 물체가 무엇이냐?'를 따져보는 것입니다.

중앙에 위치한 커다란 물체가 지구일 경우, 우리는 그것을 지구주회궤도라고 부릅니다. 만약 그것이 태양이라면, 태양주회궤도가 되겠지요. 모두 그런 식입니다. 달이 붕괴된 이래, 우리는 대부분 지구주회궤도에 집중해왔습니다. 달이 건재했을 때를 돌아보면, 달에게도 훌륭한 궤도가 있었지요. 달은 지구를 중심으로 공전하고 있었습니다. 달의 파편들은 대부분 지금도 지구주회궤도상을 떠돌고 있습니다. 그중 소수는 언제라도 지구 대기권을 파고들 수 있습니다. 그런 일이 벌어질 때, 우리에게 운석이 날아드는 것이죠.

궤도 101에 관해서는 이 정도로 마치겠습니다. 그러나 다른 차원들이 있을 수 있다는 점을 명심하기 바랍니다. 이를테면 과거 지구-달로 구성된 시스템은 통째로 태양주회궤도를 공전하고 있었습니다. 그리고 초점을 좀 더 줌아웃해서 은하계 전체를 시야에 놓고 보면, 우리의 태양계 전체가 중심에 위치한 블랙홀 주위를 은하중심궤도를 통해 천천히 공전하고 있음을 알 수 있습니다."

유명 천문학자이자 대중을 상대로 한 과학전도사 닥 뒤부아의 음성이었다. 태양계를 줌인, 줌아웃 하는 애니메이션 영상들이 따라 나오고 있었다. 다이나는 '신예 우주비행사' 선발대회에서 손쉽게 우승을 하고 이지에 최근 도착한 루이사 소터의 어깨 너머로 그것을 흘끔흘끔 보고 있었다. 그녀는 뉴욕 시 태생으로 부모는 칠레에서 정치적 탄압을 피해 도망쳐온 사람들이었다. 할렘의 다국어 사용 가정에서 성장한 그녀는 매일 센트럴파크를 가로질러 웨스트 63번가에 위치한 에티컬컬처 스쿨을 걸어서 다녔다. 그곳을 졸업한 다음에는 UCLA와 시카고, 바르셀로나 대학에서 심리학과 사회복지학 학위를 연속 취득했다. 물이 새는 고깃배를 타고 필사적으로 유럽에 들어오려고 하는 경제난민들과 장기간 일을 한 뒤 그녀는 맥아더 재단이 수여하는 '지니어스 그랜트(Genius Grant)'를 수상했고, 그에 힘입어 다년간 전 세계를 자유롭게 돌아다니면서 다른 경제이민자들에 대한 연구를 진행했다.

그러고는 2주 전 스코틀랜드에 있는 세인트앤드루스 대학교에서의 풀브라이트 장학과정이 종료되면서, 그녀는 우주에서 생활하는 방법에 관한 기초훈련을 수료한 자격으로 로켓에 탑재된 관광캡슐을 타고 이곳까지 쏘아 올려졌다.

다이나는 다른 사람들과 마찬가지로 루이사의 직무가 우주 최초의 심리상담사 내지 사회복지사의 그것일 거라는 추측을 강하게 했다. 사람이 많아지고 스트레스가 커지면서 일어났던 상호관계들을 판단하여, 그녀는 자기가 해야 할 일을 알아서 재단해놓을 터였다. 방향을 잃고 떠도는 고깃배에 터질 듯이 올라탄 절망적인 난민들의 상황이라면 지금 이곳의 상황과 너무도 유사하지 않은가.

루이사는 여유 있는 자신감을 갖춘 타입이라, 궤도공학 같은 문제에 관해 자신이 완전 문외한이라는 점을 인정하는 것이 하나도 어렵지 않았다. 그런데 거기서 끝나는 것이 아니었다. 그녀는 대화의 물꼬를 트기 위해 자신의 무지를 절묘하게 활용할 줄 알았다. 원래 사회적 스펙트럼에서 아스페르거 증후군의 극을 달리는 괴짜들이 득실거리는 곳이 바로 이지라, 전문적인 내용을 질문하는 것 이상으로 그들의 입을 열게 하는 좋은 방법은 없었다.

그런 만큼 다들 일하느라 바쁜 시간에 루이사는 자기가 질문할 사항들을 미리 구글링하고 유투브 영상에 열심히 매달리는 것이었다. 실은 지금도 그걸 하는 중이었다.

루이사의 어깨 너머 둥실 떠 있는 다이나는, 애니메이션 화면이 딱 뒤부아와 어느 대머리 땅딸보 백인이 함께 잡힌 라이브 동영상으로 넘어가는 것을 지켜보고 있었다. 두 사람이 나란히 잡힌 영상의 배경이 회갈색 흙의 평지인데, 그곳이 모제스레이크 우주공항임을 다이나는 단박에 알아보았다. 그리고 보다 더 먼 배경에는 발사대에 설치된 로켓이 복잡하게 자리한 각종 크레인과 갠트리, 케이블들 가운데 모습을 드러내고 있었다.

다이나는 딱 뒤부아가 아닌 한 사람을 어렴풋하게 알아보았다. 텔레비전과 유투브에 수시로 얼굴을 내미는 과학기술분야 전문패널이었다. 그는 카메라를 향해 이렇게 말했다. "여기는 태비스톡 프라우스. 워싱턴, 그랜트 카운티에 위치한 최신식 우주공항에서 소식 전해드립니다. 저는 오늘 더 이상 소개가 필요 없는 분이신 닥 뒤부아를 모시고, 최근 아르주나 탐사회사의 우주선 발사 시도들을 둘러싼 몇 가지 논란에 관해 이야기를 나눌까 합니다. 그중 많은 시도가 저희들 뒤로 보이는 급조된 발사시설에서 이루어지고 있는데요, 아르주나 측은 애니메이션 자료를 통해 모든 것을 상세히 해명하겠다고 합니다. 이제 시청자분들은 자리를 뜨지 마시고 편히 감상하시기 바랍니다."

바뀐 화면에선 지구가 줌아웃으로 시야에 들어오다가 살짝 기운 형태로 이동하면서, 태양을 중심으로 궤도를 공전하는 장면이 나오고 있었다. 가늘고 붉은 곡선이 그 궤적을 손쉽게 추적할 수 있도록 하고 있었다. 애니메이션은 파노라마 형식으로 시야를 확대해갔다. 그러자 금성, 수성의 궤도가 눈에 들어오더니, 그다음으로 화성과 목성의 궤도까지 화면 안으로 진입했다. 닥 뒤부아가 입을 열었다. "전통적으로 소행성을 이야기할 때, 우리는 보통 화성과 목성 사이에 위치한 소행성대를 이야기하게 되어 있습니다."

약간의 큰 덩어리들이 섞인 먼지의 띠가 저들 두 행성 궤도 사이의 광막한 공간에 흩어져 있는 것이다. "저곳에는 엄청난 양의 온갖 물질이 존재하여 언젠가는 '아워 헤리티지(Our Heritage)'가 나서서 탐구하겠지만, 현재 가진 우주선으로 가 닿기에는 너무 거리가 멉니다."

닥 뒤부아는 시대정신에 늘 부합한다는 자신의 명성을 유지하는 차원에서, 애써 '아워 헤리티지'라는 표현까지 골라 썼는데, 이는 "클라우드아크에 탑승할 사람들의 후손이 먼 미래에 성취할 모든 것"을 의미하며, 최근 갑작스레 사람들 입에 오르내리면서 해시태그까지 달린 유행어다. 아주 간단히 말하자면, "앞으로 남은 스물두 달을 굳이 살아야 하는 유일한 이유"를 뜻한다.

애니메이션은 다시 줌인으로 전환되어 지구 궤도 밖으로는 아무것도 보이지 않는 상태가 되었다. "그러나 천문학자들은 이미 오래전부터 소행성 모두가 화성 너머의 공간에 있는 건 아니라는 사실을 파악하고 있지요. 지구의 공전궤도와 크게 다르지 않은 태양주회궤도상에는 훨씬 작지만 여전히 중요한 소행성 무리가 존재합니다."

이제 더 섬세하고 희박한 먼지입자들이 지구의 공전궤도를 표시하는 붉은 선 주위로 부연 번짐처럼 모이고 있었다.

"바로 저런 데서 아말테아가 나온 것이죠, 박사님?"

"그렇습니다. 만약 화성과 목성 사이에서 저 정도 크기의 금속덩어리를 끄집어내온다면 아마 영원이란 시간을 쏟아부어도 성공하지 못하겠죠. 다행히 그게 지구 궤도와 엇비슷한 궤도를 돌고 있어서 일이 그만큼 쉬웠던 겁니다."

"지구 궤도와 엇비슷한 궤도란 무슨 뜻이죠?"

"지금 저 바윗덩어리들은 지구와 마찬가지로 태양 주위를 공전하고 있습니다. 그중 일부는 지구 궤도 안쪽으로, 일부는 바깥쪽으로 돌고요, 또 다른 일부는 태양을 매번 돌 때마다 두 차례 지구 궤도와 엇갈리면서 움직이고 있습니다. 바로 그런 점 때문에 우리가 고민해오고 있는 것이죠."

"지금은 꼭 그런 것도 아니죠."

탭이 끼어들었다.

닥은 잠시 말을 멈추었다. 상대의 조크에 응하는 편이 낫겠다는 생각이 들었다.

"어쨌든 그런 고민을 했었기 때문에 그만큼 그것들을 찾아내 정확한 궤적을 파악하려는 노력을 해온 것이죠. 소위 궤도매개변수들을요."

화면은 다시 닥과 탭에게로 돌아와, 우주공항의 다져진 바닥을 둘이 걷는 모습과 함께 배경에는 아르주나 탐사회사 로고가 그려진 대형트럭을 잡아주었다.

"최근 몇 년간 아르주나 탐사회사 같은 회사들은 그와 같은 소행성들을 될수록 많이 탐사하고 채굴할 목적으로 치밀한 계획을 세워왔습니다. 그리고 지난 몇 주 동안은 아르주나를 중심으로 다른 민간 우주회사들의 협업체계가 보다 높은 단계로 진화하기를 모색해왔지요."

"닥, 정확하게 슌 프롭스트의 생각은 어떤 것입니까?"

탭이 물었다.

"그는 우리에게 말해주고 있지 않습니다. 하지만 궤도공학이란 분야는 원래 상상이 개입할 여지가 그리 크지 않아요. 이 동영상의 제2부를 통해 여러분은 우주공간에서 궤도비행을 하는 물체들의 춤에 관하여 더 많은 것을 배우게 될 겁니다. 소행성으로 하여금 일정한 시간, 일정한 장소에 나타나게끔 하는 복잡한 안무가 어떤 것인지 보게 될 거예요."

루이사의 손가락이 나음 동영상으로 넘기는 링크 표시 위에서 잠시 멈추더니, 그걸 터치하기 전에 고개를 돌려 다이나를 쳐다보았다.

"그냥 당신이 무얼 하며 먹고사는지 알고 싶어서 보는 거예요."

이렇다 할 악센트는 없었지만, 대충 뉴욕 출신 티가 묻어나는 말투였다.

"아르주나 소속이시죠?"

"쉿!"

다이나가 장난스럽게 눈치를 주었다.

"난 아직 러시아인들과 친구로 지내야 한다고요."

"그게 무슨 말이죠?"

루이사가 물었다.

다이나의 뇌리에는, 최근 러시아인들과 — 이들은 아직까지도 표도르 안토노비치 판텔레이몬의 리더십 아래서 하나의 벽돌처럼 사고하고 행동하기를 고집하고 있다 — 스스로 '반항적'임을 자랑으로 삼는 아르주나 파견대 사이에 있었던 일련의 민감한 대면과 다소 노골적인 대립의 체험들이 남아 있었다.

사실 '반항적'이라고 해봤자 흔해빠진 비즈니스 은어에 지나지 않았다. 하지만 반백의 우주인을 상대로 반항적인 게 왜 좋은 가를 굳이 설명하기란.

단순히 '문화적인 얘기예요'라는 식의 말을 하고 싶었으나, 다이나는 루이사 같은 자격자에게 칵테일파티에나 어울릴 빈 정대는 표현을 쓴다는 것이 왠지 불편했다.

다이나는 이렇게 말했다.

"우주에서 뜻밖의 일이란 거의 언제나 좋지 않은 겁니다. 전통적으로 모든 미션은 최고수준까지 계획되기 마련이고, 모든 사태를 대비한 대책이 따로 수립되지요. 이곳에선 그 누구도 즉흥적이지 않습니다. *즉흥적일 수가 없어요*, 즉흥적으로 해결할 일이 없기 때문입니다."

"언뜻 아폴로 13호의 덕트 테이프[35]가 생각나는걸요."

"네. 그건 흔치 않은 예외에 속하죠. 그래서 수십 년이 지난 오늘날까지 그 얘기를 하는 거고요. 러시아인에게 누군가 예고 없이 나타나 우리의 자원에 숟가락을 얹고자 한다는 생각은……."

"자원에 숟가락을 얹는다는 건?"

루이사가 묻자 다이나가 대답했다.

"우리의 공기로 숨을 쉬니까요. 공간을 차지한다든가, 주파수를 공유하는 것 등등. 라스는 이지에 체류하며 우리를 위해

---

[35] 이산화탄소 제거기의 고장으로 비상사태에 직면한 아폴로 13호가 임시방편에 불과한 덕트 테이프로 수리한 다음 지구귀환에 성공한 사례.

일한다는 가정 아래 우주선에 편승하여 여기까지 온 겁니다. 그런데 그는 지금 숀과 함께 떠날 채비를 하고 있습니다. 더군다나 내 로봇들을 거의 다 데리고 말이죠."

"그러고도 무얼 더 보내오겠다는 거잖아요?"

"맞습니다. 내 말은, 그런 게 바로 뜻밖의 일이란 겁니다. 숀과 라스가 조금이라도 더 빨리 이곳을 떠나 저들 갈 길을 갈수록, 표도르가 자기 손으로 직접 그들 목을 졸라 죽일 일은 없을 거예요."

"저들 갈 길이라니, 어디로 간단 말입니까?"

루이사가 물었다.

"다른 궤도로요."

"태양주회궤도요, 지구주회궤도요?"

루이사는 천진스런 표정으로 묻더니 살짝 윙크했다.

"먼저 지구주회궤도고 다음이 태양주회궤도죠."

다이나도 살짝 웃으며 대답했다.

"그런데 우린 이미 지구주회궤도상에 있다고 생각했는데요?"

"숀의 주장으론 그렇지 않다는 겁니다. 현재 이지의 궤도는 적도 기준으로 비스듬히 기운 상태입니다. 바이코누르에서 발사가 수월하려면 그래야 하기 때문이죠. 바이코누르는 시애틀만큼 북쪽에 위치해 있습니다. 하지만 숀이 중시하는 것처럼 행성 간 문제를 다룬다면 즉, 지구 저궤도를 벗어나길 원한다면, 적도에 보다 가까운 궤도를 원하는 것이 당연합니다. 그것이 태양계의 나머지 행성궤도에 훨씬 근접하니까요. 숀이 붙잡아 이리로 가져오려고 하는 거대 얼음덩어리의 궤도를 포함해서요."

"이미르(Ymir) 말이죠."

루이사는 숀이 발음한 것을 들은 그대로 따라해보았다.

북유럽 신화에서 유래한 단어로 태초의 얼음 거인족을 일컫는 이름이었다. 숀은 자신이 프로젝트를 세워 가져오려고 하는 특정 얼음덩어리에 그 코드명을 붙여주었다.

"네. 공식명칭은 아니고요. 숀은 많은 걸 털어놓지 않고 있어요."

"그런데 어떻게 하나에서 다른 하나로 건너갈 수 있죠? 지금 우리가 있는 곳이 지구주회궤도 아닌가요?"

"그렇죠."

"여기서 태양주회궤도로 건너간다고요?"

"우선 궤도면전환부터 해야 할 겁니다. 현재 이지의 기울어진 궤도에서 적도에 보다 근접한 궤도로요. 그를 위한 나머지 장비들과는 랑데부를 할 겁니다."

"왜 애당초 이곳으로 모든 걸 올려보내진 않았죠?"

"궤도면전환은 비용이 아주 많이 드는 작업이죠. 지금 당장 숀과 라스, 드롭탑만 궤도면전환을 하면 그리 나쁘지 않겠지만, 나중에 궤도면전환을 하기 위해 그 많은 원정화물을 이곳으로 올려보내는 건 터무니없는 낭비가 되겠죠."

다이나는 또 다른 이유에 대해서는 입을 다물었다. 숀의 화물에서 가장 큰 덩어리는 엄청난 양의 방사능을 함유하기에 이지 근처 어디든 접근이 허락될 리가 없다는 사실.

"그렇군요. 근데 우리 아직 지구주회궤도 이야기를 하고 있는 거 맞죠?"

"맞습니다. 아직은 수백 마일 상공에 머물고 있어요."

"그럼, 랑데부 지점에서 어떻게 태양주회궤도로 진입하죠?"

"거기엔 굉장히 많은 방법이 존재합니다. 하지만 내가 아는 손이라면 아마도 L1 게이트웨이를 통할 것 같긴 해요."

"도통 무슨 말인지 못 알아듣겠군요."

그렇게 말하고서 루이사는 드디어 참지 못하고 킥킥 웃어버렸다.

"역시나 주변에서 그런 이야기를 하는 사람이 있으면 그 순간 공상과학 영화 속으로 곤두박질친 기분이라니까요."

"닥 뒤부아가 저런 비디오를 통해 그 정도는 커버해줄 겁니다."

다이나는 루이사의 태블릿을 턱으로 가리키며 말했다.

"하지만 그 요점은 지극히 간단해요."

그녀는 주위를 둘러보다가 옷가지가 가득 든 그물가방을 발견하고는, 통째로 꺼내 방 한복판에 띄워 올렸다.

"태양입니다."

그리고 호주머니 속에서 작은 플라스틱 약병을 꺼냈다. 새로 도착하는 사람들에게 주려고 가져온 멀미약이었다. 그녀는 약병을 개봉한 뒤 맨 위에 놓인 둥근 솜뭉치를 집어 들어, 루이사한테 조금 더 가까운 공중으로 띄웠다.

"태양주회궤도를 돌고 있는 지구입니다."

아무래도 멀미 증세가 있는 승무원이 몇 분 더 기다려야 할 것 같았다. 다이나는 병에서 알약 몇 개를 조심스럽게 꺼내 일단 공중에 띄우고는, 그사이 약병을 도로 호주머니 속에 넣었다. 그런 다음 이미 '태양'과 '지구'가 자리를 잡은 공간에 알약들을 배치하기 시작했다.

"소행성들인가요?"

루이사가 넘겨짚었다.

"그보다는 추상적이고 수학적 점들이라고 할 수 있어요. 이른바 '라그랑주 포인트' 또는 칭동점이라고 합니다. 두 개의 동체로 이루어진 체계 주위로 언제나 다섯 개의 그러한 점이 존재하지요. 거기엔 항상 동일한 기하학 원칙이 적용됩니다. 그중 두 점 L4와 L5는 옆으로 떨어져 있습니다. 여기서는 일단 공간이 부족하니 그 두 점은 이야기하지 않을게요. 하지만 나머지 점 세 개는 태양과 지구를 잇는 직선을 따라 가지런히 자리를 잡습니다."

다이나는 알약 하나를 '지구'에서 '태양'을 지나 그 둘의 간격만큼 더 벌어진 위치로 밀어가, 결국 '지구'의 정반대 지점에 놓아두었다.

"이게 바로 L3입니다. 아주 멀리 있죠. 우리 입장에서는 태양이 항상 길목을 막고 있어서 전혀 보이지 않습니다. 그만큼 쓸모가 없는 점이죠."

다이나는 둥둥 떠 있는 솜뭉치 쪽으로 물러나 칸막이벽에서 멈추고는, 그 너머에 두 번째 알약을 놓았다.

"이것이 바로 L2입니다. 지구의 궤도 바깥쪽에 있지요."

마지막으로 '태양'과 '지구' 사이, 그러면서 '지구' 쪽에 훨씬 더 가까이 알약을 하나 더 놓으며 말했다.

"그리고 이것이 바로……."

"소거법상 L1이 되겠군요."

루이사가 담담하게 말하고는 씩 웃었다.

"그러고 보니 당신네 우주인들은 항상 카운트다운 방식을 좋아하는군요."

"이상은 태양과 지구의 중력이 평형을 이루는 지점들입니다. 이를 게이트웨이라고도 부르는데, 지구주회궤도와 태양주회궤도 사이의 전환을 이루기가 수월한 장소라 그렇습니다. 때로는 저절로 그런 전환이 이루어지기도 하지요. 그래서 태양주회궤도상의 소행성이 L1 가까이 떠돌다가 지구 중력에 붙잡히기도 합니다. 그런가 하면, 반대로 지구 주위를 궤도비행하던 아폴로 우주선 상단부가 L1 가까이 지나가다가 갑자기 태양주회궤도로 튀어나가 수년 동안 태양 주위를 도는 경우도 발생하지요. 나중에 다시 동일한 게이트웨이를 통해 돌아오긴 하지만, 또다시 튀어나가기 일쑤입니다."

루이사가 고개를 끄덕였다.

"뉴욕 지하철 콜럼버스 서클 역에서 D노선을 A노선으로 환승하는 것과 같겠군요."

"맞아요. 실제로 이걸 설명하기 위해 열차환승과의 유사성을 많이들 활용해왔답니다."

"그러니까 당신 생각에는 슌과 일행이 그쪽으로 향할 거라는 거죠?"

"네. 물건들 챙기는 즉시요. 그들이 L1에 도달하려면 지금 우리 위치보다 더 높은 궤도로 올라가야 해요. 그건 불과 몇 분 만에 엄청난 양의 연료를 소모하면서 엔진을 태운 다음, 몇 주 동안 관성으로 비행을 한다는 의미죠. 그들은 밴앨런 벨트를 통과해야 하고 방사능을 흠뻑 빨아들여야 합니다. 불행하게도 그걸 피할 방법은 없어요. L1은 달보다 네 배나 멀리 있답니다."

"달이 있던 곳보다겠죠."

루이사가 작은 목소리로 말했다.

"네. 다시 말해서 그건 슌과 그 동료가, 역사상 그 어떤 인간보다 지구로부터 더 멀리 나아갈 거라는 뜻입니다. 그렇게 5주 걸려서 L1에 도달하면, 다시 엔진을 점화해 D노선에서 A노선으로 환승을 해야 합니다. 태양주회궤도로 진입하는 것이죠. 거기서부터는 혜성까지 도달하기 위해 어떤 경로든 알아서 계획할 수 있게 되지요."

루이사는 방금 다이나가 한 말의 초반에서 이미 곁길로 새어나가 이렇게 말했다.

"역사상 그 어떤 인간보다 지구로부터 더 멀리 나아가는 거라면, 표도르의 반응에는 약간의 질투의 감정이 섞였을 수도 있겠다 싶네요. 기껏 자기는 그 오랜 세월 우주에서 지내왔건만……."

"어디서 굴러먹던 건방진 애송이가 불쑥 나타나 자신의 업적을 하찮아 보이게 만든다고 말이죠." 다이나가 고개를 끄덕이며 대꾸했다. "그럴 수도 있겠네요. 표도르는 원래 러시아산 화강암 같은 얼굴 표정이라 속에서 무슨 생각을 하는지 알 도리가 없으니까요."

"어쨌든," 루이사가 말했다. "그들은 거대한 얼음덩어리를 가지러 갔다가 다시 모든 과정을 거꾸로 돌려, 그때쯤이면 완성되어 있을 클라우드아크로 회귀한다는 말이군요."

"꼭 그렇다는 건 아녜요," 다이나의 대답이었다. "바로 그래서 재밌다는 거고요."

"오, 전 그들이 이미 충분하게 재밌는 사람들이라고 생각했는데요!"

루이사의 말에 다이나는 이쯤에서 자기가 할 수 있는 말까지만 하고 말아야겠다는 생각이 들었다.

"현재 용도대로 설계, 제작된 우주선을 조종해서 태양계를 도는 것도 보통 일이 아니지만, 멍청한 얼음덩어리를 운반하는 것 자체가 문제입니다."

"시간이 많이 걸리겠어요," 루이사가 고개를 끄덕이며 말했다. "일이 잘 안 될 수도 있고요."

"네. 여기 제가 최근에 만들고 있는 로봇들이에요."

"이게 다 여행을 같이 할 건가요?"

"네. 혜성 표면에 케이블을 고정하고 그물을 치는 데 동원될 겁니다. 얼음 크기가 엄청나거든요. 부서지기도 쉽고요. 추력이 가해질 때 마른 눈뭉치처럼 부서지면 곤란하겠죠."

"마른 눈뭉치라……, 눈이 잘 안 뭉쳐지는 곳에 사셨나 봐요?"

"브룩스 산지요? 그렇죠. 눈싸움하기에는 영 마땅찮은 곳이죠."

"아니면 오빠가 무서워 당신한테만 마른 눈뭉치를 던진 건 아니고요?"

"글쎄요, 노코멘트."

"센트럴파크엔 눈이 질어서 뭉치면 엄청 단단해져요."

90일

37일째 되던 날 아이비가 "5퍼센트"라는 말로 회의를 시작했을 때, 다이나를 비롯한 이지의 나머지 인원 대부분은 자신들을 돌아보며 별로 나아진 것이 없다는 사실에 적잖이 당황했다. 바로 그 점이 아이비가 지적한 문제이기도 했다. 그날까지 스물여섯 명이 우주공간에 머물렀고, 그중 여덟 명은 루크라는 임시거주시설을 이용해 간신히 목숨만 부지하는 상태였다. 약간 붐비는 느낌이긴 했지만, 그 모든 인원은 바나나에 온전히 수용될 수 있었다.

73일째 되는 날, 아이비가 "10퍼센트"라는 말로 다시 바나나에서 회의를 열었을 때 상황은 달라져 있었다. 이지의 모든 인원을 바나나에 수용한다는 건 더 이상 생각할 수 없는 일이 되었다. 대다수 인원은 비디오를 통해 회의를 지켜봐야만 했다. 모제스레이크에 위치한 아르주나 발사시설과 숀 프롭스트 덕분에, 현재까지 탈지구 인원의 전체 규모를 정확히 아는 사람은 아무도 없었다. 구글닥스에서 모든 인원을 추적해왔다는 소문이 있긴 하나, 그에 동의하는 사람은 아무도 없었다. 다만 적어도 한 주 전까지 그 규모가 세 자리 수에 도달한 것만은 분명했다.

작전을 개시한 처음 2주 동안 모제스레이크의 '얼치기' 우주공항에서 쏘아 올린 로켓은 총 세 대였다. 그중 하나는 왈라왈라에 위치한 최고급 포도산지에 추락해 훌륭한 와인이 되었을 수 에이커 규모의 포도밭을 쑥대밭으로 만들었다. 그리고 나머지 로켓 두 대가 이지에 다다른 것이다.

그러나 정작 아르주나의 대형 로켓들 다수는 모제스레이크가 아닌 적도 인근 기지들에서 발사되었다. 그래야 황도면에 보다 근접한 궤도로 진입할 수가 있는 것이다. 커내버럴과 쿠루에서 각각 발사된 최소한 두 대의 초중량 로켓이 지구 열대지방 상공 저궤도에서 랑데부와 도킹에 성공했다. 나머지 로켓들은 현재 제작이 진행 중이라고 했다. 하지만 해당 프로젝트를 파악하고 있는 사람은 극소수였다. 숀 프롭스트는 원래 소통에 둔감한 편인 데다, 사기업을 이끌어온 오랜 경력은 자기

패를 상대에게 결코 보여주지 않는 습관을 몸에 배게 했다. 이 점과 관련하여 그는 스펜서 그린스태프나 지크 페터슨처럼 비밀정보사용권을 갖춘 소수의 이지 탑승자들과 같은 입장인 듯 했다. 다이나와 아이비는 서로 의견을 교환하고 정황증거들을 공유하면서 현재 벌어지고 있는 상황에 대해 대강의 이론을 세워보았다. 일단 겉으로 봐서, 숀 프롭스트는 예측할 수 없는 인물이었다. 다만 아르주나는 몇 주에 걸쳐 스파키에게 내트들을 우송해왔고, 스파키는 이지로 향하는 발사체에 그것들을 우선적으로 탑재했다. 따라서 다이나의 연구결과들 즉, 내트가 우주공간에서 어떤 쓰임새를 갖고 또 가질 수 없는지에 관해 그녀가 아르주나에게 피드백으로 보고하는 내용들이 나사의 지대한 관심을 끌고 있는 듯했다. 그리고 숀의 로켓들 중 최소한 하나가 나사의 주요 발사시설인 커내버럴에서 쏘아 올려졌다는 것은 매우 중대한 사실이었다. 아울러 반덴버그 공군기지에서 발사한 로켓이 날로 성장하는 아르주나 발사체에 작은 모듈을 하나 첨가한 것이라는 사실은 더더구나 의미심장했다. 작은 모듈임을 안 건 실제 거기 사용된 로켓의 크기가 작았기 때문이고, 워낙에 지상에서 보안에 신경 쓰는 걸 보고는 그것이 스파이 작전을 방불케 할 일급비밀 사항임을 직감했다. 그럼에도 101번 고속도로에서 길게 꼬리를 문 군수물자 수송대열 때문에 툭하면 갓길로 밀려나야 했던, 그래서 발사대 쪽으로 망원경을 들이대보았으나 방수포와 위장그물 때문에 아무것도 볼 수 없었던 일반시민들에 의해 상당부분이 보도되어왔지만 말이다.

모제스레이크에서 발사된 다음 로켓은 별로 특별할 것 없는 이지행 수송선이었다. 하지만 도킹 장소가 부족한 관계로 우주선 상단체가 우주정거장의 약 1킬로미터 후미에 붙어 편대비행을 하고 있었다. 표도르는 악의를 품은 눈빛으로 그걸 지켜보면서, 적하물을 압류해야겠다는 의견을 반복하여 제기했다. 아무래도 선적된 내용물 목록이 심상찮다는 거였다.

○ 보조 추진제와 다른 소모품들. 이들은 숀의 드롭탑으로 하여금 궤도면전환 기동을 가능케 하고 적도상공 궤도에서 이미르와 랑데부를 할 수 있도록 해준다(이미르는 숀이 현재 조립 중인 우주선과 함께 그것의 원거리 목적지점을 지칭하는 명칭이 되어 있음).

○ 얼음.

○ 얼음과 혼합해 파이크리트라 불리는 강력신소재를 만들기 위한 섬유.

○ 아이스네트 수천 개: 얼음 표면을 기어다니는 작업에 특화되어 제작된 미세로봇.

표도르와 아마도 다른 몇몇 사람들은 얼음과 추진제에 특히 눈독을 들이고 있었다. 피트 스탈링은 모제스레이크 우주공항의 강탈까지도 불사하겠다며 지상에서 위협을 가하기 시작했다. 하지만 이런 위협은, 숀 측에서 역시 클라우드아크 체제가 잘해봐야 졸속으로 만든 만병통치약에 불과함을 유투브를 통해 폭로하겠다며 반격에 나섬으로써 하룻밤 사이에 수그러들었다. 정부 내에서조차 이와 같은 갈등이 공개적으로 제기될 수 있다는 사실은 무척 이례적인데, 어차피 세상 전체가 이상하게 돌아가는 판국이었다. 다이나와 아이비와 루이사는 지상의 백악관과 군부, 아르주나 탐사회사 그리고 아키텍트들 간에 고성 섞인 분쟁이 있을 수 있다는 생각만 막연히 하고 있었다.

다이나는 대부분의 시간을 그저 슌이 원정에 동원할 로봇들을 프로그래밍하는 일에만 전념할 따름이었다. 혜성 코어는 단단한 얼음덩어리라기보다는 파편조각들의 집합체로서, 자체 중력에 의해 느슨하게 결집된 구조라 굉장히 약했다. 살짝 건드리는 것만으로도 큰 조각들로 분해될 수 있었다. 아르주나 탐사회사는 이런 점을 여러 해 전부터 파악하고 있었고, 그처럼 다루기 힘든 물체를 포획하기 위한 기술개발에 수백만 달러를 쏟아부었다. 그럼에도 불구하고 혜성을 그물로 감싸 끈으로 조여 맨 뒤, 그걸 끌어당긴다는 석기시대 수렵채취자다운 발상을 놓고 테크놀로지 운운하는 건 다소 터무니없는 시각일 수 있을 것이다.

우주공간에서 그런 묘기를 실행한다는 것 자체가 슌이 "불균형의 문제"라고 표현한 것과 다르지 않은데, 프로그래머 입장에서 보자면 워낙에 우발성이 크고 디테일한 작업을 요하는 터라 만사형통의 솔루션에 기댈 수 없는 문제를 의미했다. 로봇들은 결국 그릭 스크젤러럼 혜성의 표면을 뒤덮으며 스윔을 형성하게 될 것이고, 그물을 조여가면서 취약한 지점들을 만날 때마다 얼음을 녹임과 동시에 섬유를 섞어 파이크리트로 다시 얼리는 과정을 반복함으로써 보강하게 될 것이다. 다이나는 손이 지상의 난처한 현실을 지적하기 전까지만 해도 그 문제와 관련해 흥분된 마음으로 아이디어를 제공해왔다. 요컨대 이지와 이미르 사이의 교신이 무선전신 하나로 제한될 거라는 사실이었다. 즉, 비디오 자료를 송수신할 수가 없었다. 그리고 지연속도가 무시 못 할 수준이 될 것이었다. 여행의 대부분에 해당하는 영역에서, 지구와 태양 간 거리에 필적할 공간을 시그널이 가로지르는 동안 수분에 이르는 시간지연이 발생할 것이다. 따라서 혜성 표면을 움직이는 로봇들을 프로그래밍하는 일은 아말테아를 돌아다니는 로봇들을 작업실 창문 밖으로 관찰하는 것과는 전혀 다른 작업이 될 터였다. 다이나가 무엇에 기여하든, 지금 당장 그 성과를 입증해야 했다.

아무튼 손과 라스가 드롭탑을 타고 떠나던 A+0.82, 이지의 인구는 두 명 줄어들고 긴장과 갈등의 수준도 급격하게 감소된 건 사실이다. 궤도면전환 기동으로 그들은 적도상공에서 이미르와의 랑데부에 성공했다. 한 주에 걸쳐 더 여러 차례 랑데부 작업을 이어가면서, 케이프커내버럴은 물론 뉴멕시코와 웨스트텍사스의 민간 우주공항에서 쏘아 올린 더 많은 페이로드들을 합체한 후에야 이미르는 주엔진을 점화해 L1으로 향하는 이행궤도상에 올라섰다. 그리고 며칠이 더 지난 다음에는 지구에서 멀리 나아간 아폴로의 원거리 우주여행 기록을 깨뜨렸다.

콘라드 바아트는 다이나의 작업실 앞으로 와 조용히 노크했다. 그녀는 때때로 작업실 커튼을 내려두었는데, 그런 경우 커튼 너머에서 리스와 섹스를 즐긴다는 것을 이제는 모두가 알고 있었던 것이다. 콘라드는 주위를 신경질적으로 둘러보면서 안으로 들어갔고, 이미르가 하려는 일에 대해 아는 게 있는지 그녀에게 물었다. 그녀가 대답하기도 전에, 그는 자신의 태블릿을 꺼내 패스워드를 두드렸다. 그러고는 태블릿을 돌려 그녀에게 사진 한 장을 보여주었다.

눈앞에 보이는 사진을 이해하기까지 약간의 시간이 흘렀다. 분명 그것은 우주공간을 떠도는 인공물체의 사진이었다. 잘 찍은 사진이긴 하나, 이미지 주위의 화소로 미루어 상당히 확대한 것임을 말해주고 있었다. 그것은 콘라드가 이지의 광학망원경 중 하나를 사용해 찍은 사진이었다. 원래는 달의 중심부를 맴도는 파편들의 일정한 체계를 관찰하기로 되어 있는 망원경이지만, 콘라드가 그 방향을 사진 속 인공물체로 재조정해 사진을 찍었다. 매우 크고 복잡한 물체로서, 추측건대 이지를 제외하고는 인류가 우주공간에서 조립해온 물체 중 가장 큰 규모일 것 같았다. 이지와 물체가 서로의 관계 속에서 움직이는 가운데 대단히 원거리에서 찍은 사진인데, 번짐 현상을 줄이기 위해 영상처리 소프트웨어를 가지고 엄청 고생한 티가 역력했다. 다이나는 그 물체가 이지와 마찬가지로 서로 다른 로켓에 탑재되어 쏘아 올려진 모듈들을 합체시킨 구조임을 알 수 있었다. 후미에 위치한 모듈은 벨 모양의 큼직한 노즐을 달고 있었는데, 메인 추진 장치임이 분명했다. 일부 모듈들은 단순한 추진제 탱크처럼 보였다. 그리고 나머지 모듈들은 거주시설로 보였다. 하지만 가장 멀리 위치하면서 가장 두드러지고 또 괴이하게 보이는 부분은 물체의 앞머리에서 긴 창처럼 뻗어 나간 시설인데, 나머지 동체의 열 배 정도 규모로 전체 길이를 늘이는 요소가 바로 그것이있다. 보아하니, 이지에 설치된 새로운 트러스와 동일한 방식으로 만들어진 트러스 구조물이었다.

"와우, 자체 무선 통신탑을 갖춘 우주정거장이로군요!"

다이나가 조크를 던지듯 말했다.

콘라드는 살짝 미소를 지었다.

"그 통신탑의 꼭대기를 잘 봐요."

그는 트러스 구조물의 끄트머리 부근 화소가 두텁게 번진 지점을 손가락을 벌려 줌인하면서 말했다. 전체적으로 대충 화살촉 같은 모양인데, 접시형의 검정 받침 위에 통통한 모양의 백색 토대가 자리하고 그 위로 검은색의 작은 꼭지가 얹혀 있었다.

콘라드는 마치 그녀가 비밀에 직접 관련된 당사자이기나 한 것처럼, 다 알고 있을 거란 표정으로 빤히 쳐다보았다.

물론 그랬다. 다만 그 비밀을 공개할 수 없을 뿐이었다.

"제가 핵물리학자는 아닙니다만," 그녀가 말했다. "이 우주선에 탑승한 사람들이…… 이게 이미르 맞겠죠?"

"물론이죠."

"우주선 탑승자들이 정확히는 모르지만 무언가와 최대한 거리를 벌려놓고 싶었던 것 같군요. 그래서 될 수 있는 한 긴 구조물을 만들고 그 끄트머리에 자신들이 있을 곳을 마련한 것 같아요."

"엄청난 중성자를 발생시키고 있는 겁니다."

콘라드가 말했다.

"그걸 어떻게 알죠?"

다이나의 질문에, 콘라드는 샌드위치 구조의 중간층을 이루는 마시멜로처럼 통통한 모양의 백색부분을 가리키며 말했다.

"이게 아마도 폴리에틸렌이나 파라핀 재질일 겁니다. 중성자를 흡수하는 데 그만이죠. 감마선도 발생할 텐데, 그건 여기 이 접시 같은 시설에서 처리할 거고요. 이건 납으로 되어 있을 겁니다."

그러면서 맨 아래층을 차지하는 크래커 모양의 구조물을 가리켰다.

다이나는 물체의 정체를 이미 파악하고 있었다. 숀이 미리 말해주었던 것이다. 열출력 4기가와트 규모 대형 핵융합발전기의 코어였다. 하지만 비밀엄수 서약을 한 몸이라, 콘라드가 알아서 퍼즐을 완성하도록 내버려두는 수밖에 없었다.

그녀가 말했다.

"어쩌면 자살임무일지도 모를 일에 대한 대비책이 아주 인상적이군요."

"자기들이 가려고 하는 지점에 정말로 도달할 경우, 반드시 목숨을 부지하면서 일을 해내고 말겠다는 거겠죠."

콘라드의 말에 다이나가 물었다.

"혹시 지구에서도 이런 사진을 찍었을까요? 언론에서는 본 적이 없는데 말이죠."

"이행궤도로 발진하기 전까지는 페어링으로 은폐된 상태였어요. 저도 두어 시간 전에 제대로 된 사진 한 장 건진 겁니다."

저들은 달의 파편 대부분이 지구 반대편에 위치하는 시점을 골라 달의 이전 궤도와 교차할 수 있도록 시간측정을 정밀히 하여 엔진을 점화했던 것이다. 그래야 암석과 충돌할 확률을 최소화할 수 있을 테니 말이다.

하지만 그 먼 거리를 주파해, 인류역사상 최장거리 우주여행자로 등극하고 난 며칠 뒤에 그들은 통신을 중단했다. 그때까지 이미르는 지난 수십 년간 원거리 우주탐사체들과의 교신에 활용되어온 스페인, 오스트레일리아, 캘리포니아 소재 심우주통신 레이더 시설의 고출력 X밴드 무선주파수를 이용해왔다. 그런데 현재 이미르는 묵묵부답이다. 아직 거기 있는 건 분명했다. 콘라드의 광학 망원경을 들여다보면 흰색 점으로 분간이 가능했다. 37일 동안 관성비행 중으로 엔진점화를 하지 않은 상태이니, 탑승자가 아직 살아 있는지는 알 수가 없었다. 더할 나위 없이 멀쩡한 이미르나 찌그러진 우주쓰레기나 지금으로선 똑같은 움직임을 보인다는 얘기였다.

그나마 무소식이 희소식이라는 점에서 어느 정도 희망을 보는 상황이었다. 이미르는 인간의 개입 없이 자동으로 작동하는 통신 시스템을 갖추고 있었다. 만약 인간이 시도하는 통신이 단절되어 그 시스템이 작동한다면, 그건 승무원 전원이 사망했거나 그와 유사한 상태에 빠졌다는 의미일 터다. 그러나 인간과 로봇의 신호가 동시에 단절되었다는 사실은 이것이 통신문제이며, 아마도 X밴드 안테나가 고장이거나 송신장치에 이상이 생겼을 수 있다는 뜻이었다.

이미르는 상당히 교활한 우주선이어서, 지구와 태양 사이에 위치하게 될 L1으로 접근하는 것을 파악할 도리가 없었다. 필시 126일째에는 그 점에 도달할 텐데, 거기서부터는 다른 엔진을 점화하여 태양주회궤도로 진입할 예정이었다. 앞으로 1년 후, 그러니까 A+1.175 또는 포스트 제로 1년하고 175일 시점 언저리에 '그레그 스켈레톤'과 조우할 타원궤도 말이다. 만약 이미르가 이쪽에서 보기에 태양의 불꽃반경 내로 진입한다면, 다시 관측 가능한 지점으로 나오기만을 기다리는 것 외에 달리 할 일이 없었다. 만약 이미르가 재앙에 봉착해 우주 쓰레기로 떠도는 상황이 온다면, 같은 궤도의 회귀구간으로 되돌아와 다시 지구에 근접한 구역을 지나게 될 것이다. 물론 L1이 궤도역학의 관점에서 보기에 워낙 불안정한 지점이라, 만에 하나 이미르가 암석충돌로 심각한 타격을 당한 처지라면 태양주회궤도상을 아무 속절없이 방황하게 될지도 모르는 일이었다.

이제 130일을 지나 140일을 향하는 시점, ─ 이미르가 L1을 지나쳤을 때로부터 2주가 지난 시점 ─ 문제의 회귀구간에 모습을 나타내지 않는 걸로 보아, 사고에 의해서건 엔진점화에 성공해서이건 이미르는 태양주회궤도로 건너간 것이 확실해

보였다. 후자 쪽이라 가정하고, 앞으로 1년 동안 숀과 나머지 여섯 명의 탑승자들은 무중력 상태에서 둥둥 떠다니며 기다리는 것 말고는 아무 할 일이 없었다. 다시 말해 여행을 빨리 진행하기 위해 할 수 있는 일이 없다는 뜻이다. 그렇게 하려면 두 개의 다른 궤도를 아슬아슬하게 스쳐 지나도록 근접시키는 길밖에 없다.

몇 달 전이었다면 세계사적 의미를 가졌을 것으로 보이는 이런 일들이 지금은 지구가 처한 사태에 견주어 아무 주목도 받지 못하는 뉴스가 되고 말았다.

물론 숀과 아르주나, 모제스레이크 우주공항 그리고 이미르의 우주비행을 둘러싼 떠들썩한 분위기들은 나사와 유럽우주국, 로스코스모스, 중국 국가항천국 그리고 일본과 인도의 우주청이 지금까지 이룬 자잘하지만 꾸준했던 발전과 그 성과를 주목도 면에서 한참 앞서긴 했다. 사실 이들 기관들은 아폴로와 소유스의 명성에 머무는 너드들의 문화에서 크게 벗어나지 못한, 보수적인 기술자들에 의해 움직이고 있었다. 사실 그들 중 일부는 상당히 까다롭고 나이 많은 너드들이었다. 그들은 첨단기술 분야에서 갑작스럽게 등장한 억만장자들이 툭하면 세계적 관심을 모으면서 자기들 구미에 맞게 졸속 추진된 로켓발사를 남발하는 것이 그렇게 못마땅할 수가 없었다. 숀과 라스가 이지를 떠남으로써 이들 너드들이 특별한 상상력 없이 꾸준하게 실력발휘 할 수 있는 근무환경이 복원되는 상황은 그야말로 안도의 한숨을 내쉬게 할 만한 것이었다.

스프레드시트와 플로차트에 표기된 엄청난 세부정보를 주목해 살펴본 사람이라면 누구나, 아이비가 "20퍼센트"라는 말로 바나나에서 회의를 소집한 A+0.144 시점을 맞아 그와 같은 작업환경이 얼마나 소중한지를 알았을 것이다(그도 그럴 것이, 칼테크의 닥터 뒤부아 제롬 그자비에 해리스의 천체물리학 연구실을 비롯해 세계 각지의 대학에 속한 다른 연구실에서 같은 계산을 수행한 결과들에 의하면, 화이트스카이의 발생 시점이 A+1.354 또는 달의 붕괴로부터 1년하고 354일이 지난 시점에 맞춰질 가능성이 크다는 거였다. 즉, 지금은 그 길에서 5분의 1 지점에 와 있는 상황이었다).

스카우트들의 ― 29일째 되는 날 이지에 처음 도착해 작업을 시작한 소위 자살임무자들의 1차 파견대 ― 목표는 이른바 더 많은 파이오니어들을 이지에 수용할 수 있게끔 햄스터튜브 네트워크와 도킹포트들을 최대한 설치하는 것이었다. 스카우트와 파이오니어의 기본적인 차이점은 전자가 도킹할 장소가 없다는 걸 알고 우주로 올라온 입장이라면, 후자는 적어도 이론상으로는 거기 어딘가 기압조절이 되어 있어 자신들을 맞이할 도킹시설들이 있을 것으로 알고 올라온다는 점이었다. 한번은 차질이 생기는 바람에, 소유스에 무리해서 탑승한 열두 명의 파이오니어 중 절반이 이지에 들어서지도 못한 채 조용히 질식사하는 결과가 빚어지기도 했다. 원인을 추적해보니 서둘러 작업한 도킹장치의 결함 때문이었다. 그런가 하면 중국 우주비행사 세 명은 미세유성들에 관통당해 기압조절이 이루어지지 못한 햄스터튜브를 이동하다가 그만 목숨을 잃었다. 하지만 56일째쯤 되는 시점부터는 매일 다섯에서 열두 명에 이르는 파이오니어들이 무사히 이지에 도착했다. 도킹공간이 다 차면 어김없이 소강상태가 이어지던 시기도 있었으나, 햄스터튜브 네트워크의 설치와 더불어 팽창가능 구조가 펼쳐지면서 우주선끼리의 도킹이 이어짐에 따라 파이오니어의 수는 눈덩이처럼 불어났다.

이런 사태가 일어나기 전부터 복잡하고 이해하기 쉽지 않은 시설이었던 이지는, 루이사의 표현대로 "괴물 같은 3차원 도미노게임"을 연상시키는 온갖 모듈들, 햄스터튜브, 트러스들 그리고 끼리끼리 도킹한 우주선들의 정신 나간 미로가 되어 있었다. 그중 자기가 어디쯤 있는지를 알아내려면, 한쪽 끝에 위치한 울퉁불퉁하고 비대칭적인 아말테아의 모양과 더불어 그 반대편 끝에 위치한 토러스들을 식별하는 것이 유일한 방법이었다. 그것들이 소위 말하는 선수와 선미이며, 그 사이의 축을 중심으로 좌현과 우현이라는 전통적인 항해방향과 더불어 '지구 위쪽'에 해당하는 천정(zenith)과 '지구 아래쪽'에 해당하는 천저(nadir)가 결정된다. 만약 당신이 토러스들 쪽을 등지고 아말테아를 바라보면서 좌현이 당신 왼쪽, 우현이 당신 오른쪽에 오도록 하고 머리를 천정 쪽으로, 두 발을 천저 쪽으로 향한 채 바른 자세를 유지한다면, 당신은 지금 해수면으로부터 4백 킬로미터 위에 똑바로 서 있는 셈이 된다.

하지만 그건 그나마 우주복을 갖춰 입고 바깥에 나와 있는 경우의 얘기다. 우주선 내부로 들어갈 경우, 3차원 도미노게임의 여차하면 길을 잃는 상황은 여전하다. 지금은 지구에서도 마찬가지지만, 사인펜이야말로 엄청 귀한 물건이 되어 있었다. 사람들이 모듈이나 햄스터튜브에서 방향을 표시하기 위해 그걸 애용하기 때문이다.

"나는 어쩌다 보니 이 자리를 맡고 있는 거야."

다이나와 술 한잔 나눌 기회가 점점 뜸해지는 가운데 모처럼 그녀와 술잔을 기울이면서 아이비가 생각에 잠겨 말했다. 원래 숨겨두고 마셨던 술은 벌써 다 동이 난 상태였지만, 새로 들어오는 싹싹한 입주자들이 가끔 한 병씩 괜찮은 술병들을 공급해오는 터였다.

"나는 그렇게 생각 안 해."

다이나가 대꾸했다.

그리 재치 있는 반응은 아니었다. 아이비의 갑작스런 발언에 그녀도 방심한 탓인 듯했다.

"만약 달이 이주만 더 지나 폭발했다면, 어느 무뚝뚝한 러시아 놈이 이 자리를 책임지고 있겠지. 그리고 나는 지구에 내려가 결혼해서 임신한 상태일 거야."

"그리고 다른 모든 사람들과 마찬가지로 사형선고를 받은 몸일 테고."

"맞아. 그랬겠지."

다이나는 병에 손을 뻗어 잔을 다시 채우면서 시간을 벌려고 했다. 제로 시점 이전의 행복했던 시절로 아이비의 마음을 되돌리기란 언제나 쉬운 일이 아니었다.

"아이비, 네가 이지를 통솔하게 된 건 결코 우연한 일이 아니야. 너한테 일을 맡긴 건 다 그럴 만한 이유가 있어서지. 너는 가면증후군을 앓기에는 세상에서 가장 안 어울리는 인간일 거야."

아이비는 약간은 재밌다는 표정으로 다이나를 바라보더니 말했다.

"지금 말한 그 가면증후군 얘기 좀 더 해봐."

그도 그럴 것이, 전에도 얘기해본 적이 있지만, 대개는 다이나가 그 주인공이었던 것이다.

"말 돌리기 없기야. 도대체 요즘 어떻게 돼가는 거야?"

아이비는 다이나의 눈을 뚫어져라 바라보았다. 그러나 그것도 잠시뿐. 그녀는 상대를 빤히 쳐다보기보다는, 속마음을 들키지 않으려고 자기 구두코에 시선을 떨구는 게 편한 사람이었다.

"너하고 숀 프롭스트는 아주 죽이 잘 맞던데."

아이비의 말에 다이나가 발끈했다.

"그 사람 정말이지 꼴불견이야! 그 사람한테 필요한 건……."

다이나는 갑자기 입을 다물었다. 아이비가 씁쓸한 표정으로 손을 들어 말을 막았던 것이다.

"알았어! 말 안 해도 돼. 오히려 고마워," 아이비가 말했다. "너 같은 인재가 필요했을 거야. 근데 가끔 너희 둘 하는 거 보면 코미디가 따로 없다는 생각이야. 러시아인들이 그 사람을 두고 보이는 반응도 그렇고. 물론 테클라가 가장 심하지만 그 다음으로는 표도르도 만만치 않더군. 아르주나 직원들을 모조리 구금하고 그들이 가져온 모든 물품을 압수하겠다며 으름장을 놓지 않나, 정말이지 대단해. 타블로이드판 스토리에 줄줄이 댓글 달리는 거 같다니까. 정말이지 내가 간신히 버텼다고."

"무슨 뜻이야, 간신히 버티다니?"

"내가 바이코누르나 휴스턴과 회의하면서 어떤 일을 겪었는지 넌 아마 모를 거야. 저 아래 사람들 나더러 강경노선을 취해달라고 얼마나 닦달을 하는지. 표도르가 원하는 조치를 취하라고 말이야."

"하지만 넌 그러지 않았지."

다이나의 말에 아이비는 다시 그녀의 눈을 쳐다보았다. 잠시 뜸을 들이던 아이비는 살짝 고개를 끄덕였다.

"결국 네가 이긴 거야."

다이나가 거듭 말하자 아이비는 이렇게 대꾸했다.

"그래봤자 상처뿐인 영광이지. 조금 덜 가혹한 해결책을 찾았을 뿐이니까. 이미르가 원정을 이어가는 데 특별히 나쁜 감정은 없어."

"그런데 '상처'는 무슨 말이지?"

"내 짐을 너한테 떠넘기고 싶진 않아."

"나 말고 떠넘길 사람이라도 있고?"

"아무도 없겠지," 아이비는 약간 화가 난 빛을 보이며 대꾸했다. "리더란 원래 그런 걸지도 몰라, 다이나. 다른 누구와도 짐을 나눠 질 수 없는 유일한 사람이라고나 할까. 어쩜 낡은 사고 방식일 수도 있어. 하지만 인간이라는 종족 자체가 살아나가려면 그런 누군가의 존재가 반드시 필요한 건지도 몰라."

다이나는 그냥 말없이 바라만 보고 있었다. 아이비는 다소 누그러진 태도로 덤덤하게 말을 이었다.

"실은 우주정서상의 책임자로서 나의 위치가 심각한 도전에 직면했어. 덕분에 지상에서 벌어지고 있는 정치에 대해 나도 눈을 뜬 거지. 숀 프롭스트 논란이 일기 전까지는 전혀 내 눈에 띄지 않던 건데 말이야. 그 이후 비로소 내 권위가 저 아래 있는 사람들의 주도로 서서히 침해받아왔다는 걸 알게 됐어. 언론에 괜한 말을 흘리거나, 회의에서 이런저런 소리 지껄이면서 말이지."

"피트 스탈링 얘기군."

"노코멘트. 어쨌든 머잖아 나 이 자리를 내놓아야 할 것 같아."

아이비의 눈자위가 살짝 붉어졌다. 그녀는 천장을 한번 쓱 쳐다보았는데, 누가 자기 이야기를 들어도 이젠 상관없다는 표정이었다. 그러고는 다이나를 쳐다보며 씩 웃었다.

"그래 자기는 요즘 어떻게 지내는 거야?"

목소리에 힘이 빠져 있었다.

"잘 지내고 있어."

다이나가 대답했다.

"정말? 듣던 중 정말 반가운 소리네."

"보와 라스를 비롯해 같은 크루로 일하려고 올라온 친구들이 내가 해온 일을 존중하는 분위기야."

다이나의 말에 아이비가 대답했다.

"내 생각에는 그게 다 네가 테클라를 위해 한 일 때문인 것 같아."

"오, 정말 그럴까? 이 몸의 놀라운 전문능력에 감화받아서가 아니고?"

"네가 말하는 그런 능력 면에서는 지구에도 괜찮은 사람들 천지지. 앞으로 몇 주 동안 여기로 올라올 사람들이 다 그런 부류일 거야. 그들의 경력을 내가 다 검토했거든."

"당연히 그랬겠지."

"그런데 이제는 단순한 전문능력 외에 다른 자질들이 필요하다는 걸 다들 느끼고 있는 것 같아. 그래서 사람들이 너를 존경하는 거지."

또다시 어색한 침묵이 흘렀다. 왠지 아이비 자신은 그런 존경의 대상이 되지 못하고 있다는 투였다.

"그것이야말로 너만의 놀라운 능력이라고 해야겠지."

아이비가 말했다.

보강작업

　지구의 대기는 단번에 끊기는 것이 아니다. 대기는 정밀한 측정 장치를 통해 완전한 진공상태와 거의 구분이 안 갈 정도가 되기까지 서서히 사라진다. 대략 고도 160킬로미터 이하에선, 궤도비행을 하는 그 어떤 물체도 빠르게 아래로 끌어당길 만큼 공기가 두텁게 자리한다. 따라서 그 정도 고도는 초기 우주캡슐들처럼 단기적 위성들을 위한 공간으로 사용되어왔다. 고도가 높아지면 공기는 그만큼 희박해지고, 궤도는 더 느리게 붕괴한다.

　이지는 해수면으로부터 400킬로미터 상공에 위치했다. 거기 장착된 수많은 태양전지판과 방열판들이 몸집에 비해 이지의 거동을 한참 처지게 만들었다. 적어도 아말테아가 부착되어 무게가 갑작스럽게 늘어나기까지는 그랬을 것이다.

　문외한들에겐 역설적으로 들리겠지만, 소행성이 추가됨으로 인해 이지가 높이 떠 있기에는 더 좋은 조건이 형성된 셈이다.

아말테아가 부착되기 전에는 우주정거장이 매달 2킬로미터씩 고도를 잃어가고 있었다. 그래서 선미 쪽 끝 엔진을 점화해 새로운 추력을 얻어야 했다. 초창기에 그 엔진은 즈베즈다 모듈에 내장형으로 장착되어 있었다. 하지만 보통은 그때그때 이지의 후미 모듈에 도킹한 우주선의 엔진을 무작위로 사용해서 문제를 해결했다.

그 당시 이지는 마치 연(鳶)과도 같았다. 전체가 펑퍼짐한 면이었고, 덩어리라 할 만한 부분은 없었다. 전문용어로 말하자면, 낮은 탄도계수를 가지고 있었다. 그것은 다시 말해 아주 적은 양의 대기에도 강하게 영향을 받는다는 뜻이다. 그러다가 아말테아가 부착되자, 이지는 큼직한 돌멩이가 묶인 연처럼 되었다. 탄도계수가 높아진 것이다. 돌멩이가 가진 운동량이 희미한 대기를 뚫고 지나면서 궤도붕괴를 늦추는 결과로 이어졌다. 하지만 이지의 궤도를 막상 재추진할 때에는, 같은 이유로 인해, 철과 니켈로 이루어진 그 몸뚱어리를 가속하는 데 더 많은 양의 연료와 장시간 점화가 필요했다.

스카우트와 파이오니어들이 이지에 더 많은 조각들을 보태는 상황이 오자 탄도계수는 다시 떨어지기 시작했고, 엔진 재점화가 그만큼 빈번해졌다. 추력기를 수시로 점화해서 우주정거장의 고도를 바로잡아야만 했다. 기본 구조에 많은 것이 첨가될수록 그것 자체의 문제점이 심각하게 드러나고 있었다. 이지는 사실 지금의 온갖 구조가 추가되기 전에도 영 볼품없는 모양새였다. 그 한쪽 끝에 추력이 가해지면 그 긴장이 전체 모듈들로 분지(分枝)해나가듯이 퍼져나가, 결국 트러스의 여러 구성요소들이 부담을 고스란히 떠안게 되어 있었다. 최대한 단순화시켜 설명하자면, 이지는 더 많은 부착물들이 들러붙을수록 전체 구조가 휘어질 가능성이 심해져 궤도추진이 그만큼 더 어려워질 뿐 아니라, 우주공간을 비행하는 각도마저 비틀어버릴 우려가 커졌다. 결국 파이오니어의 작업이 가장 바쁜 기간 동안은 궤도붕괴가 16킬로미터 이상 발생했고, 이제 엔진 재점화는 일상적 업무가 되어버렸다. H2의 바닥에 장착된 엔진이 점화할 때마다 구조적 취약점들이 드러났고 그때마다 응급장비가 동원되어야 했는데, 때로는 말 그대로 타이랩이나 덕테이프로 임시조치를 취한 후 점화단계에 들어가는 일이 허다했다.

A+0.144에서 250에 이르는 기간 동안 화두는 '보강작업(consolidation)', 줄여서 '콘솔(consol)'이었다. 정신없었던 처음 몇 달간 트러스에 중구난방으로 첨가된 구조물들과 햄스터튜브 주위로, 다시 펼쳐진 트러스 구조물을 대상으로 일종의 레트로피트 즉, '개조'를 실시한다는 의미였다. 그와 동시에 제기된 또 다른 문제점은, 폐기된 열을 우주공간으로 방출해줄 방열판들을 추가로 설치하는 일이었다. 방열판이란 원래 너무 촘촘히 설치되면 제대로 작동하기 어려운 장치였다. 자칫 서로에게 열을 쏴대는 결과만 낳을 수 있었다. 따라서 열배출 장치는 크기가 커지면서 뒤로 갈수록 비행기의 꼬리날개랄지, 화살 꼬리의 깃털처럼 확장되는 모양새를 취했다. 그냥 비유적으로만 그렇다는 얘기가 아니다. 화살촉이 무겁고 화살깃이 펼쳐진 구조를

가진 덕분에 화살이 전방으로 곧게 날아갈 수 있는 것처럼, 맨 앞에 아말테아라는 묵직한 돌덩이를 매달고 꽁무니에는 방열판들을 돌아가며 장착함으로써 이지는 안정된 방향을 잡을 수 있고, 추동엔진 점화에 따른 부담을 그만큼 줄일 수가 있는 것이었다. 뿐만 아니라, 그로 인해 방열판들은 미세유성들로부터 보호받을 수 있었다. 바위들은 이론상 어느 방향으로부터도 날아들어 우주선에 타격을 가할 수 있으나, 대개는 그 앞쪽 표면에 충돌하기 마련이다. 그래서 우주정거장의 선수 쪽 모듈들의 표면은 보통 페어링을 갖추게 되어 있다. 당연히 아말테아는 더할 나위 없이 거대하고 강력한 방패가 되어주는 셈이다.

태양전지판들 역시 수가 지나치게 증가했는데, 모두 다 낡은 방식으로 작동하기 때문이었다. 광전지가 효과적인 부속품 역할을 할 순 있지만, 모든 걸 제대로 돌아가게 할 가장 확실한 방법은 소위 RTG 즉, '방사성동위원소 열전자 발전기'라고 하는 소형 핵장치임이 클라우드아크 프로젝트의 아주 초기단계에서부터 분명하게 인식되고 있었다. 이는 우리가 원하든 원치 않든 항상 열을 내뿜기에, 그만큼 방열판의 필요성을 가중시키는 요소이기도 했다.

방열판은 무중력 상태의 배관시설에 어마어마한 공헌을 하는 장치였다. 과일 생산된 열은 그것이 발생한 지점에서(대부분 기압조절이 이루어지는 이지의 생활공간) 철저히 수거되어, 깨끗이 제거될 수 있는 지점(선미 쪽 '화살깃'에 해당하는 부분)으로 운반될 수 있어야 한다. 그걸 효율적으로 수행하는 유일한 방법은,

순환회로를 돌리는 가운데 한쪽 끝에서 가열된 유체를 반대편 끝에서 냉각시키는 방식이었다. 이때 뜨거운 지점에서는 열교환기와 더불어, 문제가 되는 지점에서 열을 빨아들일 냉각판들이 작동한다. 차가운 끝에서 그 유체는 가느다란 관들의 망을 통해 퍼져나가게 되는데, 넓적한 패널들 사이를 파고드는 일종의 모세관과도 같은 그 장치의 유일한 목표는 살짝 뜨거운 유체의 열기를 적외선 불빛 형태로 심우주를 향해 배출하여, 머나먼 은하계를 데움으로써 상대적으로 이지를 식혀주는 데 있었다. 순환회로의 뜨거운 끝과 차가운 끝을 연결하는 펌프와 파이프 시설은, 지구의 골치 아픈 배관시설이 늘 그러하듯, 허구한 날 규모가 비대해지면서 똑같은 문제점들을 발생시키기 일쑤였다. 그걸 두 배로 복잡하게 만드는 방식이 다름 아닌 일부 순환회로는 무수 암모니아를, 나머지는 물을 사용하는 것이었다. 암모니아는 물보다 효율적인 반면 위험했고, 우주에서 얼어내기도 쉽지 않았다. 어차피 클라우드아크가 살아남는 길은 물에 기초한 경제성을 통해서였다. 앞으로 백 년이 지난 다음, 우주의 모든 것에는 순환수계통을 통한 냉각방식이 적용될 터였다. 그러나 지금 당장은 암모니아에 기초한 장치도 굴러가게 해야만 한다.

좀 더 복잡한 문제는, 어쩜 지나친 편의를 추구한 결과이기도 한데, 시스템 자체가 장애 허용성을 추구한다는 사실에서 비롯한다. 즉, 장치 일부가 달의 파편으로 타격을 입어서 새기 시작한다고 쳤을 때, 그것은 곧장 나머지 시스템으로부터 격리

되어 너무 많은 양의 물이나 암모니아가 우주로 배출되는 것을 막아야 한다. 따라서 시스템은 체크밸브들과 크로스오버 스위치, 대리기능성 장치들로 이루어진 광범한 체계를 이루고 있었고, 그것은 디테일을 무한히 수용하는 뇌의 용량을 갖추었다 자부하는 아이비조차 질리게 만들 만한 수준이었다. 오죽하면 그녀는 냉각과 관련한 모든 문제를 4분의 3이 러시아인, 4분의 1이 미국인으로 구성된 작업반에 일임해야만 했다. 우주유영활동의 대부분이 냉각시스템의 확장과 유지에 관한 작업이어서, 이 문제에 관한 한 참으로 아이비답지 않게 그녀는 하루 한 번 보고되는 내용만을 체크하는 것으로 만족했다.

이지의 구조가 지탱해내야만 하는 모든 배관시설과 방열판 체계의 문제점들은 한마디로 "재발진을 견디기엔 너무 허약하다"는 점으로 요약될 수 있었다. 결국 급한 불부터 끄고 본다는 취지하에, 아이비와 지구의 기술자들은 이른바 '콘솔'이라는 개념을 큰 방향으로 삼은 프로그램을 추진해야만 했다. 아이비는 개인적으로 이 프로그램의 성격을 우주정거장 전체 구조의 '탈연성화(脫軟性化)' 작전으로 규정했다. 그리고 스카우트와 파이오니어가 정비해놓은 것들을 따로 분리할 수가 없다 보니, 이는 기존의 것을 중심으로 일종의 비계처럼 보이는 구조물을 세우는 작업이 되어버렸다. 1킬로미터쯤 거리를 두고 보면, 마치 보물이 되다시피 한 낡은 건물을 보수하고 있는 광경과도 같아 보였다. 조금 흉하지만 제법 쓸모 있는 격자형의 구조물이, 기존의 물체를 파고들지 않는 범위 내에서, 그것을 감싸 안아 강화하는 방향으로 증축되고 있었다.

초반 작업에선 지상에서 트러스 구간을 미리 작업한 뒤 그 상태 그대로 우주로 쏘아 올려져, 우주유영자들에 의해 장착되었다. 그렇게 하여 비용은 많이 들지만 구조적 통일성을 가급적 빠르게 확보해갔던 것이다. 한데 그런 접근방법은 머잖아 수확체감의 법칙에 부닥치게 되었고, 소위 '방주인(方舟人)'으로 알려지게 된 아커(Arkers)가 지구인의 주문생산 구조물에 영원히 의존할 수만은 없음이 명백해졌다.

심지어 지구에서 일하는 기술자들이 현재 이지의 상황을 더이상 확실하게 파악하기도 어려워졌다. 그들이 사용하는 CAD 모델은 이제 시대에 뒤처진 물건이 되어버렸다. 다이나가 이 점을 간파한 건, 로봇을 이러저러한 지점에 보내 카메라가 이러저러한 모듈로 맞춰줘야 거기 상황을 제대로 알 수 있지 않겠냐며 닦달하는 지구 기술자들의 메시지가 급증한 다음부터였다.

아커는 자기들이 이용할 구조물을 원위치에 세우기 위한 자재와 도구가 절실해졌다. 이것들이 이지에 도착한 건 220일째 되는 날부터였다. 거의 협동작업조차 필요 없이 하나 이상의 소스로부터, 하나 이상의 다양한 방식으로 솔루션들이 답지한다는 건 지구 사정도 많이 달라졌음을 의미했다. 과거에는 주문된 장치가 우선 3문자 약어(TLA)로 명명된 다음, 하청업체들을 이리저리 오가며 한없이 시간을 지체한 연후에야 우주공간으로 쏘아 올려지는 게 다반사였다.

가장 유용한 구조보강 시스템이 하나 있었는데, 낡았지만 썩 괜찮은 아이디어를 융통성 있게 구현한 결과였다. 그것은 마치 물받이통과 홈통 제작업체에서 사용하는 기계를 닮았는데, 널찍한 판금 롤이 기계 속으로 들어가면 홈통 형태로 구부러지면서 원하는 만큼 사출성형이 이루어지는 방식이었다. 단 하나 다른 점이라면 판금을 원통형으로 구부리면서 삼각형태로 갈라지는 구간을 만들고 그 가장자리를 영구적으로 용접해 마무리한다는 점이다. 이런 방식은 원래 서방세계에서 오래전에 발명되고 표준화된 것이지만, 제로 이후 처음 2백여 일이 지난 시점에 중국 국가항천국에서 보다 완벽하게 체계화한 뒤, 그걸 활용할 줄 아는 작업반과 함께 우주로 쏘아 올렸던 것이다. 만약 전기와 알루미늄 롤만 공급된다면 그들은 아마 무한정 빔들을 찍어낼 터였다. 다만 빔들을 트러스라든가 비계 같은 좀 더 복잡한 구조로 연결하는 것은 그보다 훨씬 어려운 작업이었다. 우주공간에서 용접을 한다는 건 매우 복잡한 작업이며, 그나마 장비도 충분치 않았다. 결국 중국인들은 역시 대량생산을 통해 확보한 조립식 장난감 같은 커넥터들을 활용해 삼각형태의 빔을 삽입하고, 스크루로 고정시키는 방법을 택했다. 처음에는 그것들을 지상에서 다량으로 공수해왔지만, A+0.247부터는 3D 프린터로 전송받아 더 많은 물량을 손쉽게 확보함은 물론, 빔이 삽입될 앵글을 적절히 변환할 수 있게 되었다. 이를 통해 그들은 그때그때 상황을 봐가며 트러스를 디자인하고 제작할 수 있게 되었는데, 이는 대량생산된 커넥터들로는 실현 불가능했던 일이다. 그런가 하면 표도르는 진공과 무중력 상태에서 완벽한 기능을 보여주는 전자빔 용접기를 확보했다. 이는 지금까지 만들어진 용접기 중 최고가 설비로 러시아 기술력의 개가인데, 비야체슬라브를 특별히 훈련시켜 이 기계를 다루도록 했다. 비야체슬라브는 테클라와 다른 우주유영자 둘을 훈련시켰고, 이들은 작업대기량을 미리 측정해 교대로 투입되면서, 날로 복잡해져가는 이지의 구조물을 이곳저곳 용접했다. 그런 식으로 러시아인과 중국인의 합동작업하에 비계들이 날로 증축되고 강화되었다. 이제 재발진 엔진점화는 갑작스런 진동이나 굉음을 유발하지 않았다. 햄스터튜브들은 이지를 뒤덮다시피 한 구조보강재와 차폐물에 가려 더 이상 눈에 띄지도 않았다. 새로운 도킹포트들은 마치 나뭇가지 끝에 돋은 싹처럼 이지의 말단부에 머리를 내밀기 시작하면서 다음 단계 즉, 제1차 아클렛의 도착을 대비하고 있었다.

한편 지상은 현재 8월, 마지막 8월을 하나 더 남겨둔 8월이었다. 새로 조성되거나 개조된 우주공항 열두 개가 운영되고 있었다. 이제는 세계 전역의 서로 다른 여덟 곳에서 초중량 로켓들이 이지를 향해 발사되고 있었다. 이들 발사대 주변에는 여러 로켓단들과 세 가지 유형의 아클렛들이 마치 사격장에 쌓아놓은 탄약통들처럼 적재되어 있었다.

"이제 가셔야죠, 닥터 해리스," 줄리아 블리스 플래허티가 말했다.

요즘 두브는 자신이 대통령과 일상적으로 만나고 있다는, 정말이지 말도 안 되는 상황에 어리둥절할 때가 한두 번이 아니다. 크게 보았을 때, 달이 폭발했다든가 모두가 얼마 못 가 죽음을 맞게 될 거라는 사실에 비해 그런 일은 전혀 이상한 일이 아니었다. 하지만 기상천외한 자연현상들이 넘쳐나는 환경에서 나고 자란 그에게는, 이를테면 대통령과 대화하는 것처럼 사소한 일로 당혹스러운 것이 훨씬 불편했다. 그것도 백악관 집무실에서 한쪽에는 과학기술 보좌관 피트 스탈링이, 다른 한쪽에는 백악관 홍보부장이 배석한 채, 집사가 크리스털 컵에 따라주는 얼음물을 마셔가면서 말이다.

그러고 보니 집사가 유용한지는 알 것 같았다. 그런데 홍보부장은 왜 이 자리에 있는 것인가? 마가렛 슬론은 자기 분야의 능력자이자 대통령을 완벽하게 보좌하는 일에서는 늘 놀라움을 불러일으키지만, 그 어떤 전문적인 토론에서도 "큰 돌멩이가 우주에서 날아들면 위험합니다" 말고는 할 말이 없는 사람임이 너무도 분명했던 것이다.

다들 무언가 중요한 이야기를 기대하는 것처럼, 두브만 바라보고 있었다.

"이제 가셔야죠"라니, 대통령의 발언은 대체 무슨 뜻인가?

이제 여기서 나가보라는 의미인가? 탭 프라우스처럼 인터넷에 보다 깊은 지식을 갖춘 더 젊고 참신한 누군가에게 지금 이 자리를 넘기고 그만 물러나라는 뜻인가?

어색한 적막 속에서 마가렛 슬론이 설명을 시도했다.

"선생님의 존재감과 실력은 사태진정에 큰 도움이 되어왔습니다. 미국을 비롯한 지구상의 많은 사람들이 '아워 헤리티지'가 주도하는 개념에 희망을 걸고 호응을 보내주고 있어요. 선생님이 두 팔을 걷어붙이면서까지 모제스레이크와 바이코누르를 누비며 적극성을 보여준 점, 저희는 높이 평가합니다. 그러나 이제는 때가 되었다는 생각이……."

"알겠습니다, 저 대신 새얼굴로 대체할 때가 되었다는 말씀이시죠," 두브가 말을 끊었다. "솔직히 말해서 잘됐습니다. 그러지 않아도 자식들과 새로 얻은 아내와 함께 좀 더 많은 시간을 보내고 싶었거든요. 일은 탭이 훌륭하게 잘해낼 겁니다."

대통령의 표정에 무척 당혹스러운 빛이 스쳤다. 그녀의 눈빛이 마가렛 쪽으로 향하며 반짝거렸다.

"그런 얘기를 하자는 게 아니었습니다," 마가렛이 말했다. "저희에겐 선생님이 필요해요. 세상 사람들이 선생님을 필요로 하고 있습니다. 다음 단계로 넘어가고, 더 높은 수준으로 나아가기 위해 선생님의 도움이 절실합니다."

"우리가 선생께 바라는 건 말입니다," 대통령도 입을 열었다. 두브의 눈치 없는 태도와 마가렛의 두루뭉술한 말투에 다소 짜증이 난다는 투였다. "360일경 돼서는 직접 우주로 나가서 클라우드아크의 주민이 되어주셨으면 하는 겁니다."

"저는 가기 싫습니다!"

두브가 툭 던지듯 말했다. 그런 식으로 흥분한 태도를 드러내는 것은 보기 드문 일이었다. 자신의 부적절한 언행에 놀란 두브는 잠시 입을 닫고 앉아만 있었다.

수분이 지나자 대통령이 말했다.

"닥터 해리스, 아마 고등학교 수업시간에 배우셨을 테지만, 지금 제가 앉은 이 자리에 있는 사람은 많은 권한을 소유하고 있답니다. 그중 하나는 유죄판결을 받고 복역 중인 사람의 형집행을 정지하고 사면하는 것도 포함되어 있지요. 텍사스에서 가스실로 걸어 들어가는 모든 재소자는 부분적으로 내가 그들을 사면해주지 않았고, 그들의 선고형량을 감형해주지 않았기 때문에 그런 거라고 볼 수 있습니다. 지금까지 사형선고를 받은 재소자급에서는 어느 누구에게도 그런 나의 권한을 행사하지 않았지요. 그런 내가 사실상 지금 처음으로 당신에 대해서 그 권한을 행사하려 하고 있습니다."

대통령은 그쯤에서 잠시 숨을 돌렸고, 두브는 그녀가 자신의 반응을 기다린다는 걸 비로소 깨달았다.

그는 자기 앞 테이블을 장식한 꽃꽂이를 뚫어져라 바라보았다. 누구든 클라우드아크에서 꽃을 가꾸게 되기까지 얼마나 시간이 흘러야 할까 궁금했다. 그는 컵에 손을 뻗어 물을 한 모금 삼켰다.

J.B.F.의 이런 태도는 두브를 더욱 무기력하게 만들고 있었

다. 그가 꽃에서 시선을 떼고 대통령을 똑바로 쳐다보기 위해서는 몇 가지 의식적이고 의도적인 노력이 필요했다. 대통령은 눈 하나 깜빡이지 않고 그를 빤히 바라보았다.

대통령이 말했다.

"당신은 이 행성에 발을 딛고 산다는 이유 하나로 사형선고를 받은 겁니다. 내가 당신을 방금 용서했습니다. 이제 당신은 우주로 나가 얼마든지 살아갈 수 있어요. 나는 그렇지 못합니다. 무슨 얘긴지 알겠습니까, 닥터 해리스? 이 경우에서 대통령인 나는 나 자신을 용서할 수도 없습니다. 세계 국가지도자들과 그 가족구성원을 선발에서 배제한다는 크레이터레이크 협정을 악랄하게 깨뜨리지 않는다면 말이지요. 자, 그런데 도대체 당신은 제정신인가요?"

만약 두브가 내심 품고 있는 대답을 입 밖으로 내놓았다면, 그건 아마 더할 나위 없이 무분별한 내용이었을 거다. 바로 이런 식으로. '저는 클라우드아크 계획이 성공할 수 없다는 확신이 들었습니다. 그동안 저는 사람들 기분을 맞춰주기 위해 공개적으로 사기극을 이끌어왔을 뿐이에요. 저는 우주에 나가 홀로 천천히 외롭게 죽기보다는 차라리 지상에서 사랑하는 사람들과 더불어 빨리 죽기를 택할 겁니다.'

하지만 그는 이렇게 말했다.

"저보다 더 그런 혜택을 누릴 만한 사람들이 있습니다."

동시에 그처럼 멍청한 소리를 내뱉은 자신이 한심하게 느껴졌다. 너무나 쉽게 반박당할 말이 아니던가. 까놓고 말해 그는 클라우드아크 탑승자 명단에 당연히 들어갈 만한 최적의 후보자였으니 말이다.

"도저히 더는 가만히 듣고 있을 수가 없군요," 피트 스탈링이 신경질적으로 터져 나오는 웃음을 억지로 참으며 말했다. "이보세요, 두브, 당신은 저 위에서 무척 유용한 도움이 될 수 있는 사람입니다. 오히려 한시도 쉴 틈이 없을까봐 그게 걱정일 정도예요! 당신은 따뜻한 인간미와 함께 핵심적인 전문능력을 무진장하게 갖추고 있습니다. 당신은 천체물리학적 문제들을 다루는 일과 젊은 아커들을 교육하는 일, 지상의 주민들에게 팟캐스팅을 실시하는 일 어느 하나 소홀함 없이 성실하게 책임을 다할 사람이에요."

두브는 고개를 돌려 피트 스탈링의 눈빛을 바라보았다. 그리고 피트가 의도적으로 거짓말을 늘어놓고 있음을 깨닫고는 마치 찬물에 뛰어든 것 같은 섬뜩함을 느꼈다.

두브가 도움 될 만한 사람이라는 얘기 때문이 아니었다. 그가 진심인 척하고 있다는 점이 그랬다. 그는 보다 근본적인 무언가를 거짓으로 포장하고 있었다.

클라우드아크가 제 기능을 발휘하지 못할 거라는 불신은 피트 스탈링이 두브보다 더하면 더했지 덜하진 않았다.

그럼에도 그는 닥 뒤부아가 저 위로 올라가 자기처럼 거짓말을 해주길 바라고 있었다.

현재 두브는 자기 인생의 수십 년이라는 시간을 특별한 분야에 투자하면서 잔뼈가 굵은 과학자였다. 다름 아닌, 진실을 탐구하여 그것을 공개적으로 발언하는 일 말이다. 인정머리 없기로 악명 높은 부류인 정통 과학자들 세계에서조차 두브가 자기 생각을 가감 없이 이야기한다는 것만은 다들 인정하는 분위기였다. 자신의 발언으로 누구 기분이 상하든, 누구의 이력이 손상을 입든 두브는 개의치 않았다. 대개는 TV 카메라 앞에서 벌어지는 일이 그랬다. 그가 TV에 출연하여 발언하는 것을 그토록 많은 사람들이 믿어 의심치 않는 이유는, 그가 대쪽 같은 사람이고 힘 있는 사람들 심기 불편하게 할 만한 얘기도 아무 스스럼없이 내뱉으면서, 종종 사고치는 걸 아무렇지도 않게 여기는 것 같았기 때문이다. 그런 순간을 포착한 상당수 자료가 유튜브라든가 레딧에 잘 모셔져 있다. 가령 진화론을 믿지 않는 어느 공화당 상원의원을 묵사발 만드는 장면이랄지, 기후변화의 심각성을 부인하는 누군가를 길거리에서 우연히 마주쳐 혼내주는 장면, '투데이쇼'에 출연한 어느 여배우의 어린이 접종에 대한 반대 입장을 두고 수천 명의 아동사망에 책임을 통감하라며 거세게 몰아붙여 눈물까지 떨구게 만드는 장면 등등.

어떻게 보면 그의 머릿속에는 지금 두 가지 문제가 동시에 맴돌고 있는 상황이었다. 하나는 거짓말을 *할 것이냐*, 다른 하나는 거짓말을 *할 수 있을 것이냐*.

전자는, 만약 수억 명에 이르는 사람들을 조금은 더 행복한 마음으로 죽어갈 수 있게 해주는 거짓말이라면, 거짓말하는 것도 괜찮지 않겠냐는 문제다.

후자는, 사람들이 거짓말임을 눈치채지 않겠냐는 문제다. 카메라 앞에 서서 헛소리를 늘어놓는 동안, 목소리 톤의 변화라든가 표정의 꾸밈을 간파할 텐데 과연 거짓말이 통하겠냐는 것이다.

진짜 문제는 바로 그 부분이었다. 제대로 잘 속일 수 있느냐. 왜냐면 제대로 속이지 못할 거면 즉, 그럴듯하게 거짓말을 하지 못할 거면, 시도 자체에 무슨 의미가 있겠는가.

두브는 제대로 할 수 없을 거라고 확신한 상태였다.

두브의 컵 안에 든 얼음 한 조각에 열균열이 생기면서 '뽁' 하는 파열음이 났다.

순간 두브는, 이제 거의 반년 정도의 시간을 거대한 얼음덩어리만 추적하고 있는 숀 프롭스트를 떠올렸다. 벌써 그렇게 많은 시간이 흘렀음을 믿을 수가 없었다.

사람은 그 무엇에도 익숙해지기 마련이다. 일단 익숙해지면 시간은 쏜살같이 날아가고, 미처 깨닫기 전에 결정적인 순간이 닥친다.

그는 숀이 L1 게이트로 언제쯤 떠나는지를 물었던 사람들을 기억하고 있었다. 도대체 그 정신 나간 억만장자는 지금 무슨 짓을 하고 있을까? 분명한 건, 그것이 공식적인 계획의 일부는 아니라는 점이었다. 공식적인 계획이 거대한 얼음덩어리의 필요성을 인정했을 것 같지는 않다. 그럼에도 숀 프롭스트는 그것을 무척 중요한 문제로 보았고, 그래서 개인적으로라도 기꺼이 저 위로 올라가 직접 해결하겠다는 것이었다. 그 과정 중에 본인이 사망할 가능성은 충분하거니와, 살아서 돌아온다 해도

방사능 노출과 장기간 무중력 상태로 인해 회복 불가능할 정
도로 건강이 손상되어 있을 것이다. 사람들은 숀의 복안이 무
엇이라고 생각하느냐는 질문을 두브에게 참 많이 했었다. 당
시 두브는 그 문제를 충분히 연구하지 못한 상태였기에, 어쨌
든 우주에서 물을 많이 확보하는 건 여러 모로 좋은 일이라면
서 대답을 얼버무리고 말았다. 우선 식수로 마실 수 있으며, 곡
물을 재배할 수 있고, 방사능 차폐용으로 활용할 수도 있으며,
수소와 산소로 쪼개어 로켓연료로 삼을 수도 있고, 호스를 통
과하면서 과도한 열기를 우주공간으로 쏟아버리는 기능으로도
활용할 수 있다. 이 모두가 사실이긴 하나, 일종의 논점 흐리기
에 불과하다. 나사가 이미 검토한 사안이었을 것은 불 보듯 뻔
한 일이다. 도대체 나사가 미처 주목하지 못했거나 못 보고 지
나친 어떤 추가수요를 숀 프롭스트는 간파한 것일까?

좀 더 시간이 흐른 뒤, 아르주나 직원들과의 대화와 클라우
드아크 계획에 참여한 친구들에게서 얻어들은 정보를 바탕으
로 두브는 문제의 윤곽을 가늠하게 되었다. 다름 아닌 추진제
가 문제였다. 클라우드아크가 기동하려면 엄청난 양의 추진제
가 필요할 텐데, 숀은 그것이 지금 충분하다고 생각지 않는 것
이다.

그래서 저 위로 올라가 뭔가 그와 관련한 일을 하고 있는 것
이었다.

숀은 말쟁이가 아니라 행동가였다. 그렇기에 자기가 무엇을
말할 것인지, 자신의 공적 입장이 어떻게 될지 그리고 자신이

어떻게 비치고 어떻게 자리매김할지를 놓고 지금 두브처럼 고민할 필요가 없었을 거다.

"지금으로부터 백일 후의 문제입니다."

두브가 말했다.

워낙 장시간 이어지던 침묵이라 대통령 집무실의 나머지 사람들 모두가 다소 놀란 눈치였다. J.B.F.는 책상 위의 태블릿에 정신이 팔려 있었고, 피트 스탈링은 창문 밖을 내다보는 중이었다.

"뭐하고 하셨죠, 닥터 해리스?"

대통령은 아까 그 빤히 쳐다보는 시선을 두브 쪽으로 다시 향하며 말했다. 그러나 두브는 더 이상 그 시선으로 위축되지 않았다. 그의 정신은 이미 그런 눈초리로 바라보기는 어려운 어딘가로 이동하고 있었다.

"지금은 260일째입니다. 그리고 제게는 360일째 근처에서 우주로 나가달라는 말씀이시고요." 두브의 말에 매기 슬론이 긴장을 푸는 자세로 전환하면서 대꾸했다.

"맞습니다. 다만 그게 1차 파송단은 아닙니다. 그건 좀 더 리허설과도 같은 답사 차원의 파송이었죠. 대신 우주로 날아가는 진정한 첫 번째 아커들이 될 겁니다. 우리 생각은 당신을 거기 합류토록 하는 겁니다. 당신은 그들의 체험에 동참할 것이고, 그들을 대표해서 지구 주민에게 아커의 하루 생활이 어떠한지를 보여주게 될 겁니다. 지속성의 감각을 살려서 말이죠."

헛소리 하고 앉았구먼…… 두브가 속으로 중얼거렸다. 박사

과정만 7년에 유럽의 메이저 연구기관에서 2년간의 포스트닥, 칼텍의 정교수, 노벨상 유력후보자 명단에 단골로 이름이 오르내리는 나를, 인류의 운명이 경각에 달린 지금 고작 지속성의 감각을 제공하는 옵저버 역할이나 하라?

"할 수 있습니다"라고 두브는 말했다. '내가 저 위에 있는 한 다른 무엇은 못하겠는가!'

그때 가서 그들이 무슨 짓을 하겠는가, 그를 다시 지구로 끌어내려?

기껏 못돼먹은 짓을 해봐야 두브가 보내는 방송전파를 끊어버리는 거겠지. 그 정도야 아무래도 괜찮다. 일단 저 위로 올라가면 카메라 앞에서 떠들어대는 것 이상의 유용한 할 일이 반드시 있을 거다. 숀 프롭스트는 클라우드아크와 관련하여 한 가지 문제점을 간파했고, 그걸 수습하기 위한 액션에 돌입했다. 앞으로 남은 백일, 두브가 깨칠 만한 유용한 일에 무엇이 있을까? 일단 저 위로 올라간 다음, 전체적인 시각에서 보다 나은 방향으로 그가 이바지할 만한 일에 무엇이 있을까?

"백일입니다. 그 석 달은 제가 아내와 자식들 그리고 태아와 함께 보낼 시간이지요."

"태아요?"

피트 스탈링이 무슨 뜻인지 알아듣지 못한 듯 물었다.

세 아이의 엄마인 마가렛 슬론이 즉시 나섰다.

"아멜리아가 임신했어요?"

그녀는 따뜻한 미소를 지으며 물었다. 제로 이전까지만 해도 그처럼 축복받을 만한 사건 앞에서 사람들이 으레 보이는 반응이 그런 것이었다. 그러나 요즘 사람들의 반응은 다소 복잡 미묘해졌다. 그래도 옛날 버릇은 쉽게 버리지 못하나 보다.

"계속 그럴 건 아닙니다," 두브가 말했다. "우린 태아를 냉동시킬 생각이니까요. 저의 조건은 딱 하나, 그 태아와 함께 우주로 나갈 수 있게 해달라는 겁니다."

"그렇게 합시다." 대통령이 대답했다. 말투나 표정 모두, 이것으로 미팅이 끝났음을 선언하고 있었다.

287일

"감자와 관련해서 뭐 재미난 얘기 없을까? 머리 좀 식힐 겸 웃기는 걸로 말이야."

아이비가 물었다.

죽음을 앞둔 남의 가족에게서 뜬금없이 우스갯거리를 기대하는 아이비를 과연 어떻게 바라보아야 하는지 다이나는 알수가 없었다. 다만 세상 종말을 단지 433일 앞둔 시점에서 그걸 굳이 탐탁잖게 받아들인들 딱히 무슨 의미가 있을까 싶기도 했다.

사정상 지상의 붙박이들에 대하여 조금은 가혹한 태도가 고개를 들고 있었다. 하긴 70억 명 사람 모두에게로 연민의 정을 확대하기란 인간적으로 불가능했다. 다이나는 무선전신을 통해 흘러나오는 블랙코미디의 사례들을 청취하기 시작했고, 거기서 조금은 재미를 느끼는 자신을 발견했다.

하긴 다이나의 가족에게서도 알 수 있듯, 블랙코미디가 아커들에게만 한정된 것은 아니었다. 그들은 지적인 사람들이었으나—그들이 하는 일을 하려면 누구라도 그래야겠지만—분명 탄광촌 유머라 할 만한 이야기에도 호응을 보였다. 중역회의실이나 교수휴게실에서는 구경도 못 할 참신한 소재와 현실적인 조크로 충만한 이야기 말이다. 그러다 뭔가 재미난다 싶은 대목을 만나면, 결코 그냥 넘어가게 놔두질 않았다. 크레이터레이크 성명발표가 있고 얼마 지나지 않아 루퍼스가 보내온 농담 반 진담 반의 모스 전신은 감자재배와 관련한 내용이었는데, 매쿼리 가문이 하드레인을 대비해 마련하고 있는 대책과 관련하여 요즘 인기몰이 중인 조크의 하위 장르로 갑작스레 발돋움한 상황이었다. 이따금 지구에서 날아드는 그녀의 생필품 꾸러미에 아직도 흙먼지 묻은 손가락감자들이 포함되어 있는 것을 다이나는 이제 익숙하게 받아들였다. 심지어 작업실에 덕테이프로 부착한 녹슨 아이다호 감자재배 인가패널 역시 루퍼스님의 애틋한 배려 덕분에 같은 꾸러미로 실려온 거다. 그 낡은 패널은 유명감자라는 슬로건까지 보란 듯 아로새긴 상태인데, 은광이 풍부한 그 길쭉한 모양의 주(州)에 사는 탄광동료에게서 얻어낸 것이 틀림없었다.

"없어?"

아이비가 재차 묻자 다이나가 대답했다.

"오, 그러잖아도 사방이 감자 천지라고. 난 이제 저들이 농담을 한다고 생각할 수가 없어."

"그게 무슨 말이야?"

"처음에는 이런 얘기를 하는 건가 싶기도 했지. '우린 우리가 죄다 망했다는 걸 잘 알아요. 어린애같이 굴어봐야 아무 소용 없죠. 까짓 마지막이 닥칠 때까지 그냥 웃어버립시다'라고 말이지. 그런데 지금은 저들이 정말 무얼 하고 있는 건지 진지하게 생각해보기 시작했어. 내 말은, 저들은 지금 이 모든 장비를 가지고 브룩스 산지 속으로 들어가 있단 얘기거든. 마음만 내키면 당장이라도 그곳에서 페어뱅크스로 차를 몰아 내려갈 수도 있고, 거기서부터는 세계 어디로든 갈 수가 있는 상황이지. 피라미드를 조사하든, 모나리자를 감상하든 말이야. 옛 친구나 가족을 방문할 수도 있지. 그런데도 저들은 내가 아는 세상 최고로 재미없고 우중충한 장소에 처박혀 있단 말이야, 대체 무얼 하기 위해서냐고!"

"준비하는 걸까?"

아이비가 말했다.

"나도 그렇게밖엔 생각할 수가 없어. 5천 년에서 만 년에 이를 체류를 준비한다고 말이지."

"저들만 그러고 있는 게 아니야."

아이비의 말이 처음에는 얼른 이해가 되지 않았다. 그러나 표정을 읽고는 그 뜻이 명확해졌다. "세상에, 그게 진짜야? 칼이?"

놀란 다이나가 묻자 아이비는 눈짓으로 살짝 긍정을 표했다.

"요즘 계속해서 내게 리튬과 수산화나트륨 집진기의 비교장점이 무어냐고 물어오고 있어. 장기간 좁은 공간에서 제한된 생활을 하는 사람들을 대상으로 한 루이사의 사회학 논문들을 PDF 파일로 보내달라는 요청도 자주 하고."

"설마 네가 눈치채지 못하리라는 생각을 할 리가 없는데."

"맞아. 그래서 그 행간의 의미를 읽어볼 생각이야."

"그가 무슨 생각으로 그러는 것 같아?"

"글쎄," 아이비가 대답했다. "핵전쟁 발발시 기동하기로 되어 있는 대형 핵잠수함 한 대의 독점 지휘권이 그 사람한테 있거든. 만에 하나 미합중국이 더 이상 존재하지 않게 된다면, 지휘계통상 그 사람 위에는 아무도 없는 상황이 올 거라고 생각해. 그럼 함장으로서 할 일이 뭐겠어?"

"하지만 방법이 없잖아?"

다이나의 말에 아이비가 대답했다.

"내 생각에는 바다가 펄펄 끓느냐 마느냐에 달린 문제라고 봐. 내가 그 사람이라면, 일단 마리아나 해구로 파고들어 행운을 빌어보는 수밖에."

"나라면 우주공간에서 살아남는 것보다 그게 훨씬 어렵다고 생각할 것 같은데."

아이비는 썰렁한 표정으로 친구를 바라보았다.

"왜?!" 다이나가 눈이 똥그래져 말했다.

"우주공간에서 살아남는 건 누워서 떡먹기지, 잊었어?"

"오 그래, 미안. 내가 깜빡했다(메이크업을 깜빡했단 말인가)……. 제법 흥미로운 도전일 수 있겠는걸."

다이나는 나사의 홍보부장 목소리로 재빨리 바꿔 아까 한 말을 수정했다.

"나는 우리가 지금 하는 일도 마찬가지라고 생각해," 아이비가 말했다. "작은 일들로 많이 나눠서 한 번에 하나씩 해결하지 않으면 그만 압도당하고 말지."

"우리도 지금 그러고 있는 건가?"

"그럼."

"도대체 무슨 생각인 거야? 머리 좀 식히는 것 말고 다른 생각은 없어?"

"네 생각. 너 어떻게 지내나. 건강은 괜찮은가."

아이비가 말했다.

"오 맙소사. 우리 지금 회의 중인 거야? 공적인 비즈니스 미팅이냐고!"

아이비는 다이나의 반응은 무시한 채 말을 이었다.

"그나저나 너 T2 타임에 기록이 많이 안 되어 있더라."

두 번째 토러스인 T2는 리스가 축조를 책임진 시설인데, 140일째부터 회전을 시작했다. 그곳의 시뮬레이션 중력은 정상적인 지구중력의 8분의 1 수준으로, 첫 번째 토러스보다 아주 조금 클 뿐이었다. 크기도 더 크고 더 천천히 돌아갔는데, 조금이라도 더 안락한 공간을 만들려던 리스의 의도가 반영된 결과였다. 그냥 그 안에 머무는 것만으로도 장기간 우주공간에 체류함으로 인한 부정적인 영향을 줄일 수 있었다. 중력이 없는 환경에서 생활하는 사람은 골밀도와 근육량이 점진적으로 감소하는 증상을 겪게 된다. 뿐만 아니라 안구의 형태도 망가지고 시력도 저하된다. 우주정거장 근무자들은 이 문제와 싸우기 위해 뼈에 스트레스를 가해주는 운동기계를 애용하지만, 그건 고작 몇 달간 우주에 머무는 사람들을 대상으로 한 미봉책에 불과했다. 다이나, 아이비를 비롯해서 이지 크루의 원년 멤버라 할 수 있는 나머지 열 명은 현재까지 우주공간에 머문 기간이 거의 1년에 근접해간다. 제로 이후 처음 몇 달 동안은 장기적 건강문제에 관심을 보이는 사람이 아무도 없었다. 어차피 모두가 죽을 터였다. 스카우트들은 이미 죽은 채로 우주정거장에 도착하는 경우도 허다했다. 매 순간이 비상사태였던 셈이다. 그러나 햄스터튜브 공사와 구조보강에 접어든 시기부터는 생명과학이 말을 하기 시작했다. 특히 다이나의 경우, 최근 몇 주 사이에 T2 시뮬레이션 중력장 안에서 보다 많은 시간을 보내지 않는 문제로 잔소리 듣는 것이 처음은 아니었다.

다이나는 이렇게 말했다.

"중력 상태와 무중력 상태를 오가는 것이 정말 힘들어. 메스꺼워진다고. 게다가 T2에는 나와 관련 있는 물건이 하나도 없고."

물론 로봇작업을 할 수 있는 작업공간이 없다는 얘기였다.

"하지만 그건 대부분 원격작업 아닌가? 코드만 입력하면 되잖아?"

"그래. 난 그저 유리창으로 녀석들을 내다볼 수 있어야 좋겠다는 말이야."

"녀석들이 소형 카메라를 죄다 장착하고 있지 않나?"

다이나도 거기에 대해서는 대답을 하지 않았다.

아이비가 말을 계속했다.

"여기서 어떤 작업을 하든, T2에 있는 조종실에서도 얼마든지 할 수 있어. 중력이 네 몸에 뼈를 만들어주는 동안 말이야."

그제야 다이나가 실토했다.

"실은 리스 때문이기도 해. 그 친구랑 일이 좀 묘하게 꼬인 상태거든. 난 정말 그러기 싫은데……."

아이비는 말을 끊었다.

"리스는 T2에 발도 들여놓지 않아. 그는 팽창가능 구조 작업 팀과 함께 허구한 날 바깥에서 지내온걸."

"오케이," 급기야 다이나가 말했다. "T2에 나 일할 공간 마련 해줘."

그러자 아이비는, "문제가 하나 더 있어"라고 말하면서 크게 한숨을 내쉬었다. 그것은 소위 실세들이 우스꽝스러운 짓을 하게 만들 때마다 그녀가 보이는 일종의 버릇이었다. 회의록에는 결코 드러나지 않지만, 그 한숨과 더불어 모든 것이 뒤바뀌는 일은 허다했다.

"상상조차 하기 싫다."

다이나의 반응에 아이비가 말했다.

"우리 모두 리얼리티 TV쇼의 캐릭터가 되어 있는 상태야. 넌 아마 모르고 있었을 거야."

"알 수가 없지. 난 TV를 많이 안 봤거든."

"근데 지상에서는 누구나 그것 말고 달리 할 게 없는 상황이지. 경제가 무너지고 있어서, 사람들이 콩만 먹으며 오로지 TV 앞에 앉아 빈둥대는 게 일이거든."

"그렇군."

"나더러 메시지 조작에 신경을 더 써달라는 요청이 들어왔어."

"메시지 조작이라니? 그게 무슨 소리야?"

아이비가 또 큰 한숨을 내쉬었다.

그걸 보고 다이나가 말했다.

"오케이, 신경 쓰지 마."

"사람들은 우리 '왕재수 시골뜨기(Uppity Little Shitkicker)'께서 어찌 지내는지 무척이나 알고 싶어해."

"그래?"

"응. ULS를 아주 좋아하지. 예컨대 네가 테클라를 어떻게 했는지도 꼼꼼히 기억하고 있을걸. 말이 나와서 얘긴데, 요즘 테클라 포르노가 대박이라더군."

"아이고, 더 듣고 싶은 생각 없어."

"아무튼, 저들은 그 배짱 두둑한 로봇걸과 그녀의 로봇동물원이 어찌 되어가는지를 알고 싶어해."

"듣고 보니, 나한테 날아드는 괴상한 이메일들이 뭔지 알겠군."

"익명의 다수로부터?"

"아니. 우리 가족! 난 익명의 다수로부터 오는 메일은 읽지를 않는답니다. 너는 어때? 리얼리티 TV쇼에서 네가 맡은 역할은 뭐지, 아이비?"

아이비는 쌀쌀맞은 눈짓을 해 보이며 말했다.

"나야 성질 더럽고 깐깐한 계집이지."

"오!"

"미국 시청자들한테 나는 결코 완전한 미국인이 아니지. 중국 시청자들한테는 또 백인에게 붙어먹는 황인종이고 말이야."

"그것 참 듣기 거북한걸, 아이비."

"이상은 안 좋은 뉴스."

"오케이, 그럼 좋은 뉴스는 뭐지?"

"인터넷에서 나를 안 좋게 이야기하는 모든 인간들이 433일 후에는 다들 죽을 운명이라는 거지."

아이비가 무표정한 얼굴로 말했다.

그렇다. 바로 이런 것이 블랙코미디의 한 예라고 보면 된다.

"그러고 나면 이런 너저분한 문제는 더 이상 없겠지. '아워 헤리티지'에 진정으로 이바지하는 나의 능력만 빼고 말이야."

아이비의 말에 다이나가 물었다.

"그래, 친구. 내가 도울 일은 뭐지? 우리 둘이 셀카라도 찍어서 '왕재수 시골뜨기' 블로그에 올려볼까?"

"너와 나 두 사람은 볼로의 첫 시험비행에 참여할 거야." 아이비가 말했다. "그러고 나서 너는 1G에서 기분이 어떤지에 관해 의견진술을 해야 할 거고."

제비뽑기

달이 폭발하고 처음 며칠 동안 두브는 '포테이토헤드', '미스터스피니', '에이콘', '피치피트', '스쿠프', '빅보이', '키드니빈'을 관찰하며 몇 시간을 보내곤 했다. 달이 그러했듯 낮에도 그것들이 시야에 들어왔는데, 패서디나에서는 드문 일이지만 구름이 잔뜩 낀 흔치 않은 날이랄지 집에 처박혀 지내는 날에는 컴퓨터 모니터에 윈도를 띄우고 라이브 동영상을 통해서 그것들을 계속 관찰할 수 있었다.

결국 그것들이 지구의 모든 인간을 죽일 거라는 데 생각이 미치자, 그것들을 관찰하는 흥미로움도 훨씬 줄어들었다. 사실 그는 점점 더 퍼져만 가는 먼지구름 때문에 몇 주에 걸쳐 아예 하늘을 쳐다보지 않고 지낸 적도 있었다. 때로는 어두운 주차장을 가로질러 걷든가 고속도로를 주행할 때, 하늘에 떠 있는 큼직한 달 조각들이 시야에 들어오기도 하는데 그때마다 일부러 고개 돌려 그것들을 보지 않으려 했다. 심지어 그것들로 인해 끔찍한 공포감에 시달리게 되었고, 그 모든 현상을 환상적인 과학현상으로만 여겼다는 사실에 일종의 부끄러움까지 느꼈다. 그런 사실 자체를 그는 다시금 떠올리고 싶지 않았다. 대신 지금은 달이 파편화되어가는 느린 과정을 대학원생 제자들 및 동료들과 스프레드시트와 도면들로 공유하면서 꼼꼼히 추적해가고 있었다. 그는 모든 상황을 두 가지로 압축하기 위해 최선을 다했다. 하나는 '유성파편화율'로서 BFR로 표기되며, 큰 돌덩이가 작은 바위 조각으로 파편화되는 빈도수를 측정한 것이다. 나머지 하나는 화이트스카이까지 며칠 남았느냐에 관한 것이다.

7일째 되던 날 그와 아멜리아가 처음 만나고 몇 분 지나지 않아, '키드니빈'이 훗날 KB1과 KB2(한동안 그 나름의 귀여운 이름을 붙이려는 시도가 있었긴 하나)라는 명칭이 붙여진 두 개의 큼직한 돌덩이로 분열하는 광경이 그들의 시야에 들어왔다. 그로부터 3주 후에는 '스쿠프'가 '빅보이'와 충돌해 SC1, SC2, SC3 세 조각으로 부서졌다. '빅보이' 자신은 현재 눈으로 식별 가능한 크기의 BB1과 더불어, 그보다 작았던 BB2로부터 쪼개져 나온 조각들의 집합이 되어 있었다. 이들에게는 예컨대 BB2-1-3과 같은 코드넘버가 부여되었는데, 그건 '빅보이'의 두 번째로 큰 파편으로부터 나온 가장 큰 파편의 세 번째 큰 파편이라는 뜻이었다. 그 정도 단계를 넘어서는 수준에서는 추적 자체가 어려울 뿐 아니라 의미도 없었다. '미스터스피니'의 경우는 모든 파편화 과정의 주요인으로 작용하다가 급기야는 자기 자신도 두 조각으로 쪼개졌다. 천방지축으로 움직이는 MS1과 MS2는 서로 반대방향으로 날아가더니, 중심을 공유하는 잡석구름을 에워싸고 거대한 외곽 궤도를 그리는 가운데, 그 속의 느린 돌조각들과 이따금 충돌하면서 완만한 루프를 이루어 안으로 파고들곤 했다. MS2는 두브가 백악관 집무실에서 대통령과 그 기억에 남을 담소를 나누기 사흘 전, '에이콘'을 세 조각으로 격파했다. 그중 유조선 크기의 덩어리 하나는 두브가 비행기를 타고 LA로 돌아가는 사이 인도양으로 추락했고, 그로 인한 쓰나미로 인도 서안지역의 거주민 4만 명이 목숨을 잃었다.

워싱턴 DC에서 돌아와 귀가한 직후, 두브는 아멜리아와 함께 패서디나에 있는 최고급 호텔 랭엄의 스위트룸에 체크인했다. 그렇게 며칠간 둘만의 시간을 보낸 뒤, 혼자서 세계를 두루 다닐 계획이었다. 테라스에서 로맨틱한 저녁식사를 하는 내내 그는 달의 잔해를 바라보지 않으려고 무던히 애를 썼다. 식사가 끝난 다음 두 사람은 스위트룸으로 돌아가 사랑을 나눴다. 성교 후 이십 분간 이어진 다정한 포옹을 끝으로 아멜리아는 옆에 누워 잠에 빠져들었지만, 여전히 정신이 말똥말똥한 두브는 태블릿을 무릎에 올려놓고 안경을 낀 다음 인터넷을 주유하며 시간을 때웠다. 발코니로 통하는 유리문을 열자 미풍이 들어왔고, 아멜리아는 담요 속으로 더 깊이 몸을 묻었다. 두브는 어쩔 수 없이 일어나 유리문을 닫으러 걸어갔다. 그때 바로 눈앞, LA의 불빛 위에 자리한 달 구름에 시선이 가 닿았다. 원래 달 지름의 네 배가량에 달하는 크기의 어떤 것이 거기 있었다. 분명 시선을 붙들어 매는 힘을 가지고 있었는데, 일단은 그걸 똑바로 쳐다본 지가 하도 오래되어서였다. 그는 거기 우두커니 선 채 한참을 바라보았다. '피치피트'는 여전히 하나의 덩어리로 건재했으나, 그것 말고 원래 있던 '일곱 자매'는 더 이상 식별이 불가능했다.

호기심에 이끌린 나머지 앱을 통해 이지가 언제쯤 그곳 상공을 지나가는지 확인해보았다. 대략 10분 있으면 지나간다는 답이 나왔다. 그래서 그대로 선 채 기다리기로 했다. 그렇게 기다리는 동안, 그의 주의력은 달의 파편조각들을 계속해서 옮겨다녔다. 장차 저들의 운명은 과연 어떻게 될까? 결국 셀 수 없을 만큼 많은 파편들로 흩어질 것이고 화이트스카이를 이루었다가 이내 하드레인이 되고 말 거라는 점은 그도 알고 있었다. 하지만 최종적으로 저들의 크기가 어떤 식으로 배분될 것인지, 큰 것은 얼마나 많고, 작은 것은 또 얼마나 많을 것인지가 문제였다. 모든 월석은 기본적으로 같다는 가정을 단순하게 밀어붙여서 얻은 모형들은 있지만, 그게 사실과 다르다는 것은 분명하다.

'피치피트'만 파편화 과정에서 살아남은 이유를 알아내기 위해 처음 떨어져 나온 덩어리들을 대상으로 분석을 진행했고, 그 결과 그것이 달의 내부핵이었다는 결론에 이르렀다. 실제로 성분분석을 통해 그 내용은 확인을 거친 사항이다. '피치피트'는 다른 조각들보다 밀도가 높았고, 암석이기보다는 철이 주요

성분으로 추정됐다. 달의 핵은 철이지만, 전체 크기로 봐서 지구의 핵보다 훨씬 작았다. 달의 대부분은 차가우며 죽은 돌에 불과하다.

저기 건재하게 살아남아 있는 달의 핵은 용해된 철의 뜨거운 막이 여러 잡다한 요소들과 뒤섞인 채 단단한 공 모양의 철 덩어리를 감싼 것으로 이해되었다. 그것이 에이전트를 기점으로 통째로 이탈되어 나와 우주공간에 노출되어 있는 것이다. 처음 몇 시간 동안 '피치피트'는 방사열을 내뿜으며 말 그대로 벌겋게 작열하고 있었다. 아니면 그렇게 추측한 것일지도 모르는데, 격변의 순간 튀어 오른 먼지층이 한동안 그 실체를 가리고 있었기 때문이다. 핵을 감싼 바깥쪽 용해철의 일부는 뜯겨나가는 과정에서, 넙적하거나 길쭉하거나 동글동글한 용해물 덩어리로 잡석구름 속에 퍼져나갔을 것이고, 그러는 사이 신속하게 냉각되고 굳어졌을 것이다. 그 정도까지가, 지구에서 파낸 금속성 유성들을 분석해서 입증해낸 내용들이다. 한편 '피치피트'와 그 동종계통의 파편들이 눈에 보일 만큼 먼지층이 가라앉자, 열을 바깥으로 방사하면서 신속하게 냉각된 용해철이 핵의 외피를 형성했다. 그 이후에도 냉각은 계속 진행되었다. 거의 1년이 지난 지금 '피치피트' 또는 PP1으로 불리는 그 덩어리는 달의 다른 파편들보다 여전히 뜨거웠다. 그것은 파편화에 보다 큰 저항력을 가진 것으로 판명되었고, 다른 운석들은 그것에 부닥치는 순간 튀어나가든가 그 번득이는 표면에서 산산조각 나버렸다. 몇몇 중요한 덩어리들은 ― PP2, PP3 기타 등등 ―

폭발 초기에 아직 물렁한 상태로 터져 나갔는데, 지금은 1마일 두께의 단단한 철갑을 두른 상태가 되어 있었고, 이는 또 다른 에이전트가 아닌 한 어떤 재앙에도 끄떡없을 만한 강도였다.

이런 생각들에 어쩌나 깊이 몰입했는지, 두브는 하늘을 가로지르는 이지의 이동을 거의 놓칠 뻔했다. 그것은 잡석구름 위로 방향을 잡고 이동 중이었는데, 물론 착시에 불과했지만, 커다란 돌덩어리들 사이로 지그재그 동선을 취하는 것처럼 보였다. 그것이 하늘에서 가장 밝은 인공물이 된 지는 꽤 오래였다. 더구나 요즘 들어 수많은 발광물체가 추가되다 보니 그 밝기가 더해진 상태였다. 정말이지 혼란스러울 만큼 가상한 노력이었다. 그럼에도 그 배경에 자리한 재앙의 규모를 생각할 때마다 두브는 이 모든 게 무슨 의미일까 싶은 것이었다. 클라우드아크를 위한 보다 장기적인 계획이 있는가? 스웜이란 분명 괜찮은 건축 아이디어고, 하나의 거대 모선(母船) 개념보다 훨씬 생존가능성이 높긴 하지만, 현재 진행상황은 어디까지 와 있는가?

아무도 그에 관한 이야기는 하고 있지 않은 것 같았다. 이유는 그도 잘 알고 있었다. 우선 당장 살아남는 것이 중요하거니와, 장기 전략은 그다음 문제였다.

PP1 안에 포함된 철은 사실상 무한한 수준이었다. 인간이 그렇게 많은 철을 다 사용하려면 아마도 수천 년은 걸릴 터였다.

그러나 지금 그것은 저 높은 곳에 떠 있다. 확보하기가 쉽지 않다.

그럼에도 반드시 확보해야 한다.

게다가 그것은 숀 프롭스트가 그토록 열중해 있는 아르주나 소행성들보다 훨씬 가까운 곳에, 손쉽게 자리하고 있다.

마치 달 속 깊숙이 철의 핵이 응결되듯이, 어떤 아이디어가 머릿속에서 구체화되는 것을 느끼자 두브는 그것을 잠시 제쳐 두고서, 보다 임박한 문제들부터 돌아보았다. 며칠 전 백악관 집무실에서 그는 우주로 날아가 진짜 일을 도모하리라 결심을 굳혔다. 거기까진 좋다. 하지만 지상의 그에게는 아직 석 달이라는 시간이 남아 있다. 이곳에서 자신이 맡은 책임에 그는 소홀할 수 없다. 그중 가장 중요한 것은 자식들, 아멜리아 그리고 둘 사이에 생긴 얼린 태아에 대한 책임이다. 한데 그 꼭대기에 다른 숙제가 얹힌 꼴이다. 가령, 지금처럼 한밤중 호텔 발코니에 우두커니 서서 PP1에 철성분이 어느 정도일까를 곰곰이 생각하느라 그 숙제를 엉망으로 망쳐버린다면, 클라우드아크에 동참할 기회 자체가 아예 주어지지 않을 것이다. 사실 처음부터 가고자 원한 건 아니었다. 하지만 일단 그러기로 한 이상, 다른 무엇보다 그걸 더 원하기 시작했고, 이제는 한번 주어진 기회가 무산될까봐 걱정까지 하고 있는 상황이다. 만약 그날 백악관 집무실에 모였던 자들이 두브의 이 걱정을 간파한다면, 아마 자기들 뜻대로 그를 다루기 위한 방편으로 활용할 수 있을 것이다. 그러니 가급적 시침을 떼고, 예상을 따돌리며, 아무것도 아닌 것처럼 행동하는 것이 좋다.

그로부터 72시간이 지난 시점, 두브는 부탄의 활주로로 최종 진입하기 위해 안개 낀 히말라야 계곡을 경사선회 중인 미국 헬리콥터의 창문 밖을 내다보고 있었다.

부탄은 국민이 총 75만 명 규모라, 클라우드아크에 탑승할 후보자로 두 명이 지원하기로 되어 있었다. 솔직히 산술 자체에 좀 명료하지 않은 구석이 있었다. 만약 전 세계에 걸쳐 일관되게 그와 같은 비율이 적용된다면, 대략 2만여 명에 달하는 탑승 후보자가 모인다는 결론이다. 아클렛 하나가 다섯 명을 수용한다고 볼 때, 전체 스웜을 형성하기 위해 필요한 아클렛의 수는 총 4천 대에 이른다. 각각의 아클렛은 궤도에 오르기 위한 초중량 로켓을 필요로 할 테고, 이지에 도달하고 나서는 그에 따른 별도의 조립 및 준비작업이 필요할 터다.

과연 그게 다 이루어질 수 있을까? 전 세계에 동원 가능한 산업능력을 로켓과 아클렛, 우주복, 그 외 필요한 물품 생산에 모조리 쏟아부으면 가능할까? 그럴 수도 있겠다. 하지만 아닐 가능성이 크다. 두브는 전체 탑승자 규모를 현재의 4분의 1 수준으로 조정해야 한다는 최근 일각의 평가에 은밀히 관여하고 있었다.

다 떠나서, 과연 아클렛 하나가 실제로 다섯 명의 생존을 보장할 수 있을까? 물론 다섯 명이 어떻게든 지지고 볶으며 살아가는 일이야 가능할 수 있다. 하지만 식량생산을 자급자족으로 해결하는 문제에선 딱히 분명한 답은 나오지 않는다. 열차 탱크차가 하나 드나들 만한 크기의 튜브 안에 지속가능한 생태계를 조성한다는 것은 결코 만만한 일이 아니다. 바이오스피어 2.
이 잘 알려진 아리조나 사막에서의 실험은 축구장 두 배 크기
의 생태계를 인공적으로 조성한 뒤 그 안에서 인간 여덟 명의
생존보장을 시도했다. 그 결과 장기간 생태계를 유지하는 것
은 불가능하다는 결론이 도출되었다. 당시 진정한 과제는 정치
판 싸움과 사이비 영성적 요인들로 인해 오염, 곡해되기도 했
다. 보다 현실적인 프로젝트는 소련이 주도했는데, 산소가 충분
히 공급되고 있는 인간 한 명의 생존을 유지하려면 최소 8평방
미터 면적을 — 탁구테이블 두 개와 맞먹는 크기의 늪지 규모
— 채울 조류(藻類)가 필요하다는 결정이 내려졌다. 아클렛 한
대의 구조상 가용공간은 충분하고도 남았다. 다만 식량을 직접
생산해야만 한다면 진짜 경작지가 그만큼 더 필요하다는 얘기
다. 이는 물론, 수천에 이르는 사람 생명을 우주공간에서 다년
간 보장해야 하는 복잡한 문제에 대해서는 아직 거론조차 하
지 않았을 때의 계산이다. 질식시키거나 아사시키지 않는 것만
이 능사가 아니다. 사람에게는 약품과 각종 미량영양소, 여흥과
자극 또한 필요하다. 생태계란 툭하면 상태가 저하되기 마련이
며 살충제, 항생제 등 제조가 쉽지 않은 각종 화학약품들로 보
완할 필요가 생길 수 있다. 아클렛을 궁지에서 지속적으로 꺼
내줄 추력기도 연료보충이 원활히 이루어져야 할 뿐 아니라,
제 기능을 발휘하려면 유지보수가 필수다. 따라서 전적으로 탈
중심화된 클라우드아크의 개념은 순전히 환상이라 할 수 있다.
그것은 모선 없이는 유지가 불가능하며, 공급과 보수를 위한

중앙시설이 반드시 전제되어야 하는 것이다. 그걸 담당할 유일한 후보지가 바로 이지였다. 하지만 이지는 그와 같은 목적으로 디자인된 시스템이 아니다. 그런 한계를 바이타민이나 잔뜩 챙겨두는 것으로 넘기려 했지만, 그건 완전한 물자고갈 시점을 뒤로 미루어줄 따름이고 결국 사람들은 대규모로 죽어나갈 참이었다.

이런 점들에 대한 불편한 문제제기가 어느 곳에서도 일지 않고 있다는 사실은 곧 아키텍트들도 이를 파악하되, 거론하길 꺼려하고 있음을 추측하게 만들었다. 공개적인 의혹제기와 논란이 아무 도움도 되지 못하리라 확신하고 있다는 얘기다. 이제 두브에게 맡겨진 일이 모든 것은 오케이라는 듯 행동하는 것임은 불 보듯 뻔해졌다. 오늘 그것은 부탄이라는 히말라야 왕국에서 젊은이 두 명을 끄집어내는 일을 의미했다.

한데 이제 곧 수행해낼 별것 아닌 연기가, 정녕 전 세계에서 뽑힌 인간 2만 명이 결국 클라우드아크에서 행복한 삶을 누릴 거라는 의미로 자리매김할 수 있을까? 머릿속의 왜소한 레인맨이 계속해서 "두루뭉술한 두브"라고 중얼대는 걸 억지로 무마하고는, 아예 생각 자체를 하지 않는 것밖에 뾰족한 수가 보이지 않았다.

헬리콥터는 두 시간 전, 벵골 만에 정박 중인 초대형 항공모함 '조지 H. W. 부시'호로부터 이륙했다. 두브는 앞으로 몇 달 안에 그와 거의 동급인 궤도비행체로 영구히 떠날 한 인간으로서 그 큰 선박을 조망해보았다. 배는 고급기술이 집약된 곳에 빼곡히 들어찬 인간 수천 명의 서식지로서, 하나의 완벽한 인 공섬이나 다름없었다. 승무원의 전문성과 운영의 효율성으로 볼 때 그것은 경이 그 자체였다. 전 세계에서 제비뽑기로 추린 사람들을 단 1년간 훈련시키고서, 과연 우주공간에 그와 똑같은 수준의 시스템을 구축한다는 게 말이 될까?

두브는 자기 같으면 반시간 안에 그 모든 훈련과정을 이수하고도 남을 거라 생각했다.

해군 헬리콥터는 운무가 잔뜩 낀 계곡을 파고들어, 몇 분 동안 안개와 수증기를 가르고 나갔다. 공항의 단 하나뿐인 활주로가 깜짝 놀랄 정도로 가깝게 모습을 드러냈다. 공항건물에 바짝 다가든 상태로 완벽하게 착지했다. 두브는 문득 자신이 어금니를 꽉 깨물고 있음을 깨달았고, 이제는 긴장을 풀기 위해 애를 썼다. 이 장소를 구글링한 것이 그의 실수였다. 이곳이 해발 1만8천 피트 규모의 고산준령들 속에 파묻혀 있으며, 지금껏 파일럿 단 여덟 명만이 이 공항 활주로에 정상적으로 착지했음을 미리 확인해둔 것이다. 그나마 해가 나지 않는 상황에선 착륙시도가 단 한 번도 없었고 말이다. 분명 해군에서 헬리콥터를 다루어본 사내들이라 운전방식부터가 달랐을 터다. 그렇더라도 두브에게는 소름이 돋을 만큼 두려운 접근법이었다. 그러고 보니 폭발성 화학물질을 가득 실은 급조된 튜브 꼭대기에 탑승한 채 우주공간으로 내동댕이쳐진다면 과연 자신이 어떤 반응을 보일지가 궁금해졌다.

그가 자세를 고쳐 앉는데 문득 두꺼운 마닐라봉투 하나가 무룷게로 미끄러지면서 둔탁한 소리와 함께 바닥에 떨어졌다. 그 소리에 태비스톡 프라우스가 하마터면 깨어 일어날 뻔했다. 탭은 비행 내내 그의 맞은편에 앉아 있었고, 반시간 전부터는 시차증으로 인해 정신 못 차리고 곯아떨어진 상태였다. 그는 그리 큰 키는 아니지만 마치 레슬링 선수 같은 덩치의 소유자였다. 대머리가 점령한 머리 뒤쪽 공백은 그가 대학 다닐 때부터 희미하게 보이기 시작한 건데, 그동안 가차 없이 진행되다가 이제는 포탄 모양의 머리통을 돌아가며 수도승 스타일로 짧게 자른 머리숱만 동그란 원호로 남기고 있었다. 아마도 그것에서 주의를 분산시키려는 의도인 양, 그는 검은색 굵은 뿔테안경을 착용하고 있었다. 한때는 진지한 역도선수로 활동하기도 한 그는 지난 십 년 사이 사람이 많이 유들유들해졌는데, 제로 이후 더더욱 그런 것 같았다. 항상 몸을 가만 두지 않던 그가 의식을 놓고 있다니, 한편으로는 신기한 구경거리였다.

두브는 그가 유난히 부지런을 떠는 이유에 대해 그럴듯한 생각을 갖고 있었다. 탭은 지금 자신이 뽑히기를 희망하고 있는 것이다. 일을 열심히 하고, 여기저기 뉴스에 얼굴을 내밀면서, 트위터 팔로워들도 많이 거느리다 보면, 어느 중요한 인사가 클라우드아크에도 전문 방송인이랄까, 아마도 처음이자 마지막인 언론인 하나쯤 필요할 수 있겠다는 결정을 내려줄지 모르는 일이다. 하지만 두브가 보기에 이런 희망은 그야말로 일방적인 꿈일 뿐이었다. 박사학위를 가진 수많은 사람들, 심지어 노벨상 수상자들까지 탭 앞에 줄을 서 있는 실정이다. 그러나 사람 일은 모르는 법. 시도해보는 거야 누가 뭐라겠는가.

두브는 몸을 숙여 바닥에 떨어진 봉투를 주웠다. 두께가 1센티미터는 족히 되었다. 겉면에 블록체로 파로, 부탄이라 찍혀 있었다. 개봉한 적은 없어 보였다. 지난 두어 시간 정도는 이 내용물을 읽으면서 앞으로 수행할 과업에 익숙해져야 했는데, 그 대신 창문 밖으로 김이 서린 초록 들판과 완만하게 꼬인 방글라데시의 강줄기들만 구경한 것이었다.

헬리콥터 문이 열리기까지 적어도 이삼 분은 걸리기를 바라면서, 그는 봉투를 개봉한 뒤 안에 든 서류들을 빼냈다. 그것만으로도 탭을 깨우기 충분했지만, 움직이게 만들 만큼은 아니었다. 탭은 그저 뭔가를 꺼내 읽는 두브를 물끄러미 바라볼 뿐이었다.

"빨간색이나 노란색 또는 두 가지 색 모두를 착용하고 있으면 라마(lama)네. 절해야 하지."

그가 말했다.

"그거 남아메리카에 서식하는 낙타 이름 아닌가?"

"L이 하나면 신성한 인간을 뜻해. 양손바닥을 모아 붙이고서 고개를 살짝 숙이라고."

"난 종교가……."

"그런다고 죽겠어? 만약에 노란색 큼직한 천을 왼쪽 어깨에 비스듬히 걸쳤으면 그 사람은 왕일세. 그때 더 크게 절을 해야 해."

"아무튼 고맙네. 다른 건 없나?"

두브 옆자리에는 사진기사인 마리오가 앉아 있었다. 삼십대 나이에 검은 콧수염을 짧게 기르고 뉴욕 악센트가 두드러졌다. 클라우드아크에 픽업되리라는 기대는 아예 없는 듯했다. 비행하는 내내 그는 두브와 같은 서류의 복사본을 읽어보는 일과 휴대폰으로 게임을 하는 일로 시간을 나누어 쓰는 중이었다. 두브나 탭보다 이런 일에 훨씬 더 많은 경험을 한 친구였다. 그는 분위기에 동참하는 뜻에서 휴대폰을 주머니에 넣고 자세를 고쳐 앉으며 끼어들었다.

"사람들이 뭔가를 손에 쥐여줄 겁니다. 그중 어떤 건 좀 딱딱하고 오래된 것일 수도 있는데, 아마 재밌는 냄새가 날 거예요. 그런 것들은 정말 중요한 물건입니다. 정말로 중요해요."

"그런 걸 왜 나한테……."

"이분이 뭐든 받는 대로 죄다 우주로 가져가서 보관해줄 거라고 믿는 거죠."

"오호."

"그러니 누가 무엇을 건네든, 그게 무언지 전혀 알 수가 없다 해도, 그저 깊이 감동받은 척하면서 절하고 조심스럽게 받아두세요. 그러고는 옆에서 도와주는 아이한테 넘기면 됩니다."

"도와주는 아이?"

"어디를 가든 옆에 사람이 따라붙도록 이미 배정되어 있을 겁니다. 그러면서 선생님께 증여될 국보급 귀중품들 운반을 도울 거예요. 그 사람들이 모든 물건과 짐을 관리하면서 다시 이곳 헬리콥터로 운반해올 겁니다. 그렇게 해서 선생님이 왕 앞에서든 다른 누구 앞에서든 자유로운 손으로 절도 하고 악수도

할 수 있게 해주는 거죠. 그럼 우리는 항공모함으로 복귀하자마자 죄다 배 밖으로 던져 내버리면 되고요."

"전에도 그래본 적이 있는 거요?"

"이번이 일흔세 번째인걸요. 자, 다들 가시죠."

마리오는 벌떡 일어나 카메라와 가방을 어깨에 둘러맨 뒤 조심스럽게 토닥여 자리를 잡아주었다. 탭과 두브는 안전벨트를 풀고 마리오에게서 어떤 신호가 떨어지기를 기다렸다. 마리오는 방금 파일럿이 활짝 열어준 문 앞으로 두어 걸음 다가섰다. 차고 축축하면서, 소나무와 석탄연기 냄새 뒤섞인 공기가 쑥 밀고 들어왔다.

마리오가 갑자기 걸음을 멈추는 순간 뒤따라 나서던 두브와 하마터면 부닥칠 뻔했다. 사진기사는 뒤로 돌아 두브의 눈을 똑바로 바라보며 말했다.

"하나 더 주의할 것이 있습니다."

"네?"

"이제부터 벌어질 일은 정말 말도 안 되게 슬플 겁니다. 아마 선생님이 목격한 일 중 가장 슬플 거예요. 마음 단단히 잡수셔야 할 겁니다."

마리오는 두브가 고개를 끄덕이며 이렇게 말할 때까지 그의 눈을 응시하고 있었다.

"고맙습니다."

그제야 마리오는 몸을 돌려 문밖으로 후딱 나섰다. 헬리콥터에서 모습을 드러내는 닥터 해리스를 멋지게 사진에 담기 위해서였다.

닥터 해리스는 출입문에서 잠시 멈춰 섰다. 빨갛고 노란 의상을 걸친 스물너덧 명 정도의 사람들이 환영인사 준비를 갖춘 채 모여 있었다.

두브는 두 손을 가슴 앞으로 모아 붙이고 고개를 숙였다. 그의 앞에서 마리오의 카메라 셔터 소리가 요란하게 울려댔다. 등 뒤로는 트위터로 생중계하느라 바쁜 탭의 휴대폰 클릭 소리가 희미하게 들리고 있었다.

◆ ◆ ◆

두브는 왕이 직접 운전하는 랜드로버의 좌측 조수석에 탄 채 산으로 향하고 있었다. 알고 보니 부탄은 좌측차선 운행이 원칙인 나라였다. 마리오는 앞의 두 사람이 카메라에 다 잘 잡히는 뒷좌석 구석에 앉았고 탭은 그의 옆에서 휴대폰에다가 중얼중얼 음성녹음을 남기고 있었다. 왕은 우중충한 날씨에 대해 양해를 구하느라 바빴다. 그것만 아니라면 높은 산정에서 내려다보이는 주변의 탁 트인 장관을 마음껏 즐길 수 있었을 거라며 말이다.

"하지만 보다 큰 계획 앞에서 이 정도 일은 아주 사소한 문제라고 생각합니다."

왕은 그렇게 말을 맺었다.

랜드로버는 파로라는 도시의 한 교차로에 멈춰 서서, 길 한

복판에 아이 세 명이 축구공을 찰 때까지 기다려주었다. 뒤를 돌아보니 라마승을 가득 태운 토요타들이 어느새 줄을 이룬 상태다.

"이 단순한 놀이가 저렇게들 즐거운 모양입니다." 왕이 흥겨운 표정으로 말했다. "물론 저들도 다 알고 있죠. 모두가 다가올 재앙을 잘 알고 있습니다. 그 일을 생각하면 당연히 슬프죠. 하지만 그런 생각을 하지 않을 때는 보시다시피 안중에도 없는 것처럼 보여요."

아이들이 길에서 물러나고서야 왕은 교차로로 미끄러져 들어갔다. 도시는 놀라우리만치 알프스 산지 같은 모습을 띠었다. 석조토대 위에 목재 건축물들이 햇볕에 그을린 깊은 갈색을 두르고 있었다.

왕의 말이 이어졌다.

"며칠 전까지만 해도 저들은 스스로 선택받은 이들이 될 거라 상상하며 각자 위로를 하고 있었답니다."

"제비뽑기로 말이죠?"

두브의 대꾸에 왕이 영리한 표정으로 돌아보며 말했다.

"그렇습니다. 아시다시피 내가 선택권을 쥐고 있었거든요."

그러더니 탭을 슬쩍 뒤돌아보며 덧붙였다.

"오, 이건 오프더레코드입니다."

두브가 얼른 말했다.

"그런가요, 저는 모르고 있었는데요."

"우리는 이른바 가이드라인이 마련된 상태였지요. 말하자면 진정한 제비뽑기는 아니었다는 얘깁니다. 우연에 맡겨진 선택이 꼭 최선은 아니니까요. 우리는 가장 나은 후보자들을 뽑아서 보내야만 합니다. 부탄은 클라우드아크에 단 두 자리만 권리를 가지고 있습니다. 우리 국민을 대표할 자격이 없는 누군가에게 그 자리를 낭비한다는 건 어리석은 일이죠. 따라서 선택적인 과정으로 진행될 예정이었습니다."

"하긴 사람들 대부분이 같은 결론에 이르렀었죠," 두브가 말했다. "일단 장래성 있는 후보들의 집단부터 정하고 난 다음, 그 안에서 무작위로 선택과정을 거치는 겁니다. 그러면 어느 한 사람이 모든 책임을 떠안는 일은 없을 테니까요."

"만약에 당신이 왕이라면, 원하든 원치 않든 때론 그런 책임을 혼자 떠안기도 하는 겁니다. 그런데 이번 경우에는 라마승들 몇 명을 이 일에 끌어들일 수 있었습니다. 이런 선택절차에는 선례가 있습니다. 이른바 환생 라마승을 특정하는 절차가 그렇지요. 그때도 단지에서 제비를 뽑는 방식이 가끔 이용됩니다."

탭이 참지 못하고 뒷좌석에서 질문을 던졌다.

"우리가 지금 직면한 상황과 환생의 교의가 무슨 상관이 있나요?"

왕이 미소를 지었다.

"프라우스 씨, 지금 가는 길은 기껏해야 10킬로미터 거리입니다. 내가 차를 천천히 몰고 있지요. 만약 앞으로 가야 할 길이 1만 킬로미터는 된다면 — 정말 생각만 해도 즐겁습니다만 —

환생이 우리 국민에게 어떤 의미를 갖는지 아주 지적인 대화를 통해서 내가 정보를 나누어드릴 수 있을 겁니다."

"그 정도면 알겠습니다. 아쉽군요."

탭은 왕의 발언이 쉬어간다는 것을 느끼자마자 휴대폰 액정 화면에서 눈을 들며 말했다.

"실은 저의 직업이 이런 문제에 관심 깊은 괴짜들과 소통하는 일이거든요. 수학 같은 거에 깊이 빠지는 사람 말이죠. 그래서 상상을 좀 해보는데……."

"70억 명이 죽는 마당에 불과 몇천 명 살아남는다면, 죽은 70억 명의 영혼이 가는 곳은 어디냐 뭐 이런 문제 말인가요?"

"그렇습니다."

마침 두브가 보기에 중앙도로일 것 같은 길에서 빠져나온 자동차는 어느 샛길로 접어들고 있었다. 그 길은 하천을 굽어보는 나무 우거진 어느 마을을 감아 돌면서 뻗어 있었다. 그 길에 이은 다리를 통해서 랜드로버는 차가워 보이는 빠른 강줄기 위로 지나갔다. 그 강물은 수천 미터는 더 올라가야 볼 수 있는 빙하가 녹아 생긴 암분으로 인해 희부연 녹색 빛을 띠고 있었다. 지금부터 1년 남짓 시간이 흐르면 저들 빙하가 완전히 사라질 거라는 사실, 그 속의 바위들이 수백만 년 이래 처음으로 정체를 드러내는 마당에 단 한 명의 과학자도 현장에 남아 그 광경을 기록할 수 없다는 사실을 두브는 아직도 받아들일 수 없었다.

"우리가 믿는 건, 어느 한 개인의 영혼이 이 몸에서 저 몸으로 옮겨 다니는 식의 단순한 윤회가 아닙니다. 우리가 환생이라고 하는 것은 그런 개념이 결코 아니에요."

"그럼 뭐죠?"

두브가 물었다. 탭은 이미 흥미를 잃고 검지로 휴대폰을 집적거리는 노동에 빠져 있었다.

"이런 비유가 적절하겠군요. 뭉툭하게 다 타들어간 초로 새로운 초에 불을 붙이는 것입니다. 하지만 아무래도 이 자리서 당신에게 만족할 만한 설명을 드릴 순 없겠습니다, 닥터 해리스. 원래 가르침이란 비의를 통해서만 전수됩니다. 잘못 해석되는 것을 막기 위해 속인들에게는 철저하게 감춰져야 하기 때문이죠. 깨달음에 이른 라마승 한 분이 70억 명의 영혼을 어떻게 생각하느냐는 문제는 당신이 연구하는 양자중력이론만큼이나 나의 이해력을 벗어납니다."

강을 건너자 지면의 경사도가 무척 가팔라졌다. 깊은 산세를 파고들어 깎아지른 절벽들이 지그재그를 그리면서 저 멀리까지 이어졌다. 암벽을 따라 180도 굴곡을 이루며 올라가는 길 이곳저곳 강인한 침엽수들이 돌 틈에 뿌리를 내린 채 버티고 서 있었다. 안개의 베일과 넝쿨들이 바위를 휘감으면서 저 높은 절벽 끝에 세워진 하얀 탑을 살짝살짝 엿보게 해주었다. 그 탑은, 그리스나 스페인의 수도원들처럼, 저 아래 속인들을 향해 "보아라, 우리가 세상과 얼마나 떨어져 있기를 갈망하는지!"라고 선언하기 위해 만들어진 건물들을 연상시켰다.

일행은 층층이 이어진 녹색 능선을 따라 오르막길을 올랐고,

더는 바퀴의 이동을 허용치 않을 만큼 경사가 가파른 지점에 이르렀다. 왕은 랜드로버를 세우고 브레이크를 채웠다.

"다들 심장은 괜찮습니까?"

왕의 질문에 두브가 대답했다.

"조금 부담이 오는군요. 그렇다고 심장질환이 있는 건 아닙니다."

"지금 여기는 해수면 고도 3천 미터 지점쯤입니다. 여기 차 안에서 선택된 자들을 기다려도 되고 아니면……."

"걸을 수 있습니다." 두브는 그렇게 말한 뒤 마리오와 태비스톡 프라우스에게 각각 눈짓을 보냈다. 마리오는 그저 어깨를 으쓱했고 탭은 입 안에서 혀를 깨무는 게 다 보였다.

네 사람이 일렬로 산을 오르는 가운데, 저만치 떨어져서 라마승들과 아이들, 사진사들 그리고 부탄국 군장교로 이루어진 수행단이 뒤를 따르고 있었다. 왕은 두브에게 지금 향하는 곳이 '호랑이 둥지'라 불리는 곳으로, 그들 종교에서 가장 신성한 장소라고 일러주었다. 두 번째 붓다로 알려진 구루 림포체가 8세기에 호랑이를 타고 티베트에서 날아온 장소가 바로 그곳이라는 것이다. 그 당시 파드마삼바바(구루 림포체의 다른 이름인 듯하다)가 머물면서 수행을 한 동굴 주변으로 훗날 일종의 사원 단지가 건설되어 오늘에 이른 것이라고 했다.

호랑이는 날지 못한다고 지적하고픈 마음을 두브는 기꺼이 참아낼 수 있었다. 다른 이유보다도 우선 숨이 찼기 때문이었다. 사실 그는 하이킹하며 파고드는 장소의 기막힌 아름다움에 압도된 나머지 이야기의 신빙성 따위는 아무래도 좋았다. 관광명소로서 추천할 점은 하나도 없는 사막의 오지에서 그렇고 그런 종교이야기를 지긋지긋하게 들어야 하는 고역과는 완전히 딴판이었다. 임금님을 수행하여 몇 시간 동안 이상향의 도시 샹그릴라를 거닐기 위해서라면 제아무리 황당무계한 동화나 횡설수설도 얼마든지 참아낼 의향이 있었다.

시간이 지날수록 작은 사원들과 경건한 장소들이 하나둘 안개 너머 모습을 드러냈다. 일행은 도중에 잠시 걸음을 멈추고 '호랑이 둥지'의 경관을 한눈에 바라볼 수 있는 어느 소박한 카페에 들러 차이를 마시기로 했다. 한편 육체적으로 한계에 이른 탭은 더 이상의 행군은 자기로선 무리라는 뜻을 표했다. 이제부터는 두브와 마리오 그리고 왕 셋이서 수도원의 입구까지 갈수록 위태로워지는 길을 걸어 올랐다. 왕이 미리 두브에게 언질을 주었듯이 그곳은 출입금지 구역이었고, 어차피 비좁고 어둑하며 오래되고 복잡한 공간으로서 볼거리 풍부한 행사장소로는 어울리지 않는 곳이었다. 원래 암굴 수도승들이 거창한 의식용 광장을 드나드는 경우란 별로 없다.

대신 새하얀 사원 입구 바로 앞 평평한 곳에 조금 널찍한 장소가 마련되어 있었다. 거기 두 명의 아커들, 이십대 초반 정도로 보이는 남녀가 전통의상 같은 옷을 갖춰 입고 기다리는 중이었다. 청년은 무릎까지 내려오는 의상에 넓은 흰색 스카프를 어깨에서 엉덩이로 휘감아 내리고 있었다. 처녀는 화려한 색감의 직물을 통째로 사용해 허리를 감고 발목까지 내려오게 해서 일종의 원통형 치마로 입은 다음, 그 위에 노란색 실크재킷을 걸치고 터키석을 비롯한 각종 화려한 보석들로 된 목걸이들로 주렁주렁 치장한 모습이었다.

아멜리아가 이곳에 와 단 한 번만 훑어봐도 자수와 직조, 보석세공과 직물에서 드러나는 무수한 디테일과 유별난 색감을 그냥 보아 넘기지 못했을 거다. 아마도 왕이 걸친 진노랑 스카프에 반했을 것이고, 파로를 지날 때도 랜드로버에서 당장 내려 축구를 하던 소년들과 금세 친구가 되었을 것이다. 두브가 아닌 아멜리아라면 분명 그런 모든 행동을 스스럼없이 해냈을 터다.

그러나 클라우드아크로 갈 사람은 아멜리아가 아닌 두브였다.

두 젊은 남녀 — 도르지와 지그미 — 뒤로는 가족으로 보이는, 비슷하지만 좀 더 단순한 복장의 노인들과 라마승 몇몇이 모여 있었다. 전경기가 돌아가고 있었고, 종소리는 사원의 내부를 돌아 울리고 있으며, 승려들은 경전을 읊고 있었다.

모두가 울고 있었다.

다들 자기들의 왕에게 절을 했다.

두브는 탭이 여기까지 오지 않아 다행이라 생각했다.

현지 언어로 대화가 오갔다. 두브로선 그 언어의 명칭조차 알 길이 없었다. 행사가 갖는 정서적 의미 따위엔 전혀 관심이 없는 마리오는 무릎을 꿇거나 땅바닥에 몸을 납작 엎드려가며 사진기의 셔터를 누르느라 정신이 없었다. 어떻게든 사진 배경으로 사원의 지붕이나 산의 정상을 담아내려는 노력이었다.

무슨 일이 벌어지고 있는지는 모르지만 두브는 특히 노인들의 얼굴 표정에서 눈을 뗄 수 없었다. 그들은 왕의 면전에서 가급적 예의를 지키려고 무진 애를 쓰고 있었으나, 도르지와 지그미에게 영원한 작별을 고하기에 앞서 무너지는 심적 고통으로 괴로워하고 있음이 분명했다. 두브는, 어쩌면 죽어가는 자식을 바라보는 게 더 나을지 모른다는 생각이 들었다. 그건 그나마 들여다볼 마지막 정착지, 무덤이라도 있다는 얘기 아닌가. 반면 두 젊은이는 한 치 앞이 안 보이는 안개 속으로 무작정 떠나가는 것이다. 이제 헬리콥터의 굉음이 그들의 출발을 알려줄 것이다. 그러고 나면 이 가족들은 도르지와 지그미가 부탄의 문화유산을 우주로 가지고 간다는 사실에 희미하나마 안심할 수도 있을 것이다. 하지만 두브는 확신하고 있었다, 그런 종류의 안심은 근본적으로 정직하지 못하다는 것을. 이 사람들은 지금의 그런 믿음으로 서로를 위로하는 가운데 열다섯 달이 지나면 모두 죽음을 맞게 될 것이니 말이다.

이제 두브는 자기가 할 일을 한층 더 명확히 이해하게 되었다. 왜 파멸을 앞둔 지구인들이 미쳐 날뛰지 않고 있는가? 오, 물론 일부 혼란사태가 있었던 것은 사실이나, 대부분의 사람들은 상황을 침착하게 받아들이고 있다.

그것은 이곳 부탄에서와 같은 행사가 세계 거의 모든 도시, 모든 지방에서 수십만 이상의 사람들이 참여하는 가운데 벌어지고 있으며, 그 모든 절차가 완벽한 연출에 의해 이루어짐으로써 시스템이 여전히 작동하고 있다는 확신을 불어넣어주고 있기 때문이다.

그는 어려서 테세우스와 미노타우로스가 등장하는 그리스 신화를 읽은 적이 있다. 그 내용은 아테나 사람들이 소녀 일곱과 소년 일곱을 몇 년마다 한 번씩 제비뽑기로 선발해 크레타 섬의 괴수 먹잇감으로 바쳐야 했다는 것을 전제해야만 성립하는 내용이다. 그 사연은 다른 식이었으면 굉장한 이야기가 되었을 무언가의 더할 나위 없는 약점으로서 항상 그의 뇌리에 충격으로 새겨져 있었다. 도대체 누가 그런 짓을 한단 말인가? 누가 자기들의 자식을 제비뽑아 그런 운명의 구렁 속으로 몰아넣는단 말인가?

이제 보니 부탄 사람들이 바로 그런 사람들이었다. 시애틀 시민들, 우루과이 남부의 카넬로네스 시민들, 룩셈부르크 대공국 사람들, 뉴질랜드 남섬의 주민들, 두브가 다음 2주 동안 제비뽑기로 선발된 젊은이들을 데리러 돌아다녀야 하는 모든 곳의 사람들이 바로 그런 사람들이었다. 다시 말해서 이렇게 하는 것이 자신들을 보호할 것이라 믿을 수만 있다면 언제든 그렇게 할 사람들인 것이다.

마리오가 귀띔해준 대로 두브는 한참 늙어 보이는 승려들이 눈물 너머 미소 띤 얼굴로 다가와 건네는, 마찬가지로 아주 오래되어 보이는 공예품들을 선물로 받아야 했다. 그들은 두브가 전경기들과 경전들, 조각상들을 받아들 때마다 어김없이 절을 하고는 뒤로 물러났다.

왕은 도르지와 지그미의 손을 붙잡은 다음, 애도를 하든 희

망을 빌어주든 거기 모인 사람들을 등진 채 두브에게 고갯짓을
했다. "당신이 절할 차례입니다"라는 주문 같았다.

두브는 마지막으로 한 번 절을 한 뒤, 앞장서 하산하기 시작
했다.

306일

285일에 쏘아 올린 아클렛 1호는 기동 추력기에서 몇 가지
초기시행의 문제점이 있는 것으로 드러났다. 그리하여 클라우
드아크 역사상 최초의 볼로 짝짓기는 아클렛 2호와 아클렛 3호
사이에서 이루어지게 되었다. 이들은 296일과 300일에 각각 우
주로 올라온 것들이었다. 처음 세 가지 아클렛은 모두 경쟁적
디자인을 채택한 터라 각각 생긴 것이 제각각이었지만, 상관없
었다. 어차피 전부 다 다른 공장에서 찍어 나오고, 다른 우주항
공기지에서 다른 형식의 초중량 로켓에 실려 발사되기로 되어
있는 터라, 형식에서의 사소한 차이점은 이미 예견된 것이었다.
그럼에도 일반적인 형태는 거기서 거기였다. 즉, 돔형의 모자
를 쓴 하나의 원통형이다. 안에 탄 사람이 살아 있으려면 기압
조절이 필수이기에 그와 같은 곡면이 나올 수밖에 없었다. 다
이나는 압력선체의 모양이 어렸을 적 흔히 본 탄광촌의 오두막
이나 트레일러 주택 옆 액화프로판 가스탱크와 많이 닮았다는
생각을 했다. 다른 사람들은 열차 탱크로리나 통통한 핫도그를

떠올리기도 했다.

그것들은 한마디로 말해 돔 형태의 엔드캡을 용접해 붙인 거대한 알루미늄캔이라 할 수 있다. 캔의 벽체는 대략 1밀리미터의 두께를 가진다. 돔은 그보다 조금 더 두껍고 튼튼하다. 압력 선체에서 가장 두껍고 강한 부분이 바로, 이 돔이 캔의 머리를 덮는 지점이다. 그러니까 플라스틱 소다병과 비슷하다고 할 수 있는데, 뚜껑이 개봉되면 한손으로도 찌그러뜨릴 수 있을 만큼 벽이 얇지만 개봉 전 내부압력이 유지될 경우에는 놀랍도록 강하고 단단한 점이 바로 그렇다. 적어도 나사는, 진공의 우주공간과 불과 1밀리미터 벽을 사이에 두고 생명을 살아가게 한다는 아이디어에 경악한 사람들을 상대로 그런 식의 해명을 해온 것이다.

처음 세 개의 아클렛은 매끈한 '알몸상태'로 발사되었다. 하지만 뒤이을 수백 개의 아클렛들은 반투명 섬유외피 위로 보호막 기능을 갖춘 유리섬유 페어링이 추가된 상태로 쏘아 올려졌다. 일단 우주공간에 들어서면 외피가 팽창하면서, 선체 내판보다 넉넉하고 신축성 있는 선체 외판을 형성했다. 이처럼 이중 선체 구조의 내판과 외판 사이 공간은 섬유외피를 투과하여 들어오는 태양광을 통해 식량재배를 할 수 있는 공간으로 활용되었다. 그렇다고 해서 아클렛들이 식량을 완전히 자급자족할 수 있을지는 불명확했으나, 뭔가를 재배할 수 있고 없고의 차이는 중요했다. 녹색식물을 우주선 안에 둘 수 있음으로 해서 이산화탄소 제거기의 부하를 줄일 수 있고, 우주공간과 인간 사이에 물이 지나다님으로 인해 방사선 유입을 막을 수 있었다.

도킹포트를 두드러지게 강조하고 있는 엔드캡 중 하나를 나사의 대중홍보용 용어로 '프런트 도어'라 칭했다. 이는 다소 부적절한 명칭인데, 그것 말고 다른 문이 있는 게 아니기 때문이다. 일단 압력선체 내부가 봉인될 경우 탑승자들이 나올 수 있는 길은, 호흡 가능한 공기를 갖춘 다른 선체와 도킹하는 방법이 유일했다.

아클렛의 반대쪽 끝은 '보일러룸'이라는 명칭으로 불렸다. 그 바깥쪽에는 쓰레기통 크기의 핵 발전기가 돌출한 상태로 설치되어 아클렛에 동력을 공급하고 있었다. 그 주위로는 다양한 피팅부품들이 자리잡아 이런저런 배관라인들, 전기배선, 냉각 장비 등을 연결할 텐데, 아마도 상당수에 이른 아클렛들이 서로 도킹하여 반영구적 클러스터를 형성할 경우에만 활용될 것이었다.

돔 형태의 엔드캡과 선체가 만나는 부분의 두껍고 단단한 링들은 구조적 기능을 가진 부품들, 이를테면 아클렛의 동체에 중요한 힘을 가하는 부품들을 위한 부착점 역할을 했다. 각각의 링으로부터 여덟 개의 뭉툭한 방사형 스포크가 후광모양을 형성하며 뻗어 나와 추력기와 갈고리 장치를 고정시켰다. 이들은 아클렛의 내부에 실려왔다가, 우주공간에 들어선 다음에는 우주유영자들이 직접 도킹포트를 통해 밖으로 끌어내 무중력 상태에서 조립한 것들이다. 후광모양의 링들은 아클렛의 팽창성 선체 외판을 안정시키는 역할도 담당했지만, 처음 실험단계의 아클렛 세 개에서는 그냥 자전거바퀴 테처럼 우주공간으로 튀어나와 소형 역추진 노즐들과 배관설비들만 잔뜩 달고 있었다.

'프런트 도어'와 '보일러룸'의 방사형 링들 사이를 길게 가로지른 기계봉이 '프런트 도어'에 경첩으로 연결되어 있어, 조작을 가하면 아클렛의 측면 바깥쪽으로 십여 미터가량 팔처럼 벌어지게 되어 있다. 그것은 끝에 카메라와 전자기계식 파지장치 등 이른바 포오(Paw)라 불리는 복합장비를 장착하고 있다. 포오로부터 기계봉을 따라 케이블이 이어져 도킹포트 근처의 릴에 연결되고, 그렇게 감긴 케이블의 총 길이는 250미터에 달한다. 기계봉과 포오, 케이블 그리고 릴이 함께 작동하여 특수한 조작을 수행하는데, 처음 시도되는 그것을 나사의 공식 기술문서에서는 '볼로(Bolo) 커플링 오퍼레이션'으로, 그밖에 비공식적인 자리에서는 하이파이브(High Five)로 부르고 있다.

306일째 되는 날, 아클렛 2호와 아클렛 3호가 조립되고 나서 처음으로 볼로 커플링 오퍼레이션이 실시되었다. 장소는 이지에서 수 킬로미터 떨어진 우주공간이었다. 만에 하나 실패할 경우를 고려해 비밀리에 조용히 이루어진 작업이지만, 성공할 경우 또한 생각해서 여러 대의 비디오카메라가 현장을 담아내고 있었다. 커플링 오퍼레이션에는 여러 가지 고장유형이 존재하는데, 이는 그만큼 다양한 방식으로 잘못될 수 있어서 그 모두를 고려하기란 애초에 불가능하다는 것을 의미한다. 따라서 각각의 아클렛에는 능력이 출중한 파일럿이 필요했다. 궤도공학과 우주선 추진 장치에 관한 충분한 지식을 갖추어, 기체에 이상이 발생하면 수동제어방식으로 즉시 원상 복구할 수 있는 조종사 말이다. 사실 그만한 능력을 갖춘 우주인이 많지는 않았고, 그중에서도 네 명만 이지에 탑승하고 있었다. 현재 지상에서는 제비뽑기로 선발된 수천 명의 젊은이가 비디오게임 시뮬레이션을 통해 가상의 아클렛 조종술을 배우고 있는 중이나, 그중 누구도 준비를 끝낸 상태는 아니었다. 결국 당장은 아이비가 아클렛 2호의 조종을 맡았고, 다이나가 그 승객이자 부조종사 역할을 담당하게 되었다. 아클렛 3호 조종은 최근 이지에 합류한 전직 스위스 공군 파일럿 마쿠스 로이커가 맡았다. 그는 이전 두 차례에 걸쳐 ISS로 미션비행을 수행한 베테랑이기도 했다. 특히 고성능 제트전투기로 알프스 계곡을 누빈 조종 실력이 이번 일에 적격인 것으로 판단된 듯했다. 그쪽 부조종사는 몇 달 전 이지에 처음 합류한 중국인 우주비행사들 중 한 명인 왕푸후아로 정해졌다.

밤새 푹 자고 난 다음 가볍게 아침식사를 마친 네 명의 조종사는 바나나에 모여, 지상의 기술자들과 함께 세부사항들을 점검하기 위한 마지막 모임을 가졌다. 그러고 나서 스포크를 거슬러 올라가 무중력 환경인 H1으로 이동했고, 곧장 우주정거장의 중앙축인 스택(Stack)을 따라 올라갔다. 여러 칸의 작업공간과 보급품집적소들을 이리저리 지나치면서 그들이 도달한 곳은 도킹노드였고, 거기서부터 다시 꾸불꾸불한 햄스터튜브를 통과해 들어갔다. 한 명 한 명 차례대로 미끄러지듯 이동했다. 순서상 마쿠스 뒤로 세 번째 자리였던 다이나는 앞서가는 사내를 따라잡기가 힘들었다. 그의 신발 밑창이 갈수록 시야에서 멀어져만 갔다. 그가 어느 지점에선가 말했다. "중력이 방해만 해준다면 다우벤호른을 등반하는 것과 다를 바 없군 그래."

"그거 산 이름인가요?"

다이나가 물었다. 햄스터튜브가 워낙에 길어, 가벼운 대화를 좀 곁들이면 힘이 덜 들지 않을까 생각해서였다.

"네. 내가 자란 곳에 있는 유명한 클레터슈타이크죠. 한번 와서 경험해보는 것도 좋을 겁니다."

마쿠스가 뒤를 향해 외쳤다.

최근에 이지로 합류한 사람들이 흔하게 범하는 에티켓의 실수는 지구를 마치 다시 되돌아갈 수 있는 곳인 양 말하는 것이었다. 이전에 해본 것들처럼 이번 일 역시 일시적 미션이거나 한 듯 말이다. 다이나는 대꾸하지 않았다. 아마 마쿠스도 지금쯤 자기 실수를 깨달았을 테니까.

"아차."

그렇다, 방금 깨달은 모양이다.

"클레터슈타이크는 또 뭐죠?"

다이나는 계속 힘겹게 이동하면서 물었다.

"케이블과 사다리 같은 장비들로 사전에 조성해놓은 등반코스를 말합니다."

"조금은 쉽게 만든 코스인가 보군요."

다이나의 말에 마쿠스가 보충설명을 늘어놓았다.

"오, 그건 아닙니다. 결코 쉽지 않아요. 오히려 불가능할 것 같은 등반코스죠. 난이도가 높게 설계되어 있답니다."

"그렇군요. 지금 우리의 처지에 대한 멋진 비유네요."

"동감입니다!"

마쿠스가 쾌활한 어조로 대답했다.

그들은 햄스터튜브의 한 교차점에 이르러 벽면에 사인펜으로 적힌 내용을 꼼꼼히 살핀 뒤, 진로를 나누었다. 즉, 다이나와 아이비는 우측으로 방향을 꺾었고, 푸후아와 마쿠스는 그대로 직진했다. 사용 중인 도킹포트 세 개를 지나치면서 그 맞은편 캡슐 속에서 생활하는 사람들과 형식적인 인사를 교환한 뒤, 그들은 햄스터튜브의 끝에 도달했고 거기서 도킹포트를 통과했다.

다이나와 아이비는 푸르스름한 백색 LED 조명이 차갑게 비추는 지름 4미터에 길이 12미터인 원통형 공간으로 유영해 들어갔다. 매끄러운 알루미늄 재질의 원통형 벽면에는 그것을 제조한 공장에서 찍어낸 제품번호와 바코드들이 줄무늬처럼 새겨져 있었다. 전체 길이를 따라 용접자국이 길게 이어져 있었다. 안쪽 맨 끝에는 수많은 파이프와 전기접속부품들이 파고든 '보일러룸' 돔의 곡면부가 칙칙한 초록색의 유리섬유 격자패널을 통해 들여다보였다. 그로부터 같은 재질로 된 사다리가 '프런트 도어' 쪽으로 뻗어 올라와 있었다. 다이나는 아이비를 이끌고 '프런트 도어'로 들어서면서 마쿠스가 한 클레터슈타이크 얘기가 떠올랐다. 중력을 고려하지 않는다면 굳이 사다리는 필요 없는 것이었다. 아클렛의 끄트머리에 위치한 격자패널이 그냥 바닥인 것으로 충분했다.

혹은 여러 바닥 중 하나인 제일 밑바닥이라고나 할까. 아클렛의 몸통이 워낙 길어서 격자패널을 중간에 많이 끼워 넣음으로써 수직으로 다섯 층까지 공간을 분할할 수 있다. 그럴 목적에서 벽면에 규칙적인 간격으로 클릿들이 설치되어 있지만, 거기 격자패널이 장착된 적은 아직 한 번도 없었다.

다이나는 사다리의 맨 첫 번째 가로대를 툭 치는 반동을 이용해 아래로 흘러들어갔다. '보일러룸' 바닥의 격자패널에 닿을 즈음 그녀는 공중제비를 돌아 발이 그쪽으로 향하고 머리는 '프런트 도어' 방향으로 돌아오도록 자세를 잡았다. 그러다 보니 벽에 내장된 평면 스크린 몇 개에 눈높이가 맞춰졌다. 돔 바깥에 설치된 장비들을 위한 각종 조종판과 계기판들이었다. 그 모두가 자그마한 핵발전기의 작동만을 기다리고 있었다. 그 문제만을 다루는 스크린이 하나 있었다. 다이나는 톡 건드리는 것으로 그것을 깨웠다. 스크린은 그래픽 디스플레이를 새롭게 바꾸면서 원자로 내에 플루토늄 펠릿들의 온도와 평상시 출력 수준, RPM, 열을 전력으로 전환하는 스털링 엔진의 건강계측 그리고 배터리 충전도 및 필요시와 불필요시 에너지의 방출과 저장을 담당하는 초용량축전기의 전하량을 제시해주었다. 모든 것이 정상으로 보였다. 이런 정도의 시스템이라면 크게 뭐가 잘못될 것 같진 않았다. 어쨌든 신제품이지 않은가.

다이나는 몸을 돌려 다른 화면을 체크했다. 바로 바깥에 장

착된 추력기들에 관한 정보를 제시하고 있었다. 아클렛의 창문
으로 내다볼 수 있는 공간은 아주 협소했다. 전방 끄트머리, 도
킹시설에 인접한 돔의 작은 원형창 두 개로만 밖을 내다볼 수
있었다. 그중 하나 바로 아래에 전문용어로는 카우치, 일반인이
본다면 어쩌다가 우주까지 실려오게 된 고급 접이식 의자가 자
리하고 있었다. 아이비는 이미 그곳에 착석해 안전벨트까지 체
결한 상태였다. 거기서 그녀는 또 다른 평면 스크린들의 잠을
깨우고 있었다. 제어판으로 보이는 플라스틱 박스들에 연결된
헤드셋 마이크로폰에 대고 그녀는 무언가를 연신 중얼거리고
있었다. 우주비행관제센터를 상대로 체크리스트를 점검하더
니, 지금쯤 아클렛 3호 조종간 앞에 착석해 있을 마쿠스와도 대
화를 시도하는 중이었다.

주위를 둘러보는 다이나의 눈에 까마귀 눈알보다 크지 않은
카메라 렌즈 불빛이 들어왔다. 아클렛 중간부분 벽의 돌출한
작은 플라스틱 상자에 설치된 카메라였다.

그 순간, 특별한 이유도 없이, 그녀는 울기 시작했다.

하긴, 그녀가 울 때 특별한 이유가 있었던 적은 별로 없었다.
루퍼스가 보내오는 모스 부호 메시지가 그나마 고리타분한 눈
물콧물 신파극을 부르는 단골이라면 단골이었다. 아이비와 다
이나는 주위에 아무도 없이 둘만 있는 경우 마음 놓고 울어도
좋다는 양해를 서로에게 해준 상태다. 그밖에 루이사 같은 몇
몇 소수에게만 최근 들어와 그 눈물클럽에 동참할 자격이 주어
졌다. 하지만 항상 무언가 해야 할 일이 있었고, 살펴야 할 비상

사태가 있었으며, 주변에 사람들의 눈이 있었다. 한마디로 프라이버시가 없었다. 1년 반 전 바이코누르에서 소유스 캡슐에 몸을 실은 이래, 이 텅 빈 아클렛은 다이나에게 허락된 가장 넉넉하고 방해받을 가능성이 희박한 공간이었다. 이처럼 갑작스레 광막함으로까지 다가오면서 홀로 남겨졌다는 느낌을 주는 환경에 처하자, 그녀는 복받치는 감정을 주체할 수가 없었다. 지금 카메라가 자신을 주시하고 있으며, 자료화하기 위해 디지털 비디오로 촬영하고 있음을 다이나는 모르지 않았다. 휴스턴의 심리학자들은 지금 이 순간에도 그녀의 직무적합도 판단에 열을 올리는 중일 것이다. 하지만 다이나는 개의치 않는다. 휴스턴 사람들이 무슨 생각을 하든 신경 쓰지 않게 된 지가 이미 오래였다. 일단 눈물이 나오자 걷잡을 수 없는 관성이 붙었는지, 한동안 샘솟는 눈물을 마냥 놔두는 수밖에 도리가 없었다. 그녀의 생각은 자기 가족의 처지에서부터 이런 양철통 같은 공간에 갇혀 평생을 살다 죽어야 하는 아커들에게까지 제멋대로 굴러갔다. 만에 하나 일이 잘못될 경우—일부 사람들이 제기한 것처럼 클라우드아크라는 아이디어 전체가 하나의 망상에 불과한 것으로 판명 날 경우—인간의 영혼에 새겨질 마지막 생각과 느낌은 아마도 이와 같은 환경에서 움튼 것일 터. 지금 다이나야말로 바로 그런 영혼의 상태라 할 것이다.

무중력 상태에서 우는 일의 문제점은 눈물이 뺨을 타고 흘러내리지 않는다는 점이다. 눈물방울들이 안구를 덮으면서 빠르게 일렁거리는 물자루를 형성하기 때문에, 우는 사람은 그것을 부지런히 훑어내거나 닦아내야만 한다. 하지만 눈물을 닦아 낼 만한 것은 아무것도 없는 상황. 그들이 착용한 플라스틱 오 버롤은 전체가 완벽한 비흡수성 재질이었다. 다이나는 하는 수 없이 그렇게 아클렛 바닥을 어슬렁거리면서, 미지근한 소금물 자루를 통해 제어스크린의 불빛들을 엉거주춤 들여다보고 있 었다.

"참, 너 같은 부조종사는 처음 봤다!"

아이비는 잠시 시간을 준 뒤, 등 뒤로 외쳤다.

"미안," 다이나가 무심결에 대꾸했다. "임무수행에 필수적인 절차였어."

"장비 어느 한 곳도 다운되지 않도록 해야 해. 눈물은 전도성 물질이라는 거 있지 마."

"내 생각엔 이 모든 게 방수처리 되었을 것 같은데. 원래 일 반인들을 위해 디자인된 거잖아."

"그러게 말이야," 아이비가 코웃음을 치며 말했다. "유저인 터페이스라는 게 사용하기 너무 쉽게 만들어서, 난 도무지 뭘 할 수가 없어."

그때 무언가 가벼운 물체가 다이나의 머리를 툭 건드리고 지 나갔다. 사용자 편의위주로 제작된 원자로 제어판에 어떤 하얀 물체가 부딪쳤다가 튕겨져 나오는 것이 그녀의 눈물 너머로 희 미하게 보였다. 공중에서 그것을 낚아채는 순간, 손으로 전해오 는 촉감이 휴지꾸러미임을 말하고 있었다. 암시장에서 고가에 거래되는 품목이다. 다이나는 포장을 뜯고 몇 장을 꺼내, 혹시라도 방울방울 흩어져 기계고장을 일으키지 않도록 섬세하고 꼼꼼한 눈물 흡수작전에 착수했다.

"내 말은, 마쿠스가 널 어떻게 생각하겠냐는 거야!"

다이나는 아이비의 말뜻을 이해하는 데 약간의 시간이 필요했다.

"그 사람하고 나? 그렇게 보여?"

"틀림없다니까."

처음 스릴을 동반한 몇 주의 시간이 흐르자, 리스와는 상황이 진정 국면으로 접어든 상태다. 괜찮다. 쉽게 생긴 감정은 쉽게 사라지는 법. 어차피 그를 장기간 지속될 관계로 본 적은 없다. 그들이 함께한 시간과 장소는 장기적인 연분을 싹틔우기엔 어울리지 않는다. 인류학자의 입장을 고수하는 루이사는 이지 거주자들 사이의 즉흥적이고 단기적인 짝짓기 행태를 그저 재미와 과학적 흥미 그리고 익살스러운 질투가 뒤섞인 마음으로 구경할 따름이었다.

다이나는 말했다.

"도대체 무슨 말을 하는 건지 난 모르겠는걸. 하지만 어딘지 캡틴 커크[36]처럼 생긴 것 같긴 해."

"너한테도 캡틴 커크 같은 사람이 필요한 부분이 있어……."

"필요한 부분이라니?"

"너의 인생 말이야. 리스는 그런 면에서 너무 내향적이지."

---

36 영화 〈스타트렉(Star Treck)〉의 엔터프라이즈호 선장.

"지금 그건 뭔가 에두른 표현 같은데?"

"그는 너무 우울해."

"맙소사, 아니면 이상한 거지."

"아니, 그런 뜻이 아니야. 세상이 멸망하고 모두가 죽어서 그런 거 말고. 그는 일을 할 땐 에너지가 넘치다가도 끝내고 나면 완전히 무너지더라니까."

그런 관찰이 리스의 섹스 스타일과도 얼마나 잘 맞아떨어지는지 혀끝이 근질근질했지만, 다이나는 자제했다.

"우리 이거 다 녹화되는 거 맞지?"

"익숙해져야지."

아이비가 대답했다.

다이나는 12미터 거리를 두고 그녀가 어깨를 으쓱하는 게 느껴졌다.

"자, 이쯤에서 전방 추력기에 힘 좀 한번 넣어줘야지. 그래야 주차공간에서 빠져나갈 테니까."

말 그대로 추력기에서 폭발현상처럼 느껴질 어떤 반동이 일어나면서 기체가 이탈했다. 아무것도 붙잡고 있지 않았던 다이나는 아클렛 전체가 뒤로 빠지는 동안 잠시 방향감상실에 시달렸다. 초록색 격자패널이 그녀에게서 멀어지는 가운데 프런트 도어가 가까워지고 있었다. 하지만 그 모든 속도가 워낙에 느려, 그녀는 팔을 뻗어 사다리를 더듬는 것만으로도 자신의 상대적 움직임을 제어할 수 있었다. 몇 초 만에 아클렛의 앞쪽 끝이 몸에 닿았고, 다이나는 아이비의 카우치 버팀대에 의지해 움직임을 멈추었다. 그 바로 옆에 암벽등반용 벨트처럼 생긴 띠와 패드들이 있었고, 다이나는 그것들을 해체해 안으로 기어 드는 데만 몇 분을 더 소비했다. 추력기의 폭발음과 그에 딸린 파이프에서 나는 식식거리는 소음들 그리고 마이크에 대고 중얼거리는 아이비의 음성이 혼연일체가 되어, 안전벨트를 체결 하고 헤드셋을 착용하는 다이나의 동작을 마치 반주처럼 장식 해주었다. 이제 다이나와 마쿠스, 이지의 관제사 간에 오가는 군인 스타일의 간명한 교신내용들이 귀에 들어왔다. 휴스턴의 엔지니어 한 명이 몇 분에 한 차례씩 끼어들어 질문들과 관측 사항들을 점검했다.

일단 이지에서 말끔히 이탈하자, 몇 초 동안 지속될 엔진점 화에 들어갔고 그로써 고도를 살짝 높일 수 있었다. 한동안 창 문 밖으로는 텅 빈 우주공간밖에 보이지 않았다. 우주선 벽에 밝은 점들이 맺히는 걸 보니, 지금쯤 지구의 테두리 너머로 태 양이 뜬 게 분명했다.

아이비가 말했다.

"지금 레이더에 3호 잡힘. 나는 MAP 진입 중."

MAP는 '자가조종 모니터링(Monitored Autonomous Piloting)' 의 3문자 약어다. 이제 곧 착수하려는 '하이파이브'는 지극히 섬세한 과정이라 처음 다루는 조종사가 수동으로 작업하기가 어렵다. 전체가 로봇작업으로 진행되어야 할 일인 것이다. 하지 만 알고리듬과 센서들 또한 하나같이 신제품이기에, 경험 있는 조종사가 지키고 앉아 로봇조종이 여의치 않겠다 싶으면 즉각 조처에 나서야 한다.

추력기들은 서로 다른 리듬으로 분사하기 시작했는데, 사람이 어떻게 작동시키느냐에 따라 별의별 소규모 폭음들을 후두두 뿌려댄다. 별시야가 창문들을 가르고 지나가자, 햇빛 반점들이 벽을 따라 방향을 비트는가 싶더니, 문득 아클렛 3호가 회전하면서 시야에 들어왔다. 거리는 한 수백 미터쯤 되어 보였다. 그 역시 프런트 도어가 제 방향을 찾을 때까지 MAP로 비행 중이었다. 다이나는 마쿠스와 푸후아에게 손을 흔들고 싶은 충동을 억지로 참았다. 왠지 프로답지 않은 제스처일 뿐 아니라, 작은 창으로 그런 이쪽 모습을 알아볼 수도 없을 것 같아서였다.

아클렛 3호의 측면에서 작대기 같은 흰색 봉이 바깥쪽으로 펼쳐져 위치가 고정되었다. 잠시 후 그 봉과 같은 방식으로 작동하는 각자의 팔 동작을 평면스크린 애니메이션의 소리와 영상으로 확인할 수 있었다.

"포오 카메라 띄움."

다이나가 중얼거리며 컨트롤 버튼을 두드리자, 로봇암 끝에 장착된 원격조종 카메라 렌즈가 담아낸 고해상도 영상이 스크린을 가득 채웠다. 처음에는 아래 한쪽 귀퉁이에 지구대기권이 만들어내는 파란 테두리 말고는 아무것도 식별할 수 없었다. 잠시 후 타깃처럼 생긴 패턴 하나가 화면을 가로지르며 방향을 바꾸더니, 천천히 속도를 늦춰가며 후진했다. 이 모든 과정과 더불어 추력기의 파열음이 갈수록 극성을 부리고 있었다. 카메라 영상은 놀라우리만치 자세하고 선명했다. 원형창으로 직접 내다보이는 광경과 비교해가던 다이나는 아클렛 3호의 로봇암 끄트머리 타깃을 볼 수 있었다. 현재 거리에선 아주 자그맣게 보였다. 하지만 이제 소형우주선을 통제 중인 기계시각장치가 이미 그것을 식별해낸 상태다.

"포착했다," 아이비가 말했다. "3호, 너희가 보인다."

"우리도 너희가 보인다, 2호," 마쿠스가 대답했다. "계속 진행 중이다."

후방 추력기의 점화 시간을 좀 더 늘려가면서 기체가 앞으로 나아가는 것을 다이나는 바닥의 압력과 안전벨트의 압박감으로 느끼고 있었다. 타깃이 약간은 제멋대로 흔들렸으나, 얼마 지나지 않아 다시 포착됐다. 다이나는 아클렛 3호가 점점 크게 다가오는 걸 보고 있었다. 우주선 사이의 거리를 — 정확히 말하면, 두 우주선에서 뻗어 나온 포오들 간의 거리를 — 재는 화면상의 숫자가 카운팅에 들어가고 있었다.

"이름만 거창하군," 아이비가 말했다. 하지만 마지막 단어는 아클렛의 기본 선내방송 시스템을 통해 공지되는 디지털 음성에 묻혀 잘 들리지 않았다. "볼로 커플링 오퍼레이션 현재 마무리 단계 진입 중. 가속 준비 바람." 그러고는 고전적인 나사 스타일로 카운트다운이 시작되었다. "파이브, 포, 쓰리, 투, 원, 그래플링 개시."

이미 "원(one)"에서 화면의 테스트 패턴이 그림자 속으로 사라졌다. 카메라가 너무 가깝게 접근해 있었던 것이다. 아클렛 2호와 3호의 포오들이 마치 달리기 선수끼리 스쳐 지나면서 하이파이브를 하듯 서로 가볍게 부딪쳤다. 기이하고 불쾌한 소음이 봉을 따라 내려와 아클렛의 단단한 선체로 퍼져나갔다.

"그래플링 완결," 디지털 음성이 말했다.

다이나의 귀는 불쾌한 소음이 릴에서 풀려나는 케이블 소리임을 간파했다. 아클렛이 반 바퀴 공중제비를 돌아, 보로의 상대를 다시 겨누는 자세가 되게끔 방향을 역전하는 순간 그녀는 속이 출렁함을 느꼈다.

몇 주 동안 이와 같은 기동을 연구해온 그녀는 두 개의 아클렛이 이제 케이블로 연결된 상태임을 알고 있었다. 그 둘은 방금 서로를 지나쳐 날았지만, 연결된 케이블의 탄력으로 둘이 서로를 바라보고 회전하는 상황이 된 것이다. 다이나는 원형창을 통해 이런 상황을 확인했는데, 아클렛 3호의 앞부분이 원심력에 의해 스르르 뒤로 물러나는 게 고스란히 눈에 들어왔다. 도킹포트 바로 옆에 위치한 릴은 두 선체가 거리를 벌리는 만큼 빠르게 돌아가며 케이블을 풀어내고 있었다. 정확히 중간지점에서 아클렛 2호와 3호의 케이블이 커플링 장치를 통해 서로 체결된 상태인데, 언제라도 서로 분리될 필요가 있을 땐 원격조종으로 해체가 이루어질 터였다.

"축하합니다, 볼로 원(One)," 휴스턴의 엔지니어가 말했다. "사상 최초로 두 대의 우주선을 자가운전으로 짝짓기 해, 지구 중력 시뮬레이션 생산을 위한 회전시스템을 탄생시켰습니다."

볼로 원의 나머지 반쪽 밑으로 지구가 휘돌아 지나가고, 다이나는 5분 후에 구토증세로 결론 날 목구멍의 치미는 느낌을 감지했다. 두 개의 아클렛은 이미 느린 속도로 서로의 주위를 돌고 있었고, 바나나에서 느껴지는 것보다 크지 않은 양의 시뮬레이션 중력을 만들어내고 있었다. 하지만 MAP 시스템은 그걸로 일이 끝난 게 아니었다. 일단 두 개의 아클렛이 서로의 추력기 분사력으로 어떤 피해도 입지 않을 만큼 거리를 두자 시스템은 케이블을 느리게 풀어내면서 더 오랜 장시간 점화에 들어갔으며, 이로 인한 불쾌한 변화가 탑승자들의 내이(內耳)를 적잖이 괴롭혔다. 자동제어장치처럼 변한 릴이 케이블의 풀림속도를 서서히 늦추면서 마지막 덜컹거림을 피했다. 그러고는 잠시 적막이 찾아왔다. 그리고 다시 또 다른 추력기가 보다 길게 점화했고, 측면으로 방향을 잡아 볼로의 회전속도를 가속했다.

"맙소사!"

처음 일이 분 동안 다이나가 할 수 있는 말은 그것뿐이었다.

아클렛에 탑승한 네 명 모두 1년 남짓 만에 처음으로 지구중력 수준의 1G를 체험하고 있는 것이다.

이제 불과 며칠 궤도비행을 한 마쿠스는 저 혼자 신이 난 모양이었다. 헤드셋을 통해 들려오는 소리로 미루어, 그는 지금 조종석 안전벨트를 풀고 아클렛 3호 내벽 전체가 마치 다우벤호른이기라도 하듯 이리저리 기어다니는 중이었다.

아이비와 다이나는 몇 분간 꼼짝도 할 수 없었다. 특히 다이나는 자신이 이렇게 죽어갈 수 있을 가능성을 곰곰이 따져보았다.

마침내 그녀가 물었다.

"이대로 누워 있는 동안에 정신을 잃을 수가 있나요?"

"자세를 그대로 유지하십시오," 휴스턴에서 올라오는 목소리가 마치 4백 킬로미터 저 아래에서 휴대용확성기에다 대고 소리치는 것처럼 멀고 희미하게 들려왔다. "지금 그 아클렛 바닥으로 오랜 낙하를 체험하고 있는 겁니다."

'오랜 낙하'라…… 다이나는 위아래에 대해서 생각조차 하지 않게 된 지가 이미 오래였다. '낙하'의 개념은 그녀에게 아무런 의미도 갖지 못했다. 궤도비행을 하는 우리의 몸은 항시 낙하 중인 거다. 다만 그러면서도 무언가에 전혀 부닥치지 않는다는 점이 중요하다. 다이나는 과감하게 고개를 돌려 '저 아래' 격자 패널을 바라보았고, 그 순간 구토봉지 쪽으로 손을 뻗었다.

333일

두브는 한동안 자신을 인간관계 맺기가 그리 쉽지만은 않은 타입으로 생각하며 지냈다. 지구에서의 마지막 10주 동안, 그는 이따금 캠핑에 대한 욕심으로 자기가 가족 모두의 인내심을 한계 너머까지 밀어붙이는 것 아닌가 두렵기까지 했다.

그전까지는 만족스러운 아웃도어 체험에 관한 소견이라고 해봐야, 유럽 스타일의 호텔 테라스를 한가로이 거닐면서 시가를 피우고 브랜디를 홀짝이는 게 고작이었다. 천문학자로서 주어진 직무가 이따금 그를 마우나케아 정상 같은 외딴 장소로 불러내긴 했지만, 오직 의무감에 사로잡혀 야외에 나간 거고, 몇 분 동안 추위를 무릅쓴 채 장대한 광경과 맑은 공기를 언급하고는 다시 작업실로 돌아와 화면으로 이미지들을 챙기는 것이 전부였다. 캠핑이라든가 소위 아웃도어 체험이 그와 그의 가족 모두의 문화였던 적은 단 한 번도 없었다. 안전한 지붕 밑, 문단속이 철저하게 이루어진 아늑한 공간에 모여, 모든 것이 갖추어진 현대식 주방에서 노릇노릇 구워지는 요리들을 다 함께 즐기는 것이 그의 집안 문화였다. 반면 생명 및 지구과학 분야를 연구하는 동료들을 그는 항상 존경하는 입장이었다. 그들은 언제든 배낭 하나 짊어지고 길을 떠나 이국적인 장소를 돌아다니며 모험 가득한 삶을 살곤 하지 않는가. 다만 그런 동료들을 그는 멀찌감치 거리를 두고 존경할 따름이었다.

헨리와 함께 모제스레이크에서 체류한 뒤부터 아웃도어의 삶으로 뒤늦은 개종을 했다고나 할까. 그를 계기로 최신식 아웃도어 장비까지 엄청나게 장만하여, 당장이라도 사용하고파 안달이 날 지경이었다. 부탄 방문 역시 이런 욕구에 불을 댕긴 건 마찬가지였다. 그 이전에 대서양 너머 지루한 비행을 수차례나 이어갔고 항공모함에도 잠깐 머물렀다. 거기까지는 그의 남은 인생을 지배할 환경과 다르지 않은 비좁고, 답답하면서, 인공적인 공간들의 체험이었다. 하지만 정말이지 축복받은 몇 시간, 헬리콥터에서 내려 춥고 드높은, 솔향기 물씬 풍기는 부탄의 공기를 원 없이 들이마시지 않았던가. 왕이 직접 운전하는 랜드로버로 또는 두 발로 걸어서, 마치 70년대 앨범재킷에서 금방이라도 튀어나온 것 같은 안개 낀 산속을 끝없이, 끝없이 파고들지 않았는가. 그러는 가운데 이토록 아름다운 장소를 있는 그대로 끌어안지 못하고 기껏 지나간 대중문화의 아이템이나 떠올리고 있는 자신을 반성하는 그였다. 몇 시간 뒤, 그는 도르지와 지그미를 위시해, 미얀마와 방글라데시, 네팔, 인도의 여러 지방들, 스리랑카 그리고 수많은 섬들로부터 같은 방법으로 뽑힌 백여 명의 다른 아커들과 함께 항공모함에 몸을 싣고 있었다. 고향의 암벽들을 배경으로 처음 마주친 부탄인들의 그토록 안정감 있고 자연스러운, 토착의 운치 가득한 풍모와, 지금 고향땅을 떠나와 항공모함의 도색된 강철계단을 메운 서남아시아인들 틈의 움츠린 그들 모습은 얼마나 다르게 느껴지는가. 다들 화려한 색감의 의상을 걸친 채 소중한 공예품들을 어디에 놓아둘지 몰라 두리번거리고 있었다.

두브는 캠핑생활을 접고 집으로 돌아오면서 머릿속에 단 하나의 생각밖에 없었다. 미합중국 조지 H. W. 부시 항공모함에 오른 도르지와 지그미처럼 하늘로 쏘아 올려져 남은 평생을 격리된 이방인으로 살기 전에 고향 흙먼지나 실컷 뒤집어써보겠다는 일념 하나. 적어도 그가 보기에 이는 논란의 여지가 없는 선택이었다. 그러나 막상 항공모함 식당에서 해군용 컵에 커피를 따라 마시며 탭에게 자신의 생각을 말하자, 탭은 다른 말을 했다.

"그래봤자 흙먼지를 지나치게 낭만적으로 치장하는군."

탭은 원래 '악마의 변호인(devil's advocate)' 역할을 맡길 좋아했다. 지금까지도 두브와 그는 그런 식의 대화를 수없이 나누어온 사이다. 두브는 어깨를 으쓱한 뒤 말했다.

"자네 말이 맞는다고 치지. 근데 그 흙먼지 뒤집어쓸 수 있을 때 실컷 뒤집어써보겠다는 게 무슨 문제지?"

"파상풍은 어쩌고?"

"이런 데로 파견 나오기 전에 이미 최신예방접종을 거친 몸일세."

"이보게, 두브, 글쎄 난 관심 없다니까."

"관심 없다니? 내가 무슨 물건이라도 사달래?"

"인간이란 애초에 어떤 자연 상태에서 살도록 디자인되었다는 자네 생각을 지금 내게 강요하지 않는가. '흙먼지는 좋은 것이다'라는 가설 말이야."

"하긴 우리가 자연의 탁 트인 환경에서 진화해온 것은 맞지. 그런 점에서 자연이 우리에게 적합한 환경인 거고."

"하지만 우린 *진화한 상태* 아닌가, 두브. 이미 동물이 아니라고. 우린 저런 것들을 만들어낼 수 있는 유기체로 진화한 거야."

그러면서 탭은 도색된 강철 일색의 항공모함 선내를 이리저리 손으로 가리켰다.

"그리고 이런 것도."

탭은 마지막으로 손에 쥔 컵을 들고 두브의 컵을 톡 건드렸다.

"자네가 말하는 온갖 좋은 것 말이야."

"야생에서 맹수한테 잡아먹히는 거에 비하면 좋다는 건가?

아, 물론 그야 그렇지."

"어쨌든 나는 맹수한테 잡아먹힐 생각일랑은 없네. 그냥 편한 캠핑이라면 모를까."

탭은 약간 억지미소를 지으며 말했다. 속으로는 '물론 내 말에 수긍하지 않겠지?' 하는 눈치였다. 그는 말을 이었다.

"그나저나 특이점에 대한 나의 견해는 자네도 알고 있겠지. 계속 업로드하고 있는 내용."

"그에 관해서 논평도 썼지."

"맞아, 그 점은 고맙게 생각해."

탭은 지금 인간의 두뇌가 이론상으로는 모조리 디지털화되어 컴퓨터 한 대에 업로드할 수 있다는 개념을 말하고 있다. 언젠가는 이런 일이 대규모로 가능해진다는 생각 말이다. 사실상 이미 그런 상황이 시작되었는지도 모르며, 우리 모두 거대한 디지털 시뮬레이션 속을 살아가고 있는 것일 수도 있다.

어떤 생각이 두브의 뇌리를 스쳤다.

"그래서 왕이 환생 얘기 하는데 자꾸 딴지를 건 거였어?"

"그런 의미도 있지," 탭이 인정했다. "이보게, 내 말은 말이야, 이런 종류의 생각을 나도 하는 판인데 자네로 따지자면……."

"무슨 생각? 특이점 건강음료 마시는 거?"

두브가 말했다.

"그래, 두브. 알다시피 나도 그런 생각을 하고 있으니, 자넨 이미 자연인이 되려는 것에선 한참 떨어져 있는 셈이라고. 나는 앞으로도 자연인 될 생각 없는 사람이야. 나는 인간의 정신을 얼마든지 가공할 수 있다고 생각해. 그래서 이제는 며칠 또는 몇 주 내로 클라우드아크에서의 삶에 맞도록 적절히 개조될 것이라 보고 있지. 우리는 그저 지금까지 성장해온 문명권에서 또 다른 문명권으로 다 함께 옮겨가는 것뿐이라고. 자연에 대한 기존의 사고는 깡그리 잊힐 거야. 앞으로 천년 후에는 사람들이 아클렛에 놀러가서 하루 묵으며 오렌지 주스 마시고, 조상들이 하듯 튜브에 소변보는 걸 캠핑이라고 여기며 살아갈 거라고."

그러자 두브가 대꾸했다.

"그 사람들한테는 그게 자연체험 학습쯤 되겠군."

"맞아. 우리 생각이 그렇게 변할 거라고 보는 거지."

두브는 순간적으로 '*어이 흰둥이, 우리라니 누구?*'라는 힙합 가사를 떠올렸지만, 그냥 넘어가기로 했다.

이후 몇 주에 걸쳐 두브는 직무상 세계 방방곡곡을 돌아다니며, 마리오가 일종의 '유인도주'와 같다고 말한 일을 수행하고 있었다. 즉, 사람들을 아커 훈련캠프로 데려가 지구에서의 남은 시간을 오로지 궤도공학과 관련한 고도의 비디오게임이나 하며 지내게끔 만드는 일 말이다. 그중 몇몇 프로그램에는 태비스톡 프라우스도 참여했다. 그렇지 않은 나머지 시간에 그는 항공모함에서 두브와 나눈 대화 중 언급한 주제들을 소셜미디어상에 포스팅하며 지냈다. 두브는 그런 포스트에 클릭해 들어올 때마다, 생각보다 많은 사람들이 그 내용에 관심을 보이고 있다는 사실에 놀라움을 금치 못했다. 탭은 팔로워들을 증식시켜가고 있었고, 임박한 우주문명 사회학에 관한 중요 사상가로서의 명성을 쌓아가고 있었다.

두브는 짧게라도 일이 없는 날에는 무조건 자식들이 사는 곳을 훑으면서 반강제적인 캠핑생활로 이끌었다.

헨리는 모제스레이크에다, 이 세상에 영구적인 게 있다면 말이지만, 아예 영구 주거지를 꾸렸다. 헨리는 두브의 막내아들이었다. 둘째인 딸 해들리는 버클리 대학생으로, 오클랜드 어느 단체에서 자원봉사 일을 하고 있었다. 비교적 시간이 많은 둘째를 데리고 두브는 타말파이어스 산을 하이킹하든가 좀 더 길게는 시에라네바다 산맥을 돌곤 했다. 맏이인 헤스퍼는 워싱턴 DC 외곽에서, 펜타곤 소속 군인 남자친구와 동거 중이었다.

마지막 캠핑여행은 10월 초의 일이었다. 두브에게는 아직 남은 시간이 몇 주 있었지만, 그 대부분이 훈련과 훈련에 관한 TV 출연으로 소모되리라는 것을 그는 알고 있었다. 남은 몇 주를 땡땡이 쳐서라도 그는 즉흥적인 오후 하이킹을 떠나고픈 마음이 굴뚝같았다. 그러나 사실을 말하자면 다음에 그가 침낭 속으로 기어 들어가는 일은 바로 무중력 상태에서일 것이고, 창문 하나 없는 알루미늄 깡통의 노곤한 환경 속에서일 거라는 점이었다.

그 점을 감지했는지, 아멜리아가 느닷없이 뛰쳐나왔다. 1년 중 지금 이 시점이면 그녀가 학교 수업에 한참 매몰되어 있을 때인데, 스케줄이 유연하게 바뀐 모양이었다. 어차피 오래 살

수도 없는 아이들을 상대로 한 교육이 가치 있을 거라는 환상을 계속 고집하기란 어려운 일이다. 시험공부를 한들 그 시험을 치를 기회조차 주어지지 않을 터였다. 아멜리아는, 덕분에 일종의 교육혁명이 일어난 셈이라고도 했다. 학점 쌓기나 대학진학의 구속에서 벗어나, 학생들이 진정 배우기 위한 배움에 진실로 눈뜨는 계기가 마련되지 않았냐는 뜻이다. 판에 박힌 커리큘럼을 버리고 이제는 교사와 부모가 그날그날 아이들을 위해 마련한 다양한 활동들이 대신 자리를 차지한다. 예컨대, 자유로운 산행이랄지, 클라우드아크와 관련한 예술작업, 심리학자와 죽음이란 주제를 놓고 대화하기, 읽고 싶은 책 마음껏 읽기 등등. 어떤 면에서는 아멜리아와 동료교사들의 능력이 그 어느 때보다 절실해진 상황이고, 교사로서의 자질을 발휘할 더없이 중대한 기회가 닥친 셈이었다. 대신 다람쥐 쳇바퀴 도는 식의 일정은 많이 느슨해졌다. 아멜리아는 며칠 시간을 냈고 워싱턴 DC행 비행기에 몸을 실어 두브를 깜짝 놀라게 했으며, 그와 헤스퍼 그리고 엔리케까지 동반하여 나무 우거진 산속으로 차를 몰았다.

두브는 그동안 엔리케와 제대로 인사를 나눈 적이 없었다. 엔리케는 반은 흑인 반은 푸에르토리코 사람으로, 브롱크스 출신의 완전체 미육군 병장. 하지만 지금은 렌트한 SUV 차량 테일게이트에 앉아 아멜리아와 함께 담요를 뒤집어쓴 채, 가을색채 죽이는 야산의 풍취를 감상하면서 머릿속은 숯불구이 소시지 생각에 여념이 없는 상태다. 두브는 이 순간, 그 누구보다도

이 친구와 가깝게 느껴졌다. 엔리케는 분위기가 누그러짐을 느
끼고 있는 것 같았다.

"저기에 무얼 만들 거죠?"

그가 불쑥 물어왔다.

순간 두브가 냉소적인 코웃음을 짓지 않았다는 건 지난 1년
사이 그가 얼마나 많이 변했는지를 말해주는 것이었다. 심지어
얼굴빛 하나 흐트러지지 않았거나, 적어도 스스로는 그렇게 생
각했다. 그는 엔리케 옆에 앉아 있는 아멜리아를, 마치 허락이
라도 구하듯, 슬쩍 쳐다보았다. 이전에도 두브의 솔직함을 밖으
로 끌어내고자 노력해온 사람은 그녀였다. 아이들을 위해서라
고 그녀는 늘 말했다. '뒤부아, 당신이 무슨 생각을 하는지, 어
떤 기분인지는 중요하지 않아요. 이건 당신 문제가 아니잖아요.
과학에 관한 문제도 아니고요. 당장 학교 교실에 앉은 아이들
을 상대로 그들이 어느 선까지 희망을 가져야 하는지를 이야기
해주는 문제입니다. 그러니 잔말 말고 어서 털어놔요.'

이건 중요한 문제다. 정말 어떤 기분인지를 숨기고 말고 할
문제가 아니라는 얘기다. 만약 제대로 충분하게 기분을 숨긴다
면, 그건 실제로 사람이 변했다는 뜻이다. 만약 몇 달 전 두브였
다면, 엔리케가 충분히 눈치챌 만큼, 냉소적인 표정을 감추지
못했을 터다. 그보다 더 거슬러 올라간 시점의 그였다면 아마
도 자기가 왜 냉소적일 수밖에 없는지 벌써 자세한 설명을 늘
어놓기 시작했을 것이다. 클라우드아크가 거의 불가능한 확률
에 맞서 졸속으로 만든 생존실험에 지나지 않음을 분명히 함으

로써 말이다.

하지만 그런 상황은 벌어지지 않았다. 한쪽은 푸른 황혼 빛으로 한쪽은 이글거리는 숯불의 열기로 빛나는 엔리케와 헤스퍼의 얼굴을 번갈아 바라본 뒤, 두브는 질문에 답하기 시작했다. 그는 마치 인터넷으로 생중계되고 있는 텔레비전 카메라 앞에서인 것처럼 대답했다.

"저곳의 자원은 무진장하다고 말할 수 있네. 심지어 달이 폭파하기 전에도 그랬어. 지금은 마치 피냐타처럼 그게 다 터져 나온 상태라고 할 수 있지. 필요한 건 그 모두를 제대로 된 모양새로 다듬는 거지. 제한된 주거구로 만들어 공기를 채우고, 지구에서 물려받은 종자로 씨를 뿌리는 일 말일세. 물론 시간이 걸리는 일이지. 아마도 처음에는 아주 힘든 과정을 헤쳐 나가야 할 거야. 하드레인 기간 중에는 특히 감정적으로 어려움을 겪을 것이고, 기존의 세상에 작별을 고해야 할 거야. 그 뒤로도 아커들은 서로 힘을 합해 일하는 법을 배우고 어려운 선택을 해야만 할 상황에서 또 힘든 과정을 거치겠지. 단연코 인류가 지금껏 직면해온 가장 강력한 도전이 될 것이네. 하지만 결국 우리는 살아남겠지. 저 위에 떠도는 모든 것을 활용해서 '아워 헤리티지'를 위한 인큐베이터를 만들 것이네. 그 안에서 인류가 계속 생존하고, 번식하며, 발전해나갈 수 있도록 말이야. 그래서 급기야는 우리가 다시 귀환할 날이 올 걸세. 하드레인이 영원히 지속되지는 않을 테니까. 오, 물론 많은 세대가 흘러가겠지. 오늘에 이르기까지 인류가 쌓아온 문명이 그래왔듯이 말일세. 하드레인이 잦아들고 남은 것은 뜨거운 돌투성이의 황무지가 다일 것이네. 하지만 바로 거기서부터 인류는 여러 세대에 걸쳐 창조력과 희망을 총동원해 지금 우리가 보는 이 세상에 버금갈, 아니 그보다 훨씬 나은 새로운 세상을 만들어낼 것이야. 우린 반드시 돌아오네. 그게 내가 엔리케 자네한테 주고 싶은 대답이야. 우리가 살아남겠냐고? 물론이지. 아슬아슬한 상황의 연속이겠지만, 결국에는 살아남을 걸세. 우주도시를 만들 수 있겠냐고? 당연하지. 처음에는 작게, 갈수록 좀 더 크게. 하지만 그 자체가 목표는 아닐세. 진정한 목표는 수천 년이 걸릴 과제야. 다름 아닌 이 지구를 다시 재건해서, 더 나은 세계로 만드는 일이니까."

두브가 이 문제를 이런 식으로 이야기한 것은 처음이었다. 하지만 마지막은 아니었다. 지구에서의 마지막 몇 주 동안 그는 텔레비전 카메라 앞에서, 대통령을 상대로, 훈련 중인 아커들을 모아놓고서 여러 차례 이야기했다. 엔리케는 '두브의 말씀이니, 안심이 되는군요'라고 말하는 듯 고개를 끄덕이며 듣고 있었고, 그의 듬직한 어깨에 머리를 기댄 헤스퍼는 아버지가 이야기하는 미래를 반짝이는 눈빛으로 응시하고 있었다.

그녀의 뒤편으로 별똥별 하나가 놀진 하늘을 가르더니, 대서양 상공에서 번쩍하는 섬광과 함께 폭발했다.

클라우드아크

365일

"오늘 우리는 궤도상에 아클렛의 스웜을 형성하는 것이 사실
상 무얼 의미하는지에 관해 이야기하려고 합니다."

유명 천문학자이자 과학전도사인 닥 뒤부아의 발언이다. 그
는 지금 이지에 도킹해 있는 아클렛 2호 한가운데서 호버링 상
태에 있다. 기밀복(pressure suit)을 착용했는데 헬멧은 벗어서 팔
에 걸어놓았다. 그는 어딘가에 있을 컴퓨터가 모든 걸 녹화하
고 있을 걸로 믿고서, 아클렛의 내장형 고화질 비디오카메라에
대고 말하는 중이다.

"컷!"

그렇게 내뱉고는 다소 멋쩍어한다.

지금 그는 자기 자신의 비디오를 촬영하고 편집하는 중이라,
'컷' 사인도 자기 자신한테 하고 있는 거다. 우주공간에서는 촬

영팀이 따로 있는 것도 아니고, 사진사나 제작조수, 메이크업 아티스트가 따라다니는 것도 아니다. 하긴 이런 상황이 두브에 겐 더 낫다. 다만 누군가 같은 공간 안에 한 명이라도 더 있어 자신이 말하는 것에 반응을 보여주면 더 좋을 것이란 생각은 든다. 아멜리아가 여기 있어, 말없이 고개를 끄덕이거나 가로저 으면 더 이상 바람이 없을 텐데. 대신 그는 햇살 좋은 어느 화요일 오전, 사우스 패서디나의 그녀 학급 아이들을 앞에 놓고 이야기한다고 상상해본다. 자신의 독백을 아이들의 귀로 재생 시켜보는 것이다.

"사실상 무얼 의미하는지"라는 표현이 어쩐지 회의적으로 들렸다. 지금까지 그 문제를 둘러싼 모든 논의는 죄다 헛소리 라는 뜻 같았다. 그리고 "궤도상"이라는 말도 불필요했다. 궤도 상에서 벌어지는 일이라는 건 만인이 아는 사실이다.

"오늘 우리는 아클렛의 스윔을 형성하는 것이 무얼 의미하는 지에 관해 이야기하려고 합니다"라고 그는 다시 고쳐 말했다. "지구처럼 정상공간에서 우리는 어떤 사물의 위치를 표시하기 위해 세 가지 숫자를 사용합니다. 좌우, 상하, 전후를 가늠하는 x축과 y축과 z축에 대해서는 고등학교 기하학 시간에 다들 배우죠. 그런데 이런 방법은 궤도상에서 그다지 효력이 없다는 사실이 드러나고 있습니다. 이 위에서는 예컨대 아클렛 같은 하나의 사물이 어떤 궤도상에 위치하는가를 완벽히 특정하기 위해 모두 여섯 숫자가 필요합니다. 우선 세 개의 숫자는 위치를 특정하고, 나머지 세 개의 숫자는 속도를 특정하지요. 만약 두 개의 사물이 여섯 개의 숫자를 공유하고 있으면, 그 두 사물은 같은 위치를 점하고 있는 셈입니다. 지금 저를 특정하는 여섯 개의 숫자는 제가 떠 있는 이 아클렛를 특정하는 여섯 개의 숫자와 동일하기 때문에, 우리는 함께 붙어서 이 우주공간을 움직여나가고 있는 것이죠. 만약 제가 가진 숫자 중 몇 개가 달라진다면, 여러분은 우주공간을 외로이 표류하는 저의 모습을 보게 될 겁니다."

두브는 압축공기를 넣은 작은 캔 하나를 소지하고 있었다. 전자기술자들이 작업 중인 물건에서 먼지를 제거할 때 사용하는 흔한 편의품이었다. 그는 아클렛의 선미 끝을 향해 캔을 '아래로' 겨냥하고는 바닥을 눌렀다. 에어가 슉 소리를 내며 빠져나오더니 그 반동으로 두브의 몸은 프런트 도어를 향해 '위로' 부유했다. 그는 적절한 타이밍에 자신의 상승모션을 저지하기 위해 손을 머리 위로 뻗어 선수 쪽 격벽을 짚었고, 또 다른 카메라를 찾아 몸을 돌렸다.

다행이었다. 똑같은 시도를 세 번째 했던 것인데, 마침 캔 속의 에어도 바닥나기 직전이었던 것이다.

"보시다시피 멀리 부유할 수는 없습니다. 압력선체라는 제한된 공간을 감안해야죠. 하지만 이런 식으로 멈추지만 않는다면 즉, 선체 바깥에서 우주유영 중이었다면, 저는 아주 먼 거리를 이렇게 떠갔을 겁니다. 궤도공학이 우리에게 말해주는 것은, 궤도상에 위치한 어떤 두 사물도 방금 제가 예시한 것과 같은 특수한 경우 즉, 제가 아클렛 안에 머물되 서로의 중력 중심이 일치하는 상황이 아니라면, 동일한 여섯 숫자를 공유할 수 없다는 사실입니다. 하나의 아클렛 또는 다른 어떤 사물이라도 이지의 좌현이나 우현, 천정이나 천저, 선수나 선미 쪽으로 치우쳐 있다면, 그것은 완전히 다른 숫자들을 갖게 될 것입니다. 요컨대 다른 궤도상에 있다는 뜻이죠. 그래서 결국에는 표류하게 될 것입니다."

그는 머릿속으로 자신의 설명을 되짚어보았다. 그의 의도는 표류의 본질을 보다 명확하게 제시하려는 것이었다. 만약 이지보다 높은 궤도상이라면, 표류는 뒤로 넘어가는 궤적을 그릴 것이다. 보다 낮은 궤도상이라면, 앞으로 돌진하는 양상일 것이다. 좌우 어느 한쪽으로 치우친 상태라면, 93분 주기로 모였다가 떨어지는 움직임을 보일 것이다. 오직 선수나 선미 쪽으로 정확히 직진해야 상대적으로 동일한 위치를 유지하게 될 것이다. 하지만 그는 이런 내용은 따로 뽑아 그래픽을 추가한 다른 비디오로 링크하는 게 더 적절하겠다고 생각했다.

"이 이야기가 말하는 교훈은 무엇일까요? 우주공간에 편대비행 같은 건 없다는 점입니다. 물리학은 인접한 두 개의 물체를 서로 근접시키거나 멀어지게 하면서 표류시킬 따름이지요. 예컨대 스웜 같은 형식을 원한다면 두 가지 옵션이 있을 뿐입니다. 아클렛들을 물리적으로 연결해서 하나의 사물처럼 만드는 방법, 아니면 표류를 계속적으로 수정하기 위해 추력기를 끈질기게 활용하는 방법."

실은 또 다른 옵션이 있긴 했다. 마치 우주열차처럼 아클렛들을 일렬로 배열하는 건데, 그렇게 하면 딱히 스윔이라고 하기 어려워서 당장은 고려대상에 넣지 않기로 했다. 비디오를 올리고 몇 분만 지나면 엄청난 유투브 댓글이 쇄도할 것이고, 그런 옵션의 오류를 맹공하면서 무능하다거나 무언가를 숨기고, 음모를 꾸민다며 실컷 넘겨짚을 것이다.

그의 마지막 남은 일은 휴스턴이나 바이코누르 같은 장소에 한데 모여 거대한 비디오게임 훈련을 받고 있을 젊은 아커들 촬영분을 위해 보이스오버(voice-over)를 녹음하는 일이다.

"이걸 배우는 건 그다지 어려운 일이 아닙니다. 어떤 비디오게이머도 그 정도 수준은 빠른 시간 안에 터득할 수 있지요. 세계 여러 곳에서 모여든 이들 젊은 아커들에게 물어보십시오. 그들은 정교한 시뮬레이터를 활용하여 아클렛 조종기술을 연마해왔습니다. 물론 아클렛은 대부분의 시간을 자동조종 시스템에 의해 스스로 비행을 하지요. 하지만 인간이 직접 개입할 필요가 발생할 때는 바로 이들 준비된 아커들이 나서게 됩니다."

그는 아클렛의 무선네트워크와 자신의 태블릿을 연결한 다음 나중에 편집할 수 있도록 비디오파일을 두루 훑어보았다. 자신이 나온 영상을 정지화면으로 캡처하면서 그는 얼굴이 눈에 띄게 둥글어진 것에 놀랐다. 이는 무중력 상태에서 볼 수 있는 특유의 증상으로, 조직 내 체액분산을 원활히 유지하려는 신체의 자연스러운 반응이었다. 이곳 우주공간에서는 그것이 신참의 표식이기도 했다. 두브가 우주로 날아온 지는 이제 겨우 엿새째였다. 지금은 A+1.0. 그가 애서니움 안에 우두커니 서서 달의 붕괴현상을 지켜본 그날로부터 정확히 1년이 지난 시점이다.

지금은 새로운 모델 때문에 낡은 모델로 취급받는 아클렛 2호는 대형 트러스의 좌측 햄스터튜브 끝에 도킹해 있었다. 그곳은 조만간 초과저장고나 수면실로 전용될 예정이었다. 두브는 도킹포트를 지나 햄스터튜브를 향해 움직여가기 시작했다. 그가 이 구역 통로를 학습한 결과에 따르면, 시간이 좀 걸리는 길이었다. 튜브는 폴리에스테르 오버롤을 착용한 호리호리한 체구가 간신히 한 명 지나다닐 크기였다. 기밀복을 입은 덩치 큰 사람은 지나는 내내 이리저리 긁고 부딪치기 딱 알맞았다. 그럼에도 무중력 상태에서 살인범이 사체를 처리하듯, 수트를 벗어 질질 끌고 간다든지 앞으로 밀고 가는 것보다는 차라리 입고 가는 것이 더 수월했다.

잠시 후 그는 이지의 중앙축에 가까운 노드에 다다랐다. 운신의 여유가 좀 있는 공간이었고, 거기서 그는 수트를 벗기 시작했다. 완전군장 형식의 수트는 아니었다. 생명유지장치가 백팩형식으로 갖춰진 수트였다면 햄스터튜브를 제대로 지나올 수 없었을지도 모른다. 그냥 고고도 비행사가 착용하는 헬멧 딸린 오버롤 형식의 수트였다. 소변구멍까지 있어서 평상복으로나 유용한 스타일이었다. 그 옷을 벗는 과정이, 자기도 모르게 터져 나오는 욕설과 둥둥 떠도는 몸뚱어리 그리고 벽에 부딪치고 충격과 더불어 레슬링 경기 한 판 치르는 고생으로 발전했다.

그러는 와중에 문득 수트의 뒷덜미를 끌어당기는 어떤 힘이 느껴졌다. 그 힘이 아래로 내려가면서 열리는 틈새로, 그는 어깨를 움츠려 두 팔까지 빠져나올 수 있게 되었다.

고맙다는 말과 함께 어깨너머 고개를 돌리자, 짓궂으면서도 친근한 목소리가 날아온다.

"스톰트루퍼 노릇하기에는 좀 왜소하신 거 아닌가요?"[37]

"모이라?!"

두브는 벽의 손잡이를 붙잡고 몸을 한 바퀴 돌려, 상대를 좀 더 잘 볼 수 있게 자세를 잡았다. 아까 옷을 벗느라 몸부림을 쳐서 삐딱하게 내려온 안경을 그는 콧잔등을 따라 치켜올렸다. 그녀가 맞았다. 그녀 역시 달덩이 얼굴 증후군에 시달리고 있는 것이 분명했다.

그가 닥터 모이라 크루를 마지막으로 본 것은, 크레이터레이크 성명이 진행된 현장에서였다. 당시 그녀는 자신의 멘토이자 세계를 상대로 제비뽑기 설득의 직무를 맡은 가엾은 노벨상 수상 유전학자 클래런스 크라우치를 보좌하고 있었다. 그 이후 클래런스는 암투병을 이어가다가, 하드레인이 시작되면 결코 오래 살아남지 못할 각종 생물학 표본과 과학 수집품들에 둘러싸인 채 케임브리지 관사에서 죽음을 맞이했다. 그것이 그에

---

[37] "Aren't you a little short for a stormtrooper?" 〈스타워즈〉 IV에서, 스톰트루퍼로 위장하고 레아 공주를 구출하러 온 루크 스카이워커에게 공주가 건넨 대사. 어울리지 않고 부담스러워 보일 뿐인 복장을 놀리는 우스갯소리.

게는 축복이나 다름없었다는 건 의심할 여지가 없는 사실이다. 그 이후 두브는 모이라의 행방을 알 수 없었지만, 모든 지구인을 통틀어 그녀가 클라우드아크에 포함될 가장 가능성 있는 후보 중 한 명임엔 틀림없었다. 카리브 지방 원주민의 피를 물려받은 그녀의 손가락 길이 레게머리는 백인의 헤어스타일보다 무중력 상태에 훨씬 잘 어울렸다. 달덩이처럼 부푼 얼굴은 몇 살 정도 더 나이가 들어 보이게 했지만, 두브는 그녀가 이제 이십대 후반임을 잘 알고 있었다. 런던의 험한 구역에서 성장한 그녀는 상류층 학교를 졸업한 뒤, 계속해서 옥스퍼드에서 생물학 학위과정을 밟았다. 그리고 박사학위를 취득하러 하버드로 가서, 멸종생물의 복원에 관한 프로젝트에 참여했다. 특유의 카리스마와 미국인들이 매력적으로 느끼는 영국 억양 덕분인지 그녀는 그 프로젝트의 유명 대변인 역할을 맡기도 했다. 그녀는 TED 강연도 여러 차례 했고, 기회가 있을 때마다 대중 앞에 나서서 매머드를 다시 살리는 연구 작업을 열심히 홍보해왔다. 시베리아에 잠깐 머문 다음, 그녀는 멸종한 대형동물들의 자연보호 서식지를 조성하고자 하는 어느 러시아 오일 억만장자와 함께 일했는데, 결국 영국으로 돌아와 클레런스와 함께 포스트닥 과정을 시작했다.

이지에 와 있으리라고는 생각지 못한 반가운 얼굴들과 마주치는 일이 이번이 처음은 아니었다. 다소 어색함을 불러일으키긴 하지만, 케임브리지 대학 파티나 뉴욕 어느 거리에서 반가운 얼굴과 마주쳤을 때 흔히 하던 포옹을 통해 기쁨을 표현하는 일은 이곳에서도 역시 권할 만한 에티켓이다. 다만 그 누구도 행복한 용무로 이곳에 올라오진 않았다는 점이 문제다. 게다가 모이라는 왠지 부엉이 같은 태도로 주위를 경계하는 눈치였다.

뿐만 아니라 무중력 상태에서의 포옹은 말처럼 쉬운 게 아니었다. 우선 포옹할 사람에게 다가가는 것 자체가 난관이었다.

두브는 두 팔을 쭉 펼치며 말했다.

"허그합시다."

여자도 똑같이 했다.

"여기선 다들 그렇게 하나 보죠?"

"아주 드문 일은 아니죠. 모이라, PCA, 여기서 보니 반갑군."

PCA는 '현재 상황과는 별개로(present circumstances aside)'의 줄임말로 한때 페이스북이나 트위터에서 한참 유행을 탄 표현이었다.

"올라오셨다는 얘긴 들었어요," 모이라가 말했다. "제가 너무 정신이 없어서 그만 깜빡하고 있었네요."

"내가 보기에는, 클라우드아크를 팔아먹으려고 내가 바쁘게 돌아다니는 동안 당신은 진짜 과학을 하고 있었던 것 같군요, 안 그래요?"

"과학 할 준비를 하고 있었다는 게 보다 정확하겠군요," 그녀가 대답했다. 독특하면서도 스타일리시한 안경 너머 그녀의 큼직한 갈색 눈동자는 어느 한 방향을 더듬고 있었다. "저쪽 방향을 선수(船首)라고 부르죠?"

"그래요."

"제가 일하는 장소가 최대한 선수 쪽에 치우쳐 있지요. 연구실이 커다란 바위로 엄폐되도록 해야 한다더군요."

"아말테아 말이군."

"네. 저랑 같이 가시면, 제가 지금까지 어느 정도 작업을 진행해왔는지 보여드릴 수 있을 텐데요. 왠지 차라도 한잔 대접해드려야 할 것 같은데, 여기선 어떻게 만드는지 방법을 모르겠네요."

그녀의 말하는 투에 두브는 절로 미소가 새어나왔다. 사실 그녀는 옥스퍼드에서도 연극에 미쳐 지냈고, 어쩌면 배우가 되었을지도 모르는 사람이다. 런던 사람의 말하는 투와 옥스퍼드 사람이 말하는 투의 다른 점을 워낙 민감하게 의식하는 터라, 그녀는 겨냥하는 효과에 따라 그 둘을 자유자재로 바꿔 활용키로 한 터였다.

두브 역시 그에 부응하는 말투로 골라 말했다.

"저도 구경하고 싶은 마음이 간절합니다. 당신이 말하는 연구실을 알 것 같습니다. 며칠 전에 모듈 하나가 도킹하는 걸 보았는데, 안 그래도 많이 궁금했어요."

그는 모이라의 연구실 벽에 기밀복을 걸어놓았다. 옷은 모이라가 두브에게 방을 구경시켜주는 동안 마치 허수아비처럼 얌전히 늘어져 있었다. 여자가 설명해주는 모든 것을 알아들을 순 없었지만, 개의치 않았다. 이런 기회에 긴장을 좀 풀면서 다른 사람이 떠들어대는 과학 이야기를 듣는 것도 꽤 달가운 기분전환이었다.

"검정발족제비에 관해서 아세요?"

그녀가 불쑥 물었다.

"아뇨. 내가 보기엔 생물학과 유전학에 관해서만큼은 당신이 할 질문에 대한 내 대답이 무조건 '모른다'가 되리라는 것쯤 충분히 짐작할 수 있을 것 같은데요."

"걔네들이 먹는 음식의 90퍼센트가 프레리독[38]이었죠. 근데 농부들이 그 프레리독을 거의 다 잡아 죽이는 바람에, 그에 따라서 검정발족제비 수도 급격히 감소해, 이젠 일곱 마리밖에 남지 않은 상황입니다. 바로 그것들을 종축 삼아서 전체를 되살려내야 할 판입니다."

"맙소사, 겨우 일곱 마리라니…… 근친교배는 문제를 일으킬 텐데?"

"우리가 말하는 이형적합성이라는 건 하나의 종에 속한 유전적 다양성을 뜻하는 겁니다. 당연히 좋은 거죠. 그 다양성 정도가 너무 빈약할 경우에, 소위 근친교배 하면 떠오르는 문제들이 비로소 눈에 들어오기 시작하는 겁니다."

"그런데 종축이 겨우 일곱 마리로 줄어들었다니 말입니다…… 그럼 오로지 그것들로만 문제를 해결해야 하는 거잖아요?"

---

38 북미대륙 초원에 서식하는 다람쥣과 동물.

"꼭 그런 건 아닙니다. 글쎄요, 엄밀히 따지자면 그런 셈이긴 하죠. 하지만 유전자들을 조작함으로써, 우리는 인공적으로 이형적합성을 만들어낼 수가 있답니다. 일부 유전적 결함을 제거함으로써 종 전체로 퍼져나갈 문제를 미연에 방지할 수도 있고 말이죠."

"아무튼 그건 지금 우리가 처한 상황과도 연관이 있겠군요."

두브의 지적에 모이라의 설명이 이어졌다.

"클라우드아크가 애당초 기도한 대로 사람들로 북적댈 정도가 되고, 그 사람들이 얼린 정자와 난자, 배아 샘플들을 가지고 올라온다면, 인구수는 괜찮은 수준을 유지할 겁니다. 그 안에서 충분한 이형적합성을 갖출 수 있을 거예요. 그땐 이곳에서 제가 할 연구가 인간을 제외한 다른 생물의 문제에 보다 치중하게 되겠죠."

"이를테면……."

"우리가 산소를 발생시키기 위한 방편으로 조류(藻類)재배에 착수할 거라는 얘기 들어보셨을 겁니다. 그것이 아주 간단한 생태계의 출발이라고 보시면 됩니다. 향후 수년에 걸쳐 훨씬 복잡한 체계로 발전시켜나가야 할 과제죠. 그 생태계를 이루어갈 수많은 식물과 미생물은 처음 소량의 종축으로부터 만들어나가야 하는 겁니다. 숨을 쉬기 위해 믿고 의존하는 식물을 가지고, 아일랜드 감자기근 사태[39]와 같은 일을 또다시 치르면 안

---

39 1845년부터 아일랜드를 휩쓴 감자기근 사태.

되겠죠."

"그러니까 검정발족제비의 개체수를 복원하는 작업을 대상만 바꿔서 하겠다는 거군요."

"제 일의 일부는 그럴 겁니다."

"나머지 일부는요?"

"일종의 빅토리아 시대 박물관 큐레이터 일이라고나 할까요. 혹시 케임브리지에 있는 클레런스 댁에 가보신 적이 있습니까?"

"아쉽게도 못 가봤습니다. 하지만 그분 소장품들이 어마어마하다더군요."

"박제된 새와 상자 속에 전시된 딱정벌레, 받침대로 고정한 짐승머리들로 가득하죠. 모두 제국의 외곽에서 자기들 몫을 다하고 있는 피스헬멧 쓴 빅토리아풍의 점잖은 수집가들이 힘겹게 모아들인 것들입니다. 비록 오늘날 우리가 말하는 글자 그대로의 과학자는 아니지만, 다들 과학적 이상에 이바지해온 사람들이라 할 수 있지요. 이런 것들이 박물관으로 쏟아져 들어올 때 클레런스가 대형트럭으로 이들을 챙긴 겁니다. 아무튼 지금 제가 바로 그런 사람이라 할 수 있어요. 모든 샘플을 디지털화해서 바로 여기에 입력해둔다는 점만 제외하면 말이죠."

그러면서 모이라는 자신의 목 언저리 체인에 매달린 채 떠다니는 썸드라이브를 톡톡 건드렸다. "또는 방사성 경화처리를 거쳤다고나 할까요." 전문용어를 발음할 때 그녀의 음성 톤은 약간 냉소적이면서 어딘지 의뭉스러웠다. 그런 그녀와 국제우주정거장이 서로에게 익숙해지려면 시간이 조금 필요할 것처럼 보였다. "일반론은 선생님도 알고 있던데요. 전에 유튜브에서 말씀하시는 거 들은 적이 있어요." 그러고는 잽싸게 억양을 바꿔, 두브의 멀끔한 중서부 지방 모음발음을 그럴듯하게 모방했다. "'우리가 대왕고래나 세퀘이아를 클라우드아크에 보낼순 없습니다. 설사 보낼 순 있다 쳐도, 계속해서 생존을 보장할순 없어요. 대신 그들의 DNA를 보낼 수는 있지요. 1과 0의 끈들로 인코딩해서 말입니다……' 이러셨죠."

"이러다간 당신 때문에 내 일자리 날아가겠군요."

두브가 말했다.

"그럼 좋죠. 대신 이곳에서 일하시면 되니까. 여기 일이 엄청 고된데, 지구에서 충분한 지원을 해주고 있지 않아요."

"전부 자동화되어 있는 줄 알았는데요."

"에이전트가 우리에게 수십 년쯤 여유를 두고 엄습했다면, 아마 유전자합성 기술이 비약적으로 발전해서 모든 게 자동화되어 있을지도 모르죠," 모이라가 말했다. "보다시피, 우린 지금 흐느적거리는 사춘기 단계에서 오도가도 못 하는 상황입니다. 그래요, 여기 들어 있는 파일 중 하나를 택해," 그러면서 목걸이에 달린 썸드라이브를 다시 톡톡 건드린다. "DNA 가닥하나쯤 만들 수는 있을 겁니다. 몇 가지 단순한 화학 전구체부터 시작하는 거죠. 하지만 인간의 기술력이 차지하는 비중은 아직 가소로운 수준입니다."

"내 생각에는 그것만 해도 고도의 인간개입으로 보이는데."

두브의 말에 모이라가 대답했다.

"자메이카 사람인 우리 할아버지가 해군함정의 기관실에서 일하셨답니다. 제가 어렸을 적에 할아버지는 저를 데리고 배를 구경시켜주신다면서 기관실을 보여주셨죠. 그중에서도 엔진이 인상 깊었는데, 온갖 장치들이 노출되어 있고, 그 주위를 웃통 벗은 사람들이 기어다니면서 맨손으로 베어링들에 기름칠해가며 반들반들 닦는 거였어요. 지금 우리가 이곳에서 유전자합성을 한답시고 벌이는 일이 딱 그런 수준이랍니다."

"물론 지금 당장은," 두브가 말했다. "먼 미래 얘길 수도 있겠죠, 안 그렇습니까?"

"네, 다행히도요."

"지금은 멀쩡한 유기체를 가지고 만지작거리겠군요."

"맞아요. 딱 그런 셈이죠. 그래도 쉬운 일은 아니지만, 어떻게든 관리해나갈 수 있을 거라 생각합니다."

그녀는 주위를 둘러보았다. 두 사람이 둥둥 떠 있는 모듈은 어디를 보아도 실험실 분위기는 아니었다. 모든 것이 플라스틱이나 알루미늄으로 된 상자 속에 넣어 테이프로 봉해진 뒤, 노란색 스티커 메모지가 붙어 있었다.

"죄송해요," 그녀가 말했다. "너무 시시하죠. 둘러볼 만한 게 전혀 없답니다, 그렇죠?"

"내가 어떻게 도우면 될까요?"

"망할 놈의 중력 좀 가져다주세요," 모이라는 그렇게 말하고 웃었다. "무중력 상태에서 용액들을 다룬다고 상상해보세요.

실험실서 하는 일이 주로 그런 일이거든요."

"그건 좀 어려워 보이는군요," 두브의 대답이었다. "모든 것이 박스 안에 들어 있어 중력 없이도 잘 돌아갈 텐데요."

"알아요, 알아," 여자가 말했다. "그냥 넋두리 좀 해본 거예요. 그나저나 이걸 볼로에 싣겠다는 건 아니겠죠?"

"아마 제3의 토러스가 필요할 겁니다. 정상적인 지구중력에 가까운 상태를 이룰 만큼 넉넉한 크기로요. 안에서 작업하기에 충분한 공간이 확보되어야겠죠. 승무원은 열정적인 아커들로 구성하고요."

"지금 맡으신 직무가 그것 아닌가요?" 모이라가 말했다. "아크의 치어리더."

"그게 바로 이 위로 나를 올려보낸 티켓이랍니다," 두브가 말했다. 순간 약간의 화끈거림이 얼굴에 느껴졌다. 나중에 후회할 말을 하지 않으려고 그는 잔뜩 조심했다. "우리 모두가 갈망하던 티켓이죠. 다들 승인의 대가를 치른 이상, 이제는 일이 돌아가게 각자 최선을 다할밖에요."

모이라는 자신이 조금 지나쳤음을 느꼈는지, 입을 다물었고 시선도 애써 피하는 눈치였다.

두브가 말을 맺었다.

"그나저나 오늘 일자로 딱 1년 되었군요."

(2부에 계속)

멸망과 생존의 사고실험(thought experiment)

닐 스티븐슨의 작품세계를 평가하는 수식어 중에서 내게 가장 인상적인 것은 '하드(hard)'라는 단어다. 이는 SF를 크게 두 종류(사회과학적 상상력이 주류인 소프트코어/자연과학적 상상력이 주류인 하드코어)로 대별했을 때의 하나를 뜻하기도 하지만, 글자 그대로 '견고함' 그리고 '어려움'의 의미를 내포하기에 그렇다. 이를테면 요리평론가이자 SF작가인 제이슨 쉬언(Jason Sheehan) 은 내셔널 퍼블릭 라디오(NPR) 북리뷰 코너를 통해 이런 평을 남겼다.

> 그의 과학은 무자비하다. 다이아몬드처럼 단단하고, 지독하게 사람을 괴롭힌다.
>
> His science is merciless. Hard like diamonds, and murderous in the extreme.

시적인 과장이 섞인 평이라고도 할 수 있으나, 과학적 지식의 전문성이 엄정하게 구현된 소설이라는 점에서 그의 지적은 정곡을 찔렀다. "달이 폭발했다(The moon blew up…)"로 시작해서 무려 5천 년이라는 시간의 경과를 담아낸 이 소설은 세계의 해체와 재건, 인류의 재탄생이라는 엄청난 주제를 다룬다. '천지개벽'의 시나리오라고도 할, 어찌 보면 황당무계한 스토리를 원서 860여 쪽에 걸쳐 숨죽여 지켜보게 만드는 힘은, 그러나 정치(精緻)한 과학이론의 끌어당기고 밀어올리는 흡인력과 추진력이다. 우주물리학, 양자역학, 로켓공학, 로봇공학, 인공지능, 생물학, 유전공학, 무선전신 및 프로그래밍 언어학, 철학, 문화인류학, 심리학, 정치학 등 방대하지만 검증 가능한 이론들이 정교한 톱니바퀴처럼 맞물려 돌아간다. 한 치의 오차 없이 커팅된 결정면들의 조합이 견고한 다이아몬드의 환상적인 광채를 형성하듯, 소설 속에 켜켜이 자리한 과학적 원리들이 모여 그 누구도 꿈꿔보지 못한 대담한 세계상을 구축한다.

닐 스티븐슨이 이 소설을 처음 착안한 것은 2004년 무렵 블루 오리진(Blue Origin)이라는 민간우주개발업체에서 일할 때였다. 당시 그곳 연구진에서 활발히 논의되던 문제들 중 하나는 바로 지구 저궤도 상을 떠도는 충분한 크기의 암석 두 개가 서로 충돌할 경우, 기하급수적으로 증가할 파편들 사이에 충돌의 연쇄반응이 일어나, 결국에는 지구 전체를 유폐(幽閉)할지도 모를 먼지의 층이 형성될 것이라는 가설이었다. 2015년 세상에 공개된 『세븐이브스』는 바로 그 재앙적 가설에서 출발하여 새로운 지구와 새로운 인류의 생존가능성을 탐색한 닐 스티븐슨의 거대한 사고실험(thought experiment)이다. 사고실험이란 검증 가능한 원리와 조건들을 통념과는 다른 방식으로 결합하고 운용해, 현상의 경계를 넘어서나 논리적으로는 설득력을 갖춘 어떤 발견 혹은 뜻밖의 세계를 드러내는 방식이다. 설명을 위해 거친 비교를 해보자. 같은 우주를 배경으로 한 『스타워즈』와 『세븐이브스』는 은유(metaphor)를 징검다리 삼아 상상을 구체화하는 환상(fantasy)과 가설의 체계(system)를 구축하여 상상을 구체화하는 사고실험이 서로 다른 만큼, 같지만 아주 다른 SF의 두 걸작이다.

　『세븐이브스』의 방대한 스토리만큼이나 중요하게 챙겨 보아야 할 것은 소설의 메시지다. 형식상으로는 전체 3부의 구성이지만, 1부와 2부를 전편(탈출), 3부를 후편(귀환)으로 보아 무방한 구조다. 이 소설에서 '대홍수'의 알레고리를 읽지 않을 수 있을까? 정체불명의 원인 에이전트(Agent)에 따른 천재지변. 그 구체적 현상으로 드러나는 화이트스카이(White Sky)와 하드레인(Hard Rain) 그리고 클라우드아크(Cloud Ark). '제비뽑기'를 통해 전 세계에서 그리로 모여드는 인류의 '한 쌍들', 정자와 난자, 배아샘플들. 인간의 무지와 욕망, 반목과 갈등. 그 모두를 관통하는 용기와 희망, 문명 그리고 미래…… 창세기 6장에서 8장에 이르는 신화의 우주적 버전이라 불러도 정녕 손색이 없

다. 멸망과 생존을 두 축으로 한 인류의 집단무의식이 최첨단
테크놀로지와 만나 오늘의 우리에게 전하는 메시지는 과연
무얼까?

성귀수

인류사를 다시 쓰는 장대한 스케일의 본격 하드SF, 『세븐이브스』

닐 스티븐슨은 현대 SF문학계를 대표하는 1급 작가들 중 하나이다. 특히 과학기술적 묘사의 엄밀함에 중점을 두는 하드SF 분야에서 입지는 매우 탄탄하다. 그의 작품들에는 과학사, 수학, 언어학, 철학 등의 방대한 배경지식들이 폭넓게, 그리고 유기적으로 배어 있어서 SF시장이 그리 크지 않은 한국에서조차 적잖은 관심을 끌어 여러 편이 번역 소개된 바 있다.

1959년 미국 메릴랜드 주의 과학기술자 집안에서 태어난 스티븐슨은 보스턴 대학에 입학한 뒤 처음에는 물리학을 공부했으나 학교 컴퓨터를 이용할 시간을 더 얻기 위해 지리학으로 전공을 바꾸었다는 일화가 있다. 1992년에 발표한 세 번째 장편 『스노크래시』로 널리 이름을 알리게 되었으며, 2005년 《타임》지가 1923년 이후에 발표된 모든 영문소설들 가운데 베스트 100편을 꼽을 때 『스노크래시』를 포함시킨 바 있다. 오늘날 가상현실 캐릭터를 뜻하는 용어로 널리 쓰이는 '아바타'라는 말이나 거대한 가상현실 세계인 '메타버스'도 『스노크래시』에 의해 대중화된 것이다.

『세븐이브스』는 다양한 분야에 걸친 학문과 교양을 씨줄과 날줄로 엮어 SF서사로 빚어내는 스티븐슨의 장기가 유감없이 발휘된 또 하나의 역작이다. 출간된 뒤 곧장 최고의 권위를 지닌 SF문학상인 '휴고 상' 후보에 올랐으며, 뛰어난 자유주의 SF 문학에 수여하는 '프로메테우스 상'을 받기도 했다.

『세븐이브스』에는 재건된 인류의 조상이 되는 일곱 명의 여성들이 등장한다. 인류학에 관심이 깊은 사람이라면 유전학자 브라이언 사이키스의 책 『이브의 일곱 딸들』을 떠올렸을 것이다. 인류의 몸속 세포에 들어 있는 미토콘드리아는 모계로만 유전이 되는 독특한 특성이 있어서 이를 역추적해 올라가면 이론적으로 '최초의 어머니'에 도달할 수 있다. 사이키스의 연구에 따르면 현재의 유럽인들은 모두 일곱 명의 어머니로부터 갈라져 나온 후손들이라고 한다. 이와 비슷하게 SF작가라면 누구나 한 번쯤은 새로운 인류의 기원에 대한 이야기를 써보고픈 욕구를 갖는데, 닐 스티븐슨의 『세븐이브스』만큼 높은 완성도를 보여주는 작품은 흔치 않다.

인류의 멸망과 재건이라는 주제 자체는 SF에서 드물지 않지만 워낙 방대한 서사를 전제로 하기 때문에 높은 설득력을 갖추기 위해서는 치밀한 설정과 디테일, 구성 등 여러 요소가 뒷받침되어야 한다. 아무리 작가 자신이 신선한 아이디어와 묵직한 주제 의식으로 출발했다고 해도 실제 작품으로 형상화시키는 과정은 정말 쉽지 않다. 그 점에서 스티븐슨의 『세븐이브스』는 타의 추종을 불허하는 경지의 완성도를 보여준다 해도 과언이 아니다. 미증유의 천문학적 재난으로 시작해서 지구 인류가 절멸의 길로 가는 과정, 막다른 운명 앞에서 필사적으로 분투하는 인간 군상들의 모습 등등이 첨단 과학기술 아이디어들과 어우러져 아주 정치하게 묘사된다. 빌 게이츠가 이 책을 추천하면서 말한 "내가 사랑하는 SF의 모든 면들을 되새기게 하는 작품"이라는 찬사가 전혀 과장이 아니다. 한국의 SF독자들은 말할 것도 없고, SF작가지망생들에게도 이 작품은 좋은 도전이 될 것이다.

박상준(서울SF아카이브 대표)

옮긴이 성귀수 음절배열자, 번역가. 저서로『정신의 무거운 실험과 무한히 가벼운 실험 정신』과『숭고한 노이로제』가 있고, 번역서로는『오페라의 유령』,『적의 화장법』,『아르 센 뤼팽 전집』(전20권),『팡토마스 선집』(전5권),『힘이 정의다』,『세 명의 사기꾼』,『O이 야기』,『침묵의 기술』, '마테를링크 선집'(전3권) -『꽃의 지혜』,『지혜와 운명』,『운명의 문 앞에서』등 백여 권이 있다. 2014년부터 사드전집을 기획, 번역 중이다.

세븐이브스 1부 — 달 하나의 시대

초판 1쇄 발행 · 2018년 5월 5일
초판 3쇄 발행 · 2018년 10월 10일

지은이 · 닐 스티븐슨
옮긴이 · 성귀수
펴낸이 · 김요안
편집 · 강희진
디자인 · 부추밭

펴낸곳 · 북레시피
주소 · 서울시 마포구 신수로 59-1, 2층
전화 · 02-716-1228
팩스 · 02-6442-9684
이메일 · bookrecipe2015@naver.com | esop98@hanmail.net
홈페이지 · www.bookrecipe.co.kr | https://bookrecipe.modoo.at/
등록 · 2015년 4월 24일(제2015-000141호)
창립 · 2015년 9월 9일

ISBN 979-11-88140-24-4 04840
ISBN 979-11-88140-23-7 (세트)

종이 · 화인페이퍼 | 인쇄 · 삼신문화사 | 후가공 · 금성LSM | 제본 · 대흥제책

이 도서의 국립중앙도서관 출판예정도서목록(CIP)은 서지정보유통지원시스템
홈페이지(http://seoji.nl.go.kr)와 국가자료공동목록시스템(http://www.nl.go.kr/kolisnet)에서
이용하실 수 있습니다. (CIP제어번호: CIP2018012441)

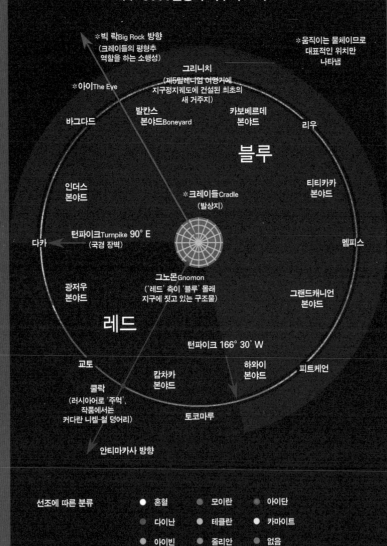

A+5000년경의 거주지 고리

※빅 락Big Rock 방향
(크레이들의 평형추
역할을 하는 소행성)

※움직이는 물체이므로
대표적인 위치만
나타냄

그리니치
(제5밀레니엄 여명기에
지구정지궤도에 건설된 최초의
새 거주지)

※아이The Eye

발칸스
본야드Boneyard

카보베르데
본야드

바그다드

리우

블루

인더스
본야드

티티카카
본야드

※크레이들Cradle
(발상지)

턴파이크Turnpike 90° E
(국경 장벽)

다카

멤피스

그노몬Gnomon
('레드' 측이 '블루' 몰래
지구에 짓고 있는 구조물)

광저우
본야드

그랜드캐니언
본야드

레드

턴파이크 166° 30' W

교토

하와이
본야드

피트케언

캄차카
본야드

쿨락
(러시아어로 '주먹',
작품에서는
커다란 니켈-철 덩어리)

토코마루

안티마카사 방향

선조에 따른 분류
● 혼혈
● 모이란
● 아이단
● 다이난
● 테클란
● 카마이트
● 아이빈
● 줄리안
● 없음